2017中国小小说年度作品

杨晓敏 主编

中国出版集团
现代出版社

图书在版编目（CIP）数据

2017中国年度作品. 小小说 / 杨晓敏主编. —北京：现代出版社，2018.1

ISBN 978-7-5143-6653-2

Ⅰ. ①2… Ⅱ. ①杨… Ⅲ. ①小小说—小说集—中国—当代

Ⅳ. ①I217.1

中国版本图书馆CIP数据核字（2017）第317466号

2017中国年度作品. 小小说

主　　编：杨晓敏
组稿编辑：庞俭克
责任编辑：申　晶
出版发行：现代出版社
地　　址：北京市安定门外安华里504号
邮政编码：100011
电　　话：010-64267325　64245264（兼传真）
网　　址：www.1980xd.com
电子邮箱：xiandai@vip.sina.com
印　　刷：三河市越阳印务有限公司

开　　本：710mm×1000mm　1/16　　字　　数：300千字　　印　　张：16
版　　次：2018年3月第1版　　印　　次：2018年8月第2次印刷
书　　号：ISBN 978-7-5143-6653-2
定　　价：38.00元

目 录

小小说特立独行（代序）

冯骥才

小小说在中国文学史上得名于20世纪80年代。

那是一个具有蓬勃创造力的文学时代。记得我当时写过两篇文章:《解放小说的样式》和《面对文学试验的时代》。大家不仅在写作的思想内容上积极开拓，还追求写作形式、样式、文体和文本的创造。在这样的文学大潮中，小小说应运而生。1982年我写过四五篇千字左右的小小说。不过当时并没有开创什么文体的想法，只觉得写这样一种很短的、别致又精巧的小说，有很强的创作乐趣。

小小说一名最早是河南文学界提出来的，这表明河南文学界和出版界有很高的文学见识，而且建立了小小说的园地《百草园》和放眼全国的选刊。小小说的事业就这样开始举步了。80年代小小说很蓬勃，汪曾祺、王蒙都写了一些很好的小小说。记得80年代中末期，邓友梅托我为香港的亚洲文化基金会编一本《大陆小小说选》，我在序中说“小小说是一种独立的文学样式，它绝不是用写中长篇的下脚料写的，它有独立的欣赏价值”。这已经是当时我们对小小说共同的思考了。

经过中州人三十多年的努力、执着与坚持，小小说已经有了专属自己而闻名全国的园地，有了自己的队伍，有了一批专事小小说创作的作家，关键是一些作家评论家开始对小小说的独特性与审美特征进行探讨。小小说独自的面目就愈来愈清晰。

小小说名正言顺独立门户，最终还要在理论上立足。

从小说分类上说，小小说首先是建立在篇幅上，它是篇幅最短的一类，所以最早美国人称之为“极短篇”。但是极短篇并不是最短的短篇。如果将《麦琪的礼物》拉长，扩容，它就不再具有这种“极短篇”所显示出的魅力了。显然，小小说有它独特的不可取代的特征，有它独特的取材、结构、表达的方式，有它文本与审美的独特性，乃至评价体系。它是一个独立的文学品种。

认识它，才能更好地把握它，运用它，发展它。

小

小，当然，是小小说首要的特点。

但小小说不是可以由短篇小说压缩而成的。正像一个中篇无法压缩成一个短篇，一个中篇也不能拉长为一个长篇。海不能浓缩为湖。一支钢琴短曲也不会演化为一部交响乐。小小说和短篇、中篇、长篇的区别，绝不仅仅是在篇幅上。它们是不同的文学品种，不同的文本，不同特性与规律，不同的标准，不同的取材与创作的思维。照我看，长篇是海，中篇是河流，短篇是一湾池水，小小说是一朵浪花。但是，这浪花不是从海里跳出来的，而是从生活中跳跃出来的，是从脑袋里跳跃出来的。

情节

小说离不开情节。一部中短篇小说需要很多情节，但小小说容不得太多的情节，它最需要的是有一个关键的“情节”。这不是一般情节，而是一个至关重要的、非凡的、绝妙的、闻所未闻的、“成败在此一举的”、寓意深刻或感人至深的情节。比如《麦琪的礼物》、比如《万卡》、比如《口技》与《鸽异》，都有一个令人叫绝的情节，决定着小说的“生死”。这是金子般的情节。小小说往往有这样一个情节就够了。小小说就靠这个情节。

小说中鲜明的人物个性的表现，往往在这个情节里。

小说中深刻的主题，往往也在这个情节里。

它可以使“小小说不小”。

这种情节是小小说的命门。没有这样的情节很难写出好的小小说。

我以为，小小说这种情节是很难获得的，很难碰到的。需要一种契机，一种生活的恩赐，或者是一种灵感。

这种金子般的情节是很难获得的。所以很多大作家写了许多中长短篇，留下的小小说却不多。小小说看似很好写，实际很难碰。

结构

当我们抓到这个关键的情节，就看小说怎么结构了。我以为，小小说是结构出来的。或者说，小小说更讲究结构。

汪曾祺先生认为小小说与短篇的关系，像诗与散文。我同意这种比喻。诗是点上的凝练，散文是线性的舒展。但小小说先天篇幅很短，一切特征都与“短”相关。它不能像散文那种有太多抒情性的描述，太随性、太多的闲笔，它必须简要与紧凑，环环相扣，丝丝入扣。所谓入扣，就是所有笔墨都要与这个“金子般的情节”紧紧结构在一起，最终使这个关键的情节发挥出效力与魅力。这种结构应是一种“巧构”。

在成功的小小说的结构中，往往把“金子般的情节”放在结尾部分，好像相声抖包袱。这样做的一个重要目的是为了“余味”，在小说结束后，往往还能让人继续联想，留下回味。小小说篇幅有限，只有余味可以无限。杜甫有句诗“咫尺应须论万里”，这句话虽然说的是画，但说出一个艺术共通的道理，就是艺术作品的篇幅总是有限，但意蕴深广却应该追求无边无际，余味无穷，余音袅袅，绕梁三日，这是所有艺术最高的境界。

小小说不仅要把“余味”拿来作为自己的艺术追求，也作为小小说自己重要的特征。

细　节

还应该强调，小小说只靠一个关键情节是不行的，这样会单薄。小小说要特别重视细节。叙事写景与状物的细节都要精彩，考究，点石成金。这样的细节不仅可以使小说丰富、充盈，还会增强文学的表现力与审美内涵。

语　言

小小说还有一个重要的特征，就是视语言为生命。

我说的是文字语言。

现在有些网络段子，很不错，也精彩。有人问，特别精彩的是不是小小说？不是。

应该说网络段子更接近民间文学，民间的故事、寓言和笑话。民间故事最大的特点是口头语言，它含有很高的智慧，绘声绘色，流畅生动，故事性强，甚至含着耐人寻味的生活人生的哲理。但它不是文字语言，没有文字美，没有文字的精当、考究、意蕴与素养。

尤其我国的文学史，由于诗歌成熟在前，散文在后，小说继之。散文受诗歌影响，非常讲究方块字的运用。这便使文字语言有很高的文学与艺术的价值，更不提每个作家还要彰显自己的文风与才情。

小小说受客观篇幅短小的制约，文字必须简洁准确，惜墨如金，讲究方块字的使用和审美蕴藉。正因为如此，才可能成为一个精美的文本。

无论中外古今，从魏晋小说、唐宋传奇、聊斋故事，到欧·亨利、契诃夫、巴别尔，等等，那些小说杰作告诉我们，成功的小小说都极其精致，本身就是一种精品。它是精制而成的。写一篇好的小小说比起写一个好的短篇一样难。

我无力把小小说的特征说透说系统，它的理论建设还需要大家共同探讨。如今小小说已成为中国文坛上一个成熟和独立的文学品种，尤其在手机养成的“短阅读”的背景下，大有施展之地。小小说的繁兴应该就在我们这个时代。

——摘自微信公众号《冯骥才工作室》

作者简介：冯骥才，当代著名作家、书画家、文化学者，抢救和保护非物质文化遗产的倡导者和实践者。著有《铺花的歧路》《雕花烟斗》等，系列报告文学《一百个人的十年》，小小说集《俗世奇人》《冯骥才小小说》等，部分作品译至国外。曾获首届小小说金麻雀奖，获小小说事业终身荣誉奖。

那盏叫父亲的灯

迟子建

父亲在世时，每逢过年我就会得到一盏灯。

那不是寻常的灯。从门外的雪地上捡回一个罐头瓶，然后将一瓢开水倒进瓶里，啪的一声，瓶底均匀地落下来，灯罩便诞生了，再用废棉花将它擦得亮亮的。灯的底座是木制的，有花纹，从底座中心钉透一颗钉子，把半截红烛固定在上面，待到夜幕降临时，点燃蜡烛，再小心翼翼地落下灯罩。我提着这盏灯，觉得自己风光无限。

父亲给我做这盏灯总要花上很多工夫。就说做灯罩，总要捡回五六个瓶子才能做成一个。尽管如此，除夕夜父亲总能让我提上一盏称心如意的灯。没有月亮的除夕夜，这盏灯就是月亮了。我提着灯，怀揣一盒火柴东家走西家串，每到一家都将灯吹灭，听人家夸几句这灯有多好，然后再心满意足地点燃蜡烛去另一家。每每转回到家里时，蜡烛烧得只剩下一汪油了。那时父亲会笑吟吟地问："把那些光全折腾没了吧？"

"全给丢在路上了。"我说，"剩下最亮的光赶紧提回家来了。""还真顾家啊！"父亲笑着说，便去看那汪蜡烛油上斜着的一束蓬勃芬芳的光。

父亲说过年要里里外外都是光明的，所以不仅我手中有灯，院子里也是有灯的。高高挂起的是红灯，灯笼穗长长的，风一吹，唰唰响。低处的是冰灯，放在大门口的木墩上。无论是高出屋脊的红灯，还是安闲地坐在低处的冰灯，都让人觉得温暖。但不管它们多么动人，也不如父亲送给我的灯美丽。因为有了年，就觉得日子是有盼头的；因为有了父亲，年也就显得有声有色；而如果又有了父亲送我的灯，年则妖娆迷人了。

我一年年地长大了，父亲不再送灯给我，我已经不是那个提着灯串来串去的小孩子了。我开始在灯下想心事。但每逢除夕，院子里照例要在高处挂起红灯，在低处摆上冰灯。

然而，父亲没能走到老年就去世了。父亲去世的当年我们没有点灯，别人家的院子里灯火辉煌，我们家却黑漆漆的。我坐在暗处想：点灯的时候父亲还不回来，看来他是迷路了。我多想提着父亲送我的灯到路上接他回来啊！爸爸，回家的路这么难找吗？从此之后，虽然照例要过年，但是我再也没有提着灯的福气了。

一进腊月，家里就忙年了。姐姐会来信说年忙到什么地步了，比如说被子拆洗完了，年馍蒸完了，各种吃食也准备得差不多了，然后催我早点儿回家过年。所以，不管我身在哈尔滨、西安，还是北京，总是千里迢迢地冒着严寒往家奔，当然今年也不例外。腊月二十六我赶回家中，母亲知道这个日子我会回去的，因为腊月二十七那天，我们姐弟要“请”父亲回家过年。

我们去看父亲了。给他献过烟和酒，又烧了些纸钱，已经成家立业的弟弟叩头对父亲说：“爸爸，我有自己的家了，今年过年去儿子家吧，我家住在……”弟弟把他家的住址门牌号重复了几遍，怕父亲记不住。我又补充说：“离综合商场很近。”父亲生前喜欢到综合商场买皮蛋来下酒，那地方想必他是不会忘的。

父亲的房子上落着雪，有时从树林深处传来几声鸟鸣。我们一边召唤着父亲回家过年，一边离开墓地。因为母亲住在姐姐家，所以我们都到这儿来了。姐姐的孩子小虎刚过周岁，已经会走路了。一进门母亲就抱着小虎从里屋出来了，我点着小虎的脑门儿说：“把你姥爷领回来过年了。”小虎乐了，他一乐大家也乐了。

可是，当晚小虎哭个不休。该到睡觉的时辰了，他就是不睡。母亲关了灯，千般万般地哄，他却仍然嘹亮地哭着。直到天亮时，他才稍稍老实起来。姐夫说：“可能咱爸跟到这儿来了，夜里稀罕小虎了。”说得跟真事似的，我们都信了。父亲没有看过他的外孙，而他生前又是极喜欢孩子的。我们从墓地回来，纷纷到了姐姐家，他怎么会路过女儿的家门而不入呢？而他一进门就看见了小虎，当然更舍不得离开了。

母亲决定把父亲“送”到弟弟家去。早饭后，母亲穿戴好，推着自行车，对父亲说：“孩子也稀罕过了，跟我到儿子家去过年吧。”母亲哄孩子似的说：“慢慢跟着走，街上热闹，可别东看西看的，把你丢了，我可就不管了。”母亲把父亲“送”走的当夜，小虎果然睡得很安稳。第二天早晨起来，他把屋子挨个走了一遍，一双黑莹莹的眼睛滴溜溜地转着，东看西看，仿佛在找什么，小虎是不是在想：姥爷到哪儿去了？

初三过后，父亲要被“送”回去了。我多希望永远也不送他回去。天那么冷，他又有风湿病，一个人往回走会是什么样的心情呢？

正月十五到了，多年前的这一天，在一个落雪的黄昏，我降临人世。那时天将要黑了，窗外还没有挂灯，父亲便送我一个乳名：迎灯。没想到我迎来了千盏万盏灯，却再也迎不来父亲送给我的那盏灯了。

走在冷寂的大街上，忽然发现一个苍老的卖灯人。那灯是六角形的，用玻璃做成的，玻璃上还贴着“福”字。我立刻想到了父亲，正月十五这一天，父亲的院子该有一盏灯的。我买下了一盏灯。天将黑时，将它送到了父亲的墓地。“嚓”地划根火柴，周围的夜色就颤动了一下，父亲的房子在夜色中显得华丽醒目，凄切动人。

这是我送给父亲的第一盏灯，那灯守着他，虽灭犹燃。

归　航

陆颖墨

巨浪猛扑过来，掠过右甲板，迎头浇盖了整个舰桥。舰长肖海波心头一凛，死死盯着右边的海面。一个巨浪更加猛烈地狂扑过来。他冷笑：“果然是你！”紧接着，舰身大幅度左斜。他扶牢站稳，对那个把身躯捆在铁座椅上的操舵兵果断下令：“右满舵！”

海情这么糟，一切都在预料之外。从日本海过来的“丽莎”台风，原来预测是九级，所有舰艇全部驶离军港，进入防风锚地。没想到，风力骤升到十一级，上级命令机动防台，防风锚地的五艘驱逐舰、八艘护卫舰迅速撤离驻泊海湾。偏偏，肖海波的西昌舰却无法离开，围着防风水鼓来回打转。

西昌舰是新型驱逐舰，肖海波任舰长已有三年。他知道，一般的台风对他和西昌舰来说，不算大事。但他下达出航命令时，立即感到了异常：兄弟舰很顺利地解缆起锚，西昌舰却无法解开缆绳离开防风水鼓。“丽莎”风向向南，机动防台必须顶风，军舰统一迎着台风向北航行就可以了。西昌舰遇到的麻烦是，一股更大的台风从偏离航向九十度的方向扑来。巨浪早就一次次冲上甲板，水兵根本无法过去解开缆绳。肖海波马上反应：军舰被狡猾的土台风咬住了。这太平洋上的土台风，来无影，去无踪，根本不在预报的视线之内，也没法预防。这风，肖海波遇到过，也较量过，虽然没有输过，但心里并不托底。

军舰左右猛烈晃悠，有几次和钢铸水鼓擦肩而过，有些官兵开始慌神。一个老水兵在腰上系上保险带，要冲出舰桥，试图在巨浪间隙中解缆，他半个身子刚出舱门，肖海波一把把他拽回，吼道：“想喂鱼呀？！”

怎么办？！肖海波自己把头伸出舰桥舱门，看着缆绳那侧的甲板随波浪上下摇摆。那几千吨的水鼓上拽住军舰的缆绳异常结实，随着风浪和军舰的摇晃，缆绳一下子沉入水中，一下子又划破海面从水里跳出，绷得笔直。每绷直一次，都散过来大片的水珠和水雾。一沉、一拉，一沉、一拉，这每一次变动，都扯动着肖海波的心。突然，一个更大的浪打过来，缆绳猛地蹦出拉直，肖海波一咬牙，一把斧子从他手中飞了过去，他心中大叹一声："晚了！"斧刃准确地砍中了绳子的中间，但舰身随着波浪左斜，绳子也开始下垂，斧刃和缆绳的撞击远远没有产生应有的力度，滑过了。

"手里只剩一把斧头了！"肖海波对自己说。他握住斧把的手有些颤抖，一是要计算好时间差，更重要的是，能不能再次击中！如果这次失败，要不了半小时，更大的风浪就要过来，西昌舰就只能和钢铁铸就的水鼓不停地碰撞了……

台风不允许他犹豫，他努力对自己说："你能行，能行！让自己静下神来！"缆绳刚弹出水面，斧子就飞了过去，在缆绳绷得最直时，一下子给斩断了！

西昌舰像脱缰的野马，飞速驶离锚地。

一团蓝色的火球从远处的海面滚过，不一会儿传来一阵闷响，是滚地雷！滚地雷是南太平洋特有怪物，沿着海平面乱窜，一般的避雷装置对它没用。南海岛屿上不少人都吃过它的亏。西昌舰设备先进，不怕。但看到了滚地雷，肖海波更加断定今天这土台风是传说中最凶狠的，自己以前没有遇见过。不一会儿，像是为了印证他的判断，更猛烈的风变换着方向来回推搡着舰身，能听到舰上的龙骨在嘎嘎作响。巨浪中，几千吨的西昌舰像一叶小舟，前挑后撅，左晃右摆。有两次，倾斜角度超过了六十度，似乎就要翻身沉入海底，但它还是倔强地回过身来，昂起舰首。

现在，无关人员都撤离了舰桥。电报员只能趴在地上发报，肖海波也只能抱着柱子，努力不让自己滑倒。不行，一定要赶紧想出对策，救出这条舰！他不知怎么办，开始慌神，但很快镇静下来。也当过舰长的父亲曾对他说过，海情简单时，不能大意；海情复杂时，千万不能害怕！眼前，土台风像一条毒龙死死缠上了西昌舰，四面都有飓风巨浪的重围，怎么也冲不出去。

他久久凝视着海面。

突然，他腾出左手，揉了一下眼睛，又揉了一下，心里一动。

他连忙问操舵兵："看见左边那个大漩涡了吗？"

操舵兵立刻点头。

"就朝那儿开！"

操舵兵回头诧异地看着他："朝那漩涡开？"

"是的，执行命令！"

没有犹豫，舰艇马上左拐三十度，猛一加速，一下子冲进了那片有漩涡的海面。

好像，舰身变得平稳起来。

肖海波长吁了一口气：又一次判断正确了。

现在西昌舰到了土台风的中央，在台风中心，风力是最小的。那海面上的漩涡，正如他的判断，不是海流汇出来的，是风在水面吹出来的。看来，平时的功课真没有白做！

舰桥里的几个兵，管舵向的、管速度的、管航线的、管报务的等，都回过神了，用钦佩的目光看着他们的舰长。肖海波羞于接受这种钦佩：暂时是安全了，但依然在最危险的地方。下一步怎么办？副舰长早让他派到了轮机房，那里非常重要，舰桥是军舰的脑子，轮机是军舰的心脏。台风刚来时，有几个新兵晕船呕吐，吐出了胆汁，有一个昏头昏脑差点儿掉进海里去。舰医出身的舰政委就是有办法，思想和身体一起调理，把他们稳住了，到现在也没人惹麻烦。台风中晕船不是小事，20世纪70年代，发生过几次新兵因受不了晕船呕吐而跳海的事件。

台风中心在朝西移，但具体方向老是变来变去，肖海波只能凭自己的经验，指挥着军舰与台风中心同步西移。舰身还算平稳，但巨浪仍然在不远处虎视眈眈地包围着他们。

什么时候风能小下去呢？这是他现在最想知道的问题。土台风无法预测，上级也没法告诉他。怎么办呢？

忽然，他心中一阵发空，几乎同时，他听到报告：“舰长，我舰已进入公海！”

每次离开祖国的领海，肖海波都会感觉心里空空，但现在立刻变沉重了——由于高度紧张，不觉在台风中心已航行八个小时了。以往对付土台风，如果冲不出去，就拖时间，台风闹腾一阵，就会慢慢变弱，像乌合之众，各自散去。而今天这个土台风，看样子绝非善类，铁了心让军舰跟着它走。再这样被台风胁持着漂下去，不知会漂到哪个国家？会不会引起一系列不必要的麻烦？还有，航道上会不会遇到暗礁？肖海波的心揪了起来！

新舰服役时，首长对他和舰政委说过：这么好的家当，就由你们收拾了。记住，军舰只要一离码头，不管遇到什么难处，不能指望别人，要靠自己过硬的本领！是的，靠自己，不能一直这样，要冲出去！

可冲出去，行不？

肖海波脑中飞速盘算。难度大，风险也大呀！台风是旋转的，冲出去就必须顶着风，还要同时朝外围偏离。台风旋转无规律，要突围，军舰的速度和航向只能靠他舰长即时判断，稍有差错，让台风和巨浪从侧面拦腰掀起，军舰就可能被掀翻。他深情地看了看身边的几个操作兵，他对他们每个人都了如指掌，但是在这生死关头，他们对我这个舰长有没有信心？！

他下达了突围命令。几个兵没有吱声，都回首看了他一眼，他用眼神给予了回答。按规定，遇到突发海情，航线变化都是合理的。上级也来电指示，让他们根据具体情况处置。但是，水兵们的眼神告诉肖海波，他们有信心，也赞同舰长的决定：突围！

很快，军舰掉过身来，冲进了狂风巨浪。庞大的舰身，在肖海波和水兵们的操纵下，竟然变得如此灵活！不管风向怎么变，巨浪怎么打，舰首总是紧紧咬住台风的风头。台风好几次绕到了舰身的左侧，想咬住它，把舰掀翻，就是没有成功。舰首和左甲板都像勺子一样伸进了巨浪，但是每一次只把巨浪的牙齿击碎。每一次快要冲出台风圈的时候，总有一个更高的巨浪张开大口，似乎要把西昌舰吞掉。肖海波知道这张大口的后面，就是平静的海面。他终于下定决心指挥操纵军舰冲进了那看似凶猛的大口……

突然间，舰身一震，恢复了期待已久的平静。肖海波眼睛一闭，凉凉的东西从他的面颊流下。他回过头来，看到身后的海面上，一条“巨龙”翻滚着远去。再回过头来，霞光万道，风平浪静，一条金色的航道在前方展开。

“向着祖国，归航。”他呢喃了一声，但水兵们都听到了，响亮地回答：“归航，向着祖国！”肖海波忽然意识到，是他下达的命令，是他当兵以来，声音最轻的命令。

燕子李三

冯骥才

光绪末年，天津卫出了一个奇人，叫燕子李三。人叫李三，燕子是他的绰号。他是个天下少见的飞贼，专偷富豪大户。每偷走一物，必在就近画下一只燕子做记号，表示东西是他大名鼎鼎的燕子李三偷的。偷的都是富贵人家，官府必然下力缉拿，但李三的功夫奇高，穿房越脊，如走平地。遇到河面还能用脚尖点着水波而行，从这岸到那岸。这一手叫“蜻蜓点水”，轻功不到绝顶，绝对学不会这一手。

燕子李三的事闹了半年，在城里城外十多个富人家窃去的宝贝旁，留下了那个燕子的记号，府县的捕快使了不少计谋逮他，却连李三的影儿也没见过。有的说模样像时迁，一身紧身皂衣，长筒软靴，深夜出来行盗，人混在夜色里，绝对看不出来。有的说他长相和杨香武一样，嘴唇上留一撮儿两头向上翘的小黑胡，更是“燕子”的来历。于是一时间，留小胡子的人走在街上总会招人多看两眼。后来又有人说，什么时迁杨香武，都是戏迷瞎诌的。此人肯定长相平平，不惹眼，白天睡觉，半夜出行，像蝙蝠。

这李三怎么突然冒出来的？为吗以前从没人说过？肯定是新近打外地窜来的。天津卫有钱的人多，有钱的人宝贝多，就把李三这种人招来了。传说这个李三是河北人，燕赵之地的人身上都有功夫，还有说得更有鼻子有眼——是吴桥人。吴桥人善杂技，爬杆走绳，如履平地。说法虽然多，谁也没见过。愈见不着愈瞎猜，愈猜愈玄愈神愈哏，甚至有人说这李三就是几个月前刚打外地调任天津的县太爷。县太爷是河北人，人瘦如猴，能文善武，还爱财。甭管是不是他，反正说来挺好玩，愈说愈有乐子。天津人就好过嘴瘾，往里是吃，往外是说，说美了和吃美了一样痛快。

不过这飞贼李三在人们嘴里口碑不坏。反正他不偷穷人的。不但偷富，还济贫。东门内一家穷人欠着房租还不上，被房主逼得无奈，晚上在屋里哭哭啼啼，忽然打后窗扔进一包东西，打开一瞧，竟是不少银子。令这家人更惊奇的是，包袱一角画着一只小燕。这家人急忙出去谢恩人，跑到门外一片漆黑，早没了人影。听说最有机会看到李三长相的是蹲在城门口讨饭的裴十一。李三把一纸包钱亲手撂在他手心里，可裴十一是个瞎子，只捏到李三的手，这手不大却挺硬；虽然脸对脸，吗也瞧不见。

这一来，李三在人们口里就更神奇了。

一天，燕子李三在天津卫把偷窃一事做到了头——他偷到天津最大的官直隶总督荣禄老爷的家。

这天，荣禄的老婆早晨起来梳妆，发现梳妆匣子里的一个珍珠的别针不见了。这是她顶喜欢的一件宝贝，珠子大小跟葡萄差不多，亮得照眼，这么大的珍珠在海蚌里得五百年才能养成，当年荣禄想拿它孝敬老佛爷，她都死活不肯。丢了这东西跟她丢条命差不多。最气人的是在放别针那块衬绸上画了一只燕子，这纯粹是和荣禄老爷叫板！气得荣禄一狠劲咬碎一颗后槽牙。

荣禄也不是凡辈，他使个法儿：在大堂中间放一张八仙桌，桌面中央摆了总督的官印，上边罩一个玻璃罩子，然后放出话去，说当夜他要关上大堂门，堂内不设兵弁护卫，只他一人坐在堂上守候着官印。他要从天黑守到天亮，燕子李三有胆量有本事就来把官印取走！

这话一出，算和李三较上劲了，而且总督大人保准能赢。想想看，虽然大堂内没有一兵一卒，可是堂外必然布满兵力。大堂的门关着，官印在玻璃罩子里边扣着，总督又坐在堂上瞪圆眼守着，李三能耐再大，怎么取法？再说，门窗全都紧紧关着，怎么进去？钻老鼠洞？

当夜总督大人就这么干了。桌子摆在大堂上，官印放在桌面中央，罩了玻璃罩子，然后叫衙役退出大堂，所有门窗关得严严实实。总督大人自己坐在公案前，燃烛读书，静候飞贼。

从天黑到天亮，总督大人只在近五更时，困倦难熬时略打一个盹儿，但眨眼间就醒了。整整一夜没听到一点儿动静。天亮后，打开门窗，阳光射入，仆役们也都进来了，只见那方官印还好好摆在那里，纹丝没动。总督大人笑了，说道："燕子李三只是徒有虚名罢了。"然后，举起双手伸个懒腰，喝口茶漱漱嘴，喷在地上，准备回房休息。

这时，收拾官印的仆人掀开玻璃罩子时，忽然发现官印朝南一面趴一个虫子似的东西，再仔细一看，竟然是一只毛笔画的又小又黑的燕子！燕子是李三画的！

总督大人登时目瞪口呆，猜想是不是自己五更时那个小盹儿，给了超人燕子李三可乘之机。但门窗是闭着的，他怎么进来怎么出去的？衙门里上上下下没人能猜得出来。

真人能人全在民间，很快民间就有了说法。说李三是在大堂还没关门窗时飞身进来，躲在了大堂正中那块"清正光明"大匾的后边，待到总督大人困极打盹儿时，下来把事干了，然后重回匾后藏身，天亮门窗一开，趁人不备，飘然而去。这说法合情合理。可是总督大人纳闷，李三当时为什么不拿走官印，只在上边画个小燕子？

人们笑道：官印？李三爷能拿却不拿，就是告诉你，那破东西只有你当宝贝，谁要那个！

双 琴 祭

梁晓声

那两棵树，是生长极慢的树，最适合取其材而做琴。那位老制琴师呢，他的经验是，一棵那样的树，只能锯取一段，做成一把音质优良的小提琴。所以他打算用那两棵树同时做两把小提琴，使它们在音质上不分轩轾。

琴取于材，材取于树。老制琴师当年亲手栽下的两株小树苗，在十余载里，不但增加着年轮，也像少年和少女渐渐长成健壮的青年和标致的女郎一样，深深地相爱了。它们彼此欣赏，彼此赞美，永不厌倦地诉说着缠绵的情话。

但是，没等琴做成，老制琴师却病倒了。他临终前对儿子说："我一直想要制成两把音质同样优良的小提琴，以此向世人证明，世上有些不同事物的美好是同样的。在美好和美好之间为什么还要比来比去呢？这是由于人心的狭隘导致的愚蠢啊！我想做的事是做不到了，你一定要替我做到……”说完，老制琴师就死了。

后来，他的儿子伐倒那两棵树，锯取了它们各自最好的一段，制成了两把音质同样一流的小提琴。他把琴送到了琴店，郑重地交代：“如果有谁在这两把琴中反复比较、挑选，那么无论他最终选择了哪一把，都不卖给他。如果有人说它们是同样好的琴，那么可以将两把琴都送给他。如果是两个人，那么一人一把。”

有一天，琴店来了两位父亲，带着两名少年。两位父亲是好友，他们是陪儿子来选琴的。两名少年不约而同地看上了那两把小提琴，于是店主取出琴让他们试一试。

他们各拉一曲后，都说以他们的耳听来，两把琴的音质同样优良。为了使大人们相信他们所选的不后悔，他们还毫不犹豫地交换了琴。于是他们幸运地接受了赠予。

后来，他们果然都成了“家”，声名鹊起。无论何时何地，他们一直合奏着。

世人欣赏并赞美他们的合奏，但世人的心理是古怪的，不久，就开始了他们之间孰高孰低的纷纭众说。而寂寞的传媒则一口咬住那纷纭众说，推波助澜。

最后，他们不能再合奏下去了，只能迫不得已分开，各自独奏。但他们都是那么眷恋合奏，因为他们觉得只有合奏才能发挥出他们的演奏天赋。

比他们更眷恋合奏的是那两把小提琴！只有合奏的时候，它们才有机会相见！

但自从它们分开了，它们再没“见到”过对方。它们被思念折磨着，它们的琴音里开始注入缕缕忧伤，正如苦苦相思着的情人们的信上有泪痕一样。

然而两位由合奏改独奏的演奏家，竟渐渐地相互心生出嫉恨来。他们不知不觉就坠入了别人的“阴谋”。因为他们曾经的珠联璧合，引起了别人的嫉恨。别人想要离间他们，想要看他们成为仇敌。

终于，他们中的一个心理崩溃了。他摔毁了他心爱的小提琴，跃下阳台，一命呜呼。

那时，另一个正在舞台上演出。他提琴的几根弦，随弓皆断。皆断之际，小提琴发出类似哀号的最后一声颤音……

悲剧的发生使人心趋于冷静，对死者的同情超过了人心对其他一切的表现。有同情就有憎恨。另一个还没来得及从惊愕中悟到什么，已然懵懂地成了罪魁祸首。最后，他疯了。

他那一把琴被换了弦，又摆在琴店里了。然而，无人问津，因为它已被视为不祥之物。只要琴弓一搭在弦上，便会发出号哭一般的声音。

是的，那真是一把小提琴在号哭——在为它不幸的爱人而号哭……

父亲的请帖

乔 叶

父亲一直是我们所惧怕的那种人，沉默、暴躁、独断专横，除非遇到重大的事情，否则，很少和我们搭腔。

日常生活里，常常都是由母亲为我们传达“圣旨”，若我们规规矩矩照着办也就罢了，如果有一丝违背，他就会大发雷霆，“龙颜”大怒，直到我们屈服为止。父亲爱我们吗？有时候，我会在心底不由自主地偷偷问自己。他对我们到底是出于血缘之亲而不得不尽点责任和义务，还是有深井一样的爱而不习惯表达或者是不会表达？我不知道。

和父亲的矛盾激化是在谈恋爱以后。

那是我第一次领着男友回家。从始至终，父亲一言不发。等到男友吃过饭告辞时，父亲却对男友冷冷地说了一句：“以后不要来了。”

那时的我，可以忍耐一切，却不可以忍耐任何人轻视我的爱情。于是，我理直气壮地和父亲吵了个天翻地覆。后来才知道，其实父亲对男友并没有什么成见，只是习惯性地摆一摆未来岳父的架子，显示了一下权威而已。在很大程度上，是我的激烈反应大大激化了矛盾，损伤了父亲的尊严。

“你滚！再也不要回来！”父亲大喊。

正是满世界疯跑的年龄，我可不怕滚。我简单地打点一下自己的东西，便很英雄地摔门而去，住进了单位的单身宿舍。

这样一住，就是大半年。

深冬时节，男友向我求婚。我打电话和母亲商量。母亲急急地跑来了：“你爸不点头怎么办？”“他点不点头根本没关系。”我大义凛然，“是我结婚。”

“可你也是他的心头肉呀。”

“我可没听他这么说过。”

“怎么都像孩子似的。”母亲哭起来。

“那我回家。”我不忍了，“他肯吗？”

“我再劝劝他。”母亲慌慌张张地又赶回去。三天之后，再来看我时，母亲神情更沮丧：“他还是不吐口。”可我们的日子都定了，请帖都准备好了。

母亲只是一个劲儿地哭。难怪她伤心，爷儿俩谁的家她也当不了。“要不这样，我给爸发一个请帖吧。反正我礼到了，他随意。”最后，我这样决定。一张大红的请帖上，我潇洒地签了我和男友的名字，不知父亲看到会怎样，总之一定不会高兴吧。不过，我也算是尽力而为了。我自我安慰道。

婚期一天天临近。父亲仍然没有表示让我回家。母亲也渐渐打消了让我从家里嫁出去的念头，开始把结婚用品一件件地往宿舍里送。偶尔坐下来，就只会发愁：父亲在怎样生闷气，亲戚们会怎样笑话，场面将怎样难堪……

婚期的前一天，突然下了一场大雪。第二天一早，我一打开门，便惊奇地发现我们这一排宿舍门口的雪被扫得干干净净，清爽的路面一直延伸到单位的大门外面。

一定是传达室的老师傅干的，我忙走过去道谢。

“不是我，是一个老头儿，一大早就扫到咱单位门口了。问他名字，他怎么也不肯说。”

我跑到大门口，门口没有一个扫雪的人。我只看见，有一条清晰的路，通向我最熟悉的地方——我的家。

从单位到我家，有将近一公里远。

沿着这条路，我走到了家门口。母亲看见我，愣了愣，“怎么回来了？”

“爸爸给我下了一张请帖。”我笑道。

“不是你给你爸下的请帖吗？怎么变成你爸给你下请帖？”母亲更加惊奇了，“你爸还会下请帖？”

父亲就站在院子里，他不回头，也不搭腔，只是默默地、默默地掸着冬青树上的积雪。

我第一次发现，他的倔强原来这么温柔。

魂系高原

杨晓敏

20世纪80年代中期的事。

两次都陪同我到哨所采访的团政治处刘干事是湖北人，1970年入伍，正连职，是全团的“二号老兵”。他曾长期在哨所执勤，对各种环境非常熟悉。我们每每闲聊，无话不谈，但主要话题还是西藏兵在边防服役的众多感受。

恋爱婚姻问题自然是一个重要方面。刘干事诙谐地说，他当年谈恋爱八次，没能挽住一个姑娘的胳膊走进洞房，原因之一就是他在选择爱人时条件太“苛刻”。后来我才了解清楚，原来刘干事谈对象时，总是以西藏兵的憨直坦露心迹，问姑娘的第一句话老是“你爱不爱西藏”，好像他心目中的西藏远比他本人重要得多。因为他知道，谁嫁给西藏兵就首先要和那个地方联系在一起，意味着在丈夫服役期间乃至转业回来，都要比别的女人付出更多更大的代价，否则便不会有太美满的结局。

“爱不爱西藏”几乎是“爱不爱丈夫”的同义词。家乡的县服装厂一个叫小何的姑娘犹豫一阵后，终于向他敞开了心扉，点了点头。然而他们结婚一年后，当小何孤零零地躺在产房时，却禁不住泪湿枕巾，不得不用最刻薄的语言，诅咒起远在西天边的西藏兵丈夫。说自己瞎了眼，找了一个没心肝、冷血动物和天下第一没用的人。医生说她胎位不正，会难产，让她提前入院。小何忧心如焚，发报去告急。刘干事当时正在3号哨点。大雪早已降临，除了电台联络外，哨所已完全与世隔绝。连续三封电报把团首长也吓慌了，只得用军用电台通知刘干事。他面对无垠的雪线一筹莫展，阴沉着脸，急得像一头囚笼困兽团团转，连嘴唇都咬出血来。

小何要剖腹产了，手术前非要有亲人签字才行。岳父见女婿迟迟不归，望着痛苦不堪的女儿，只好颤抖着手接过医生早已递过来数次的笔。小何专门给女儿起名叫“刘晓疆”，说是以后让孩子知道，生她时爸爸在边疆。刘干事从西藏回来正赶上女儿周岁生日。此后每次他休假，幼小的女儿根本不“欢迎”他，仿佛是天外来客，说，“我不知道什么叫爸爸，你快走”。即使女儿半夜醒来，也要用小脚把他蹬开，否则便哭闹不休。三个月的假期好不容易“培养”点感情，又要匆匆离去，惴惴不安的心绪又会延续到十八个月以后。小何对丈夫下结论说：“谁嫁给你们西藏兵，谁就是世界上最无助的女人。”

刘干事的家庭，是众多西藏兵生活中的一个缩影。

我问他为什么苦恋这个令他作出牺牲的地方？他对我讲起这样一件事——他刚入伍不久，便参加了一次追悼会，棺材里，安放的不是人的血肉尸体，而是两具白骨。迟来的葬礼，差点儿使两名战士永远蒙受冤屈，牵出两个家庭悲剧。

团部的两名战士到三十公里外的哨点送信。那天艳阳高照，晴空万里，雪线泛着白炽的光芒。在翻越海拔四千米的大雪山时，一声闷响，天崩地裂，约七十五厘米厚的雪块呈板状訇然滑塌。他俩被推出五十米开外，双双坠落雪崖，摔昏冻死在三十多米的河滩上。

纷扬的雪花骤起，覆盖了他们弥留的痕迹。当时边境线上情况复杂，团里查无下落，草率定为越境潜逃。半年后通知两位战士家乡的当地政府对其家庭按叛属处理。翌年秋季，团里明副政委到哨所检查工作，在通过狭窄的雪道时，牵着的军马也坠落崖下。警卫员绕道下山抢救，在奄奄一息的军马旁，发现有两具形体依稀可辨的白骨和遗物。追悼会上，两位战士的骨骸被葬于烈士陵园。组织上对两战士各追记三等功一次，装入档案。而后又派人专程到两位战士的家乡，宣布为其平反，家庭按烈属对待。

刘干事和我先后上了哨塔。他仰起黝黑的脸庞，眼睛盯着连绵的雪山说：

“军人是最神圣最值得骄傲的职业，应该具有崇高的献身精神，在艰苦卓绝的环境中培养、冶炼自己的品质和美德。我的日记本上，记载着数名死去的战士的名字。有一个班长，叫孙居顺，在即将退役的前夕，去执行最后一次巡逻任务，在离界碑不远处，被雪崩夺去生命。有一个连长，为改善哨所的文体生活条件，准备修建篮球场。他在带领战士们炸石头时，由于心脏病发作，没听到警戒信号，被一块飞石当场砸死。还有一个战士叫李明高，后来当上排长，一次为抢救被冰川掩埋的烈士遗体，拼命刨冰，几天的辛勤劳作，活活累死在抢险现场。他们没有创造出惊天动地的事业，大都死得并不壮烈，平平常常，甚至死于事故。然而他们是以西藏兵的一员，默默地倒在风雪边关，就死得有无限价值了。我们在雪山哨所生活、思考、站岗、巡逻、眼看着西藏在进步，祖国在腾飞，难道这些还不够一个边防军人骄傲吗？”

他摁下录音机，倾听一支歌，一支属于西藏兵喜爱的曲调：

温暖的太阳照在雪山，
雅鲁藏布江水金光闪闪，
万恶的叛匪被消灭，
解放军来到咱们家乡……

刘干事沉浸在对往事的回忆中，我分明窥见，他眼眶里饱含深情的泪水。

巧　遇

苏　北

若干年前，20 世纪 80 年代吧，我猫在县里，却热爱文学，满世界投稿，大多石沉大海。我订了许多杂志，有《人民文学》《青年文学》《上海文学》。《人民文学》每年都有广告，开展文学的函授活动。有一年我也参加了函授，函授的好处是把稿子寄过去，有人搭理你。我寄了一些，有一篇竟然发在了“函授版”上，于是我接到通知要到承德参加函授生的笔会，当然车费自理，可能还要交一点儿伙食费。

我从来没有出过这么远的门。我最远从县里去过市里，也就百十公里。这好家伙，一下子就是上千公里。我先坐火车到北京，从北京转车到承德已是凌晨3点。从承德火车站到笔会主办方所租的学校，在路上我遇见一个小偷正翻墙——到学校猛敲门，才把看大门的喊醒。在承德函授了几天又回北京，这一次我停留了，要在北京看看。可我没有钱，那时大家也都没有钱。我所带的路费所剩无几，就在天安门广场转，那地方不要钱。后来听说，也可以排队去毛主席纪念堂看看，那也不要钱，只要排队即可。我就在晒得晕头转向的情况下排队去了。那是7月的大夏天——那个队真长啊！我在不是上午10点就是下午2点的日头下蠕动，无聊至极。这时奇迹出现了！

——排在我前面的那个人不是我小时候的邻居吗？

我左看看，右看看，太像了！可是我不能确定。这怎么可能呢？可是我心里猫抓一样，想弄清楚，是还是不是，主要是我身上还没有钱了。于是我大胆问了一句："你是天长的吗？"（天长是我们的县名。）他回头望望，也显出惊奇，说："是啊！"

我就像特务接头对上了暗号一样，马上确定了他是我的邻居。于是我说："我是小立新（我的小名）啊！"

他比我大几岁，我还上学时，他已经工作了。我家住在堂子巷，那是一条窄窄的黑砖的巷子，而他家住在顶头儿的马路边。我们那时经常晚上躲猫猫，能玩到八九点，孩子又叫又跑的。他时不时就见到我飞跑着过去。可是上高中时我家又搬走了，我又长高了，面孔一定是有些陌生了。

于是他更是惊奇："你是小立新啊？！"

啊呀，那个高兴和惊喜。我们拉着手猛摇了一会儿，又互相抱了一会儿。这时他才问："干吗呢？"我说了情况。他告诉我说，他是厂里派去出差的。之后我磨磨蹭蹭，又忸忸怩怩地说："我没有钱了。"

他二话都没说，就给了我十元钱。

维　　权

孙春平

吴老太到三亚有好几年了。每年11月初南下，待来年春暖花开的时候再回东北去，被人称作候鸟一族。吴老太患有肺气肿，以前每到冬天，就觉气短，听人说海南冬天暖和，还没有雾霾，便坐火车跑来一试。这一试就上瘾了，那口气一下就吸到了肺窝最深处，甜甜的，润润的，连吐出去都觉不舍。

当然，当候鸟也需有本钱。要住房，还要坐飞机，都是不小的费用。人家腰包厚实的，在海南买了房，飞到落脚处便有了巢，好比去年来过的老燕。没老巢的也好办，让儿女们在网上搜一搜，或给中介打个电话，一切便 OK 了。可吴老太没这个方便，穷候鸟必须精打细算。吴老太退休前在一个国营煤矿管矿灯，一管三十多年，后来据说是资源危困，退休金两千元不到。一儿一女也都不容易，不再啃老已是烧高香了。老伴过世早，活着时是矿工，矿难后只见了骨灰盒，还有一笔抚恤金。那笔钱后来给儿子买了一室一厅的房子，不然，只怕儿子连媳妇都娶不上。

穷有穷的活法。吴老太买不起房，那就租，租也不敢去正规小区，太贵。她是去城中村。当地村民等着拆迁，早把房子盖得密密匝匝，休想见光了。但便宜啊，一月几百元钱就说下来了。飞机票贵，咱坐火车，睡不起卧铺咱坐硬座行不？刚来三亚时，吴老太还曾去住宅小区翻过垃圾箱，她在心里算计过，没多有少，把租房钱翻捡出来就行。但那活计只干了三天，房东不干了，说院子本来就小，不可再堆放纸壳易拉罐。吴老太想想也是，从此歇了手。

但处处节俭的吴老太对生活也不是一无挑剔。比如谈租金时，她对房东说，这个屋能挡风遮雨就行，空调冰箱啥的我也不要，但没电视却万万不可。我岁数大了，觉轻，夜里睡不着就得看看电视。这一点你要是办不到，那就再少要点租金，我自己想办法。房东在地心转了两圈，总算点了头。

但是，新年后的一天夜里，吴老太正在看韩剧，突听电视机啪的一声，便黑了屏幕，起身摸电视上的键子，挨个按，又按遥控器，都毫无反应，便确信是电视机坏了。第二天一早，吴老太对驾电动三轮车要去码头上倒卖海鲜的房东说："我屋里的电视坏了，你给看看吧。"房东指指已见白的天空说："眼看就亮了，我去晚了，就什么货也抓不到手了。晚上再说，行吧？"

入夜时分，房东回来了，手掐遥控器摆弄一阵，又打电话找来了电视修理师傅，师傅把电视卸下来，开了膛破了肚，说什么什么配件坏了，换件不比换电视省多少钱。房东说："大姨看到了吧，我可不是不给你修。"吴老太气哼哼地反驳道："电视是你家的，你怎么是给我修？我只要求你放在我家的电视能有影有声。"房东没敢再说什么，却也再没给吴老太什么承诺。

那一夜，吴老太越发无眠，烦躁地在床上烙了半夜饼。听隔壁的动静，极安静，前几天女主人带孩子去了乐东县乡下，老妈病了，去侍候，只留了男主人一人在家。男人兴许真是忙乏了，回家后便睡。天快天亮时，听房门响，估计房东又要出发了，便急着跟出去，说我不管你今天忙什么，晚饭前必须给我弄回一台电视来。房东赔笑说："大姨饶了我好不好，一家人还等我挣俩钱过日子呢。"吴老太还想说什么，房东已驾起三轮车，风一般远去了。

那天，吴老太在街区上遛弯儿，捡回一根粗铁丝，又用石块在两头砸出两个圈。吴老太的打算是，今夜房东要是再耍赖，夜里就用这铁丝和房门锁头将他的三轮车扣在小院里的芭蕉树上，明早我看你再怎么跑。没想，当夜，房东似乎未卜先知，人是回来了，小院里却根本没见三轮车的影子。吴老太好不容易又熬到黎明，隐约听到房东蹑手蹑脚的动静，急又起身。房东见状，撒丫子便跑，气得吴老太喊："你是兔子呀？站住！"

房东仍是跑，穿过幽幽暗暗的胡同，到了车水马龙的迎宾路上。回头看，吴老太竟远远追上来。房东怕吴老太使出人盯人的战术，哪还顾得看路灯，横穿街道直奔隐在对面树丛中的三轮车。没承想一辆红色摩托闪电一般冲过来，房东躲闪不及，扑通一声摔倒在路心。

那天，真是幸亏吴老太紧跟在身后。吴老太眼见房东遭了车祸，急冲到路上，站在路心对着来往的车辆拼了命地摇动双臂，拦住了疾驰的过往车辆，又呼停了一辆出租车。

房东醒来时已在医院病床上。正等在床前准备核实情况的交警对他说："听医生说，你身体的问题不大，皮肉伤，只是头部着地，受了脑震荡，休养几天也就恢复过来了。我们已追查到企图逃逸者。要说责任，我看主要还是你，你怎么能横穿街道呢？今儿多亏了这位大姨，不然，你要是遭遇到二次伤害，那可就惨了。你要知道，当时的情况，那是极有可能的，我想想都替你后怕。"房东忙对仍守在床前的吴大姨说："大姨，从今往后，只要你来三亚，都住我家，连吃带住，我分文不收。你是我的亲姨呀！"吴大姨嘴一撇，回道："少扯用不着的，住房交租，天经地义。我只盼你养好伤，回家后快点让我看上电视就行啦！"

十　年

田洪波

依旧是光头背心短裤，不同的是少了耳环。当汽车进入麒麟山短暂歇脚时，你望着山腰如云的雾，想起十年前的那个夏天，恍如昨日。

七岁的儿子满眼惊奇，跳着脚和妻子尖叫。他说，长这么大，第一次知道什么叫世外桃源。是的，不受羁绊的你，早些年没少各地游览，在你眼里，许多山寺古迹并不比名不见经传的麒麟山强多少，然而，麒麟山对你的意义却非比寻常。

十年前的那个夏天，爱情失意的你在无目的的自驾中，闯入仙气缥缈的麒麟山。你的心稍许安定，痴痴打量云雾缠绕的山峦。

你不知道，你的一身装束破坏了风景。当你下意识走进一家名为最时光的客栈时，店主人向你投来的目光，表明了他对你的厌恶。他与你年龄相仿，只是比你胖，比你络腮胡子重。那会儿的他，对你满脸鄙夷。

他慢腾腾为你办理入住手续。当时的你，似乎对什么都是敏感的，你觉察到了对方的敌意，不由得无名火起。于是，言语像稻草一样迅速点燃。他声称，对你这样的鸟人不感冒，抬手作出姿势，请另寻方便之处。你大怒，声调高亢，双目圆睁，与他据理相辩。这时一位老者出现，才渐渐熄灭了你们之间磨出的火花。你是办事讲究章法的人，你买了一大堆好吃的，气定神闲邀请他入席，言明随便聊聊。

还好，起初在脸上闪过不屑后，他也不示弱，欣然入席，甚至拿出两瓶上好的藏酒，与你一本正经对饮起来。只是他言语不多，多半都是你在倾诉，絮叨自己的所谓坎坷。

你告诉他，自己全身心爱着一个女人，她却无情地背叛了你。重心一下失去了平衡，失去了对生活的热望。说到往日的不堪，泪水在你的眼眶里打转。

他脸上现出一抹淡淡的笑意，脖子上的核桃项链随之晃动。他笑你没出息，他质问你，怎么，没女人地球就玩不转了？就失去它的色彩了？只有平庸的俗世之人，才会有平庸的俗世之念。为何不能终身不娶呢？为何不能自由潇洒一生呢？没有女人的牵绊，男人完全可以活得潇洒。

你惊讶地瞪大了眼睛，这是你没想到的。你不知道他有什么样的故事，你猜测他可能也有不愿言说的往昔吧？这时的你，看风景已经不重要了，能向一个人倾诉比什么都好。

那天的酒一直喝到夜半时分，你们都醉了。你们毫无章法地拥抱在一起，你信誓旦旦要像他一样终身不娶，他则叫嚣自由潇洒一生。

你和妻子提起这段往事，妻子认真地听着。然后她小鸟依人一样靠在你身上，感谢岁月将你雕刻成现在的模样。妻子用缘分解释你们的相遇，用不可抗拒解释你们的爱情，用上天旨意解释你的失信。

汽车一路向前，终于来到最时光客栈门前，你的心怦怦跳，不知道是否会见到他。你长时间打量“最时光”三个字，稳了稳神，领着妻子儿子大踏步走进去。

一个漂亮女人坐在吧台后面，旁边则有一个五六岁的小女孩儿在玩耍。你言明住店，女人很热情，站起身来为你们办理入住手续，你突然想到，那次相逢，竟然连他姓甚名谁都不知道，他是否还是这家客栈的老板？怎么张口问呢？在这方面，你感叹，男人永远不如女人。

那个小女孩儿嚷着要上厕所，这时从屋里冲出一人。那是一个看上去再寻常不过的男人，他迅速抱起了女儿，你发现，那正是他！我的天，他现在竟是这般模样？那个桀骜不驯的他呢？那个对爱情嗤之以鼻的他呢？那个言之凿凿终身不娶的他呢？

他领着女儿很快回来了。他看到你的第一眼也愣怔了，揉了下眼睛，定了定神，脸上现出一丝羞涩，非常平静地说了句："你好！"

你们拥抱在一起，长久打量对方，然后转身介绍家人。你介绍妻子和儿子时，脸也明显红了，他理解什么似的拍拍你的肩。

饭后孩子们疯在了一起，女人也聊到了一块儿。你和他站在山峦的一个高处，也在叙旧。

他笑着问："耳环不戴了？不做鸟人了？"

你打量他："胡子不蓄了？不终身不娶了？"

你们都笑了。

他递过来一支烟，看牌子，那不过是再普通不过的，你欣然接过点燃。

这一夜，两家人围坐在一起吃喝，孩子们表演即兴节目，而你和他，则又喝醉了。

郑 剑 西

张晓林

郑剑西（1901—1958），名闳达，师法颜真卿，以行入草，得《祭侄文稿》风韵。

郑剑西在夷门的十年间，究竟留下了多少幅墨迹，已没人说得清楚。只是在那场著名的文化运动到来之前，他颇具《祭侄文稿》神韵的行书作品，还时而能在夷门的各大字画铺子里看得到。近些年，当他那蕴藉潇散、略带一丝文人忧愁气质的行书越来越受到热捧的时候，却很难一觅踪影了。

郑剑西少年的生活里，热衷于三件事：诗、书法和琴艺。中年以后他把诗抛却了，这全是一种理念在作怪。他说他悟透了人生，要给自己实行减法。而书法和琴艺他不愿意丢，书法能让他尘世的灵魂得到安宁。琴艺呢？他不丢掉琴艺，为的是怀念一个人。他十九岁只身来到北京，在一个小衙门里谋到一个卑微的差事。不久，拜在京胡名家陈彦衡门下学琴艺，陈彦衡倾囊相授，使他很快有“青胜于蓝”之誉。后又介绍他与梅兰芳、程砚秋、姜妙香等京剧大师结识，给他创造到实践中去锤炼的机会。

与梅兰芳等人的相识，让郑剑西感到了巨大的压力，他逼着自己要把京胡演奏好。若干年后，郑剑西归隐家乡瑞安，也收了一个弟子。有一年春节，那弟子去给老师拜年，见师母正踮脚收一件晒在绳子上的袍子，急忙跑上前去，帮师母把袍子收了下来。那是一件丝绵长袍，已褴褛破败，尤其惹眼的是那一行扣子，都有不同程度的磨损，有的甚至破残。那个弟子很是奇怪，不禁问道：“这已不能穿，怎么不扔掉呢？”师母意味深长地看他一眼，说：“这可是你师傅的宝贝！”很快，那个弟子就知道了原委。郑剑西听到了他们的对话，等喝了二两酒后，他解释道：“这些扣子见证了我练琴的经过！”原来，他虽说拜在了陈彦衡门下，却根本没时间练琴，衙门里的事务把他忙得焦头烂额。只能在上下班的时候，一边嘴里哼着琴谱，一边用手指头在扣子上练指法，不断地拨弄，以致袍子上的扣子时常脱落和破损。弟子感到了羞愧。

1923 年郑剑西绕道开封西行到了长安，任陕西省政府秘书一职。临行前，去给老师道别。陈彦衡送给他一把京胡，说：“宫廷里的东西，我人老了，拉不动了，送给你吧。”果然是一把好琴，琴身散发着桀骜的气息。刚拉那一阵子，郑剑西感到了惊慌，手腕上的劲道似泥牛入海一般，会刹那间消失得无影无踪。等他驾驭了这把京胡的时候，琴音清越，宛如凤鸣九天。不久，京城传来消息，陈彦衡病逝家中。隔一天深夜，郑剑西的住处突然起火，他恰在外地公干，逃脱一劫。那把京胡却在大火中化为灰烬。

1928 年的初春，料峭的寒风依然在树梢肆虐。郑剑西来到了夷门，出任河南省政府秘书长，直到 1937 年年底，日寇进逼开封，他归隐故里瑞安。郑剑西到夷门的第一件事，就是完成了他的首部京剧曲谱《二黄寻声谱》一书的著述，并很快由上海大东书局出版。《文虎》半月刊杂志特约画师丁悚（漫画家丁聪之父）设计封面，施蛰存题签（出任《现代》杂志主编前一年），上海《戏剧月刊》主编刘豁公题词。是一首七律：“手理丝桐寻板眼，舌翻珠玉辨团尖。分明不是人间曲，一字何辞报一缣？”诗是即兴而作，很调皮。书的内容写到了生、旦、净、丑等角的唱腔和身段，以及胡琴演员的演奏手法与特点，这本书让他结识了陈素真。一个时期，他与陈素真来往频繁，并和樊粹庭一起，给她量身打造了豫剧《女贞花》。直到祝鸿元的出现，二人交往渐稀。

刘峙出任河南省政府主席的前一年，也就是 1934 年的夏天，河南连遭“三灾”——涝灾、旱灾和蝗灾，三千多个村庄不见炊烟。哀鸿遍野，饿殍满地。次年春，刘峙上任，成立河南赈灾委员会，并单独会见郑剑西，让他亲去上海接正在那里演出的梅兰芳来汴赈灾义演。义演在国民大戏院拉开序幕，戏院建于1928年冯玉祥执政时期，内可容纳一万余人。义演前，刘峙在禹王台宴请梅兰芳及随同演员，宴席之简陋给许多演员留下了长久的记忆。头一天连续演了三场，剧目分别是《宇宙锋》《霸王别姬》和《凤还巢》，很多省政府官员摘下免费徽章自动购票，周边郑州、许昌、商丘等地的戏迷纷纷赶来，戏院连场爆棚。郑剑西私下找到梅兰芳，恳请追加场次。梅兰芳同意了，并主动提出除头等票以外降低票价，让老百姓也能看上戏。后来一连追加了八场戏仍没有满足观众的需求，但演员们已经累得唱不动了。义演结束，郑剑西登台向梅兰芳赠送了一幅汴绣匾额，上绣“灾民受福，德音孔昭”八个大字，据说是郑剑西的笔迹。

1938年年初，郑剑西归乡途经温州，被该地最大一家戏院的冯姓老板拦了下来。也正是这次意外的“拦截”，成就了他琴艺史上的一段传奇。原来程砚秋正在这里唱《玉堂春》，带来的琴师突患急病不能出场，听说郑剑西下榻温州，便让戏院老板请去为他操琴救急。《玉堂春》最难唱的一折是“三堂会审”，大段的西皮慢板，全凭琴师“托腔”才能唱好。尤其是程砚秋这样的大角儿，对琴师的要求几近苛刻。因是旧时相识，郑剑西配合默契，靠二根琴弦将苏三如泣如诉哀婉悱恻的唱腔烘托到了极致。大家正听得入神，突然，“嘣”的一声，二根琴弦断了一根，戏院顿时一片静寂。众人的目光集于一身，郑剑西却气定神闲，硬是用一根弦将这场戏“托”了下来。谢幕之时，掌声雷动。

晚年，郑剑西患了严重的眼疾，据说是高度近视。他原想著一部名叫《祥符调》的书，便不得不断了此念。演奏京胡精力也不济了，他开始在剧目中客串某个角色来打发时日，譬如在《空城计》中饰孔明，在《定军山》中饰黄忠，等等，虽说在戏台上不戴眼镜他几近失明，但听着鼓板的起落，演得倒板眼不乱。

1958年，郑剑西在上海寓所突然病逝，事前一点征兆都没有。那个时候他正坐在书案前，铺好了宣纸，戴上新配的眼镜，研墨准备临写颜真卿的《祭侄文稿》行书法帖。

永不掉队

谢志强

1947年冬，秦山第一次听见方歌唱歌。

团长命令："我们的两条腿要跑过敌人的汽车轮子。"秦山穿草鞋，脚磨破了，渐渐落在急行军的队伍后边。于是，他听见了那支歌："向前向前向前，我们的队伍向太阳……"

方歌站在路边的一个小土坡上，齐耳短发，她旁边还站着两个女兵，是师文工团的团员。

秦山踏着歌声，赶上了队伍。

部队准时到达了指定地点，堵住了敌人的退路，激战三天。秦山身负重伤，被送到野战医院。

方歌所在的文工团来医院慰问伤病员。

秦山在昏迷之中，仿佛又掉队了。他听见方歌的歌声，苏醒过来。歌声飞进了他的心里，他像在舔嘴唇，默默地跟着哼。

医生对方歌说："你把这个英雄唱醒了。"

秦山的家庭很贫困，爹娘却供他上学，念到初中，日本鬼子来扫荡，他就参了军。他受过五次伤，这一次伤得最重。他说："一颗炮弹把我炸飞了。"

方歌说："我见过你，看不出，你还是个英雄！"

秦山说："你唱歌唱得真好听，要是我真的牺牲了，你就给我唱首歌。"

方歌崇敬英雄，说："不许这么说。"

秦山笑了，说："这有什么？听你唱歌，我就活过来了。"

方歌也笑，说："我唱歌有这么厉害，我就唱。"

秦山说："那我们可就说好了。"

1948 年，秦山调进了王震所在的部队，当了独立旅某连的连长。挺进西北，开赴新疆——新疆和平解放。

翻过祁连山，秦山第三次听见了方歌唱歌。

方歌所在的文工团跟秦山的连队在一起宿营。她们已经唱不出声了。女兵很惹眼。秦山看见了方歌，风撩着她的齐耳短发，像水边的垂柳。

秦山的心里奏起旋律。茫茫戈壁荒漠，一眼望不到尽头。

方歌突然唱起了歌："向前向前向前……"

秦山站起来，走过去，说："你咋知道我在唱……我一点儿也没唱出声音呀！"

方歌说："我似乎听见了一个旋律，有谁起了个头，你唱出来呀！"

秦山说："我这破嗓子，一唱会吓坏你的。"

部队来到了南疆重镇阿克苏——驻守塔克拉玛干沙漠的边缘，开始垦荒。

秦山第四次遇见方歌，是在团部。他乐了，说："是要来慰问一下我们了，戈壁荒滩听了你们的歌声就会开花呢！"

方歌说："这一回，是调到你们这儿了。"

过后秦山才知道，方歌请求调离师部文工团，来到了秦山所在的团，当了宣传干事。

团长是秦山的老上级，背后向他透露："你这个英雄，有福气，别人是英雄救美人，你却是美女救英雄。方歌追你追到沙漠来了，就看你能不能接住了。"

秦山一见方歌，脸就发烫。

方歌也几次到秦山这个营收集垦荒的先进事迹。她还组织了一个宣传队，把垦荒的故事编成歌曲、快板。

1952年春，秦山独自骑马，向着太阳升起的方向，进入了沙漠。他打算建立一个新的连队，开垦一个新的荒原。按他的说法是，大口啃一块沙漠。

起了大沙暴。沙漠似乎要作弄一下英雄。两天里，风沙铺天盖地，仿佛真的要叫他"进去出不来"。风一停，沙一落，像是什么事都没发生，沙漠异常美丽，移动过的沙丘，那纹路，如同水的波纹。沙漠总是将进入它上边的物体含而不露地收藏起来。

幸亏有一棵枯死的胡杨树。找到秦山的时候，他搂着树干，沙子已埋到他的腰。胡杨树仿佛缩短了一截。秦山的嘴里灌满了沙粒，几乎没了脉搏。

打电话给团部。方歌带了团部的两个女兵赶来，其中一位是女医生。

秦山像胡杨树一样，一动不动。

方歌和女兵含泪唱歌，唱《沂蒙山小调》。

秦山是山东籍。但他对家乡的歌也没反应。

女医生听不见秦山的心脏跳动了，就用一块白布裹住秦山。

教导员拿来了军旗，盖到秦山的身上。

方歌揭掉军旗，打开白布。

教导员说："你再看他一眼吧。"

方歌说："我们早就讲好了，现在，我给你唱歌。"

地窝子里一片宁静。

歌声响起：向前，向前，向前，我们的队伍向太阳……

教导员说："秦山，你别掉队，起来吧。"

渐渐地，所有的人都跟着方歌唱了起来。阳光从地窝子上边的天窗照进来，沙尘像音符，在阳光中飞舞。

秦山的嘴唇居然动了。

教导员说："你这家伙，我就知道你不会掉队。"

过后，秦山说他像做了一个梦。他睁开眼，看见很多脸，随即，他的目光停留在方歌的脸上。方歌的脸如同一轮圆月，明净净地悬在空中，像水洗过一般，还沾着水珠。

秦山说："水，渴死我了，咋回事？"

教导员说："方歌把你唱活了。"

秋天，收获了玉米。团长主持了婚礼。秦山、方歌入了洞房——一个地窝子。方歌说起大沙暴，她说当时，我就想最后一次给你唱歌。

秦山说："战争年代我都死不了，我命大，能这么轻易掉队？我就等你来唱歌呢。"

方歌说："你别耍嘴皮子了。掉队是父辈对死亡的另一种说法。"

多年后，我了解到了各种版本的秦山和方歌的爱情故事。父辈不愿说过去的故事，但是，都有一首自己喜欢的歌曲，一不留神，会哼出来。秦山已是农场的副团长，他的步子总像是踏着歌曲的节奏。他的儿子秦平沙是我的同学，我们都是军垦第二代。

有一次，秦平沙突然说："人生有许多关卡，哪一个关卡过不去，后来的一切都不存在了。多危险，我爹几次险些没了命，是我娘把我爹唱活了。"

我说："是，没你娘的歌，你爹一旦'掉队'，谁知道你在哪里呢？可能根本没有你，我就没有你这个朋友了，真悬乎。"

人 间 戏

袁炳发

他和妻子结婚之前，是别人给介绍认识的。当时，他是镇上的小学语文老师，工资低，还要供养母亲和妹妹，一家三口的日子捉襟见肘。此时，他又到了该娶的年龄，可哪家的姑娘又甘愿嫁给一个穷人呢！此前，他也恋爱过，二人是自由恋爱。他和一个叫喜兰的姑娘互相爱慕，二人相处好好的，到了论嫁时，喜兰姑娘的父母提出了许多条件，他都因无钱而不能摆平。喜兰姑娘倒不在意这些，在他面前表示：非你不嫁！

然而，喜兰姑娘的母亲更决绝：你要嫁妈就自杀！

最后，在亲情与爱情面前，喜兰姑娘选择了亲情。分手时，他悲痛欲绝，喜兰姑娘也泪水涟涟，告诉他，我虽没嫁你，但我心会随你一辈子的。

从此，他心灰意懒，婚姻大事也就搁浅了。

到了三十岁时，学校的更夫老季，把自己外甥女介绍给他。老季告诉他，外甥女家住在农村，现在给镇上一家饭店打工，在后厨切墩，长相一般，但人朴素，个儿高有力气，过日子肯定是好手。他听后虽没什么感觉，但也没驾住老季的撺掇，二人见了面，喝了酒。老季外甥女酒量高，三劝两劝就把他喝多了。然后，老季外甥女就把他扶到自己租住的房子，大醉的他糊里糊涂上了老季外甥女的床。

第二天，酒醒后的他，看到自己赤身裸体躺在老季外甥女的床上，一切全明白了。

老季的外甥女，坐在床边抽噎着。

他见状，说："你哭什么？我娶你这事不就解决了嘛！"

随便选了个日子，他就娶了老季的外甥女。

他虽然和老季的外甥女结婚了，但心里总是不舒服，觉得在这桩婚姻中，老季的外甥女有下套的嫌疑，从此他心里就打上了一个结。

结了婚他就开始天天闹离婚。

他还嫌她太粗心，就连夫妻间床上那点事她都不需要过程。有时他需要过程，她就像上了年纪的人那般唠唠叨叨没完。

他就泄了气，从她身上下来，趴在床上开始一支接一支地吸烟。

还有更重要的一点，他觉得和她一起时，没有和喜兰姑娘的那份很浓很浓的情感。

他离婚的念头很坚决，她呢？对峙的态度更坚决，宁可守死也不离。用她的话说：除非天翻过来，才能离婚。

这样，他和她白日里如同水火难容，夜里同床异梦。

一日，他突然和她宣布不离了，永远也不离了！

她听后挺疑惑，问："为何？"

他说：我想明白了，怎么生活都是一辈子。况且，我听人说，离婚就像女人习惯性流产，有第一次离，就有第二次离，我害怕再找个再离，腻烦死了！

说完，他脸上显现一种无奈的表情。

他开始想尽力做一个好丈夫，洗衣做饭，家里家外事情，都他一个人忙。外面有饭局时，他也带上她，向别人介绍她时，再不是以前的"我老婆"，而是"我爱人"。她坐在那里，美滋滋地品味着"我爱人"这个称呼。她也对他好起来，夜里，她默许了他需要的"过程"，也不再唠唠叨叨了。

逢人介绍他时，她也说这是"我爱人"。

…………

日子就这样安安静静地过了几年。安静之中，噩运却突然而至，有一天傍晚，在下班归家的路上，他被一辆迎面驶来的货车撞倒在车轮下，再也没有起来。

看到的人都说，他真的是该死，走路哪能那个走法？根本不是车撞他，是他在撞车呢！

他死后不久，她在整理他的遗物中，发现了他写给一个女人依次叠摞的十封没有发出的信。

后来，她就又嫁了。她常对现在的这个丈夫说："其实，我也不爱他。"

再后来，每年他的忌日时，常有一个女人到殡仪馆为他祭奠，但这个女人不是他生前的妻。

瓦　　解

魏永贵

电话铃响的时候老警正在呼哧呼哧地吃方便面。电话里说镇西头要出人命了。老警刚要问电话却挂了。所长开着所里唯一的吉普车带着几个人扑一个偷牛案子去了，老警只好撂了冒着热气的碗开着偏斗摩托歪歪扭扭去了镇西。

远远地老警就看见了黑压压的人聚了一堆。一到集日这样的人堆少不了，什么耍猴的、卖药的、抢便宜货的。老警熄了火就听见两个男人互相骂着吆喝着的声音，老警就使劲挤了进去。

老警一看两个人只是互相揪着头发，手里没有刀子，悬着的心就落了下来。

老警很快就把两个人拽开了。

老警说二位跟我去一趟派出所。

二人中的胖子说："我又没犯法凭什么跟你走？"

瘦子也说："我们的事就在这儿解决，哪儿也不去。"

老警说："你们在市场上打架斗殴这事我就是得管，再说又不是耍猴把戏哪能让这么多人瞅，再说我还拎着所里大门的钥匙，再说我的饭还撂在桌上咧。"

人堆里哄地一笑就给老警让了一条道儿。

老警就用挎斗摩托把二人拉回了派出所。

老警呼哧了一口方便面说："还行还热着。"老警一边呼哧一边说："你们说吧，我的嘴忙着耳朵闲着咧。"

胖子说："这事很简单，我谈了一个朋友都四五年了，这小子突然插了一脚，简直欺人太甚。"

瘦子说："恋爱自由，我俩好，犯哪条法，她又不是你的老婆。"

胖子说："没有你这个第三者耍腕子，她才不会变心咧。"

瘦子说："你也不想想，自己有啥能耐，让人家永远跟你……"

最后老警说："好了，我的饭吃完了，也听你们吵明白了，不就是为了一个女人嘛！"老警说现在也不兴决斗，你们说说准备怎么办。老警打了一个嗝儿又点了一根烟悠悠地吸着。

胖子说："我怎么也不会放弃，除非我死了。"

瘦子说："我喜欢她，没有她我还不如死了。"

老警说："看来这事还难办了，你们非得拼个你死我活吗？"

瘦子说："你都快六十岁了，懂得个啥。"

瘦子说罢这话，看见老警脸色变了，就后悔了。

老警好久没说话。后来突然灭了烟头，拽起二人说走。胖子瘦子莫名其妙，但一瞅老警的脸色只好跟着老警又上了挎斗摩托。摩托左突右拐钻了好几个巷子，最后在一堵土墙前面熄了火。老警又点了一根烟。老警一努嘴说："那人你们认不认识。"

胖子和瘦子都说："谁？"

老警说："还有谁，墙根下晒太阳抠脚丫的那个老娘儿们呗。"

胖子说："这不是外地来镇上的疯婆吗？谁不认识。"

老警说你们只知道她疯了，就没有想一想她为什么疯了？老警说她年轻的时候是十里八庄的一朵花，我都看着眼馋咧。老警说，我那时也和你们现在一样年轻咧。

胖子瘦子都说："后来呢？"

老警说："后来的事可就复杂了。后来两个男人为争这个女人，一个男人把另一个男人杀了。杀了人的男人又被政府毙了。"

老警说："就是为了这个女人。就是这个抠脚丫的女人。"

老警说："你们在这儿看吧，要是还有力气就再打一架，我还拎着所里大门的钥匙咧。"

老警就把两个男人撂在一个抠脚丫的疯婆面前，突突发动挎斗摩托歪歪扭扭走了。

芦苇花开

蔡楠

芦苇花开时节，鱼雁回到了采蒲台。

那天，鱼雁一下公共汽车，就碰上了千里堤上马涛鱼馆的老板马柱哥。虽然多年不见，但马柱还是一眼认出了当年水乡出了名的渔家靓妹。鱼雁从车上下来走到码头的时候，马柱正在给他的快艇加油，见了她，一下子就把油桶扔在了堤坡上，“哎呀呀，这不是鱼雁妹子吗？你也知道咱白洋淀引来黄河水了，这是回家旅游来了？你走这么多年，可忒该回来看看了。怎么你自己？孩子呢？妹夫呢？”

鱼雁就红一下脸，反问：“怎么柱哥，我自己回来咱白洋淀就不欢迎了吗？”

“瞧你说的，欢迎欢迎！俺们巴不得你和妹夫全家从城里搬回来呢！”马柱哥搓着油手笑着，“那天我和老筹兄弟还念叨了你半天呢！”

听了这话，鱼雁像一朵盛开的荷花突然经了霜，霎时凋零了不再年轻的脸。过了好久，她才慢慢地缓过来，“柱哥，别提我的家好吗？我没家了，以后白洋淀就是我的家。真的，我这次回来就不走了！”

鱼雁说得不错，就在昨天，她和丈夫蒙古办理了离家手续。说是离家不是离婚，是因为婚早就离了。房子钱财全部归她，上大学的女儿他来供给。他要的是自由。协议写好以后，二人签了字，蒙古就急忙下楼钻进了那个女人的本田车，然后一溜烟儿地飞走了。

爱情远遁，婚姻如砸碎了的玻璃，扎破了二十多年的时光。所有的一切都在时光里无情地渗漏。蒙古啊蒙古，你人都走了，我还要这房子和财产有什么用？我鱼雁当初可不是冲着你的房产才嫁给你的，我看重的是你能给我一种新的生活。那时候，白洋淀发现了油田，你们钻井队来这里采油，你就住在我们家。我给你做小鱼贴饼子，炖鲇鱼豆腐，熬黑鱼汤……你知道那鱼是哪里来的吗？那是老筹哥光腚下淀捉来孝敬我爹娘的。可我都偷着给你吃了。你吃了鱼不算，还把我也当鱼吃了。你说我这条鱼才是真正的鱼，白洋淀千百年来才出这么一条美人鱼。你还说，我这样一条美人鱼如果永远游在白洋淀里，那是白洋淀的残忍。于是你就把我带走了，带到了刚刚兴起的那个华北石油城。我走了，我的爹娘高兴，我终于可以成为城里人吃商品粮了。可我的老筹哥傻了。载着我们的机帆船路过荷花淀的时候，我还看见他立在一只木船上，高举鱼叉用力向远处掷去。阳光里，他像一尊黝黑的雕像。鱼叉落处，必定有一条大鱼。可我不会再吃到老筹哥的大鱼了。

生活中有比吃鱼更重要的东西。蒙古，我被你安排进了采油厂当工人。我和你就开始了二十多年的城市生活。直到企业改制，我们都买断了工龄，离开了工厂，生活才出现了暂时的停歇。可后来又有了个政策，说是离婚的夫妻能安排一方上班。我就和你办了个假离婚。我让你上了班。谁知，你一上班就像射出去的子弹再也不回枪膛了。再后来，你就名正言顺地有了别的女人。我再也不是你那条爱吃的美人鱼了!

我成了城里一条干涸的老鱼。老鱼开始恋水，便想念自己的水乡了。于是，我回来了。哦，梦里水乡，你可淳朴如初?你可美丽依旧?

就在鱼雁愣神的工夫，马柱已经把汽艇收拾停当。他虽然读不懂鱼雁的心事，但他知道鱼雁再不是当年那条单纯的美人鱼了。她的心里窝着一汪水啊!他提高嗓门儿爽朗地对鱼雁说:“妹子别想那么多了，回来好，回来就好啊!你看俺，这些年，开了饭店，盖了楼房，买了汽艇。咱水乡的好日子比大楼高，比歌厅宽，比超市亮。你看见这千里堤没?比堤还长。你看这满淀开花的芦苇没?比它还厚实!”

“对了，你知道不?人家老等可是发财了。”马柱又说，“你说那么粗壮的一个人，过去迷逮鱼，打你走后就像变了个人似的，发了几年蔫儿，话少了，可长心了。他又迷上了苇子。我多少次开船看他，他不是在苇地里转悠，就是在屋子里鼓捣。有时候就在一捆苇子上睡了，满脸的苇缨子苇叶子。你猜怎么着?人家成了水乡远近闻名的芦苇工艺师。他用芦苇、水草当材料，剪剪、贴贴、烫烫、刻刻的，就弄成了芦苇画。然后用镜子装裱上，能卖大钱呢!听说最近还和外国人做上了生意呢!只是，只是……这小子到如今还没个老婆。唉，鱼雁，他的心里满了，放不下别人了，这个老等没死心，一直在等你啊!”

鱼雁心里窝着的那汪水就化作泪汹涌而出，哗哗地淌落在新水初涨的白洋淀里。盛开的芦花漫过来，包围了鱼雁。她赶紧别过身去，装作擦眼，抓过一把芦花把眼泪抹了。然后她笑着对马柱说:“柱哥，我不想坐快艇，你找个木船来，我要自己划回家。我想好好看看咱们的白洋淀!”

就这样，天还没完全黑下来的时候，鱼雁和船就回到了采蒲台。村口，祖先曾采蒲用的高台上，一个汉子站成了一棵树，正坚硬地等在那里。汉子的周围，飞舞着团团精灵般的芦花。

绝　口

曹洪蔚

马六甲生意受挫后，另起炉灶，在龙亭湖东岸开了一家茶社。汴梁城的茶社不光能品茶，还备有酒菜饭食，马六甲的茶社也不例外。为吸引顾客，马六甲还在晚上安排了戏曲演唱，聘请市里的名角唱名家名段，京剧、豫剧、曲剧、二夹弦，轮番登场，很是红火了一阵子。

好景不长，马六甲的创意很快被复制，龙亭湖周边，包公湖周边，一下冒出了好多家茶社。一个馒头掰几瓣儿，谁也吃不饱肚子。马六甲好不郁闷。

这天，马六甲到郑州办事，中午到一家餐馆吃饭，刚推开门，就听到一声清脆嘹亮的问候声："你好，欢迎光临。"马六甲一惊，门口并没站着迎宾小姐，问候的声音是打哪里来的呢？再看，发现了门道：餐馆正厅里悬一鸟笼，鸟笼的横梁上骄傲地站着一只巧嘴八哥。马六甲笑了：这有点意思。一碗烩面下肚，马六甲吃得直冒小汗，擦着脸刚走到门口，身后又是一声清脆："欢迎下次光临。"弄得马六甲非常受用。又回头望了一眼那巧嘴八哥，心里便有了一个主意。

回到汴梁城后，马六甲开始往鸟市跑，想寻一只巧嘴八哥，引到茶社里边去迎宾。人无我有才是竞争力，马六甲把这事当成了出奇制胜的好点子。

汴梁城的鸟市一向红火，尤其是到了周末，从大南门到小南门的城墙内侧，全是晃动的鸟笼，有买鸟的，有卖鸟的，还有遛鸟的，人呼鸟叫，叽喳一片，好不热闹。马六甲混在人流鸟群里，东窜西钻，寻找着目标，却没发现一只看得上眼的。这养鸟就像是养女人，好鸟还真是不多，马六甲竟无端地发起了这样的感慨。

终于，马六甲在大南门附近发现了一只好鸟。那鸟一看就顺眼：羽色艳丽，体态匀称，站姿优美。头部金嘴蓝羽，双翅黄绿相间，腿爪纯正深灰。

卖者是一老人，清瘦脸儿，须发全白，举止沉稳干练。老者告诉马六甲，这是一只纯正的蓝头金刚鹦鹉，长有四对鸣肌，舌头长圆肥厚，尤擅模仿人语，且长相俊美，是一只上乘好鸟。若不是家生变故，绝不会轻易出手。

后来，马六甲知道，老者的孙子病了，很重，急等用钱，而他也实实在在地喜欢上了这只鸟。他对老者说："买这鸟我有特别用处，驯好了卖给我，价钱好商量。"

懂行的人都知道，驯鸟学舌是一项硬功夫。驯鸟的人先要与鸟交朋友，让鸟乐于接近你，信任你，依赖你。然后，把鸟放到一个你需要的环境里去适应，在确保鸟健康的前提下，控制饮食，至其半饥饿状态，再以奖励食物条件反射之法驯其学舌说话。

马六甲把老者和蓝头金刚鹦鹉一块儿请进了茶社。马六甲想，只有老者才能驯出他想要的鹦鹉。

驯养开始后，马六甲才发现，这只蓝头金刚鹦鹉看着沉稳内敛，实则性子刚烈。"您好"这句它原本就会，"欢迎光临"这句，不到两天就学得字正腔圆，到了"欢迎下次光临"有了难度，老也学不上来，气得在笼子里乱扑腾，后来急火攻心，烂了眼，被老者用偏方治好后，再练，终至成功，依然字正腔圆，如少女说话般清脆甜美。

预定的驯养计划完成后，老者找马六甲结账走人，马六甲却又起了贪心。他对老者说:“这只鹦鹉眼下才学会了三口，按它的能力，学到四口、五口不成问题，这样才会与众不同，才更有价值。下步的训练内容是:见了女的，说‘女士，你好好漂亮呀’。见了男的，说‘先生，你好好潇洒呀’。训练成功后，我再加两千块钱。”

老者正犹豫不决的时候，手机响了，接完电话，老者沉重地点点头，算是应承下来了。

第四口训练到第三天，这只金刚鹦鹉出现了异常:它的两只嗉子一鼓一鼓的，两腮憋得通红，两眼似乎要喷出血来。它仰头站在横梁上，发不出一点声音，悲壮，沉默，如一座雕像。老者慌了，把它从鸟笼中取出，用手一下一下捋着它的嗉子，眼泪唰唰而下。金刚鹦鹉依然沉默，昂头，一副不屈不挠的样子。突然，那鹦鹉叫出来了:“你好好漂亮呀，你好好漂亮呀……”这带血的声音一声接着一声，一直停不下来，直到它瘫软在老者的手掌里。

老者明白，这叫“绝口”。此时的老者，内心里满是懊悔。

马六甲返回茶社的时候，看见驯鸟的老者已仙逝在茶社的大厅里，手里捧着僵硬了的蓝头金刚鹦鹉。

后来，在处理相关后事的过程中，马六甲才知道，这老者曾是省京剧团的当红小生，不知是啥原因，后来倒了嗓子，唱不成戏了，定居汴梁城，以驯养鹦鹉为生。

红太阳农家乐

陈 毓

地图上叫西岔河的地名不止一个，但有大熊猫、羚牛的西岔河只有一个，这就是“红太阳农家乐”所在的西岔河和别的西岔河的区别。

“红太阳农家乐”的牌子是一年前才有的。早些时候，这个经营农家饭的农家院叫“张末末茶食”。某天，几个写生、拍羚牛的人来此住下，那是个深秋天，满坡的黄栌在秋阳中明艳得像火把，柿子红了，菊花黄着，野苇子像早降的一场雪，这正是西岔河一年中最绚烂的季节。

“红彤彤的太阳当头照……”一个人唱，几个人和。

吃饱了饭晒太阳的城里人眯着眼睛，集体看天。太阳照在脸上，连他们的眼睑也镀上金色。

“嘿，为啥不叫红太阳农家乐？”一个人问站在柿子树下正用竹竿夹柿子的张末末。

“就是，既朴素，又应景。”另一个人呼应。

“你这个‘张末末茶食’是用玻璃瓶栽松树。”第三个人说。

这群人中有能说会动手的，于是便有人在一堆乱木头中找出一块废旧的榆木板，锯、削、磨、刻、上色。新的牌子成了。

有人立即搬来梯子，卸下在他们看来甚是无趣的“张末末茶食”，换成眼前这个“红太阳农家乐”。

张末末笑眯眯的，他有理由笑眯眯，开农家乐这两年多，他结识了很多城里来的人，他们中有的是文化人，其中一些人现在是他的常客，甚至很多本县人来这里吃饭，也是带着外地人一起来的。这里距旅游核心区近，“红太阳农家乐”在观测大熊猫、羚牛的必经之路上，当然，张末末的饭食是这一带做得最好吃的。

张末末用心琢磨农家乐的菜单，他觉得一个农家乐的菜单太长不合适，也难以实践，就回想记忆中吃过的好东西，又算计当地食材以及人工成本，最后他精选出九样凉菜，十八样热菜，主食也是九样。如此组合，他觉得每一样都配得上“当地”“原生态”这些字眼。饭菜经营半年后，他又根据饭菜的点击率调整了三五样，淘汰旧的，再出新的，其实所谓淘汰和出新，大多是在原有基础上适度改良，换了新名字，竟然点击率上去了。

特色就像引子，又像是发酵粉，单说一个红泡菜，泡辣椒泡绿蒜瓣，就能和多种食材搭配，魔芋、土豆、粉条、白菜，借此就能做出别样的滋味。

作为主厨的张末末通常是难露脸的，旅游高峰期忙碌的时候更是很少能见到他的身影，只有那些选择在农家乐过夜的人才会在晚饭后看见大树下安静喝茶的张末末。

来客见到的第一个人是老张，老张接了客，问人是坐院子还是屋子，之后道一声：“客官稍坐，我泡茶来。”

老张泡的茶叫“药王茶”。药王当然指孙思邈，传说当年药王在秦岭一带进出，尝百草，配出一个个药方救民济世。

“药王茶”泡在玻璃壶里，喝着看着，眼看茶汤由初时的淡绿到稍后的黄亮。茶微甜，有清凉意，好喝。

老张给客人添过两道茶了，在客人身边的空椅上坐下，亲近中保持适度的警觉。坐着等饭也是等，于是客人就在院里、地里走走，看过之后，都喜欢坐在老张身边听他说话，老张也努力不叫他们失望。

比如这“药王茶”，老张说本来长在海拔两千多米的地方，移栽到山下就不好好长了。

人就问老张："你移栽了？"

老张带人去看他移栽的一株药王茶树，低矮的一丛。仔细对照杯中茶的形状，哎呀一声，"可不是，正是呢"。虽然老张种的叶片看上去要小很多。

有人拍图百度搜索，说"药王茶"原来学名叫金露梅，老张点头说："对的，对的，就是这名字。"但他的嘴始终说不出"金露梅"三个字，下回他给人介绍，依然会说"药王茶"。他说采摘"药王茶"得是春天叶子新长的时候，走到"药王茶"生长的地方，来回要一天，上下三十公里。

老张还说，"药王茶"太白山那边卖二百多块一斤，他这里卖一百五十块。

老张给客人空了的杯子添茶，说："天燥，多喝没坏处。"

有人问羚牛真的能在这一带见到？

"能呢，能的。你看前面那道山梁，羚牛常在那一带出没。"

老张说国庆前也有人来，他们带着帐篷，住在山上等。夏天天热，也有人在树上绑吊床。

"要真想见羚牛，就不能光靠运气，要人去动脑子。"

老张说："可以雇人去撒盐。"

羚牛爱舔盐。前一天找个当地人上山，在羚牛活动的地带撒盐。

"雇我们当向导，一天是二百块钱。"老张麻利地捅开烧开水的蜂窝煤炉子，给暖水瓶里灌满开水，同时从容地把信息传递给我们这些初来者。

老张不说"你需要雇人吗""你要买点药王茶吗"，但他把该说的都说了，该让我们知道的都知道了。老张黑红脸面，眼神里有种难言的单纯，加上他那不高不低、不快不慢的本地话，叫我们感慨他就是"红太阳农家乐"的重要部分。

于是有人问："店是您开的吗？"

老张笑得羞涩又开心，"哪能呢，我哪有本事开店！"收回一点笑，"我侄子开的，小两口开店，亲戚能帮忙的都来帮忙了。"

我们赞一声："生意兴隆。"

老张说："还好，还好，大家照顾的。"

带着花草树木庄稼那使人陶醉的香喷喷的空气叫我们赞美叹息，我们为不能在这里住一晚，我们为不能雇老张当向导上山而遗憾，但金露梅，不，"药王茶"，我们是可以买些带回去的。

老张称秤，使秤杆高高地翘起。

我们都爱管闲事

邓洪卫

从县城乘中巴回镇上的家，我坐在最后。车发动前，上来一人，我认识，是我们村里的小顾三。说是小顾三，其实比我大两岁。小时候常在一起玩，他个头高，敢说话，是我们几个玩伴的头儿。我们喜欢跟他后边混。在学校里挨欺负了，就去找他，让他为我们报仇。小顾三到我们教室门口，用手点指："哎，那谁，你给我出来！"那谁早就吓得屁滚尿流，趴在桌上大气都不敢喘。我坐在那儿，颇为得意，扬眉吐气。

这里说两件事。

第一宗。一天晚上，我们跟小顾三一起去看电影。那时候小，喜欢各村去看那种露天电影。那天放学前，吴庄的同学就说，今天晚上，他们庄放电影。回到家，吃过晚饭，我们就在小顾三的带领下，浩浩荡荡奔吴庄而去。电影叫《黄英姑》，打仗的片子。一会儿马上，一会儿步下；一会儿地主，一会儿土匪；一会儿八路军，一会儿国民党；一会儿深山，一会儿平原。好不热闹，让人眼花缭乱。演黄英姑的演员十分漂亮，飒爽英姿。特别在马上枪战的场面，让人热血沸腾。这片子，我们都看过好多遍，每次看都津津有味。其实最有味的不是电影，而是大家在一起玩的快乐。

看了一半，放映机出了故障，画面卡在那儿，放不出来了。放电影的吴光捣鼓了半天，也没捣鼓好，只得沉痛宣告：今晚电影到此结束，再见。

于是电影就散了。我们虽不想散，但也无奈。正往回走，却看到一伙人围在一起。我们赶紧挤进去，原来有一个人自行车脚拐不知碰到什么外力，拐里边去了，脚拐转到一个地方，就被挡住，转不过来。自行车主人用力扳这个脚拐，奈何气力太小，怎么也扳不动。旁边人看热闹，支着，都没有用。此时，人群中有一人发话："这有何难，我只需略施小力，就能将其扳正！"大伙都看这人，原来是一个黑脸壮汉，大伙道："那你扳呀！"那人哼了一声："哪能白使力气，我不多要，五块钱即可。"众人看自行车主，车主犹豫不决。小顾三在一旁言道："你要有力气，就学雷锋做好事，扳过来，只怕是吹牛皮的吧。"黑脸壮汉不悦，说："我要是扳过来怎么说！"小顾三说："说明你有力气呗，能怎么说，只怕你扳不过来。"黑脸壮汉扳也不是，不扳也不是。小顾三冷笑一声，走出人群。我们也哄笑着跟着小顾三往回走。没走几步，忽听身后有人叫道："留步！"我们回头一看，正是黑脸壮汉。那厮抢步上前，对着小顾三，当胸就是一拳。小顾三跌坐在地。我们还没回过神来，那厮转身阔步而去，消失在茫茫黑夜当中。好半天，我们才明白过来，扶起小顾三。大家闷闷不乐往回走，再也没有来时的兴高采烈。

这是一宗。另一宗跟这一宗差不多，也是看电影。不过是春节，在电影院。不知怎么有两个人电影看不下去，在影院门口打将起来。小顾三好热闹，在旁边看。别人只看不说，他却按捺不住，在旁边评点。

“这一拳打得好！”

“这一脚尚欠力度！”

打架的两个人起先并不介意，越来越觉得不对劲儿。同时卖个破绽，跳出圈外，互使眼色，一齐挥拳打向小顾三。可怜小顾三哪里是二人对手，瞬间被打倒在地，脸上万朵桃花开。

这都是三十年前的往事了。

那一天在车上，小顾三搬着一箱酒上来。我本想跟他打个招呼，怎奈离得太远，他也没注意我。我就想等下车再说吧。

车到中途一个镇上停了下，下了几个客。车主想上几个客，就有意挨了会儿。忽然有人吵嚷起来，原来路边超市门口有人打架，声音越喊越大。有几人见车还没走，就下车去看。两分钟后，车主喊走了走了。几个人又上了车。车子继续前行。十分钟后，车子到我们的小镇，我到前面下车，却找不到小顾三了，但那箱酒还在。于是明白小顾三中途下车看打架，忘了上车。我对车主说：“你们落下一个客人。”车主说：“好像是的。”我想了一会儿，说：“我跟他一个村的，我把他东西搬下来，在路边等他。他肯定会跟下辆车过来。”车主求之不得：“谢谢！”

我把酒搬下来，站在路边，面向西方，等待。

愿他能完好归来。

你妈你爸

范子平

也许你妈你爸原不该是夫妻的。上大学时，性格内向的你妈就看不惯过于活泼的你爸。但最终还是禁不住你爷爷和姥爷的铁哥们儿情谊和你姥姥苦口婆心的劝说。其实你爸你妈挺般配的，大学毕业后两人走到一起，就有了你这个丑小鸭。你妈给你起名叫丁丁。

但你妈和你爸像油水不相交融，结婚没两年矛盾就与日俱增。

首先你妈看不惯的就很多。比如你爸说话高声大气、待人接物的态度，或许还有外人难以知道的隐秘……你妈觉得无法容忍，而你爸却是一个很讲自尊的男子汉，决不向你妈作出星点儿让步。他们之间的厌恶感越来越强，最终走向了离婚，那时你四岁。

你妈什么都不要，只要能离开你爸。遵照你爷爷奶奶的意愿，把你留给你爸，你妈搬到机关住宿舍。

他们很快办好离婚手续。你妈正式离开的那天，他们又大吵一场，你爸还摔了电饭锅，吓得你哇哇大哭，接着就发起高烧。你的发烧成了双方鸣金收兵的令旗，他们立即抱你去医院。你患的急性腮腺炎已感染成脑炎，虽然抢救过来，却也落下了嘴歪和语言不清的毛病。日夜陪护你的爸妈都瘦了一圈。虽然医生一再解释是传染所致，你妈还是认为他们的吵闹离婚耽搁了你，这成了她心里的死结。

你妈的公司离你家有五六里，路坎坷不平，那时又没路灯。每天晚饭后，你妈都要骑着那辆半旧的飞鸽车，到家里和你在一起，教数数、教认字、讲故事、正口形……直到你入睡，才头也不回地离开，她从来不理你爸。你爸也表现了高度的宽容。冬天特别是风雪天，行人都稀少，她孤身一人走在路上，难道不害怕？你爸问过你妈，你妈不屑回答。不管多大的风雨多浓的雾霾，甚至在你们县城连续发生夜里拦路抢劫强奸杀人案的那段时间，你妈也从没一天的耽搁。

那时的你哪知这些？只感觉爸妈善良和睦。每当你有一点点进步，比如你不再把“脱裤”说成“脱兔”，你妈的眼神都放射异彩，你爸拍着巴掌忘乎所以地跑过来……

你去医院复查的时候，连医生也惊叹你恢复的速度，说：“简直是奇迹！”你妈你爸欣喜地对视，好像一对恩爱夫妻。

你说话越来越趋于正常了，嘴歪也好了许多。双方老人都希望你妈你爸复婚，可是你妈的固执是一道无法逾越的鸿沟。何况你的病残她除了内疚，还十分怨恨你爸。

你爸到底是好人，看出复婚没可能，就说：“晚上来回跑太危险，我能辅导好，你以后就不要来了。”

你妈低着头说：“丁丁要我。”

你爸说：“不行你把丁丁带走住一段？”

你妈不耐烦地提高声调：“丁丁要你！”

在你五岁生日的前一天，淅沥淅沥的雨夜里，你妈还是倒在了一辆飞驰的货车下……

任凭多少人劝说，你爸到底没有再找，他说：“再找个要是对丁丁不好，到地下咋有脸面对她妈？”

你姑说，你爸这话不吉利呢。是的，你爸当爹又当妈过了五年。那年冬天，你爸觉腹痛难忍，一查，肝癌晚期！他舍不得钱，只吃中药，不打针不输液更不化疗，他说：“这病我懂，再治也没啥用，咱家不宽裕，丁丁还要治病还要上学呢。”

他把多年积攒的两万多块钱委托姑姑代管，临终前最后一句话是：“唉，丁丁的嘴还没全恢复……”

尽管嘴巴还有一点点歪，但你长大了，像正常人一样大学毕业参加了工作，你工作优秀，成绩突出，成了著名的建筑设计师，因为你妈和你爸的希望，永远驻在你心头。

如果有来生

符浩勇

陈辉没有想到，他貌似协调的生活琴弦，被一次电视采访活动搅乱了节奏。

参加电视台现场采访活动时，陈辉同妻子被问到“来生还爱吗”的问题。其实，电视主持人的问题非常简单：“假如还有来生，你们还愿意再做夫妻吗？”而前面的十多对夫妻都干脆地选择了愿意。当时，妻子看了看他，显然没找到默契的答案；而他怔了怔，凝了神，说：“我倒更愿意换一种生活！”他发现妻子的脸色晦暗下去时，将目光投向场下观众席去寻找支持的亮光。好在主持人很会打圆场，才缓解了尴尬的气氛。

回家路上，陈辉和妻子都没有说话。回到家里，妻子仍没说话。他也感觉不知道说些什么好，干脆也不说话。他没想到，当晚电视台将采访活动在黄金时段播了出来。

其实，有了孩子的十年间，他早就发现妻子把所有的心思放在孩子身上，不怎么理会他了。自从孩子上小学，需要有人接送，妻子就将丈母娘唤来帮忙。这使他很不适应，至少让他不能光膀露臂或穿着大裤衩在客厅转了，特别是到了周末，大舅子及小舅妈都来凑热闹，这时候，陈辉总觉得自己像是进了别人的家。

陈辉不晚婚却晚育，妻子是他大学时的同学，在校恋爱，毕业两年后结婚，日子乐融融过得像开了花。没想到，三十岁时有了孩子，妻子就只想着孩子和娘家人，已经不考虑他的感受了。如大舅子要做生意，妻子不征求他意见，就把节俭攒下的钱借了他，后来大舅子将生意搞砸了，还钱的事只字不提。然而让陈辉最闹心的是，这些年间，他和妻子每月只亲热一次，固定在每月妻子月经完事的那个周末。而且有许多次，妻子的手机响了或来了信息，她便扭身去接电话或回信息，全然不理会他在身上忙活。每当这种时候，陈辉一下子泄去了激情，总是产生一种刻骨的恼恨。

这些年，陈辉同妻子像天下所有的夫妻那样为了糊口生计而奔波，因为事业前程吵过，甚至把单位里的不称心不如意带回家吵过，甚至不知多少次在争吵中恶狠狠地说过离婚的话，但一直都没有离。其中的重要原因有两个：其一，孩子还小，正在长身体的年岁，一旦他们离异，孩子幼小的心灵就会蒙上无法洗刷的阴影。忍忍吧，双方似乎都控制在可承受的限度里。其二，这些年，陈辉在单位勤勉上进，被确定为后备干部，在梯队培养之列，他已成为单位一个重要部门的主要负责人。让让吧，婚姻不一定当饭吃，但前程仕途在当今社会还可算是改变人生的途径之一，于是，陈辉也就糊里糊涂过下来。他曾想过，假如有来生，他一定不会再伴随她过一辈子。有一次闹离婚，妻子也说过，如果重新选择，她一定会找到一个比他优秀且善待她的男人。

然而，陈辉压根儿没有想到的是，会有一天去参加电视台现场采访活动并被问到“来生还爱吗”的问题，这件事彻底搅乱了他们的生活节奏……

孩子放学回家，陈辉张开臂膀想拥抱，孩子却跑开了，还嚷道：“我妈妈哪里不好，你想换一种生活？你换了另一种生活，我该怎么办？”他竟无言以对。

陈辉无意间听到孩子安慰暗地落泪的妻子：“妈妈，我会长大的，你以后有我呢。”妻子竟然破涕苦笑，而在他眼里却像哭一样。

陈辉抬头出门，低眉进屋，逢上左邻右舍，总有人拿他取乐：“没想到，看不出，他还很有想法，吃着碗里的，盯着锅里的，想得美呀，这些事还拿到电视上张扬。你看，人家阿毛背地里张狂撒野，回家对老婆服服帖帖不也像只病猫……”他没想到，左邻右舍会这样看他，他无法申辩，抑郁在心里。

陈辉后来还听到辗转而来的妻子姐妹们的教唆：“你也太惯着他了。别让他不知东西南北。他想跟别人，你告诉他，门儿都没有！”

妻子提出分睡的那个夜里，陈辉终于说了：“你别怪我，你不好受，我也不好受。其实，我并没有别人说的那些……那些想法，我那一会儿说的意思是……是想让你过上比现在更好的生活……”没等他说完，妻子抢白他：“你说还会有来生吗？我们来生还会有爱吗？只有你心里明白，你自欺欺人吧！”

陈辉最终没有离婚，谁也不知道之后他们在曾经每月约定的时光是怎么过的，反正日子又在稀里糊涂中过了十年。陈辉收到电视台寄来的一份调查，调查中写道：

……十年前，“来生还爱吗”现场采访中，一百对夫妻中有八十对选择“来生愿意做夫妻”，如今其中的二十对已离婚；而二十对回答“来生不再做夫妻”的没有一对离婚。

父亲的字条

王培静

这次出门，妈妈好好给他打扮了一番，给他穿上了一身笔挺的浅蓝色西服，打了一条红色领带，皮鞋亮得晃人眼睛。

记忆中，爸爸身上穿的衣服只有黑白两色，裤子从来没有看到过裤线。就连我结婚时，好不容易穿了件西服，里边穿的还是件短袖衬衫。

每到春节，妈妈张罗着过年，说到添置衣服时，爸爸总是第一个表态，我的衣服够穿，我什么衣服也不要。妈妈不理他的话茬，总是逛商场时，独自做主给他买回新衣服来，他还总是抱怨，不是说我不要吗？你们买你们的就行了。

不讲究穿就算了，吃上他更不讲究。妈妈做什么饭，他就吃什么饭，就是米饭做夹生了，也一样能吃下去。

他上班背的那包，是我多年前就不用了的，接口处都破了。他脚上的运动鞋，是他徒弟不穿了的。

妈妈有时取笑我爸：“你爸这辈子，没本事挣大钱回来，人家也不乱花钱。”

有一年过节出去吃饭，那时候我媳妇还没进门。吃完饭结了账出门后等我爸，等了好一会儿他才出来，手里提着打包的饭盒。我和妈妈都说，我们不是都吃干净了吗？你打的什么？爸爸说：“鱼汤，还有鱼刺，我看鱼刺上还有些肉。”弄得我和妈妈哭笑不得。

还有一次，有几天姥姥病了，妈妈去了姥姥家。我出差了也不在家。

我们回来后，妈妈问爸爸：“你这几天都吃的什么饭？”

“庆丰包子。”

“天天。”

“天天。”

“每顿。”

“每顿。”

“你够腐化的，给你的钱花光了吧，向别人借没借钱？”

“没花钱。更没借钱。”

“谁天天请你吃包子？”

爸爸得意地说：“哈哈，是这样，我那天去庆丰包子铺吃包子，刚进门，看到几个人站起来结账走了，他们吃饭的桌子上剩多半盘包子，我看服务员要过来收拾，就坐那儿了。服务员回去了，我开始吃包子。不但有包子，还有一碗没动口的小米粥。吃饱走时，我给服务员要了个袋，从别的桌子三三两两地打了一大袋子包子回来。回来一连吃了两天。吃完后我又去了一次……”

我和妈听后，感觉既好气又好笑。

有天晚上，媳妇加班回来得晚。

进家后，她问：“爸呢？”

我说：“出去遛弯儿了。”

她进卧室后，小声对我说：“今天由于风大，我从西边小区里穿过来的，我看到一个人，在垃圾桶跟前捡废品，特像咱爸。”

我说：“不可能。”

第二天晚上，爸爸出去溜达，我跟在后边。他在小区转了一会儿，就去了西边的小区。果然发现他去了垃圾站捡废品。等他捡了好大一会儿，我思想斗争了好一阵子，才走了上去。开始他只顾埋头捡东西，当我从他手里夺过破纸板时，他才抬头发现是我。他不好意思地说：“我出来溜达，闲得没事，看人家都捡那么多，手也痒痒了。不过，一天捡的能卖个三块五块的，够我一天抽烟的钱了。”

我本想发火的，叫人家知道了，这多丢人。

看着昏黄的路灯下，又黑又瘦、几乎已是满头白发的爸爸，像个做错事的小学生，我又不忍心说他了。他才五十多岁呀，已经苍老成了这样！

我眼睛里含着泪说：“爸爸，是不是妈妈每个月给你的烟钱不够花，今后别这么辛苦了，我一个月偷给你两百块钱行不行？”

爸爸求我说：“我出来遛弯儿捡废品的事，千万别告诉你妈，她是个要脸面的人。要她知道了，还不把她气坏了。”

“那你答应我，今后不出来捡废品了，我就不告诉妈妈。”

从那之后，我兑现承诺，每月都偷给爸爸两百块钱。

直到他昏倒在下班的路上，被120送进医院，全家才知道他得了肺癌，已是晚期。他两年前自己就知道了病情，可他瞒着全家人，自己扛着。

妈妈在家里爸爸的小柜子里找到了一包东西，打开一看，是一包钱，有百元大票，也有一块的硬币。一家人数了好几遍，一共是一万零五十一块钱。

里边还有一张爸爸写得歪歪扭扭的字条：“老伴，你没有养老金，这是我的小金库，是我所有的私房钱，我攒了二十年才攒下这点钱，我要走在你的前面，这点钱留着给你养老用吧……”

百年好合

周海亮

第一次见到女人，女人还很年轻。她穿着那个时代流行的蓝格子上衣，头发梳成齐整的刘海儿。她走进来，取了号，坐到长椅上，静静地等候。待终于轮到她，她走进来，冲摄影师说，合个影。

那是小城唯一的照相馆，那是照相馆年后第一次营业。正月初八，天寒地冻，女人却穿得有些单薄。“这样显得好看一点，”女人笑笑说，“想与我先生合个影。”

摄影师于是见到她的丈夫：平头，方脸，浓眉，板着面孔，却很英俊。摄影师愣了愣，问女人：“你确定吗？”

“结婚时没照合影，想补一张。”女人坐下来，与她的丈夫摆好姿势，“这样可以吗？”

“当然可以。”摄影师说，“顺光？侧光？”

“清晰些就行。”女人勾起嘴角。

摄影师摁下快门，女人说声“谢谢”，起身，与她的丈夫离开。冲洗照片的时候，摄影师再一次看到女人和她丈夫，心再一次抖了一下。他想这样的蹊跷之事再不会发生，可是一年以后，同是正月初八，同是年后营业的第一天，他又一次见到女人和她的丈夫。

“拍个合影。”女人说，“我想以后每年都来这里拍一张。”

这次女人穿了米黄色的上衣和裤子，头发依然梳理得一丝不苟。她坐在镜头前，与丈夫摆好姿势，露出浅浅的笑。“清晰些。”女人看看摄影师，又看看丈夫。摄影师注意到，女人的眸子里，飞起白雪，刮起季风，又开出桃花。

摄影师绝不是个多嘴的男人，他不喜欢打探别人的隐私，哪怕这件事有多可疑有多离奇。他为女人摁下两次快门，然后为她冲洗了较好的那一张。摄影师相信以后每年的正月初八都会见到女人和她的丈夫，为此，每逢这一天，他总是早早来到照相馆，将照相机擦拭得一尘不染。

果然，女人和她的丈夫每年都来。同样的时间，同样的姿势，同样的要求，女人郑重并且虔诚。摄影师每次都会给她拍下两张底片，待冲洗出来，挑出满意的那张给她。如此，十几年光阴匆匆而过。

然后，众多照相馆仿佛在一夜之间挤满小城，众多诱惑也仿佛在一夜之间找到摄影师。很多人为他开出很高的报酬，他想了又想，终是守在了这个照相馆。后来照相馆从国营变成私企，他成为这个照相馆的老板兼摄影师。新来的员工第一次见到女人就怕了，向他打探，他坦诚地告诉她，他对女人与她的丈夫一无所知。“咱们只需要为她拍出最满意的照片就足够了。”他笑笑，说。

这一次，女人穿了淡紫色的碎花旗袍，头发在脑后绾成美丽的髻。她与丈夫坐在摄影师面前，她说：“照清晰些。”想了想，又说：“麻烦再照年轻些。”摄影师盯着女人，他无比悲哀地发现，此时的女人，已经不再年轻。

问她为什么不选择那些更高档的影楼，女人指指丈夫，说：“多年前与他经过这里，想进来照个合影，可是我们都没带钱。”他问：“就因为这些？”女人点点头，与丈夫静静地离开。她的丈夫，注定板着面孔，一言不发。

又是二十年过去，摄影师变成老人。他决定将影楼交给儿子打理，他只想找个乡间安享晚年。可是他想再见女人一次，跟她告个别，跟她的丈夫告个别。正月初八那天，他照例早早来到影楼，照例将相机擦拭得一尘不染，照例耐心地等待着女人，可是那天，他从清晨等到黄昏，女人始终没有出现。

女人年纪已经很大，这样的年纪，什么事情都可能发生。女人没有来，似乎只剩下一种可能。但不管如何，摄影师还是愿意默默地祈祷她余生平安。他想不仅他，所有见过女人和她丈夫的人，都愿意祈祷她余生平安。

只因她每年都要与丈夫拍一张合影，只因她的丈夫，不过是她捧在怀里多年的一张遗照。

爱的一度

安石榴

冬儿问春天一个问题：“如果人的体温提高一度，就能保证健康长寿。是真的吗，妈妈？”

春天告诉她：“这只是一些科学家的理论研究成果。”

冬儿又问：“那你怎么看？”

春天说：“皆有可能吧。”

说过这个话的第三天，冬儿出差了。

冬儿出差一个月。

一个月后，冬儿捧着一个纸盒子站在春天面前，春天的注意力却全聚焦在冬儿的短头发上，春天呆住了。

就在一个月前，冬儿还是一头飘逸浓密的长发，真的很长，几乎及腰。那么漂亮的长发，人见人爱，冬儿自己也引以为傲，春天更是喜欢得不得了，那是冬儿五年精心爱护的结果！

“长发呢？你的长发呢？难道你忘了妈妈最喜欢你的长发吗？”春天一句接一句地追问，心里有满满的疼惜和不被尊重的愠怒。

冬儿摇了摇短发，一股朝气蓬勃的精神气儿围绕着她小巧的头颅，流苏一般荡漾了一周，“妈妈，没有征求你的意见，等会儿我请你吃饭谢罪”。冬儿把脸贴上来，紧紧挨着春天的脸，兴奋地说：“打开盒子，看看你的生日礼物！”

春天不去看那个盒子，她还在生气。冬儿替她打开了，放在她眼前。这一次春天惊呆了，一句话也说不出来。

母女俩去一家水上餐馆，傍晚的清风在水面上流连，两人走在水榭里，美滋滋的样子很是扎眼。老板娘殷勤地迎上来，不住地打量着她们，大声嚷嚷：“这是娘儿俩呢还是姊妹俩呢？”

冬儿歪着头问：“你说呢？”

老板娘显然十分随和，她夸张地眨着一双大而精明的眼睛，“要说娘儿俩呢，脸面上的确有那种缘分，一个模子刻出来的；要说姊妹俩呢，也不过分，一样漆黑的头发，发型都一点儿不差，活脱脱一对漂亮的姊妹花！”

“发型怎么了呢？”冬儿很有兴趣的样子。

“姑娘你考我呢？地球人都知道，你们俩理的是‘鲁豫头’。”

冬儿开心地大笑起来，拉着春天的手一直坐在清凉的地方，那个地方马上就有了一幅名画的意蕴。

不断有男人的目光投过来欣赏，冬儿开玩笑：“瞧啊，都看我们这对姊妹花呢！”

春天感觉到了。她曾经是个美人儿，但是已经被自己忘记很久了，所以今天的境况多少让她有些害羞，竟然脸热心跳起来。

冬儿扬了扬手，一个清秀的男孩儿抱着一把吉他走过来，口中慢慢吟唱着那首到处传唱的《爱的一度》：

爱你，从心底
我的爱温暖你
绝望的
冰冷的水开始升温

你的双手，热热的血在流动
你的心，热热的血在流动
体温升高一度
体温升高一度
爱的一度
爱的一度
…………

冬儿的双手伸出来紧紧握着春天的手。在女儿温润的掌握之下，春天灼热的血液在手心涌动，随后四处奔流。

“谢谢你，我的宝贝，如此珍贵的礼物，难为你是怎么想到的？”春天喃喃地轻语。

“妈妈，”冬儿亮晶晶的眼睛像两颗宝石闪闪发光，“我要你的体温升高一度！”

深夜，春天坐在梳妆镜前。镜子里面的春天一头乌黑的浓发，映衬着她的眼睛又黑又亮，面部的肤色又白又润。的确，她好久没有这么美丽过了。春天看到镜子里的人抬起手来，摘掉了头上的发套——那个有着沉疴的女人，那个随时等待上帝召唤的女人，已经没有什么头发了。

春天抚摸着怀中的发套，那是女儿柔软蓬勃的头发！女儿风尘仆仆地奔到大上海，女儿千辛万苦找到那个著名的师傅，女儿的长发于是变成了母亲的发套……在如此的怀想中，春天的泪水终于失去了控制。

而饱满的、丰盈的、温暖的血液和着那首歌的旋律，不断地荡漾着，荡漾着。

哦，爱的一度，爱的一度……

飙车一哥

安 谅

飙车一哥名叫刘一，三十多岁了，长得瘦弱、矮小，看上去病恹恹的。其实他没什么病，长得就是这个模样。他父母都长得比较高大，所以对他长成这个模样，有点小小的自责，总觉得没有把他抚养好，对他自然就有更多的宠爱。而他呢？有时候也会有些自卑，总觉得自己不像一个相貌堂堂彪悍伟岸的男子。所以他在平常的生活中，有时就会显示出他自卑但不甘示弱的一面。三十岁那年，他和小区的朋友打赌。硬是用脑袋顶着一辆福特小车，要把它顶出车位的三米之外。

他顶得浑身冒汗，头皮都磨破了，但是小车依然纹丝不动。在小区里作为一件笑话流传至今。

有一年，刘一用他的积蓄，加上父母给的钱，购买了一辆宝马车。这下，他完全抖了起来。驾着车在小区和小区的周边，常常悠然自得地转悠。小车擦得锃亮，车内的音响也一直开着，声音很高亢。就像二三十年前，那些土豪提着个大喇叭，声响滚雷一般招摇过市。

这天，他开车载着小区的两位朋友去玩。忽然，车外传来一阵远甚于他的音乐的声响，真的像滚雷一般。他被震撼了。一辆红色的小跑车，飞快地从他的车边疾驰而过，很快就把他远远地甩在了后面。他一踩油门就想追赶过去。车上的两位朋友惊叫起来，他们慌忙地劝阻他，放慢车速。他心有不甘。追赶了一会儿，明显感觉追不上了。悻悻地骂了几句，也就把车速放缓了。后来他打听到，这个开着红色小跑车的主儿，和他住在同一小区，是一个富二代。与蒋介石同姓，人称蒋二。刘一和他搭上了，从此也爱上了飙车。他把车子进行了改装，特别是把消音器给卸走了。每天晚上，人、车稀少些了，就在马路上一踩油门，马达轰鸣，怒吼一般，汽车飞快地驰骋起来，边上的行人或者侧目，或者赶紧避开。他像英雄一般显得意得志满。老父亲几次告诫他，不要这样开车，这不好，对他不好，对行人也不好。但他已沉浸在飙车的快乐之中，怎么劝他都置之不理了。

中学同学聚会的时候，他把宝马车也开去了，他坚持没有喝酒，说是聚会后要向他们露一手。果然有几位男女同学和他同路，他载着他们，就开始疯狂地飙起车来，几个同学在车上哇哇直叫，似乎是刺激，又似乎是恐惧。等他把车停稳了，有一个女同学已经是脸色煞白，止不住呕吐起来，他的英雄气概，在这呕吐声中显得有点狼狈，但他依然迷恋飙车，他感觉飙车令他男子汉的气概大增。

常常在深夜里，他和蒋二的车子咆哮着，震耳欲聋，声响云霄。很多人很讨厌这个，感觉在马路上没有安全感，有的人还向警察进行了投诉，听说警察也找过他，他口头答应着，但过后又一如往常了。

明人也专门找过他，和他说了一些道理。还和他说过，就像骑自行车一样，骑得快，并不是本事；骑得慢、骑得稳才是真本事。开小车也一样，需要稳稳当当。他碍于明人的面子，有时也就点头称是。飙车的行为有所收敛了，但偶尔还会在半夜过把瘾。蒋二居然比他开得更疯狂，毫无收敛。又仗着他老子有钱，他的小车不断更新，这点刘一是望尘莫及的。不过因为他和蒋二的名字的关系，人家都称他为飙车一哥，蒋二自然屈居第二了。这一点刘一是非常非常得意的。

有一次，老父亲又对他说："你知道吗？好多年前，上海首批骑摩托车的人据说大部分都不在人世了。"他吓了一跳，问什么原因。老父亲凄惨地一笑说："还不是因为车祸。”他转而一笑说：“开小车和骑摩托是两码事。”老父亲摇了摇头，对他大失所望。

有一天晚上，他又飙车了。车不仅开到了一百八十迈，还玩起了网络直播，通过手机和很多网上的人开始闲聊，显摆他的车技。网上的那些人有的为他欢呼，有的也在严厉地指责他，说他是害群之马。但他狂笑着，把车开得飞快，得意扬扬，天马行空一般。而且根本没有注意前面后面都已经出现了警车，他们是接到的投诉，在拦截他。终于，他在一个路口被拦截住了。他因严重超速，并且威胁到行人安全，被拘留了。他很不服气。他觉得他根本没有犯法。明人和他老父亲去拘留所看他，他还是一副含冤受屈的样子。他说蒋二比他开得更快更猛，是真正的飙车一哥，他怎么没有什么事情呢？明人和老父亲告诉他，你不知道吧？昨天晚上，在高架桥上发生了一起严重的车祸，有一辆小轿车翻车，车彻底地毁了，驾车者当场毙命。警察判断，这是一起超速行驶的事故。因为车速过快，车头蹭到了右前方的一辆车子的车尾。失去控制，翻车了。

“你知道驾车者是谁吗？”明人问道。刘一茫然地望着明人和老父亲。渐渐地似有所悟。头望着明人和老父亲，双唇嗫嚅着，说：“他，他，蒋二就这么走了？”他忽然号啕大哭起来，声音震天响，就像他那拆了消声器的马达轰鸣声一样。

写 作 课

津子围

教室还算宽敞明亮，只是显得旧一些，如同掉了漆的木盒子，还有就是隔音不好，隔壁教室脚踏琴的踏板声和琴音断断续续钻了过来。

顾老师用手指梳了梳头顶稀疏的长发，挺起胸微笑着走上讲台，信心十足的样子。这是一个阴雨天，学员竟比平日还齐整，环顾一双双期待的眼睛，他清了清嗓子，大声说：“今天是个特别的日子，我们的写作课增添了新鲜血液，她就是——”顾老师五指并拢指向了后排的角落，学员们转身、转头，齐刷刷地看过来，——“小迪！”

顾老师咳了一口痰，包在手纸里，继续充满热情地说：“小迪今年才二十七岁，是我们写作课开课以来年龄最小的一位，大家要呵护好这棵天才的幼苗。今天，小迪将给我们分享她的小说构思，下面，让我们用最热烈的掌声欢迎小迪！”

小迪有些忸怩地走到台前，先是谦虚客气了几句，接着就讲她虚构的小说，她想写的小说叫《阴魂不散》。故事的大意是这样的：一个女孩儿得了一种怪病住进医院，各种检查都很正常，可她还是头痛欲裂，医生找不到病因，也无法为这个病命名。奇怪的是，一周之后女孩儿逐渐自愈，同时她突然有了特异功能，可以支配自己的意识钻到任何一个人的身体里。于是，女孩儿开始随心所欲地周游世界了。她游荡的灵魂先是钻入她崇拜的男明星妻子身体，尽情地享受偶像的爱抚和激情。曾经在幼儿园工作的王老师说："哎哟，太浪漫、太刺激了。"顾老师说："学员谈构思时最好不要打断。"小迪接着说，女孩儿享受了性爱之后，她又想到了金钱，她选择一位财富排行榜上的民营企业家，开始随心所欲地大把大把花钱，花得企业家身边的人都目瞪口呆。"花了多少钱呢？"银行保安岗位上退休的李大爷问。顾老师说："具体数目不重要……我不是说过了吗，谈构思时最好不要打断。"小迪接着说，女孩儿的胃口越来越大，她突然想过一下权力瘾，于是进入一个高官的身体里，主持会议，教训下属，批土地、批项目……当过出租车司机的张师傅大声喊："好，这个过瘾！"顾老师正要阻止，发现下面议论纷纷，三三两两地讨论起来——小迪没想到自己的构思竟能引起这么强烈的反响，她胸部起伏，脸有些涨红。

参加写作课之前，小迪一直在医科大学附属医院药局工作，她从未想过自己能得病的问题。一次单位例行体检，发现她身体隐秘的器官不太正常，深入检查之后，确诊是卵巢出了问题，就是人们常说的，得了不好的病，医生的判断是，小迪活不过六个月。小迪在短时间里走过了意外、惊恐和绝望的心路历程。病休期间，她脸色苍白，神情恍惚，漫无目的地游走，鬼使神差地走进一个童年熟悉的大院，看到了宣传栏里关于写作课的通告。

小迪继续讲她的构思，她说女孩儿经历了人间的高峰体验之后，她开始觉得美色、金钱和权力都不过尔尔，她的境界慢慢升华，于是，她再进入到富翁的身体里不再是挥霍而是做慈善，将大笔钱用在该帮助的人身上。再成为高官时，她维护正义、主持公道、遵守法纪。最后女孩儿钻到父亲的身体里，从母亲的角度理解母亲；钻到母亲的身体里，以父亲的角度理解父亲。原本误解、隔阂的老两口开始相互检讨，表达爱意……小迪讲到这儿，教室里传来了哭声，张师傅一边哭还一边用多年握方向盘的有力大手拍打桌子。悲痛瘟疫一般在房间里交叉感染，哭声连成一片。

顾老师也哭了，他大声问："大家说小迪是不是天才？""是天才！"大家喊着："绝对的天才！"顾老师过来紧紧地握着小迪的手说："谢谢你小迪，你是写作班的骄傲，是我们大家的骄傲，希望你多给我们写好作品，用你创造的精神财富去激励人、鼓舞人、教育人。拜托了，小迪！"小迪十分感动，也泪流满面。

散场了，保安经验丰富的李大爷和洋溢着幼儿般天真的王老师最后一个离开教室。李大爷说："小迪讲的故事你都听懂了吗？"王老师说当然了，你听不懂说明你笨。李大爷说别吹了，我不信你全能听懂。王老师说："听懂多少不重要，要我说啊，今天非常有意义，大家都理解顾老师好心肠，都配合得挺好。"李大爷说："其实大家也都挺善良的。"王老师说："就是就是。"李大爷突然嘘了一声，跷脚向走廊里瞄了瞄。王老师说："干吗呢？神经兮兮的。"李大爷说："小声点，隔墙有耳，尤其不能让小迪听见。"

小迪真的相信自己具有写作的天赋，每天都在不停地写啊写啊……半年后，医院催促小迪去复查。结果出人意料，"不好的病"居然不见了！不知道是传说中的人体自愈，还是本来就是诊断有误。小迪虽然在医院工作，那也不敢保证医院就没有误诊的时候。

七年过去了，小迪还在不停地写啊写啊，她并没有写出成就，也没有产生过重大的影响，不过，她没有放弃。

善　与　真

李永康

爷爷做过米寿筵就不喜欢给我讲故事了，他每天总是静静地坐在沙发上闭目养神。我却非要缠着他，要他讲一个。这天，爷爷说，我给你讲个新鲜的。

"那时不只我们一家穷。"爷爷说。

我打断他的话："我不听我不听，爷爷在说重皮子。"

爷爷说："我过去讲的那个故事开头是：那时候我们家穷，喝稀粥能当镜子照，可是今天我要讲的是，那时穷得吃不起饭的人太多太多了。"爷爷加重了他的语气强调道。我瞪大眼睛安静地听着。

"我在东家刘光头家打长工。你爹病得非常厉害。刘光头借了一块银圆给我，叫我抓服中药。"

我问："你过去讲，刘光头不是心狠手辣的大地主吗？他借钱给你放高利贷，到时还不起要剁你的右手！"

"不，过去我讲错了。刘光头有钱有势还是要周济穷乡亲的，只是那时穷的人家太多，他把一屋家财散尽也顾不过来，况且当时的政府根本不管老百姓的死活，官员们只知道聚敛钱财高高在上挥霍无度，刘光头一个地方上的土财主能有多大能耐？"

“还是接着往下讲吧！”我催爷爷。

“我拿着钱去药铺抓药回来，途中翻野猪林时发现一位猎人摔断了脚杆，我把他背回去后，他要送我两只野鸡，我推却不过，把那两只野鸡拿回来炖给你爹补补身子。你爹吃了药和野鸡身体很快就好了。”

“爷爷，你过去说，你拿着野鸡回家时又遇到一位被白军抢了钱包饿得晕倒在地的男人，你烤了野鸡给他吃后，他还送你两包蛇药，并掏出笔和本子记下了你的姓名和地址呢！”

“爷爷告诉你，所有人讲自己的故事由于种种原因都要作一些修改，万万不可当真，更不要按别人的故事来设计自己未来的路。再说，别人帮助过你，对你有恩，你还用得着记在纸上吗？你如果真有感恩之心，你会记在心里永世不忘的。”

我点了点头问：“那两包蛇药又是咋回事呢？”

爷爷说：“有一天，我收工回家发现了一个中年男子躺在门前，原来他是饿昏了。我扶他进屋煮了粥给他喝，还留他住了一宿。第二天走时，他为了感谢我，就送了我两包蛇药，我才知道他是个精明的生意人。当初我也没把这药当回事，没隔好久，刘光头的儿子被眼镜蛇咬了，眼看没有活命的希望，刘光头就吩咐账房先生张榜重金寻访良医。我得知后，半信半疑地将蛇药送去一试，果然灵验，我也就走了运。刘光头不但免了我一块银圆的债务，还信守承诺划了五垧地给我。因此，新中国成立后我家也成了中农成分。”

我终于知道了，我兴奋地拍手说：“爷爷，你有这五垧地才有钱供我爹读书，我爹才能走出乡村，来这更大的世界闯荡。”爷爷说：“一个人一生的故事可以有这种讲法，也可以有另一种讲法，但归根到底，唯有‘善’与‘真’这两个字才能支撑你将你的故事讲得更完美。”

爷爷是八十九岁去世的，他走得很安详。

四个女人

凌鼎年

阿莲、小春、莎莎、玉儿是闺密，都快四十的人了。这年龄若是男人，正是身强力壮、大干一场的时候，但放在女人身上，就有点尴尬了，花季已过，青春不再。也许说老不老，可比比“90后”“00后”，就没法比了。当然，也有“女人四十一枝花”的说法，其实，有几个人信？天晓得，多少有点自欺欺人的味道。

有一天，四个闺密相约晚上去哪儿坐坐，喝喝茶或喝喝咖啡，聊聊天，散散心。于是，四人进了梦巴黎咖啡馆。

正在聊什么时候一起结伴去韩国整容，突然听到隔壁座的几个愤青慷慨激昂地说："谁再敢去韩国整容，去日本扫货，去美国旅游，他妈的打断他的腿，让这些汉奸变成臭狗屎，后悔一辈子！"

阿莲、小春、莎莎、玉儿怕惹火烧身，惹祸上身，赶紧换个话题。说说减肥，这总无关紧要，无伤大雅吧，可这属老生常谈，嚼不出新意，不知为什么，聊着聊着就索然无味起来。

没有了共同关注的兴奋点，有点百无聊赖。四个闺密中，向来小春的鬼点子最多，她灵光一闪，随手拉过两只咖啡杯，又把一只烟灰缸放在咖啡杯中间。她摆放停当后，拿起手机拍了一张照片，看了看效果，不满意，自言自语说："缺了一只打火机。"她随即起身去其他桌上借来打火机，把打火机放在烟灰缸边上，又拍了一张照片。看了看，说："像那回事了。"阿莲与莎莎、玉儿闹不清她葫芦里卖的什么药。

小春神秘一笑，把照片转发给了阿莲、莎莎、玉儿。说：这样吧，我们四个同时把这张照片发给自己的老公，看看他有什么反应？

嘿，这主意绝。有意思，太有意思了。

四个人几乎同时手指这么一按，发给了各自的老公。

接下来就是等待，心焦的等待，简直度分如年。

这是对老公的考验，更是对自身的检验，也是四闺密无形中的一次较量、比拼。

莎莎的老公三分钟就回复了："好事啊，看来我老婆还有点魅力。四十岁的老女人，还有人请客喝咖啡。别犹抱琵琶半遮面，大大方方把他照片发我，看看是否比老公帅。明天我也要去约会了，看看我的魅力与你哪个更好？"

老公这么快，第一个回复，这让莎莎很有面子，但老公这不阴不阳的回复，到底啥意思？是在乎自己呢，还是不在乎自己，莎莎有点吃不准。特别是老公说明天也要去约会，让莎莎心里一紧。要是老公误会了，真以为他老婆在外约会野男人了，被他找到借口，也看样学样，那倒霉的不就是自己？

五分钟后，阿莲老公的微信来了："胆子越来越肥了。挑衅吗？竟敢公然把这照片发给我，有种把他的照片一起发，我倒要看看是哪个挨揍的货，看我怎么收拾他，不把他打得满地找牙我王字颠倒写！"

"坏了坏了，老公误会了。"阿莲急得声音都变了，准备打电话给老公解释。

小春一把抓住阿莲的手机说："沉住气。你一打电话解释，就不好玩了。有我们三姐妹为你做证，怕啥？"

阿莲想想也是，就放下了手机。

大约过了十来分钟，玉儿老公的回复也到了：“马上回答，那个抽烟的男人是谁？你必须说清楚！”

“发错了，没有男人。”玉儿偷偷回了一条短信。

“鬼才信！！！”——老公的回复用了三个惊叹号。

也就几分钟，玉儿的老公闯了进来。原来玉儿的手机有定位。他老公在第一时间查到，以最快的速度开车赶到。他一看阿莲、小春、莎莎都在，马上意识到她们是在恶作剧，他冲着小春说：“不用查，又是你的鬼点子。我家玉儿没有这个胆。”

“好好好，一起来喝茶，算陪陪你家玉儿。别忘了买单啊，谁叫你这么不放心自己老婆。”小春调侃他。

玉儿老公摸出几张百元钞塞给玉儿，说：“我请客，我买单，但我还有事，就不陪各位美女了，拜拜！”

半小时过去了，唯有小春的老公没有丁点反应，小春有点脸上挂不住。她只好自己给自己找台阶：“估计又在看球赛。他呀，一看球赛，世界大战也不关心，不知道。”

阿莲给小春的老公拨了个手机号，问：“小春在吗？”意在提醒他看一下手机，回复一下。

谁知小春的老公乐呵呵地说：“是阿莲吧，是不是想让我看一下小春发的照片，让我回复一下？阿春的这点小儿科把戏，也就骗骗你老公。她小春与老男人、小帅哥约会，借她十个胆子也不敢。也不撒泡尿照照，都豆腐渣的年纪了，还折腾个啥，黄脸婆一个，除了他老公宝贝她，还有谁会稀罕她。我放心着呢！”

这一顿夹枪带刺的话，因声音大，四个女人都听到了，一时都蒙了。

小春说：“看来还是玉儿的老公对她最好，最在乎她。”

玉儿说：“我看还是小春的老公了解小春，他宝贝着小春呢。”

阿莲说：“我倒认为莎莎的老公最绅士，对自己老婆很自信，也有幽默感。”

莎莎说：“其实，阿莲的老公最在乎自己老婆。要不然他怎么会说那话。”

小春给阿莲的老公打了个电话，解释了误会。随即说：“散了，散了，各回各的家。”

据说，那一晚，四个闺密都没有睡踏实，都想得很多很多。

在海上画画

刘国芳

孩子住在海边，这天，孩子坐在门口哭着，孩子的母亲说：“你又哭什么呀？”

孩子没睬母亲，还哭着。这时，一个大人从孩子跟前走过，大人停下来，问孩子说：“你为什么哭呀？”

孩子看了大人一眼，泪眼婆娑中，看见这是一个穿着军装的军人。孩子有些怕军人，怯怯地指了指在一旁跳绳踢房的孩子，跟军人说：“他们都不跟我玩。”

军人说：“他们为什么不跟你玩呢？”

孩子说：“他们说我是没有爸爸的孩子。”

孩子的母亲就在跟前，军人看看孩子的母亲，轻轻地问：“真的吗？”

孩子的母亲点点头，跟军人说：“他爸爸在一次训练中牺牲了。”

军人就向孩子的母亲敬了个军礼，然后跟孩子说：“他们不跟你玩，叔叔跟你玩，可以吗？”

孩子不相信地看着军人，说：“你是大人，你会跟我玩？”

军人点点头，把手伸给孩子，说：“叔叔带你去玩。”

孩子相信军人了，要把手给军人。但忽然，孩子抬了抬头，大声跟母亲说：“妈妈，叔叔要带我去玩，我可不可以跟他去？”说过，也没等母亲回话，孩子就拉着叔叔走了。

这天，军人带孩子在海边走了很久，还带孩子往海边的军营去。到了，孩子看见门口站着一个军人，跟牵着他的叔叔一个样子。还有些军人进进出出，他们也跟牵着他的叔叔一个样子。在军营门口站了一会儿，军人就带孩子回家了。到了门口，军人就挥挥手跟孩子再见。孩子不舍得军人离去，说：“叔叔，你明天还来跟我玩吗？”

军人摇摇头，说：“明天没空，下个星期日吧？”

孩子记住了军人的话。

那些天，孩子每天都跟母亲说：“下个星期日，那个叔叔还会带我玩。”母亲笑笑，说：“你不怕那个叔叔把你拐走。”孩子说：“他不会，他是军人。”天天这样说着，星期日就到了。这天，孩子早早地坐在门口。终于，孩子看到军人了。于是又大声喊一句：“妈妈，我跟叔叔去玩。”

说着，孩子跑向了叔叔。

军人这次把孩子带进了军营。在里面，军人指着很远很远的军舰，跟孩子说:“你看到了吗？那是军舰。”

孩子说:“看到了，叔叔能带我过去吗？”

军人说:“不能。”

孩子说:“叔叔，你会开军舰吗？”

军人说:“会开，你以后在海上看到军舰，后面划出长长的波浪，就是我开的军舰。”

孩子说:“那以后我天天往海上看。”

军营很大，孩子走了很久，走不动了。军人就背着孩子。趴在军人背上时，孩子说:“叔叔，你做我爸爸吧？”

军人摇摇头，说:“不行，我还是做你叔叔吧！”

孩子说:“叔叔为什么不能做我的爸爸？”

叔叔说:“你大了就知道。”

孩子还记得叔叔说过，他会开军舰，他开的军舰后面会划出一道长长的波浪。这以后，孩子每天都会往海里看。一天，孩子真的看到海上有一艘军舰。军舰后面真的有一道长长的波浪。那波浪像白云一样好看。孩子就有些兴高采烈，跟母亲说:“妈妈，你看见了吗？那是我叔叔开的军舰！”

母亲也跑出来，说:“是你叔叔开的吗？”

孩子说:“是，一定是。”

孩子再见着军人时，说:“叔叔，我看见你开的军舰。”

军人说:“真的吗？”

孩子说:“真的。”

军人说:“好看吗？”

孩子说:“好看，那长长的波浪像云彩一样好看，我觉得叔叔是在海上画画。”

军人听了，笑了笑，然后抱起孩子，说:“说得太好了，不错，叔叔是在海上画画。”

这后来，军人还是会经常来，带孩子到处玩。但有一天，军人说他以后不能来了，他要调防了。孩子不晓得调防是什么意思。他拉着叔叔，不让他走。但叔叔这回好像不听话，还是走了。

这以后，那个叔叔就没来，一直没来。孩子见不到叔叔，就会看海。有一天，孩子忽然就看见海上有一艘军舰。军舰后面，是一道长长的波浪。孩子有些激动了，在海边跑起来，边跑边说:“叔叔，我看见你了，看见你又在海上画画。”

角 儿

刘建超

戏混子是老街戏班子班主洛半城捡回来的。当年一家戏班子在老街唱戏，戏班子撤走后，在戏楼里的底层发现了用戏服包裹着的孩子。洛半城留下孩子，孩子就跟着戏班子混搭长大，大家就叫他戏混子。

戏混子在戏班子里吃百家饭，乖巧可爱，谁喜欢谁就教他两手，戏混子倒是练成了全面手，哪里需要哪里去，生旦净末丑都能像模像样地模仿两下，成了个全能型的跑龙套演员。

戏混子跑龙套跑得兴高采烈，有戏演有饭吃就无忧无虑。负责服装道具的雪姨是戏混子的奶娘，看着长成棒小伙子的戏混子就发愁，说戏混子啊，你能不能好好地攻一门子行当，成个角儿，总跑龙套也不是个事啊！

戏混子就痛痛快快地答应着："好好，没问题。过两年我就上个主角，演个铁面包公给您长长脸。"说完就拉开架势，哇呀呀叫板，刚唱了一句：驸马爷今请看端详……就有人喊："混子，来帮助搭台了。"

得令！混子就没了踪影，奶娘也只能叹气。

戏混子真想当主角是因为爱上了一个姑娘。戏混子爱上的姑娘叫佩佩，也是个戏迷，爱去戏楼听戏。戏混子经常在戏楼把门验票，一来二去就和佩佩熟了，后来佩佩看戏就连票也省了。戏混子请佩佩吃饭逛街，佩佩也不拒绝，大大方方的。戏混子就给佩佩讲剧团的人和事，常常乐得佩佩笑脸飞扬，戏混子都看入迷了。

戏混子和佩佩交往着，渐渐看出点端倪，佩佩每次来看戏都是有常小河挑大梁的戏，而且只要常小河上场，佩佩就两眼放光，一脸的痴迷。原来佩佩喜欢的是常小河啊。戏混子心里觉得憋屈，戏混子找到洛半城，说："叔，我也要练成个角儿。"

洛半城是铜锤花脸出身，拍着戏混子的头说，那你和我攻花脸吧。

戏混子想成为个角儿，专心跟着洛半城学戏，剧团却是越来越难经营了。戏混子还没练成个角儿，剧团就解散了。

剧团解散，剧团的角儿不会闲着，商场开业，公司庆典，百姓家里的红白喜事角儿们都被邀请去演唱，似乎比在剧团时还自在。戏混子这样的龙套演员就是彻底歇菜了，戏混子后悔自己跟着晃荡，十几年了也没能去熬个角儿，关键是女友佩佩还和自己恋着哪。

戏混子开了个小饭馆，每天吃饭的人不多，戏混子是每天都把自己给灌个半醉，佩佩理解戏混子是心里憋屈，饭馆的生意多半时间都是佩佩帮着打理。

佩佩的朋友要结婚办酒席，找到戏混子说，父亲是个老戏迷，说戏混子能不能给招呼个有戏曲元素的宴席。戏混子立马来了精神，说没问题，咱这酒席就叫“百戏宴”。戏混子找来了在家游散的剧团闲人，聚在一起策划张罗。

婚宴开场，一对新人身着龙袍凤袍在礼乐声中登场，传令官大声宣道：“皇上口谕，开宴——”

锣鼓声中，打着令旗的士兵疾步开道，随后是化妆成丑角的小二们端着托盘开始上菜，在紧张诙谐的气氛中，凤还巢、野猪林、花木兰、连理枝、美人鱼、黑松林、闹花灯、天仙配八个凉菜上齐。凉菜用的都是戏名，内容都是新瓶装旧酒。凤还巢就是白切鸡，连理枝是醋拌藕片，美人鱼是干炸小黄鱼，野猪林就是酱猪脚，那豹子头林冲和花和尚鲁智深若知道了野猪林忙活成了一盘酱肉，估计也得气疯了。

八个热菜的名字也是八部戏：霸王别姬、八仙过海、秉烛达旦、碧波仙子、才子佳人、独占花魁、凤凰二乔、百鸟朝凤。霸王别姬是王八炖乌鸡，可怜了项羽也委屈了虞姬；碧波仙子就是焦炸丸子，独占花魁也就是牡丹燕菜。主食是素包子、黄面窝头、烙煎饼、蒸山药一个大拼盘，名字也是一部戏，曰：鼎盛春秋。最后一道汤：白衣渡江，听着花俏，做着简单，就是蛋清汤。

每上一道菜，便有装扮成公公模样的宣旨官，扯着公鸭嗓子喊：皇上有旨，上大菜喽——锣鼓家什一响，慢长锤：匡七台七匡七台七……把整个宴席烘托得抒情热烈悠闲，席间再加上老街的几个名角儿演唱，真是吃得痛快，看得酣畅。宴席完毕，客人也不走，拍照合影发微博的热热闹闹。

戏混子的百戏宴一炮打响，订单不断。戏混子注册公司，租赁场地，成立百戏宴文化餐饮公司，经营得红红火火。

戏混子有钱了，他上门请退休在家的洛半城出山，把老街剧团重新拉起来，洛半城答应了。

老街剧团复排的头一场戏是行当齐全、场面宏大、情节生动，生、旦、净、丑文唱武打都非常精彩的《龙凤呈祥》。

戏混子和佩佩坐在台下的前排。扮演周瑜的常小河出场，戏混子胳膊肘碰碰佩佩说，你的角儿出场了。

佩佩把头靠在戏混子的肩膀上，一脸的幸福相。

老　屋

刘立勤

王叔想给老屋找个下家。

可村里谁也不想和他打交道。

王叔吝啬，是个尿尿都要用笊篱过的精细人。村里的人和他打了几十年交道了，只见他占人便宜，从没有见他吃过谁家的亏。这样的人，有几个人愿意和他打交道呢?

可是，王叔的老屋修得太好了，谁见了心里都痒痒。

王叔的院子是村里风水最好的地方。前有来水，后有靠山，左右还有扶手，那真是一个发人发财的风水宝地。王叔的房子也修得好，青砖灰瓦白灰墙，飞檐雕梁挑脊兽头，鼓皮门镂花窗，典型的徽派格调，看着就让人喜欢。老屋前后还有王叔亲自挑选栽种的竹子、桂花和一些珍品花卉，真的是美不胜收。院子外面的土地也是王叔的，可以种麦子、种玉米、种瓜瓜菜菜，可以尽享田园风光。

老屋再好，村里人也只是心里痒痒一阵子罢了。有的是不愿意和王叔打交道，更多的是拿不出钱来。那要多少钱?村里人心里都有一本账。单是他家院子里的那棵桂花树，前几年有人出过五万，不说其他了。村里没有几个人能拿得出那么多钱。

听说村长去讨过口气，王叔说要五十万。村长说:“五十万能在市里买一套单元楼呢?”王叔说:“那你到城里去买单元楼吧。”王叔的话很呛人，村长也奈何不得。谁让王叔的儿子能干呢!

王叔不想卖老屋的，他是没办法了。儿子出息了，在省城干上了大事，一定要他们到省城里住。他不喜欢城里的闹噪，不打算到城里去的，可老伴儿没出息，一坐上城里的抽水马桶就赖着不愿意起来。他总不能一个人住在乡下吧?那样的话人们会说儿女的闲话，众人的唾沫星子也会把儿子女儿淹死。一辈子的辛苦都是为了儿女，临老了不能给儿女留骂名。

儿子说你把老屋子卖了吧，能卖几个钱就卖几个钱吧，反正我不要。王叔看不惯儿子的张狂劲儿，懒得和他说钱的事。他想把老屋卖了，把钱给儿子，给儿子一个惊喜。

王叔的老屋难得卖。村里人都穷，大多拿不出那些钱。拿得出钱的人家有的又不愿意和王叔打交道，还有的人家王叔却不愿意和他们打交道。比如说胡屠夫，那是真有钱呢，缠住要买王叔的房子，王叔却生生是不卖给他。王叔嫌胡屠夫埋汰，如果让胡屠夫住进自己的老屋，他担心那些娇嫩的花儿不愿意。要是胡屠夫的埋汰气熏死了那些花儿，还不如不卖老屋。

房子要用人气养，没了人气房子就显得有些破败。王叔虽然每月都要回家给他的老屋洗洗脸——打扫卫生，修剪花木，可洗过脸的老屋看上去还是落寞荒凉。王叔有些急了，他担心没人买的话，老屋会落败了。村里那几户想买老屋的人好像也看出了王叔的心思，等着王叔老屋落败了，自己好捡个便宜。

王叔也看出了村里人的心事，干脆把老屋租给老杨住了，慢慢地熬一个好价钱。说是租，其实是白给老杨住。他没要老杨的租钱，只要求老杨看好他的院子，照顾好那些花草树木，种好周边的那些地。让来来往往的人都看见自己的家是一派兴旺。

老杨运气不好，做啥啥不成，房子都卖给别人抵账了，连个落脚的地方都没有。可老杨勤快，老杨把王叔的花花草草照看得兴旺茂盛，老杨把王叔的土地种得一片葱茏。老杨也厚道，临到新鲜蔬菜或者麦子、苞谷成熟了，还会想方设法送到城里让王叔尝个鲜。偶尔王叔回来，老杨还把王叔当父亲待，王叔心里是一片温暖。

有人到底扛不住，待王叔回来小住时，去找王叔要买他的老屋。王叔看看来人，问了问那人买房的打算，王叔摇摇头不卖了。来人以为他嫌价钱低了，咬牙切齿又涨了十万。王叔起先眼睛一亮，最后还是摇头，说，不是钱的事。

真不是钱的事。后来还来了几个城里的有钱人，出了大价钱要买他的老屋，王叔怎的都不卖。村里人就有了怪话，说他真是难打交道的人，到老了都不好说话。也有人骂他心太黑了，那几间破房子，还想换座金銮殿不成？骂归骂，老屋毕竟是人家的，他们想看看王叔那老屋究竟要卖多少钱。

谁想到，王叔把房子卖给老杨了，而且只卖了十万块，还是分期付款。要知道光那棵桂花树现在都值十万块了。人们问老杨咋这么便宜时，老杨说王叔是有条件的——老屋不能拆，花草不能砍，地里要种庄稼，老屋里要给王叔留一间房子。

老杨说，王叔想给自己留个念想。

老杨又说，王叔还让我在老屋的后面给他留一块墓地，他老了以后还要住在那里。

择　邻

聂鑫森

冯小梅和金大川，都在光明机械厂工作。女儿贝贝十岁了，正念四年级，聪明又活泼，不但成绩好，而且会弹钢琴。为培养贝贝，两口子可是下了血本。唯一遗憾的就是房子太小，一室一厅，加上家具、钢琴、洗衣机之类的东西，简直再没有多余的空间。

这些年来，机械厂闹得很火红，业务繁忙，效益猛增，干部、工人的工资都在三千元上下。于是，他们对原先的居住条件不满意了。厂领导决定，在离宿舍区不远的一个刚建成的社区里，先由公家垫付资金购下A、B、C三幢住宅楼，每家只需先预付五万元，其余的在每月工资中慢慢扣除。三室一厅、两室一厅，自个儿选定，而且可以互相挑选邻居，真是“以人为本”啊！

冯小梅是个车工，金大川在厂部技术设计室工作。家里的事，冯小梅说了算，是名副其实的“一言堂”。冯小梅在车工一班，人缘关系好，不但干活风风火火，而且肯帮助人，大家都很喜欢她，都想和她做邻居。

A、B、C三幢楼，每幢楼六层、三个单元，每个单元的每一层住两户人家。

车工一班，正好十二个人，代表着十二个家庭。大家一合计，都住A楼的第二个单元（又称为“中门”）吧，出进一对大铁门，上上下下为邻居，多好。

冯小梅说：“我选六楼的601室吧。”

大家很感动，这不是电梯房，她选取六楼是一种谦让。

与她车床挨车床的顾小兰，立刻说：“我向小梅姐学习，住602室！”马贵芳说：“我得当个最近的邻居，501室。”刘秀珍马上接上话：“那我就502室，没人跟我抢吧？”十二套房子尘埃落定，各有其主了。立刻有人掏出手机，向厂部的“分房办”申报了情况。

晚上，冯小梅向丈夫一说，金大川什么意见也没有，只是强调说：“你得仔细想想她们家的各方面情况。当年孟母择邻，为的是有个好环境，一是有利于孩子的成长，二是有利于我们的休息。”

冯小梅说：“对。”

将与她家相邻的是顾小兰，丈夫是设摊卖服装的小商人，孩子放到奶奶家去了。可这小两口，喜欢串门。一开口就是名牌服装和钱。女儿贝贝听多了，岂不会受影响？

马贵芳住501室，是个急性子，敢吼敢叫；丈夫是厂里的搬运工，说话不但粗鄙，而且嗓门儿大。这一对夫妇，动不动就吵架，还砸锅摔碗。在这一派噪声中，贝贝怎么能静下心来做作业、弹钢琴？他们的休息也会成问题。

502室是刘秀珍，五十五岁了。在车工一班做勤杂工，无非是扫扫地、领领防护用品，很轻闲。老头子是市里卫生局的退休干部，老是把人邀到家里来打麻将，弄得他原先的邻居怨声载道。

将成为冯小梅邻居的其余人家，她一一反复思量、比较，都有这样或那样的不尽如人意处。

她把这些情况和金大川一说，金大川把手一挥，果断地作出决定："另选一套房子！"

冯小梅说："那我就得罪人了，往后怎么在车工一班做人？"

金大川笑了，"你把责任往我身上一推，说我不同意住这里，恶人让我来当。"

"假如，她们又要跟着我一起选房呢？"

"你傻呀，先不要声张。我去悄悄打个招呼，选一套B楼或C楼六层上的房子。等到出榜时，一切都成了定局，她们想换也来不及了。然后，你就说是我暗地里做的手脚，当着你的姐妹，还可以狠狠地骂我。"

冯小梅笑得差点岔了气，连连说："老奸巨猾，我得重新考察你了！"

一切都在有序地进行着。

冯小梅一家搬进了B楼的601室。两个大人和女儿贝贝各一间卧房，钢琴和书柜、书桌占一间房，还有一个客厅、一个厨房、一个卫生间。这日子，又宽绰，又明亮！

车工一班的人，没能和冯小梅做邻居，大家依旧亲亲热热的。偶尔也有人开玩笑，问她："小梅，这回你先生吃豹子胆了，敢否定你的圣旨？"

"什么事他都听话，这一回他却咬死一条筋不放，我也只好让了他，男人要面子哩！""假如，半夜三更，他要和你做那件美丽的事呢？"

"去他的！一脚把他蹬下床去！"

大家一齐哄笑起来。

三天后的第一个晚上，暮色四合，华灯灿烂。

晚饭吃完了，家务也忙完了。贝贝关上书房的门做作业了。冯小梅和金大川坐在客厅里看电视，声音调得很小。

突然，他们家的大门被擂得咚咚直响，接着便传来苍老的歇斯底里的狂叫声。

金大川起身欲去开门，看看到底发生了什么事。

门外有另外一个女人的声音响起："别开门！别开门！"

金大川忙退回来，坐到沙发上去。

贝贝吓得一脸惨白，从房里奔出来，挤坐到父母的中间，全身发抖。

接着，听见那家又出来两个人，把乱喊乱叫的人“架”了回去，而后是那家的门砰地关紧。

那个人还在自家的客厅里喊叫，声音穿墙破壁而来。半个小时后，才趋于平静。

“隔壁住的是谁？大川，你打听了吗？”

“看名字都是生疏的，所以没打听。”

“明天你得去问问，可别是个疯子。”

“好。”

第二天，金大川从人事处把情况探明了。是个早退了休的工程师，曾经遭受过刺激，患了间歇性精神病，隔三岔五地会发作。

这日子还长着哩，居然碰上了这样一个邻居！

幸而那套旧房子还留着。

是坚定不移地留住这里，还是搬回去？两难呀！

冯小梅说：“人熟了，反而总看见别人的缺点，想避得远远的。这是什么毛病？”

金大川蔫着头，什么话也不说，只是一个劲儿地叹气。

盼　秋

胥得意

一觉醒来，老韩忽然想，应该要个孩子了，不然，一个人生活太寂寞了。起床、做饭、上班、下班、睡觉，一天一天就这样过去了，转眼已到了三十岁。“唉，三十岁了。”老韩心里想。老韩想到这儿，顿时觉得生活好像没了奔头。

老韩从床上爬起来，匆匆忙忙地洗了洗。推开窗子时，一大抱阳光拥到了老韩的怀里。楼下的草坪上，一群孩子在嬉闹玩耍着。老韩痴痴地看，又痴痴地想，自己的孩子应该是什么样子呢？

老韩挠挠头笑了。老韩像偷了东西一样四下里环顾了一圈。其实，不论他怎样看，屋子里还是他一个人。老韩想要一个男孩，一个活泼可爱的小男孩。老韩笑自己竟白日做梦。种子还没种到地里，就想起了秋天收什么。老韩叹了口气，从心里劝自己，抓点紧，该成个家生个崽儿了。

老韩结婚的当天晚上，老韩老婆羞答答地问老韩，将来要个带把的还是不带把的。老韩笑着说："你以为你肚子是孩子批发市场呀，说要什么样的就有什么样的。你要是说生啥就能生啥，那我就要个带把的。儿子多好，儿子一点点长大就会越来越像我，就像是我的复印件。而且什么话都能跟我讲，我跟他做最好的朋友。"

老韩说着时，忽地发现老婆脸上没了高兴劲儿。老韩晃着老婆的肩问，咋了？老韩老婆说："嫁给你真不容易，一旦给你生了一个姑娘，我还不成了罪人？

老韩忙装出笑脸，"一样的，别当回事，我和你说着玩呢！"

婚后，老韩便开始了耕作。很勤奋也很辛苦。

开始的头半年，老韩还能用心地听种子破土的声音，还能耐心地等种子发芽的时刻，半年过去以后，老韩心里有点没底。老韩问老婆："差哪儿呢？"

老婆告诉老韩，无所谓吧。这么多年不都过来了吗？那么急干什么？面包已经有了，一切都会有的。

一年过去了，老韩还是没有等到秋天的消息。每当看见别人抱着或领着孩子从身边经过时，老韩心里很不是滋味。老韩有时跟老婆讲："咱命咋这么苦呢？现在咱不讲儿子了，就是有个姑娘也好呀。没事了给她扎一扎辫子，听她唱一唱歌，咱俩也能开心点，日子也好打发一些。"

老韩老婆也有些忧郁。老婆对老韩说："要是我有啥毛病，你就休了我算了。看你真的想孩子，别因为我耽误了你。"

老韩忙用手捂老婆的嘴，"说不定我有毛病呢，那样你是不是就蹬了我呢？这事不讲了，咱们没孩子这一年不也过来了吗？轻松，是吧？"老韩一席话说得老婆心里热乎乎的。

老韩和老婆在一起过了五年，老韩老婆的肚子还是风平浪静。一次，老韩对老婆讲："我看咱这辈子就这样了，想要个儿子，儿子没有；没有儿子，来个姑娘也行，姑娘也没有。咱也别检查去了，知道谁有毛病都不好，那样一个就欠着一个似的。咱赶明个儿抱一个回来养算了，免得两个人过得没意思。"

老婆说："行，除了这个办法也没别的了，谁让咱们不行呢。"

没过多久，老韩真的就抱回来一个孩子，老韩两口子整天地抱着、哄着，特别地疼爱。别人看了就像是他们自己生的，看不出两样来。

老韩和老婆都很幸福，不管是有孩子还是没孩子，俩人谁也没埋怨过谁。晚上，孩子在俩人中间睡着了，老韩就呆呆地看老婆。每一次都会把老婆的脸看得红红的。

窗外皎洁的月光洒在床上，洒在老韩夫妻身上，洒在熟睡的孩子脸上。那孩子像是秋天里一颗沉甸甸的苞谷。

体验坐牢

徐均生

我供职的是一家监狱医院。医院大院最里面有一幢两层小楼。这幢小楼，对外称康复中心。康复的人员不是病人，而是刑期剩下两三个月的服刑犯人，他们要在这里经过几个月的学习，以适应回归社会。

这年国庆节前几天，康复中心里的犯人都回家团聚去了。整幢楼就空了，我的工作也就空了，国庆节可以回家过。谁知道，国庆节前一天下午，我的五位大学室友，说要来看我，还说如果有可能要体验一下坐牢的感觉。

我当即表示："好啊。"

我请示监狱领导，谎称室友们是作家，想体验一下生活。监狱领导非常重视，破例同意了，还让管教队长来实施管教。而我作为随队医生全天候陪护。

管教队长让室友们限时打完电话后，就收缴了他们的手机，说："从今天开始，你们正式进入监狱的入监教育，你们每一个人都要遵守监纪监规，谁也不能违反。当然，我知道你们是来体验生活的。但是，为了让你们有更切身的体会，我希望各位能坚持做到。"

室友们就这样被关进了康复楼，铁门"咣当"一声，紧紧地关上了。

康复楼里面有活动室，乒乓球、棋牌、健身房都有。室友们玩得很开心，很投入，也有水准。第一个晚上相安无事。

第二天早上，他们起得很早，跟着管教队长到院子里来活动筋骨，还跟着跑步，跑着跑着，就有室友气喘吁吁，不肯跑了。管教队长就喝道："你，三号，给我快点！你，还有你五号，你在干什么？你给我快点跑！"

我站在一边忽然觉得想笑，你想啊这五位室友有当处长主任的，最小也是个科长了，他们哪里经历过这种场面，他们心里肯定不好受！

早饭后，室友们要进行学习，学习相关的监纪监规。每个人还要做笔记，下午还要考试。这些都是必需的，也是非常简单的。

这天晚餐后，室友们要打电话，管教队长说："你们是来体验真实生活的，连一个电话都熬不住，还体验什么呢？这五天时间里，我希望各位作家能真正地体验一番。"

话说到这份儿上，室友们没面子再要求了。只好私下里央求我给他们的家里通过平安电话，问问有没有什么要事急事。我也一一通了电话，报了平安。

体验到了第三天，室友们有些不耐烦了。管教队长的话，听不进去了，乒乓球也不打了，棋也不下了，牌也不打了，他们大多数时间会站在铁窗前，仰面看着天空出神，或独自坐在一边想心事。

我悄悄地来到他们的身边，拍拍他们的肩头，然后悄悄地离开，不说一句话。我知道他们在想什么，尽管是体验坐牢，但每个人肯定都在想与坐牢有关的事。对了，从第三天开始，室友们的伙食完全跟犯人们一样，饭菜比较简单，一荤一素一汤。酒当然没了。

第四天，室友跑步跑得很快了，他们一点声音也没有，默默地跟着管教队长跑，没有一个掉队的。跑完步，就去洗脸擦汗。

就在这一天晚上，上级领导来突击检查，路过医院见康复中心亮着灯光，就一路进来了。监狱领导连忙通知我和管教队长，让我们赶快安排好。

领导进来时，室友们已经换成囚衣排成一队，他们一见领导就喊道："首长好！"领导摆摆手，就往里面走去。室友们也跟随进去。

领导要跟室友座谈，领导问室长："你是怎么进来的？"室长的脸红红的，低下了头，说："接受钱物，判了五年。"领导严肃地说："你要好好改造，重新做人，早日回归社会。"室长连忙表示："我一定听首长的话，好好改造，重新做人，早日回归社会！"

领导们回去了，室友们忙换下囚衣，室长却没有换。他抱着自己的脑袋，痛苦地低了下去，眼泪默默地流淌下来……

睦　邻

徐水法

周末，难得的晴好天气，李胜原本打算回老家去看看老母亲，头天晚上接到社区通知，说本周日社区搞集体活动，没有特殊情况，每户人家要求一个不落，全家参加社区联欢活动。

出乎意料的是，活动居然放在小区两幢楼之间的空地上，一大早就人声鼎沸，社区联系好的外包宴席的公司，已经拉来桌子凳子开始摆放在过道上，李胜才知道，原来自己所在的长安小区在全市社区评比中获得了"最佳睦邻奖"，今天就是社区组织的答谢宴，社区要感谢所有为本次评比中作出贡献的居民。

李胜觉得有些愧疚，自己连有没有这么个奖都不知道，更不要说积极参与、坚决支持了。站在家里阳台上，看着楼下过道里忙忙碌碌的单元里邻居们，李胜想起了远在一百余里老家的母亲。如果要参加这个小区里团结睦邻，偶尔来家里住几天的母亲，比自己更有资格参加这个庆功宴。

或许是母亲在乡下住了大半辈子，习惯了农村人低头不见抬头见的生活，偶尔进城来，也总会抢着和楼上楼下的主动打招呼。李胜知道城里人不喜欢和陌生人打交道，每个人都喜欢关起门来，自己就是独立王国的国王，对每一个主动招呼的人都抱着深深的戒备心。母亲不怕，总是对李胜说，远亲不如近邻，邻居之间一定要热情相待、和睦相处，这样遇上事大家彼此也可以有个照应。

起先楼上楼下的邻居不太习惯母亲的做法，李胜只好背着母亲向大家解释，慢慢地，这些邻居尽管心里不乐意，至少看在李胜的面上，没有给母亲使脸色，碰到母亲热情打招呼，也会偶尔打个哈哈，个别的还会主动和母亲打个招呼。母亲很高兴，回家就对李胜学说，人心都是肉长的，你看人家见面也对我很有礼貌啊！转身又对李胜说："亲帮亲，邻帮邻，楼上楼下有事你一定要主动去帮人家，帮人就是帮已。"

李胜是个孝子，母亲的话答应得很快，平时要他主动去帮人家，还是做不到，这城里人不像乡下村里人实在，每个人觉得自己有隐私有秘密，你主动前去，别人还担心你有什么居心。不过，遇到有人主动叫他帮忙，他还是尽自己所能，能帮则帮的。

母亲不一样，一看这些邻居偶尔会和她说话，高兴得不分南北了。第二次进城来，从自家菜园里拔上一大堆时令菜蔬，一到李胜家，楼上楼下一家家分过去。邻居们不好意思，她就说你们是帮我的忙，不然这么多菜吃不完，烂在地里太可惜了。有邻居要付钱，她就说你们这是打我的脸，你们到我老家去看看，谁家来客人了，缺个啥菜，就近一看，谁家有就摘谁家的，最多见面说一声那菜被我摘了。这年头，吃个东西都不放心，慢慢地，邻居们是真心感觉到了母亲的实诚和热情，也就不推辞了。不过大家心里明白，这些菜蔬是无公害的放心生态菜，吃是吃了，心里不安，毕竟是六七十岁老人种出来的劳动成果，于是大家也想着法子来回报母亲和李胜一家。

母亲偶尔来城里住几天，楼上楼下到处是"李奶奶"的热情招呼声，有时候，邻居们烧了好吃的也会特意盛一碗端给母亲，让她尝尝鲜。李胜一家三口下楼去，经常会有邻居往孩子手里塞水果和点心的，稍一推辞，对方就说要谢就谢你家奶奶。有次周末李胜要加班，刚好妻子出差在外，孩子没人带，李胜想着把孩子带到单位里算了。早上孩子说头一天和楼下邻居家的小伙伴约好一起做家庭作业的，要去说一下的。结果叫开门一说，邻居说你若放心，就把孩子留下，正好和自己孩子做个伴，中饭你也不用管，晚上下班来领就是。结果，自然是李胜一身轻松去加班了。

人就这样，彼此敞开胸怀了，大家就相互坦诚相待、友好交往了。慢慢地，小区里的居民彼此越来越熟谙，楼上楼下一团和气。楼上的衣服被子从晒着的阳台上被风吹下了，回家门上肯定夹着字条，告知掉下的衣服被子在哪一家。遇上下雨了，看到楼上有人晾晒着东西，立马会打电话要对方抓紧来收纳。老人上楼下楼，有人让道，有时候年轻人忘不了搀扶。楼道里遇见大包小包的，邻居就会很自然帮忙接过一部分拎着一起回家，就像一家人一样亲近自然。

时近中午，楼道里响起了彼此的招呼声，李胜一家也来到楼下，过道里的圆桌上已经摆满了丰盛的酒菜。大家彼此招呼，互致寒暄，几十户人家就像一家人一样，大家纷纷称赞社区领导这个活动好，这样近距离的交往，会让大家感觉更像一家人。

社区领导高声宣布，除了中间这桌留着给社区工作人员陪一位尊贵的客人外，其他人大家随意坐，可以一家子坐一起，也可以互相找酒伴一起喝酒尽兴。

居然还有尊贵的客人，大家你看看我觑觑，都不知所以然，莫非还有什么上级领导来做重要客人？李胜和大家心里开始嘀咕，这种场合你领导来了，不是与民同乐，而是让民难堪。本来大家是邻居，都是平等相待，今天也可以敞开胸怀放开胆子乐呵乐呵，你这领导一来，大家岂不受拘束了吗？这些社区领导也是，什么场合都忘不了给领导献媚。

社区领导似乎看透了在场大多数人的心思，高声对大家说，请大家放心，今天我们请的尊贵客人，不是哪一级领导。但绝对是我们小区创评“最佳睦邻奖”活动中贡献最大的一位。刚才接到电话，客人已经到小区门口，我建议我们所有的男主人随我一起出去迎接一下。

不是领导，难道是评委？李胜和许多居民一样，带着疑问和好奇，几十号人呼啦啦跟着社区领导走向小区大门，队伍后面跟上许多妇女和孩子，大家的心理差不多。

大伙儿你一句我一句，叽叽喳喳的，很快来到了小区大门口，大家看到一辆崭新铮亮的黑轿车对门停着。李胜也挤在人群中，想着这位尊贵客人会是谁？社区领导上前拉开车门，从车上扶下来一位老人。前面的人眼尖，大声喊了出来，“李奶奶！”李胜也惊呆了，居然是母亲。

也许你能当县长

金　光

正读高二的强子扛着行李回到了村里，走到村头碰上了正在田里薅谷苗的三德叔。三德这时也正好直起腰做歇息状，一抬头看见强子，就叫了一声："强子，你过来。"

强子走过去时，蔫蔫的，低头不语。三德问："不是在读书吗？今天不是星期天也不是放假日，咋回来了？"

强子不敢正眼看三德叔，而是瞅着自己的脚尖儿，嗫嗫地说："我不上学了，退了。"

三德一惊就站了起来，"咋回事，好好的为啥要退学？"

强子说："我欠了学校两个学期的学费没交了，老师不给我发书，还光批评我。没办法，我就回来了。"

三德打量了一下强子，"两个学期的学费是多少呀？他们就不给你发书？"

"一百多呢，我妈……"强子说到这儿把话咽下了。

三德在强子的肩头上拍了一下，说："你娃聪明，将来也许能当县长哩，不上学咋中？"随即从袋里掏了二百元钱递给强子，"这是德叔昨天卖猪的钱，你拿去先把学费交了，再好好读书。"

强子不接，三德就剜了他一眼，"听话，现在就回学校去！"

强子半天说不出来话，突然他"咚"的一声跪在了三德的跟前，"德叔，我咋谢你哩？"

三德忙拉起他，拍拍他腿上的灰土说："现在不说，等你学成有出息了再说。"

强子收起了钱，就又上学了。

重新上学的强子想，德叔平时很吝啬的，能拿钱让自己读书可是个稀罕事儿。再说，他说也许自己能当县长呢，就冲着这句话也要好好读书。强子就咬着牙啃知识，高二结束，他考了全班的第二名。高三时，强子每天早早起来读书，课堂上细细地听讲，毕业考试又考了全年级的前 10 名。学校把强子当尖子培养，让他参加高考，强子就很争气，果然考到了首都一所重点大学。

强子上了重点大学，没钱。县领导一听强子的情况，当即拍板由县里扶持，于是强子的学费就被县里包了。

强子大学毕业，被分配到了市委组织部工作。强子为人忠厚老实，材料写得有灵气，深得部长偏爱。六年之后，强子从科员干到组织科副科长、科长。那年市里选拔年轻干部，强子参加笔试、面试，一下就提到了团市委当了书记。

当了团市委书记的强子就想起了三德的话，也就想起三德的人来了。那是个双休日，强子驱车回到村里，走进了三德的家门。一进门，强子叫了声："德叔！"然后咚的一声就给三德跪了下来。满脸皱纹的三德受宠若惊，忙扶起强子说："强子呀，你当了官了，不兴下跪。"

强子一脸的歉意，说："德叔呀，你咋老不去找我呢，我还没有报答你呀！"

三德笑了笑，淡淡地说："我一辈子跟土坷垃打交道，不缺吃不缺喝的，要报答个啥哟！"

强子说："你当初不是说等我出息了再报答你吗？"

三德又笑了，"傻孩子，那是鼓动你好好读书呢！"

强子也笑了，笑得一脸灿烂，"可我还没有当县长"。

三德就伸出长满老茧的手在强子的肩头上拍了一下，"那也是骗你娃上进的哟"。

两个人说着说着都哈哈大笑起来。

不久，市里调整干部，强子就被调到水头县当了县长。强子上任的第一天就把县教育局局长叫来，问县里现在有多少孩子上不起学，教育局局长就翻开本子回答说，有三百二十六名。强子让他把这些孩子叫来开个会。

会上，强子当场捐了一千元，开会的副县长、局长们也纷纷往捐款箱里放钱。捐完钱强子宣布：县财政一年拿出十万元资助贫困学生读书。末了，强子还站在主席台上说："我看你们这些孩子都很聪明，将来也许都能当上县长哩！"

这话说完，台下就响起了一阵热烈的掌声。

路　　神

侯发山

入了冬，日头也怕冷似的，早早躲进了山坳里。下午一放学，小羊就背起书包急慌慌往家赶。学校离家有四五里路，中间要翻越一座山、两道沟。刚开始，小羊是跑，跑着跑着，就累得出一身的汗，上气不接下气，跑不动了，走，走得东倒西趔，也不敢停歇。尽管这样，往往是小羊走到半路，夜幕就低垂下来，好像急着去给日头当被褥似的。路边的石头，白天看像是一头牛，到了晚上，就变成了张牙舞爪的鬼怪，吓得小羊不敢正眼去瞅。山林中叫不出名的鸟儿，也趁着黑夜，不知羞地卖弄着不着调的歌喉，一惊一乍的，怪瘆人。

爷爷腿脚不灵便，只能到山口那儿接小羊了。小羊的爸爸妈妈都到外地打工去了，爷孙两个相依为命。

这天黄昏，见到爷爷，小羊一头扎进爷爷怀里，呜呜地哭起来，半天都止不住。她是个懂事的姑娘，心里恐惧，不敢告诉爷爷，怕爷爷担心。爷爷知道，小羊除了委屈，更多的是害怕。一个七岁的小女孩，走夜路，并且还是山路，能不害怕吗？握着小羊冰冷的小手，爷爷心里叹息，说："小羊，别害怕，有路神保护着呢。"

"爷爷，什么是路神啊？"小羊天真地问。

"路神啊，就是神仙。玉皇大帝把何五路封为路神，掌管着天下东、南、西、北、中五条路。当时众神皆笑道，天下之路还用管吗？天下之人，无路不闯、不开、不走，谁听你？观音菩萨说，人有心，有心者，心中有路才有路，心中没路，走投无路。每时每刻有多少人因心中无路要上吊、投河……福路、禄路、寿路、喜路、财路，连着福缘、禄缘、寿缘、喜缘、财缘，不通行吗？观音菩萨言之有理，众神这才无话可说。从此，何五路掌管起天下东、南、西、北、中五条路，保佑走路的人平平安安。"

"爷爷，能看到路神吗？"

爷爷说："凡人是看不到的……你在前面走的时候，路神就在后面跟着，保护着你，所以不用害怕。"

"爷爷，我今天回来，就见到路神了……接连好几天了。"小羊的心里渐渐亮堂起来，说话也有了底气。

"你见到了？"爷爷吃了一惊，关于路神他也是听老辈人讲的，讲得有鼻子有眼，不由得不信。不过，他自己倒没有遇到过。小羊今天碰到的是什么？真的是传说中的路神？

小羊说："上山那会儿，我在前面走，总感觉后面有人，能模模糊糊听到脚步声，有时还有轻微的咳嗽，有时还叫我的名字呢，吓得我也不敢回头，使劲跑……原来是路神啊！"

小羊的描述跟老辈人讲得不差上下，看来真的是有路神。爷爷说："小羊，不能回头看。我爷爷说过，有一天早上起来，他的眼睛无缘无故地肿了，村里的老人说他是见到了路神，冲了煞气，所以才会眼肿，最后请了一个岁数很大的老人在路边烧了几刀黄纸念叨一番，三天后爷爷的眼睛才转好。"

第二天星期六，小羊没有去上学。学校唯一的一名教师杨老师家访来了。杨老师今年七十岁，在学校里教了一辈子的书，因为生源少，地方又偏僻，没有人愿意来这里教书，杨老师是校长兼老师，除了校务，还负责小学一至五年级、二十多名学生的全部课程。

见到杨老师，小羊和爷爷都很高兴。这是杨老师第二次家访，上一次是小羊刚入学的时候。杨老师上了年纪，来一趟要走几个小时呢！

“杨老师，真的是谢谢你……学校那么多学生，真的是难为你了。”说着话，爷爷去鸡窝掏鸡蛋。

杨老师知道小羊的爷爷要给自己炖荷包蛋，忙去阻止了他。鸡窝就是山里人的银行，杨老师是知道的。说：“除了小羊，还有三四个同学都离学校比较远，有的翻山，有的越河，我不放心啊！现在天黑得早，担心他们在路上出了意外。每天放学，我只好挨个护送一段，等这个到了安全路段，再拐回来去送那个……小羊跑得快，我每次都赶不上，只好远远地在后面送一程。”

小羊恍然说道：“杨老师，我爷爷说您是路神呢……哼，爷爷骗人。”

“路神？”一时间，杨老师丈二和尚摸不着头脑。

爷爷笑了，笑得眼泪都出来了。

杨老师明白原委后，语重心长地说：“小羊，道路怎么走，全靠你个人。真正的路神不是别的，是你自己！”

多年后，小羊大学毕业回到村小学当上教师，才彻底懂得杨老师说的话。

马哈的恋爱史

李伶伶

马哈赶着羊群去山上放羊的时候，村里人也陆续去地里干活了。人们看到马哈会跟他打声招呼，然后意味深长地笑一下。马哈知道他们笑什么，但是他不在意。他跟柳梅是清白的，俩人虽然在一座山上放羊，却是一个在山上，一个在山下，根本就没怎么说过话。流言是怎么出来的，他也不知道。

去山上要路过柳梅家的地，他还没走到柳梅家地头，就听见有人问柳梅：“柳梅，你今天怎么没去放羊啊？”他以为会听到柳梅一顿好骂，没想到柳梅没有任何回答。马哈走到柳梅家地头时，看见柳梅正站在地里哭，泪水无声地流出，马哈心里莫名地动了一下。流言传得最热闹的时候他对柳梅都没有任何感觉，这一刻，不知为什么，内心深处的坚硬像春天河面上的冰，哗啦一声，塌了。他很想把柳梅抱在怀里，但是他没有。他只是走过去，跟柳梅说了声对不起。柳梅反而哭得更凶了。马哈有点儿慌，不知道该怎么办。马哈说，刚才是谁跟你说话？

我去找他算账！柳梅看了马哈一眼，没说话。过了一会儿，柳梅止住眼泪说："我没事了，你走吧。"马哈说："你真没事了？"柳梅没回答，转身去地里干活了。

那天，马哈在山上放羊，脑子里想的都是柳梅。柳梅的眼泪把他整个人都打湿了，因为他从没见过女人这样流眼泪。菊英就从来不流眼泪。他跟菊英第一次见面，就被菊英的强悍镇住了。那天他们相完亲，菊英不想回家，想去赶大集。集市离他们相亲的地方有十多里，介绍人让马哈骑自行车驮菊英去，顺便接触一下，以增进彼此的感情。马哈驮着菊英去赶集，一路把车子骑得飞快，过一个沟时不小心把菊英颠得掉在地上了他也不知道，骑到集上才发现菊英不在，又回去找她。找到菊英，刚想说句对不起，菊英一拳打在他胸口上，然后冲他吼："你怎么骑车的？人丢了都不知道！"马哈回到家跟娘说："我不想跟菊英结婚。"娘说："你没有资格说这话，只能菊英不同意咱，不能咱不同意菊英。咱家这条件，哪个姑娘敢来，咱就得高看她一眼。"马哈不说话了。爹去世得早，娘一个人把他和弟弟妹妹拉扯大不容易。就这样，马哈跟菊英结了婚。婚后，菊英对家里的猪鸡鸭狗都大喊大叫的，更别说对他了。有时候他甚至觉得，菊英可能生错了性别。

那天晚上，马哈头一次没睡着觉，脑子里想的都是柳梅。第二天他去山上放羊时，把羊扔在山上就走了。他去了柳梅家的地里。柳梅正在地里拔草，他也帮柳梅拔草。柳梅说："你干啥呢？"马哈说："你歇着，我帮你干。"柳梅笑了。以后柳梅去哪块地，他就跟到哪块地，柳梅干啥他就帮着干啥。菊英知道后，跟他大吵大闹也没能阻止他帮柳梅干活。柳梅的丈夫孙二知道后，又找马哈打了一架。流言刚起时，他就找马哈打过一架，没打过马哈。这次又没打过。孙二打不过马哈就打柳梅，柳梅从此经常挨打。一天柳梅跟马哈说："我不想跟孙二过了，咱们私奔吧！"马哈愣了一下，他喜欢跟柳梅在一起，但是还没想过跟她私奔。柳梅说："我受够了孙二,一天也不想跟他过下去了！"马哈听后，心里疼了一下。马哈说："好，我们私奔。"

那天早上天不亮，马哈拿了几件衣服又拿了点钱，跟柳梅一起走了。俩人赶到火车站时，天已经大亮了。马哈买好了去南方的车票，看看时间还有两个小时才开车，就跟柳梅说："我先去趟厕所，然后咱们去吃饭。"柳梅说："行，我等你。"

马哈从厕所出来时，看到一个十五六岁的男孩正拿着一把尖刀对着他，他吓了一跳。男孩愤怒地看着他说："你要是敢把我娘带走，我就杀了你！"马哈怔住了，他忘了柳梅还是个母亲，也忘了自己还是个父亲。他的儿子跟男孩差不多大，他要是走了，儿子就成了没爹的孩子，柳梅要是走了，他面前的男孩就成了没娘的人了。他知道没爹的滋味不好受，没娘的滋味可能更不好受。所以面对男孩威胁，他妥协了，他投降了，他没跟柳梅打一声招呼就消失了。他知道柳梅肯定会生气伤心，但是，他没有别的选择。

马哈回到家时，菊英正坐在炕上大声地哭。看见他回来，立刻止住哭声，对他又打又骂。马哈没说话，也没还手。菊英打累了，抱着他哭了。菊英说，你再敢跑，我打断你的腿！马哈叹了口气，菊英就连撒娇都这么霸道。

柳梅在火车站等到天黑，也没等到马哈从厕所回来，听说后来是被追到火车站的孙二和她儿子接了回来。柳梅回来后再见到马哈，眼里就有了恨，瞪他一眼，转身就走，再也不跟他说话。马哈不生气，心里很坦然。

马哈后来没再跟菊英吵过架，也不轻易跟别人发生争执。人们都觉得马哈像换了个人，说他是浪子回头，是幡然悔悟，是知错就改。马哈知道这些都不是，是因为他心里有了爱。

张 大 嘴

吴富明

山有形而无名，可谓传播不远；人有名而无技，可谓穷劳一生。

而翠华山有形也有名，人人知晓；张大嘴有名又有技，便滋润得很。

某个清晨时段，我站在翠城北面，看见了炊烟，听到了猪叫声，烧水声、洗刷声……过后，传来铃铛声。

那个人出来了。推着一辆凤凰牌的自行车。载重的后架宽大，一头剖净的大肥猪低头耷耳被绑在那儿。

一股烟从那个人嘴里喷了出来，看来是做了吸足的准备，想着就快意。

的确是快意的。那个人就是翠华小屠户，张大嘴。每天这个时候，在骑上车的那刻，他都会将一根烟狠狠地吸足，直到火星烧到手，才丢了那点烟头。然后从嘴里喷出，顺带将肚里的浊气挤出。之后，才扬起那穿着雨鞋的大腿跨上那当时称得上家当的自行车上早市盖油印子，也就是盖红、蓝印章去了。

手续完后，张大嘴就在自己的摊位上铺肉上板，做肢解工作。一会儿锤子，一会儿斧子，又一会儿两块布上手，上扒下扯，再会儿大屠刀猛砍，小屠刀轻削。一番折腾，肥猪就部位齐到，任你挑选了。

有道吆喝一声买卖到。张大嘴却不这样。握着一把刀，头不时摇晃两下，只顾站在那儿。奇怪的是，那些路往之人都很愿意往他摊上挑肉。不用一晌午，除去些边角皮肉，主要的肉就卖光了。张大嘴这时才吆喝一声，收摊。

晚上，炒些猪的边角料就着酒是张大嘴常年不变的习惯。当然，他还会对媳妇喜凤说，去帮我请师傅过来，喝两盅。可是那晚，喜凤没有去。她说：“大嘴，你师傅病了，在家躺着。”张大嘴愣了愣，说：“他那么好的身子，咋说躺下就躺下了呢？唉！”说罢，呷了一口酒，站起身，又说：“喜凤，我看看师傅去。”

话说，张大嘴的师傅，那是翠华山里的老猎户，人称“老枪”。那年月，有枪就有粮。枪法准，懂动物习性，老枪自然收获多。加上长年的宰杀，手法多样。后来，政府收枪了，保护野生动物，老枪才干起了屠户行业。

张大嘴是老枪收的唯一徒弟，也是老枪的救命恩人。据说，有一年翠华山里闹鬼。老枪一生最怕的就是这事。那天夜里的山中，老枪正瞅着一头往荒墓跑的山羊在打。只见一团白色物件在荒墓处飘忽、游荡，还带着青烟。老枪一看，心大跳，妈呀，还真有。猛地一回头想跑，却撞在了一根树杈上昏了。说来也怪，平时谁见谁躲的二懒子张大嘴那天正在荒墓旁，谁也不知道他在做什么。当听到“呀”的一声，张大嘴知道出事了，于是跑过去将老枪救起，背出了山。

老枪伤好后对张大嘴说：“你这人真是胆大，我一生最怕的东西你却不怕，正补了我的弱处。如果想讨碗饭吃，你就做我的徒弟，我将技术传与你，保你一辈子无忧。”张大嘴说：“既然这样，那我就跟着师傅享受吧。”

从此，张大嘴跟着老枪上山打猎，下小溪捞鱼，有时还在村里设桌开赌，他的生活开始越发滋润起来了。直到让政府收缴了枪，他才正经起屠宰生意了。张大嘴为人豪爽，又倚着是老枪的徒弟，人缘就多了。生意上去了，又有脸面，翠华山的喜凤就嫁给了张大嘴。

张大嘴有时常深夜提着大包上山。媳妇喜凤说他，你就是什么都不怕，也不能依着性子上山瞎逛吧。张大嘴说，女人就是短见，男人做什么还用得着你去分析。你睡好觉就行了。

老枪听说张大嘴上山的事，特意对张大嘴说：“什么时候，你将那鬼给灭灭，好还我心悸。”张大嘴说：“师傅你还信这个呀，这世间哪有鬼呢！”老枪说：“你是没看到，见到了，你也许就不会这么说了。”老枪叹了一口气，“或许，屠户见血太多了吧，引来什么东西了。”张大嘴说：“师傅，你放心，下次我上山，我保证再也不会让那鬼出现了。”老枪听后，笑了。

且说，喝了酒的张大嘴见到了病中的老枪，头一个就是给师傅下跪。老枪艰难地扬了一下手说：“我收你做徒弟你都没跪过，这次咋要这样呢？还是起来吧。”张大嘴说：“师傅我有错，是我让你害怕的。”

原来，那天夜里，老枪上山打猎时，碰到的所谓鬼是张大嘴搞出来的。那天，张大嘴正在荒墓旁挖洞，那是个古墓。是张大嘴有次渴酒时听人说翠华山中有古墓，于是天天上山找，才找到的。为保证古墓一人知晓，张大嘴夜里在山中经常装神弄鬼，使得翠华山一度出现鬼怪传闻，人们不敢进山。张大嘴那夜没想到，还有人不怕，进山来了，吓了一跳。但静下心后，他将事先准备好的白布团举起，四处摇晃，并将一支烟吸足后喷出。没想老枪真被此一吓，出了事。

老枪听完张大嘴的话，竟然哈哈大笑起来，仿佛身子一下子好了起来。张大嘴愣住了。

“师傅，你咋啦？”

老枪强打精神说：“大嘴呀，你不该呀，你知道吗，十多年前，那个古墓我就知道了。为什么，我从来不说，就是怕邪气。当然，你也知道我还怕另一种东西。要知道，我们常年过血的东西很多，要是再去捣些什么事，那就没法活了。话也说回来，古墓是国家文物，你私下去挖，我看得犯法。去不得呀，大嘴。”老枪加重了语气。

张大嘴闷声了。跪在那儿，只有出气声。过了好一阵子，张大嘴才说：“师傅，你放心吧，我懂得怎么做。”

往后的很长时间，翠华山再也没有出现过鬼怪的故事。倒是几个像文物部门的人上山找过几次所谓的传说古墓，均无结果。他们说，翠华山除了林，就是山洞，哪来的墓，瞎说。张大嘴与老枪听说后，大笑了一回。

张大嘴依旧早起杀猪卖肉。老枪因心病多年，过世了。

前年，文物普查，我与工作队去过一趟翠华山。在村里，我见到了张大嘴。走时，张大嘴送了我一包东西，说这是翠华山唯一他看见的东西，现在交给我让它回归吧。

那是一尊明朝中期的青铜佛像。大气，线条流畅，人物表情丰富，灵动。我将它放在了文博馆里。字条上特注明：翠华古墓遗存。

草鞋和共享单车

王庆高

阿城觉得方便多了，下了地铁出口就有共享单车，手机二维码一扫，单车锁啪的一声就开了，骑上就走。不一会儿就到公司门口，车子随便一放，只管上班去，不担心车子丢了没车骑，不担心城管锁车罚款。

阿成这么想，大概很多人也这么想。骑共享单车的人多了，随便一放的人也多了，不担心的人也多了。于是一时间城管共享单车的话题也多起来。

阿城有时候也觉得单车放得太混乱。可天天如此，天天看见这个场面，也慢慢习惯了。再说了，我一个打工的能怎样？

父亲有病住院了。阿城请假回家照顾父亲。

阿城的家是在大山里，一个古老的村庄。通往村庄的一条不太宽的道路旁边有个竹亭子，老乡叫它“避雨亭”，也有叫“歇脚亭”的。大山里雨水多。

亭子靠路边的两根立柱上，每根立柱上总是楔着两个竹钉子，竹钉子上还常常挂有两三双草鞋。从大山里这个古老小村庄走出去的阿城，知道为什么亭子立柱上总有人挂着草鞋，那是因为过去山里穷，很多男人要到山外赶脚，你家有他家也有，赶脚的人草鞋坏得快，如果哪家赶脚的鞋坏了、光了脚了，就可以穿上挂着的草鞋回家了。家里人看到了也就心安了不少。所以，只要亭子上没了草鞋，就总有人家立即补上。

时代发展了，大山里虽然还穷，但草鞋早已退位了，换成了布鞋、胶鞋、皮鞋……然而，挂草鞋的习俗还顽强地坚守着。偶尔，也有挂上洗干净的半旧布鞋、凉鞋的。

阿城以前也多次回过家，也多次看到亭子的情景，也没想那么多就过去了。他妈妈就往那儿挂过草鞋。他觉得一切都是应该的、正常的。好像没什么奇怪的。这次他照顾好父亲回城的时候，天淅沥淅沥下起了雨，他来到亭子底下避雨的时候，盯着那些草鞋目不转睛，盯了许久许久。直到车子鸣笛叫他，他才把视线移开。

第二天，东方太阳从地平线喷薄而出的时候，阿城走出了地铁口，照常找共享单车扫二维码，照常骑单车到公司门口。只是，他把单车放得很正、很齐，就像家乡亭子上挂的草鞋。他看了一眼手表，上班时间还早，他站在单车旁，指挥骑来单车的人把车码好。假使有人码得不到位，他就动动手帮助码好。

一天，两天，三天，天天如此，月月如此，人们以为他是专门的管理人员。人们问他，他说不是。他说俺是山里人，山里有个亭子，亭子立柱上挂着草鞋……

一年，两年，三年……外来人口越来越多，城市越来越大，共享单车这道亮丽的风景线不知道什么时候突然不见了。

谁也不与鸡同眠

非　鱼

娘说，那时还没有我。炕上躺着的是大姐，奶奶背着的是哥。

在这个故事里，父亲一直是缺失的。用娘的话说，那几年他只顾跑。跑什么呢？不知道。父亲后来说，他在西安待过半年，和一次运动有关。一个地道的农民，除了十几岁的时候被抓壮丁给国民党军队运过一次粮食，除了他三哥当过保安队大队长，什么运动能运动到他头上呢？这一直是个谜。

还是说娘。父亲不在家的时候，娘私自做了一个重要的决定：下一座院子。

她头一次没有和父亲商量，没有听奶奶的话，像一头犟牛，铁了心要下一座自己的院子。

我一直认为那些千疮百孔的窑洞都是自然长出来的，像笨笨牛的窝一样，到处都是，随便住。

娘说，不是。都是有家的，咱家住的那眼窑，是借来的。

我脑补了一个画面。奶奶和姑、娘、父亲，还有哥和大姐，这么多人，住在一眼借来的窑洞里，还有鸡和猪。哥和大姐肯定是要睡在炕上的，那么姑会不会和老母鸡同眠呢？

细节娘从来不说。她总是从吵架开始说起。

窑借了十几年，当娘已经忘了这是借来的窑洞，还要还的时候，娥婶提醒了她。

娥婶先是在她的窑门口哭，说猪拱翻了案板，碟子碗都打碎了，下顿吃饭一家人得趴锅里吃了。娘是去安慰她的，说谁家猪都拱过案板和灶火，再来小炉匠了锔一下还能用。

娥婶一把鼻涕摔在娘的衽襟上："锔碗不要钱啊？我笑一个小炉匠就给白锔啊？"

娘这时应该带着那串鼻涕及时离开的，但她就是热心，还劝娥婶："哭也没用啊，赶紧想个法子。"

娥婶一双大手拍在地上，仰着脸号啕大哭："就你会说，一眼窑借了十几年，要还了我还用猪一群人一群搁一块挤啊，早晚挤死一疙瘩。"

娘这回听明白了，也想起来了，这眼窑是我那死去的爷爷从他堂兄手里借的，老一辈认亲，没人说还，可小一辈记着呢。

娘扭身回窑抱着哥哭，一边哭一边骂父亲，奶奶和姑跟着哭。

娘说，那天一家人都没吃饭，连平时老是喊饿的姑也没吃。娥婶的窑里倒是传来奎叔打娥婶的声音，笤帚疙瘩打得娥婶吱哇乱叫。

第二天，娘对奶奶说："咱下座院。"

奶奶抱着哥，她的眼睛几乎都透不进一点光，她说："老天爷，你让娥子气疯了。下院，空嘴白牙说说就能下了？他爹又不在家。"

娘说："我说下就下。你别管。"

奶奶又开始哭："我不管，把你能耐的，我要死了就不管了。我咋还不死哩，阎王小鬼咋还不来收我啊……”

那个早晨，娘走出猪粪和鸡屎味道混合的窑洞时，她已经坚定了下一座属于自己的院子的决心。

在豫西的某个地方，存在着一种叫地坑院的民居，有人叫地下四合院。平地上挖一个长方形的深坑，深坑的四周挖几眼窑洞，就是一座院子了。娘要下的，就是这样的一座地坑院，而且要三丈深转圈六眼窑的大院子。

地是现成的，村子里没有坑的地方，都能挖。娘看中的，是一棵老柿子树旁边的那块地。

箍窑的人请来，罗盘对对方位，铁锨、头筐，工具一摆，娘开始了她造一座大院子的宏伟计划。

娘像一只钻洞的老鼠，手挖肩挑，天天撅着屁股和箍窑人一起，在地上慢慢刨着坑，越刨越大，越刨越深，几个月后，终于刨成了一个三丈深四丈宽六丈长的大坑。娘说，仰脸坐在那个平展展的坑里，别提有多美气。

坑挖成了，接着就是箍窑。娘非得要转圈六眼窑，还要大窑。奶奶说：“老天爷，你挣死鬼托生的哇。有个坑窝住没雨处就行了，挖那么多窑等我死了往里埋啊！”

娘不搭理奶奶，她有她的计划。一眼是她和父亲的，一眼是哥的，一眼是奶奶和姑的，还有一眼喂猪。

奶奶用一个破手巾把眼角抹得通红，她说：“我的憨子啊，咋算都还多两眼。”

娘也许知道，她后来还会生了我二姐还有我。一群娃娃，都要睡在大窑里，睡在大炕上，谁也不能跟猪和鸡挤在一起。

奶奶后来说娘那会儿是又疯了。

我不知道奶奶为什么说又，但她就是这么说的。

箍窑用的时间远比下院子用的时间多，那是技术活，一不小心，挖塌了，就前功尽弃了。窑腿得稳，窑面得平，渗坑要深，窑里还得用麦秸泥抹得光光堂堂。箍窑人说：“下茬了，箍这么多窑，这院子是真下茬了。”

进院的斜坡就在老柿树下，一级一级台阶转一个圈，就下到院里。

娘一手抱着大姐，一手拉着哥，姑拽着奶奶的拐棍，老少一家人排排场场进了院。奶奶看不见，问姑院啥样，窑啥样，姑只顾咧着嘴笑，给奶奶说不清，奶奶都急哭了。

娘对哥说：“去，挨窑去尿一泡。”

熬冬

江岸

在冬季漫长的一天里，陈彩凤奶奶除了做两顿饭，吃两顿饭，就是把一窝鸡放出来，给它们喂食。她一共饲养了八只鸡。每天早晨，她在院子里撒一把稻谷，八只鸡瞬间将稻谷抢食一空，然后到野外觅食。天煞黑的光景，她在院子里撒一把稻谷，咕咕咕地唤鸡回来，看看鸡把稻谷吃光了，又撒一把稻谷。顶多撒三把稻谷。

大雪应该是在半夜时分开始降临的，早晨起来的时候，陈彩凤奶奶打开大门，站在自家廊檐上，看见黄泥湾宛如一只小小的船，淹没在漫天漫地的白雪之中，都分不清哪是房子哪是树了。从早到晚，她开门望了好几次，大雪都没有停下来的意思。她怕滑倒，便一天也没出门。

这样的天气，即便把鸡放出来，它们也无法去野外觅食，只能龟缩在廊檐上，还得在地上屙一堆堆鸡屎。陈彩凤奶奶懒得放它们出来。快到晌午的时候，鸡群在鸡埘里乱扑腾，一只只脑袋都贴在竹编的鸡埘门上，尖嘴从门缝里露出来。显然，它们已经饿坏了。她只好把它们放出来，在廊檐上多撒了几把稻谷。

傍晚，陈彩凤奶奶又在廊檐上撒了几把稻谷。几只鸡应该都吃饱了，鱼贯进入鸡埘。陈彩凤奶奶堵了鸡埘的门，却发现廊檐上还有一只鸡在啄食。她咕咕唤了两声，那只鸡非但没有向她走来，反而怯生生地往后退，退几步之后，又笨拙地跳下廊檐，跳到白雪皑皑的院子里。在白花花的积雪照耀下，院子里亮光光的，她看清楚了，这是一只麻褐色的鸟儿，比她的鸡形体小了许多。

这个小可怜，恐怕是大雪封山，无处觅食，饿极了，才落到院子里偷食吃。陈彩凤奶奶蹑手蹑脚地进了家，轻轻关上门。她从门缝里往外看，那只鸟儿又飞到廊檐上，寻觅吃的。鸡群几乎把地上的稻谷吃光了，鸟儿好不容易才从地缝里啄食一粒两粒被鸡们遗落的稻谷。她看了一会儿，急忙到谷仓里抓了一把稻谷，轻轻拉开门，将稻谷撒在鸟儿面前。鸟儿吓得慌忙飞到了院子。过了片刻，它又飞到廊檐上，尽情啄食起来。

第二天晌午，雪停了，天气却变得分外寒冷。陈彩凤奶奶出来喂鸡，不禁哆嗦一下，又哆嗦一下。她扬手撒了一把稻谷，鸡们一下子往稻谷撒落的地方扑去。她突然发现鸡群里多了一只黑褐色的鸟儿。这下，她彻底看清楚了，这是一只斑鸠。斑鸠的毛羽稀拉拉的，有些潮湿凌乱。它挤在鸡群中间，依然怯生生的，躲在鸡的身旁，不时啄上一口。

显然，这是一只苍老的斑鸠，一只在野外无法觅得足够食物的老斑鸠。这天晌午，陈彩凤奶奶比平时多撒了好几把稻谷。鸡们都吃饱了，四散走开了，只有老斑鸠还在啄食。这会儿，它才不再那么矜持了，啄食的速度明显加快。

从此以后，每天早晨傍晚，这只老斑鸠总会适时出现在廊檐上，和鸡群一起进食。陈彩凤奶奶怀疑它没有飞远，可能就躲在她家旁边的山坡上，守望着她的小院。否则，它怎么可能那么准时地不请自到呢？有一次，它不知怎么来晚了，陈彩凤奶奶隐隐约约有些失落。等它出现的时候，鸡群已经把地上的稻谷吃光了。她赶紧又往它身边撒了一把稻谷。这一次，它没有惊慌逃走，和一只喂了很久的鸡一样镇定站立着，开始进食。

每天除了给自己做两顿饭，给鸡喂食，陈彩凤奶奶多了一件事情，就是给这只老斑鸠喂食。

转眼间，要过年了。儿子开车回村里来接她，要把她接到竹园镇，和他们一起过年。陈彩凤奶奶捡了一筐鸡蛋，让儿子带走，带给孙子孙女吃，她却不愿意离开村子。

儿子说："娘，平时您说在镇上住不惯，要留在村子里，我也依您了。过年您再不去镇上，您自己一个人怎么过呢？"

陈彩凤奶奶说："我走了，没人给它喂食，它会饿死的。"

"还像去年一样，我把鸡也逮走，您就放心吧。"

"我说的不是鸡。它像我一样，七老八十了，老了，不中用了。我一走，我怕它熬不过这个冬天。我哪里也不去，我得陪着它，帮它把冬天熬过去。"陈彩凤奶奶说着，叹息了一声。

这一声叹息，让儿子实在捉摸不透。儿子追问："娘，您说吧，到底是啥？咱们带它一起走。"

"斑鸠，一只老斑鸠，你带不走它，我也撇不下它。你别管我了，你走吧，你们自己好好过年吧。有它陪我过年，挺好。"

儿子半天无语，不知怎么劝慰她了。和一只老斑鸠一起过年，这老太太，真是越老越糊涂了。

穷 摆

李永生

郭公子是个乞丐。我们这里有个歇后语：乞丐挎桌子——穷摆。郭公子讨饭时就“穷摆”。不过郭公子并不挎桌子，也不把讨要来的饭菜“摆”在桌子上吃。而是摆在一白布单子上吃。那白布单子就是他的“饭桌”。

郭公子清瘦，穿戴和普通乞丐没什么差别，也是衣衫褴褛，不过却洗得干干净净。脸蛋泛着很健康的光泽。人说这是由于郭公子经常能讨到好吃食，并不缺乏营养的缘故。

郭公子之所以能讨要到好的吃食，原因之一是他祖上积德。郭家是涞阳大户，郭公子的爹外号“郭半城”，乐善好施。郭公子是独子，从小娇生惯养，吃喝嫖赌皆拿手。爹娘被他活活气死了，留了偌大家产，本能受用一生，却赌得出了格，最后竟输掉了整个家业，后因借高利贷被债主打断了一条腿，最后沦落到乞讨的地步。涞阳城受过他家恩惠的人，怀报恩之心，遇郭公子讨要，施舍起来就很大方。

还有一个原因，就是郭公子讨要得很艺术。

郭公子一般拣富户讨。到吃饭的点儿，哪家大门便被很有节奏的声音轻叩：“嗒——嗒嗒”，一长两短，主人若听不到，门不开，依旧是“嗒——嗒嗒”，不急不慌，夹有一句：“叔叔大爷，大娘大婶，行个方便。”主人听到，会隔着窗户答一句：“郭公子来喽——”便用一空碗，把各种饭菜夹进去一些。端出来，脸上笑呵呵的，屁股后边往往跟着自家的孩子，急不可耐地往门口跑。

到了门口，郭公子见了主人，忙躬身施礼，却不急着接碗，而是先把肩上的背包放下来。背包是蓝粗布做成的，有补丁，却洗得“瀰白”。他先是从包里掏出一块两尺见方的白布，很费力地蹲下来（因为腿有残疾），噘起嘴巴小心翼翼地“噗噗”吹吹主人家的台阶。吹的劲头说大不大，说小不小，只让那些浮土朝两旁荡，却并不腾起来污了脸面。然后把白布啪啪抖两下，正反面看上两眼，若有污点，用手指轻轻掸去，才把它平展展铺在台阶上。这时候，郭公子重又站直身子，主人的碗也正好递过来，郭公子便再浅身一礼，把碗放在白布一角，扭头从包里掏出一摞瓷碗和一双筷子。碗都豁牙露齿，却也洗得干净。碗共四只，正好在白布单子上排列成正方形。郭公子把主人施舍的饭菜分门别类地夹到自己碗中，青菜一碗，肉一碗，豆腐一碗（当然也只是一碗底），米饭或馒头一碗。若主人施舍的种类不够四样，便把空碗装回书包，免得伤主人面子。这时候主家往往觉得不好意思，下次再见到郭公子，饭菜自然就丰盛些。主人自始至终脸上挂笑看他“摆列”。郭公子席地而坐，开始吃饭。他把筷子拿起来，对着阳光照照，也不知道他在看什么，然后把两根筷子互相敲击一下，再甩一下，开始夹菜夹饭，一小口一小口津津有味地吃，吃得优雅又有气质。孩子们早已兴奋不已，围着他坐下，小手扶着他大腿，眼光随着郭公子的筷子游走，慢慢地流着口水。饭毕，不管饱不饱，也不知是有意还是无意，会很响地打个饱嗝，然后从兜里摸出一块叠得方方正正的白布手帕，打开，里面躺着一牙签，两根手指捏起来开始剔牙。这时主人会问一句："公子，吃好了？"郭公子忙起身，说："饱饱的了，讨扰大叔。"说着就开始收拾碗筷。把碗摞起来，背上挎包，端着碗筷，一瘸一拐地去找有水的地方洗刷碗筷去了。

人说："这是落道不落架。"

可以说，那时候，在我们涞阳这个小城，郭公子的"穷摆"成了百看不厌的一个节目，给无数的家庭带来了欢乐。若家里来了客人，主人就特别盼着郭公子来讨饭。若来，主客一同欣赏郭公子的"穷摆"，不亚于给客人请来一台大戏，直叫人看得眼珠子落地。

忽然有一段日子，人们再不见郭公子来讨饭了。直到有一天，人们看见了衣衫光鲜、出入坐漂亮马车的郭公子时，才知道，郭公子已经不再是乞丐，人家时来运转了。

原来，郭公子的爹知道儿子不可救药，临死时给自己的一位生死至交留下一张巨额银票。等儿子败家吃尽苦头后，才把钱给他。那位朋友觉得郭公子讨了几年饭了，也该是有教训了，便把银票给了他。郭公子望着银票流了好半天的泪。就用这些银子赎回了老宅和部分店铺，重又过起了富家子弟的生活。郭公子为报恩，给他常讨要的人家每家打制了一盏小银碗。因为知道乞丐之苦，郭公子对乞丐很是关照，每月三次在自家门口施粥。

一日，又到施粥的日子，郭家大门前集聚了几十名乞丐。这时，郭公子走出大门。对众丐说："落道不落架，郭某做乞丐的时候，之所以能讨要到丰盛的食物，是我讨得聪明，讨出了艺术。人们把我的穷摆当成了稀罕玩意儿。"说罢望望众丐，上了马车。

下次施粥的时候，郭公子又来看乞丐，几名乞丐一见他，扑啦啦从怀里掏出了各种颜色的布单子。郭公子呵呵笑了，说："很好，不过什么东西多了，就不值钱了。大家若学我，不如就散到别处，兴许能讨出个好日子。"

乞丐们受到启发，就走出了涞阳，跑到别的州县去讨饭了。

没多久，蒋委员长提倡新生活运动，因为涞阳少了乞丐，卫生状况好了许多，涞阳县就受到了褒奖。人们说："这是郭公子的功劳。"

据说，因为涞阳的乞丐们会"穷摆"，少有饿死者，且大部分长寿。

也是一奇。

抬头那一片天

崔 立

曾经在想，这片天真的可以是属于我吗？

我是一个生性纠结的人。

往往，我站在一个岔路口，犹豫着，往左还是往右。往左吗？不对不对，还是往右吧。往右吗？不对不对，还是往左吧。

我的工作也是如此。

毕业后，父亲说，你去镇上的企业，好好上一个班吧。我犹豫。

父亲说的意思，很顺理成章。镇上他能搞定。父亲在镇上有职务。父亲的这个职务，可以帮我搞定一个轻松快乐的工作。不能说是一辈子，至少十年八年的安逸生活是没问题的。然后结婚生子，在这里安安稳稳地过上一辈子。

我还是拒绝了父亲的好意。

我说："爸，我想出去走走，看看外面的天空。"

父亲凝神看了我好一会儿，嘴角动了动，说："好。"

我来到了上海。这个传说中很有底蕴，极有震撼力的城市。我们好多同学，好多朋友向往来到的地方。

我来到了一家化妆品公司。

公司的所在地，是在浦东金桥开发区。这是一个对我完全陌生的所在。

当我第一次游走在南京路步行街，看着来来往往的行人从我身边穿梭而过，而我也在他们身边穿过时，我还以为，我会留在这个黄金地带。

我去的地方，离南京路有点远。我按着公司的地址，去往那里。

3月的天，不是很热。但我还是走出了一身汗。站在化妆品公司长长的廊道里，我有些恍惚，未来，看来我是要在这里奋斗下去了。

我们的主管，一个头发微微有些谢顶的中年男人，脸有些严肃。

高主管看着我们这群刚入职的年轻人，语气是无比响亮和严厉的。高主管说："你们来了这里，就要好好做，做得好，升职加薪，做得不好，随时走人！"

这让我吓了一跳。

我看到了对面一个陌生的女孩儿，眨巴眨巴眼，吐了吐舌头，挺调皮。我不由得朝她笑了笑。我也想吐舌头，这个陌生女孩儿先我一步吐了。这个陌生女孩看到了我的笑，也友好地朝我笑了笑。

后来，我们成了好朋友，也知道了陌生女孩叫李妍。

熟了之后，李妍说:“你猜这老高，为什么头顶会谢吗？”我说:“为什么？”李妍说:“因为他太高了，高处不胜寒。”

笑话有点冷。

我微微一笑，拍了拍李妍的肩。

李妍也笑了，捧着肚子。

李妍和我一样，也是从外地来上海寻找工作与梦想的。

李妍说:“我们一定要留下来，在这个城市扎根。”

我说:“对，留下来！”

我没问李妍为什么一定要留下来？我倒还没想到留不留下来。来这里，我只是简单地想来看看这片天的。我倒还没想那么远。

公司的活儿累，还不是一般的累。

经常要加班，通知加班的时间也很突兀。

5点下班，4点半来通知，今天晚上赶个工，把活儿抓紧做出来。

本来，我们就像是憋着股气，把所有的气力憋足了，想憋到5点正好可以放掉，可4点半这么一来通知，好了，大家的这股气全都散了。

不是有句话说“一鼓作气，再而衰三而竭”吗？

不过，李妍的气力，像是用不完的。

李妍还在卖力地干着。额头上微微沁出了汗，她依然毫不惜力地在努力着。

我低下头，小声说:“李妍，你悠着点吧。”

李妍笑了笑，说:“没事没事。”

不仅是那些特定的加班，有时候李妍还主动要求加班。

我说:“李妍，你疯啦！你不累吗？”

李妍说:“没事没事。”

李妍说得最多的字，就是没事没事。

李妍的加班时间，是整个部门最多的。

我在心疼李妍的同时，突然想起了什么。

我说:“李妍，你很缺钱吗？”

李妍的脸，稍稍黯然了一下。很快，李妍一脸放松的神情，说:“没有没有。”

李妍这是在骗我吧？之前，我就有感觉。李妍吃得很差，穿得也很平常。

我说:“李妍，你有什么困难一定和我说啊，我可以帮助你。”李妍说:“好啊，谢谢你。”我是真诚的，李妍的表情也是真诚的。

在李妍还没说出她的困难，她就出事了。

那天，我按时下班。李妍没有下班。李妍到很晚的时候才下了班。

是那个开卡车的肇事司机说的。光着头的司机满头大汗地说，路灯其实是很亮的，我的车速也并不快，不知道怎么了，好端端地在路边走着的一个人，突然像是软了一下，就朝路中央倒下来了……

说到最后，司机也是眼睛红红的。

李妍的弟弟来了。

我也是第一次看到李妍的弟弟，面黄肌瘦的脸，很像他的姐姐，一个模子刻出来的。李妍的弟弟在读大学，李妍的母亲瘫在床上，已经有几年了……

公司发起了一轮捐助活动，那个谢了顶的高主管捐了一千块钱。

我第一次发现，高主管那个谢了顶的头其实也蛮顺眼的。

我加了好多班，那些必须加的，还有些是主动要求加的。我要赚好多钱，帮助李妍家。

父亲母亲从遥远的家乡来看我，被我的瘦相吓了一大跳，我反而笑了，说："你们没看到我精神很多吗？"

父亲母亲着急地说："你很缺钱吗？"

我说："没有没有。"我像是学着李妍的口吻。

我也看到了上海的这片天，很大很大。

最后七秒

季　节

你来人间一趟，你要看看太阳，和你的心上人，一起走在街上……

——海子《夏天的太阳》

还有四分钟。她的眼皮半开半合，很多念头跳出来，在脑子里挤来挤去。

一个冬天，丫头三十九岁。她来到悟道村西边的清凉山，在山上的清凉寺做起了义工。

每天清理香烛台、清洗灯盏、浇灯油、点灯，有时也参与为将要往生的人助念。听着晨钟暮鼓，心清静幽远，安然若素，在恬淡如水的禅意时光里，陌生了世上的繁华。她不想事，准确地说不想过去的事。过去紧紧攥在手上的名和利，从拿到医院诊断的那刻起，都像退潮的海水一样，哗哗远去。用各种信念制造的世界崩塌了！那一刻，她知道身心之外，什么都没有。

丫头是从医院里跑出来的，她背着简单的行囊，行囊里装着她残喘的气息，漫无目的漂到这儿。医生说属于她的时间不多了，她想把不多的时间放在这儿。她喜欢这里，山翠，水清，风柔，空气鲜！

一本书上说：人有两次生命，一个是肉体的出生，一个是灵魂的觉醒。肉体的生命以俗世价值作为存在的目标，以竞争的心虚张声势，过着不太真诚的生活；灵魂的觉醒，知道肉体的脆弱，理解死亡的存在，真诚地过着很贴近自己的生活。

她要拿回真我的力量，在有限的时间里，体验另一个生命的存在。

还有三分钟。她的眼皮剩一条缝，过去从这条缝里钻出来，一页一页地翻卷。

丫头，是他对她的称呼。

他是唯一这样叫她的人。一想起有人叫她丫头，她就有了精气神。眼皮又挑了挑，呼吸变得顺畅，腮上有了红晕。

一个秋天，丫头二十九岁。收发室的大爷在走廊里喊她接电话，那个年代还没有手机，单位只有一部公用电话，只能接，不能打。梳着马尾辫的她小跑着奔过去，满心的好奇。他的声音从不知道的远方传来："丫头，我马上要做一个腰椎手术，不知能不能站起来，进手术室前，一定要找到你，听见你傻傻的声音……"一瞬间，很多眼泪流到她嘴里，咸咸的，涩涩的。

那时她已为人母，他为人父。

道别时，他说照顾好那个女孩的女孩。

她说照顾好那个男孩的男孩。

还有两分钟，她的眼皮又往一起靠了靠。一丝光，橙黄色的，暖暖的，罩着他，他缓缓地向她走来……她伸出手，穿过风，却抓不到。

一个夏天，丫头十九岁。他拉着她的手，一起走在下晚课的路上。他说："你的手放我手心里，我就能征服地球。"这样说着另一只手握成了拳头，高高地举在眼前。她呵呵笑着，好像看到他的拳头在旋转。他弯腰捡起石子，追着月亮打。他说要把月亮打下来，送给她。

那晚，月亮吓得躲进了云层里，夜，墨一样黑。

还有一分钟，她的眼皮几乎合上了。他的声音，云雾一般，缥缈着游过来。

"丫头，我启程了，来看你。"

"找不到我。"

"能，我会心灵定位。"

“我没有心了。”

“你有，我看见了。”

“我还是你今生唯一深爱的女人吗？”

他点着头，一下又一下。

“去死吧，鬼话。”

“死了，到那边也要拽着你。”

他没有死，她却要死了！

他死，拽着她，她心甘情愿。她死，没想拽着他，希望他好好地活着。她爱过，怨过，也忘记过，以为一切陌生了，临近死，都亲近起来。

最后七秒，死亡的步子迈到了心口窝。她感觉身子轻飘飘地飞了起来，在光的隧道里滑向远方……丫头挣脱意识，使劲睁开眼睛，回过神，她看见了天，大地，还有村庄里的炊烟。她深吸一口气，气息慢慢充盈着身体，像一朵花舒展开花瓣儿，生命的美好从内向外洋溢。

她坐在山顶，静坐冥想中体验了一次死亡。

在山上的这些年，她以为自己超然了，朝圣悟道的仙境，滋养了她，从内到外换了一副骨架和灵魂，心境从容，波澜不惊。这次死亡体验，让她知道有一份爱刻在骨子里，时光越磨越清晰，越清晰越放不下。

一个春天，丫头五十九岁。她不舍地离开清凉寺，去寻找那个叫她丫头的人。

自画像

海华

他姓石名诚，是个画匠。

他自幼喜欢画画。那年高考落榜，幸有亲友资助，赴省某画院进修两个寒暑，归来后在县城开了家画店，干起了为老人画肖像，且兼营装裱字画的行当，虽发不了啥大财，也足以养家糊口。

常言说，功到自然成。起初，大多是客户带着家中老人的相片上门，石诚照着相片画肖像。后来，也时有客户登门请石诚为家里病重的老人画肖像。无论哪种画法，石诚都能一画一个准：不仅形似，而且神似，栩栩如生，从未有客户说不。有一年秋，在亲友们的再三鼓动下，石诚参加省某画院主办的全省肖像画大赛，一路过关斩将，愣是把金奖的奖牌扛回家，众评委对其获奖作品的评语是：

形神兼备，完美无缺。

后来，石诚喜得一子，取名大刚。许是基因所致，大刚打小也喜欢画画，长大后子承父业，帮父亲打理画店。

光阴似箭，石诚转眼已年近古稀。就在他七十岁那年夏天，子孙们摆酒为他祝寿，席间，正上初中的孙女文秀口无遮拦地说："爷爷，前些天，我听一些街坊私下说，你这辈子为这么多人画过肖像，好评如潮。现已一把年纪，却从未为自己画一张。"

大刚呵呵一笑，"那是，那是。"

"哦？看来，是该给自个画张肖像了。"石诚笑道。

读高中的孙子文生带着半是揶揄的语气说："爷爷，那敢情好。这可是你的第一张自画像，也是咱们家的传世之作哦，我们期待着。"

文秀立马附和："对对对，爷爷是全省鼎鼎有名的肖像画的行家里手，为自己画的肖像一定更加完美无缺。"

石诚笑了笑，内心估摸着，这大半辈子都是干这营生，为自个画像，岂不是小菜一碟！可是，画布一摆开，一提起画笔，孙子孙女说的"传世之作""完美无缺"的话语，以及街坊们的议论，不断地在耳边回响……稍一走神，顿觉画笔不如往日那么听使唤了……

第二天，子孙们围坐在一起，观看石诚的自画像，石诚咧着厚嘴唇直笑，"哎嘿，你们看看，咋样？挺棒的吧？"

话音一落，子孙们面面相觑。少顷，文秀快嘴快舌地说："爷爷，我咋觉着像老爸多些。"文生嘿嘿笑道："我看更像年轻时的爷爷。"

大刚思忖片刻，悄声问："爸，我看你昨天是照相片画的，那张相片啥时候照的？"

"嘿，前天，我翻箱倒柜，找不到近照，只寻得二十多年前的一张相片。"石诚讪讪一笑。

大刚轻轻地"呵"了一声，后又微笑着说："爸，你照着镜子再画一张试试？"

石诚轻轻地"嗯"了一声。

奇怪的是，当石诚开始对着镜子给已满头鹤发的自个儿画像时，突然想起今生虽无大富大贵，却也小有名气的画像生涯，仿佛此刻有数百上千只眼睛在盯着自己，"传世""完美"几个大字老在眼前晃荡，双眼似乎有些模糊……

两天后，石诚叫齐子孙们看自个画的像。子孙们你看看我，我看看你，过了一会儿，文生嗫嚅着说："我看还是不太……"

还是文秀嘴快："爷爷，你的眼睛画小了，鼻子却画得有些大了，也没啥精气神。你不是常说，画肖像贵在形神兼备吗？哦，对了，有些街坊不知咋晓得你在为自己画肖像，都说一定会成为经典哩！”

“爸，你这些日子是不是有啥心事？”大刚话中有话。

石诚瞄了眼儿子，又瞅瞅孙子孙女，似有些无奈地说：“好吧，我再来一遍。”

石诚没有想到，他第三次提起画笔时，除了内心里老想着“传世”“完美”“形神兼备”等字眼之外，一些街坊的“成为经典”之说，又不时地在敲打他的脑门儿，那只握着画笔的右手不停地轻轻抖动……

过了几天，石诚第三次把子孙们叫到一起，去工作室看自个的第三张自画像。

这一回，文生和文秀都没吭声，神情有些古怪地一齐朝老爸挤眉弄眼……

大刚心里一咯噔，老爸咋回事，画像上咋没有一点皱纹和老人斑？他略一沉吟，对老爸耳语道：“要不，我帮你改一下？”

石诚脸一红，心里直纳闷儿：“唉，怎会这样？这数十年来为他人画肖像，少说也有数百上千，从未失手过。如今为自个画张肖像，咋就这么费劲……”

太阳一族

何一飞

谷虚怀清早一出家门，便被抱住了。

抱住他的是一轮金灿灿的冬日暖阳。近一个月没见过的太阳，悬挂在锦龙大厦上面，光芒万丈。太阳虽好，谷虚怀的心情却不好，阴郁而凝滞，恰似水镇这座被雾霾重重紧锁重重压抑的小城。

谷虚怀一夜没睡，面色苍白憔悴。其实他的心情从昨天下午开始就不好了。昨天下午局里开了个科室以上干部会，局里的稽查大队从科级升为副处级，稽查大队大队长就从局里科级干部中产生。局长说，明天上午市委组织部来局里召开民主推荐会，全局人员一个都不能缺席，人手一票。谷虚怀和同事们都知道，稽查大队大队长人选都已定了，所谓民主推荐不过是走走形式。

这么多年，谷虚怀一次次与副处失之交臂，总结下来，不外乎一是上面没人，二是不跑不送。这些谷虚怀都知道，也曾想过去运动运动，但终归没去，一个人可以无能，但不可以无德。屈原说，世混浊而莫余知兮，吾方高驰而不顾。

“谷科长，你的资历和能力全局人都跷大拇指佩服，这个副处非你莫属。”昨天会后，监察科马科长私下对谷虚怀说。

“我啊，没戏。”谷虚怀苦笑着说，“马科长你倒完全符合。”

“你真不争？”马科长问。

“不争。”谷虚怀摇了摇头。

“你要是不争，就投兄弟我一票。”马科长热情地搂着谷虚怀的肩。

“好。”谷虚怀答应了。

“一定啊！”

“一定！”

谷虚怀虽然答应了，但知道这个位置马科长是争不到的，如果真的是民主推荐，自己和马科长都有可能，自己的可能性更大，但这个位置大家都知道是为局办公室主任量身定做的。

单位上的事，其实就是人事。人事人事，就是人的事。

本来要去单位开会的谷虚怀，望着锦龙大厦上金黄的太阳，忽然起了一个念头，拿出手机，想拨个电话，思忖一会儿，毅然把手机关了，塞进上衣口袋，朝着锦龙大厦方向走去。

谷虚怀的轨迹定格在这一走。

谷虚怀失踪了。

第一个发现谷虚怀失踪的是局办公室通知会议的人，会议时间到了，谷虚怀没来，打他手机却关机了。报告局长，局长说不等了。会议正要开始，有看微信的同事惊叫一声，说锦龙大厦有人跳楼了。大家纷纷打开自己的手机，登QQ，上微信，果然有图有真相。有同事看着那摔成一团模糊的身子，猜测着说，不会是谷虚怀吧？看着有点像。同事中有的说像，有的说不像。还有的说，如果真是谷虚怀，那太可惜了。正讨论着，微信中消息又来了，跳楼的是另一个局的工作人员。

如果不是马科长横插一脚，民主推荐会算是非常顺利。按惯例，投票一结束，组织部的人把票收齐，并不当场验票。但这次马科长非要当场验票。马科长说，既然是民主推荐，就要做到公平透明，我强烈要求当场验票。组织部门的人可能是第一次遇到这种情况，一时愣住了。带队的出去打了个电话，良久才进来，同意当场验票。验票的结果是与会人员五十二人，收回五十二票，谷虚怀得三十六票排第一，高票过了民主推荐关。

大家纷纷猜测，谷虚怀哪儿去了呢？

谷虚怀正眯着眼躺在春水江岸晒太阳。

阳光的手抚摸着谷虚怀的脸，抚摸着谷虚怀的身，抚摸着谷虚怀的心，一点点一寸寸一片片，最后将他暖暖地融化了。春水江上，流水雍容，渔歌灿烂；春水江边，水鸟嬉戏，涛声拍岸。蓝天如洗，山阔水远。谷虚怀有时孩子般“哦嗬嘀”长啸一声，有时拿根草梗挑逗着忙碌的蚂蚁……压在胸中的块垒豁然消散。

谷虚怀下午回单位后，不少同事向他道贺。谷虚怀笑笑说：“游戏，游戏，不当真。”

果不其然，几天后，从外单位调了个人过来当稽查大队大队长，局办公室主任调到另外一个单位做了副调研员，升了副处。

很多人为谷虚怀抱不平，谷虚怀呢，云淡风轻，波澜不兴。可惜的是马科长，一个好好的人，疯了，见人就说：“我升副处了，我升副处了，哈哈哈！”

工作之余，谷虚怀不时去春水江晒太阳，和他一样去晒太阳的人渐渐多了起来，成了水镇一道亮丽的风景。水镇的人把他们这群人叫作“太阳一族”，不写诗的谷虚怀还为此写了首诗：

一轮太阳正在辛勤劳作
将一些词语
繁忙　浮躁　私欲　名利……
洗净
大地静默
昆虫的鸣叫
抵达梦境
被阳光洗净内心的人
浑身散发金子的光芒

鱼　与　佛

黄克庭

士俗先生到弘尘潭钓鱼，不到五分钟便钓上来一尾大鲤鱼。

水下的鱼群忽地发现少去了一尾鲤鱼，便不安起来。许多鱼儿都清楚地记得，那条鲤鱼失踪前是往水上面去的。鲤鱼会去哪儿呢？鱼儿们议论纷纷。

忽有一条曾跃出水面见多识广的青鱼说，鲤鱼说不定是成仙了，它可能早已升到天堂里去了！

经它这么一说，许多鱼儿便想起鲤鱼的许多奇特的东西来。有的说，鲤鱼的二十七代祖宗曾跳过龙门，所以其祖上根基很深，成仙是必然的事；有的说，鲤鱼的名字取得好，“里”字里面不是藏着一个“王”字嘛！它不升天，也必定要称王的；有的说，鲤鱼的相貌也与众不同，不但嘴上有两根胡须，而且连尾巴都是彩霞色的！

鲫鱼不声不响地认真回忆鲤鱼失踪前的每一个细节，它终于发现，鲤鱼是吃下一个钩形的“仙丹”后立地成佛升天的。

当鲫鱼发现士俗又将诱饵放下水时，它就不声不响地悄悄游过去，一口将“仙丹”咬住。

士俗发现鱼儿咬钩了，连忙将钓竿挑起。由于士俗用力太过，鲫鱼被拉出水面后，嘴唇被扯破而逃生了。

鲫鱼跑回水里后，惊恐地警告同类：“以后见到钩形的东西千万别贪嘴。”

谁知，鲢鱼说：“像你这样尖嘴猴腮的，尾巴上也没一点血色，还想成仙成佛？”

鳗鱼说：“生就一副贱骨，即使吃上再多的仙丹也没用！”

鲢鱼扯了扯鲫鱼的破嘴唇后说：“有运气还不够，狗头不载肉，有缘无福，只能怪你自己命薄了！”

鲫鱼回到家，对子女们说：“以后见到钩形的东西千万别贪嘴——那东西进口后就会钻心地疼痛！”

鲫鱼的儿子说：“不吃苦中苦，怎成人上人？你呀，有机遇抓不住，原因就是怕痛、怕苦、怕付出！古人不是说，天将降大任于斯人也，必先苦其心志、劳其筋骨、饿其体肤吗？”

士俗又一次将诱饵放入水中时，鲢鱼、鳗鱼都不敢轻易去吃，因为它俩取笑过鲫鱼“生就一副贱骨”“尖嘴猴腮”，它俩生怕自己平时积德不够难以成佛成仙而遭人耻笑。

这时，鲈鱼看到“仙丹”降临，便不顾一切地冲上去抢食，但结果它还是迟了一步——原来，上次脱钩的鲫鱼抢先吞下“仙丹”而升天了。

对于鲫鱼的“非常举动”，鱼儿们当然又有了很多话题。此时，鲢鱼、鳗鱼又有些后悔起来，一是怕成佛成仙的鲫鱼报复，二是怨恨自己患得患失，以致错失良机，发誓以后再见到“仙丹”就要像孙悟空那样，决不口下留情了！

士俗见钓上来一尾破嘴的鲫鱼，便禁不住嘲讽鱼儿笨蛋。

会意老人说，世上只要有天堂存在，就会有钓不完的鱼儿。信乎？

金 镶 玉

非花非雾

母亲有一副金镶玉的耳坠，是外婆在她出嫁这天亲手给她戴上的。新婚第二天，母亲就小心翼翼地取下耳环，藏在箱子底下的织锦首饰匣子里。每年只在结婚纪念日戴一回。

据说外婆的娘家是一县首富，站到家门口，一直望到山脚跟的田地都是她家的。当年外婆出嫁，抬嫁妆的人排出十里地，外婆穿着大红的丝缎袄裙，戴着全套的金饰，这副金镶玉的耳坠是其中之一。

外婆留给母亲的除了这副耳环，还有“地主”成分。这让母亲年近三十岁还没人敢娶。

那一年父亲已经快四十岁了。他是地道的贫农，贫得两间瓦房里除了一张柴床就是农具，没人愿意嫁他。两人相见恨晚，很快确定婚期。母亲倒赔箱柜衣被，和父亲成了亲，还一口气生了六个儿子。抚育儿子们长大成人就成了父母的不朽伟业。

可是，六个挨肩儿的男孩儿，六张嗷嗷要吃的嘴，让父母脸上的阴云越来越重。

忽然有一天，母亲戴起了她那宝贝无比的耳环，可那一天不是结婚纪念日。

我留意到她还洗了头发，梳得油光可鉴的，两鬓的头发都往后拢着，露着两个闪闪发亮摇摇晃晃的金镶玉耳坠。母亲长得真美呀！十三岁的我在心里默默念叨。不过母亲那天似乎并不高兴，脸上始终挂着乌云。

第二天，母亲的耳环不见了，家里后园子栽下几棵果树，一头奶羊，还多了一辆胶皮轱辘的独轮车。从此，父亲每天去山上搬石头卖给铁路工地，用微薄的工钱到黑市籴些粮食；母亲每天下地干活回来，就喂羊、做饭。在缺粮的年月里，我们兄弟可以喝到新鲜的羊奶，吃饱肚子，健康地成长。后来我才知道，母亲用她的耳坠作抵押借了一笔款子，还了一些陈年老账，还买了果树、羊和独轮车。

五年以后才重又赎回她宝贵的耳环。

母亲把失而复得的耳环放在手掌里仔仔细细把玩了足有两个小时，才含着热泪放回空置五年的织锦小匣子里，藏进箱子底下。

20世纪80年代初的那个夏末，兄弟六人一齐伸手向父母要学费了，母亲又一次戴起了她的耳环，因为时间紧急，她只戴了半天，下午就交给父亲去城里黄金黑市卖掉。

傍晚，父亲推门进院，他有些脚步不稳，面色蜡黄，一脸虚汗，进屋就咕咚咕咚大口地喝水。喘息定了，才从怀里掏出一沓钱来交给母亲，又踌踌躇躇把一枚金镶玉也塞进母亲手里。母亲惊问：“才卖掉一个？”父亲嗫嚅半天才回答：“另一个，另一个给你留着吧，那是咱们结婚的纪念物，怎么舍得卖！”

“一个也卖不了这么多钱呀！”母亲说。

父亲不安地斜了母亲一眼，对着屋顶说：“嗯，有人说是文物……”

几天以后我从父母的一次争吵中得知，父亲卖血了。

母亲流着泪数落父亲：“不过了！这日子还怎么过？你连身体都不要了，我还抠抠搜搜连个耳坠都不舍得戴，图个什么？！”

母亲一赌气，就把那一只“金镶玉”戴在左耳上。

父亲是在老六大学毕业那年的秋天病倒的，得的是肺癌，发现时已经是晚期了。儿子们闻讯都赶了回来，什么方法都试过了，都没有用。临终的时候，母亲静静地守候在父亲身边，出神地看着父亲的脸，仿佛要把这张脸看进眼里，永远记住似的。父亲的眼睛终于闭上了。

在人们的一片哭声里，母亲缓缓地摘下那只雕龙刻凤的“金镶玉”，轻轻放进父亲的嘴里。像是对自己，也是对父亲，说：“权当一块‘噙口玉’，保你在那边不愁吃喝，富贵有余！不过，等我也去了，你要还我！”

母亲过八十大寿的那天，儿子孙子十几人，花花绿绿各式各样的生日礼物，把翻盖一新的大瓦房挤得满满的。我拿出一副和记忆里极为相似的金镶玉耳坠要给妈戴上，妈接过来，摩挲一阵，手和唇都抖着，眼里泛起泪花。她掩饰地笑着说：“当年我娘家可‘有’了，我一把手戴好几枚金戒指，洗衣服时，掉进河里，都懒得去捞。几年时间，田地房产都没了，最后只剩下你外婆送我的一副耳坠子了。”妈戴过金饰的耳孔这么多年竟然还没长上，金镶玉的长坠在她脸颊两侧摇晃，就像它们一直戴在那儿一样。

喝过喜酒，母亲已经有些醉了，她一直笑呵呵的。

第二天，我要开车返回工作的城市，妈送到车边，把那只熟悉的旧锦盒递给我：“给你媳妇戴吧，‘有’的时候要珍惜，我的在你爸那儿呢。”

打开锦盒，我买的“金镶玉”并排躺在里面。

穿名牌的局长

李汤波

吴副局长觉得自己干副局长多年，早该干局长了。

可是这几年县上的干部调整步伐相当慢，就跟挤牙膏一样，时不时挤一两个，丁局长动不了，轮到自己都猴年马月了。

吴副局长闷着头在办公室里想，想多了，就想出了歪点子，一个目的，把丁局长挤走，自己干局长。

平心而论吴副局长是不想这样做的，丁局长要貌有貌，要才有才，相当有魄力，综合素质较高，上任以来把全局上下打理得井井有条，年年在县上获得先进。可是这里面的潜规则就是你下我上，你死我活，容不得半点谦虚的，如果不运用一下几千年流传下来的“术”“数”是很难撼动他的，因此全然顾不上丁局长的才干了。

吴副局长开始关注网络上的糗事。网络上一度盛传那些哭的厅长、笑的局长、表哥、房婶、楼大爷都启发了他。

吴副局长就这些事结合丁局长想了个遍。丁局长有房子，不足八十平方米，房龄二十年，已经相当陈旧，够不上超标，这是吴副局长与他共事多年早就知道的。丁局长在单位严格执行廉洁自律相关规定，不存在大吃大喝等情况，吴副局长已经暗暗地从财务上查过。

吴副局长犯愁了，因为他实在找不到突破口。

最近开会的时候，他又开始关注丁局长的衣着。因为吴副局长是二把手，座签就在丁局长的左首，趁丁局长讲话的时候就盯着他看，不知道详情的都以为他在专注局长的发言。

不过这一专注还真看出来一些东西，局长很讲究，西服有很多件，根据会议的规格来改变西服的风格，每次开会时的西服都很笔挺，手上的表也换得挺勤。

吴副局长把搜罗到的局长西服款式等信息输入电脑，结果令他狂喜。丁局长的西服都是排名国内外前十名的品牌。如国外的 Canali, Emporio Armani, Giorgio Armani 等，按时下价大多在万元以上。国内的名牌价格稍低，大多接近万元，丁局长也有。

一段时间后，吴副局长就暗暗指使人举报丁局长名牌西服多，与其收入不相称，之后就静静地等待一个新的“西服哥”的出现。

果然，不久后有关部门成立了联合调查组，就丁局长的名牌西服展开了调查。

一听说调查组要查自己身上的名牌西服，丁局长显得有点局促，连连说这事不好张口。

调查组说调查的就是不好张口的事，好张口的事还查什么。

在调查组的催促下，丁局长只好把他们领到一个偏僻而又幽深的小巷，这里有一个裁缝店。

调查组步入裁缝店，映入眼帘的是各式各样的布匹，一个中年妇女在忙碌地赶活。

丁局长说这是我爱人，无业，搞个体。

调查组说，我们问的是你的西服，不是调查你爱人的。

丁局长说请各位先看看，看后我再汇报。

调查组很纳罕，不知道丁局长葫芦里卖的什么药。

丁夫人却热情地说，各位要定做什么西服？需要什么款式？可以先量一下三围。

丁局长对爱人说："他们是调查组的领导，不是来做西服的，是调查我穿的西服的。"

丁夫人慌了，"老丁，难道，难道你西服出了问题？"然后跟调查组说，"领导，老丁的西服可跟老丁没关系，都是我干的，要是有啥找我就行，我承担后果。"

调查组说："他那么多昂贵的西服，是你开小店能买得起的？"

丁夫人一愣，不解地说："买得起？我没有买啊？老丁的名牌西服都是我做的，要是侵权了全赖我，与俺家老丁无关。"

调查组说："我们不是服装协会的，不打假，刚才你说什么？他的衣服是你做的？你会做世界一流名牌西服？"

丁夫人说："是啊，是我做的，我开个小店吃饭，闷在店里就上网学，瞎琢磨，做好了就让老丁穿，其他客户该做什么款式做什么款式。"

调查组说："你为什么这么做呢？"

丁夫人说："丈夫的衣着是妻子的脸面。买不起，做得起，老丁好歹也是个局长，我得让他体面些。"

"那么他的手表呢？好几千块钱的表也是你做的吗？"

"呵呵，这个啊，我在网上淘的，这叫什么？山寨，比真品便宜得多，百十来块一个，不过质量没有保证。"

调查组的全都乐了，乐之后感觉这次调查真无聊，于是下决心查查无事生非的举报者。

楼　房

刘向阳

时间过得真快，一晃，小吴来津城打工十二个年头了。尽管当年的小吴快熬成了老吴，可心中的梦想还是没能实现。何尝是没实现，简直是一线希望都没有。

十二年前，小吴临出家门时，爹还想把儿子留下。爹把还没抽尽的旱烟袋，磕到身旁的老磨盘上，说："富贵呀，咱乡下自打包产到户，日子一年比一年滋润了，去年，咱家又盖了三间大瓦房，看今年的雨水，风调雨顺的，一定又是个好年景，你就不能煞下心与我和你娘过安稳日子吗？"

听着爹不知磨叨过多少次的话，小吴走的决心没有丝毫动摇。小吴对爹说："屯东的万大牛去城里三年，成了咱屯头一个万元户，如今家都搬到了城里。屯西的姚二明去年在外面干了一年，挣的钱比咱十年攒的还多。都是一样的人，我就不信不如他们！"

"哼！我就不信你在城里也能盖上像咱家这样的三间大瓦房。"

面对爹满眼不相信的神情，小吴咬了咬嘴唇，憋出了一句狠话："爹，你放心，我一定要在城里买房，买楼房，把你和我娘接到城里，住上亮亮堂堂的大楼房！"

娘抬起早已哭红的眼睛，把赶了三天两晚上做完的一双千层底布鞋塞到儿子的手上，说："富贵呀，娘算看透了，你的心早就飞走了，娘就不留你了，去吧，如果遇到危难招灾，别硬挺着，家的门总敞着，爹和娘候着你！"

小吴的脚刚搭上津城的地界，就遇见了老张。老张举着招工的牌子，问："小老弟，找活吗？""找哇。""跟我干家装咋样？""我没手艺。""我带你。""那中。"

三年过去了，小吴成了家装的成手把式。老张也从只有小吴一个跟班的，发展成了一个家装队。给小吴开的月薪也由头一年的六百翻番涨到一千八。

有家装公司来挖小吴了。开价是月薪三千六。小吴活心了。他心想，靠省吃俭用攒下的四万块钱，还不够买半个卫生间。可又一想，手艺是张师傅教的，咱翅膀刚硬就飞了，还叫人吗？小吴咬咬牙，留下了。

又过了三年，老张的家装公司成立了，小吴当上了工长。小吴的月薪涨到了三千六。又有人来挖小吴了。开价是月薪七千二。小吴又活心了。心想，靠积攒下的十五万，就是买个独单，还不够交首付。可又一想，老张器重咱，咱不能黑了良心。

又过了三年，老张的家装公司更名家装工程公司，有了一定规模。小吴当上了分公司的经理，月薪涨到了七千二。先前挖小吴的公司又派人来当说客。开价月薪一万五，年终还有奖金。小吴这回真的活心了，这要是再干上二年，指不定在爹娘面前许的愿就能实现了！可是，小吴又冷静一想，觉得不妥，咱的身价不是人家张总给抬起来的吗？咱拍拍屁股就走了，那不是丧良心吗？

又一个三年过去了。这三年里，老张的家装公司顺风顺水，越开越红火。可是，小吴却不那么如意了。头一年，爹娘在乡下给小吴定了个亲，彩礼用去了十万。第二年，娘又被查出了乳腺肿瘤，虽说是良性的，手术又花去了六万元。转年，爹早年的咳嗽毛病发展成了哮喘。小吴将爹接到了津城，找了最好的医院给爹治病。待爹的病基本治愈后，小吴辛苦十几年的钱也所剩无几了。

就在小吴灰心泄气准备离开津城之际，老张对被接二连三的家庭打击变得发蔫儿的小吴说：“你最后再帮我装饰一个样板间好吗？”

多年的友情让小吴无法推辞，他也想用这些年积累的经验和学到的手艺，为师傅、老板兼知己的老张留个念想，决定用最好的工匠，最好的材料，打造一个最佳的样板间。

工程交工时，老张仔仔细细地将房子看了一遍，露出了满意的笑容，将一串钥匙交到小吴的手里，说：“打今儿起，这房子就是你的了，快把二老和媳妇接过来，择个好日子，把喜事办喽！”

“这可是二百来万的房子呀！凭啥白送给我？”小吴懵懂地问。

张总语重心长地握着小吴的手，说：“就凭你的良心！”

张 裁 缝

卢 群

与同行相比，张裁缝的店子没什么特别，都是一样的两层小楼，一样的建筑风格，一样的装潢设计。如果真要找个“特别”，只有招牌。招牌由一块两尺见方的紫檀制成，上书“张裁缝制衣”五个金色魏碑。从招牌的包浆及字迹剥落的程度看，已有些年头。

据讲，张裁缝的太爷爷曾在皇宫里待过，为皇帝的嫔妃们专制裙袍，因手艺精湛，得赐御书“张裁缝制衣”。清朝灭亡后，张裁缝的太爷爷回乡开了个裁缝店，并拿出珍藏多年的一方紫檀，聘请名匠仿照御书精心制作了匾牌，并一代代传到今天。

当然，典故出自张家之口，是否属实并未考证。不过张裁缝的手艺确非一般，无论什么样的布料，只要经他的手一抚弄，立刻就变得华丽起来。

工作时，张裁缝喜欢在鼻梁上架一副老式眼镜，脖子上挂一根皮尺，跟旧时的老裁缝一般无二。只是那根皮尺通常是聋子的耳朵——摆设，有人来做衣服，他只要用眼睛扫视一下就行了，做出来的衣服没有不合身的。

有位外地商人，请张裁缝做了一套西服，拿到衣服时，发现前襟比后襟短了一大截。商人刚想发火，张裁缝连忙说别急，先穿上试试看。商人套上衣服到穿衣镜前一看，合身得不得了。原来商人是个驼背，如果照正常人裁剪，做出来的衣服势必前长后短。商人一直为买不到合体的衣服而犯愁，从此只要添置衣服，必定来找张裁缝。

张裁缝的儿子，在一个三流大学研修美术。起先，张裁缝想让儿子跟自己学艺，无奈儿子心气太高，非要在书画上混出个名堂。于是求学期间就蓄起了胡须，留起了长发，不相识的，还以为真是个艺术家呢。

张裁缝见儿子男不男女不女的样子，忍不住说了几句。谁知儿子回道："这就是时尚，懂吗？谁像你，都什么年代了，还搞得原始人似的。"

张裁缝很生气，有心教训一下，手举到半空又放下来。张裁缝中年才得一子，喜得不知道如何宠爱才好，哪里舍得动一指头。

儿子毕业后，果真寻梦去了，只是因为修行不够，摸爬滚打了好几年，始终没能走进艺术殿堂半步，最后不得不投到父亲麾下。

过去，学裁缝要先当三年学徒，俗称"吃三年萝卜干饭"。学徒每天除了帮师傅打下手，还要为师傅倒尿钵、做杂活。学艺时，徒弟一般是站在旁边看，能不能学成手艺，全靠个人资质。张裁缝带过几个徒弟，因为管得太死太严格，都打了退堂鼓。

儿子成为徒弟后，张裁缝吸取以往的教训，躬下身子向当教师的外甥学习，以平等的、对话的、相互作用的方法与儿子沟通，很快将儿子调理得顺顺当当。儿子虽然未碰过针线，但长期的耳濡目染，骨子里早就渗进家族特有的潜质，因此学起来要比别人轻松得多。

儿子成为小张师傅时，张裁缝已七十多岁。可是退下来的张裁缝，怎么都静不下心来颐养天年，似乎一天不往店铺跑，店铺就一天开不了门。当然，张裁缝的牵挂不是空穴来风，儿子虽然操起了裁剪刀，却时常显出不甘心的样子。张裁缝生怕儿子半途改变主意，让自己白欢喜一场。再有儿子毕竟嫩了点，难免不犯点什么差错，有自己盯着，就可以将意外降到最低限度。

怕什么来什么，出师不久，儿子就玩起了花招。比如裁剪衣服，儿子动剪前总要画出图样，涂上色彩，让客人先饱个眼福。比如儿子每有满意作品，不是拍下照片四处投寄，就是套在模特儿身上故意卖弄。最让张裁缝受不了的是儿子不务正业，兼起了职业中学缝纫班老师。张裁缝倒不是担忧儿子教会徒弟饿死师傅，而是怕他分心，影响生意和技艺。怕他在文人堆中受到影响，再次想入非非。

半年前，儿子不知受谁撮弄，竟然闭门谢客，搞起了时装设计。看到儿子的脸一天天消瘦，看到顾客拿不到衣服时的失望，张裁缝忍不住了，指着儿子的鼻子说，你就折腾吧，这个店早晚会被你折腾完。儿子说，爸，这是形势所迫啊，您看，现在各种时装店层出不穷，直接选购已成为一种常态，如果我们再不打出自己的品牌，只怕要不了两三年就被淘汰。爸，难道您忍心看着店铺一天天衰落?

儿子的推心置腹，让张裁缝没了脾气。经过几个月的苦打苦拼，儿子终于以一套热情奔放的“黄海风情”，捧回服饰设计大奖。

功成名就后，儿子有了新想法，觉得招牌又小又老土，没有一点视觉冲击力，就想把牌子换掉。张裁缝一听叫道，什么？换了？有病吧？牌子是老祖宗留下的，没有它哪有张家的今天?

儿子说服不了父亲，就趁父亲走亲戚的机会，亲自动手做了个很大的招牌，让自己的名字在门楼上熠熠生辉。

你，你，你这个不孝子，总有一天你会后悔的！张裁缝见儿子背着自己更换了招牌，气得直跺脚。

张裁缝的话果真应验了。“改名更张”后，小张师傅不仅没能看到自己期望的效应，反倒惹来不少非议。尤其郁闷的是几位外地客户，被人引领到小张师傅面前时，居然只认牌子不认人，说“张扬服装设计工作室”不是正宗的“张裁缝制衣”。

遭遇打击，小张师傅在一个没人注意的夜晚，又将老牌子悄悄安了回去。

点　主

马金章

余有仁 1943 年到的香港，几十年一直悬着一桩心事。

他来香港时背来了一座家庙。说是家庙，其实是一函盒，盒中安放几爿祖宗的神位灵牌。函盒被称为袖珍家庙。

当年，余有仁弃家来港和这函盒有关。1938 年春，家父去世，按祖规民俗，要为故去的先人立神主灵位。神主的主字上的一点空缺，待请当地黎阳县正堂县令（长）添加，叫作点主。可事不济人，余有仁请木匠、书家做好灵牌后，日军入侵，县长弃城南逃。不久，日军委任的伪县长上任当天，脑袋便被锄奸队开了瓢。这后，黎阳竟长达一年多没有县长。“点主”无着。

乱世出奇闻。到了1940年，没有县长的黎阳一下子冒出好几位县长。先是日伪政府县长、国民政府县长、抗日人民政府县长。接着，因盗东陵闻名的孙殿英也来凑热闹。孙小时得过天花，坑坑洼洼一张脸像反着的石榴皮，人称孙大麻子。孙大麻子在冀南抵抗日军，仗打得稀里哗啦，几乎全军覆没，率残部撤至安阳后，他担心上峰会不会一枪揭了他的天灵盖，出乎意料，蒋委员长竟委任他为国民革命军新五军军长。其实，说是军长，仅是赏他一个番号，得自己招兵买马、筹饷募款。孙大麻子便在黎阳县任命了自己的新五军县长。

日伪政府盘踞县城，其他政府班子流亡四野山乡，漂无定所。日伪县长有意为余有仁先人灵位点主，但被他谢绝。

“江山破碎，国运难测。点主失误，辱没祖宗啊！”商会上，面对商友的问询，余有仁感慨地说。“他娘的，啥世道。我们商会，也选个咱自己信得过的县长。”义愤加戏谑之中，商会会长竟被会员异口同声喊成了县长。余有仁气恼：这和土匪拥戴山大王有何差别？

余有仁离开家乡那年，是夏日忙碌的麦收季。他家良田数千亩，每年芒种日起，要连打三天响场，说是庆贺丰收，实是炫富，也是向佃户发出的催租要粮信号。打响场类似春秋吴王夫差的“响履廊”，在几百口水缸上铺木板做场，待新麦晒干，毒日头下，觅汉儿（长工）手中的长鞭空中游蛇样一甩，脆响中快马拉着石磙奔向瓮场。碾场的轰隆轰隆声能传十里开外。

打响场之后，余有仁悄然来到香港。点主，从此成为一个遥不可及的梦想。

香港回归后，余有仁曾回故乡两次，但都没能如愿点主。去年回乡时，他连当年立的神牌都带上了，不巧正赶上县长换届，将要离任的县长将他介绍给最有可能当选的县长候选人。候任县长爽快答应：“余老放心，刘明如能主政黎阳，定去府上拜访点主。”

事有凑巧，昨天，在会展中心“情系香江，感知老家”恳谈会上，河南省省长特意将家乡县长刘明引见给他。

隔窗看到，接刘县长的车平稳地停在了庄园里。他起身迎候。

寒暄。用茶。

余老净手沐香后打开楠木函盒，请出父亲牌位。牌位高约一尺，宽约三寸，一薄一厚两爿木板相合插在底座上，薄板为盖，厚板为主牌。只见神牌上有三行端庄清秀的小楷黑字。中间一排稍大点的字是：显考余公讳秋元字桂生之神王；右行是：咸丰叁年柒月拾陆日寅时生；左行上是：民国叁拾柒年正月贰拾伍日卒；左行下是：孝男余有仁奉祀。

余有仁右手拿起一枚明晃晃的银针，毫不犹豫地刺向他左手中指指尖。殷红的血珠一滴滴落入书桌砚内。一粒红豆般的朱砂，被血珠立时融化。

刘县长净手执笔。朱砂笔锋沉稳落在神牌的黑色“王”字上。

点主毕。

余有仁将父亲的灵牌安放在神座上，点燃三炷香，颤抖着声音说：“父亲，子不孝，时至今日，方为您点主。”

隔天的晚上，回到县里的刘县长顺手翻阅一册本县文史资料，一篇《我所知道的20世纪40年代初期黎阳县的五位县长》引起他的注意。他的目光在这句话上停留好长时间：余有仁与抗日民主政府、国民政府县长合谋，利用打响场，吓阻粉碎了日伪县长企图抢劫新麦行动。

刘县长放下书，拨通了余先生的电话：“余老您好，前天冒昧，得罪老县长了。”

“我哪能算县长呀？”余老说，“那是商会众员和历史开的一个玩笑啊！”

老校长的相册

秋子红

每次回故乡，我雷打不动要去拜访我的启蒙老师——我们西塘镇小学的老校长。

老校长姓梁，天下姓梁的好像都与学问沾点边儿，老校长虽没有梁启超、梁思成之类的先生们那样鼎鼎大名，可在我们西塘镇，梁老校长绝对算得上一个远近闻名、妇孺皆知、桃李满天下的名人。

我们西塘镇属周原县最偏远的一个小镇，当地曾流传一段顺口溜说：“西塘远不远，离山三尺三；西塘近不近，好马出城一烟溜儿。”我们西塘镇的荒僻偏远，可想而知。这可就苦了西塘镇上学读书的孩子。因为镇上没有学校，许多孩子小小年纪就要起早贪黑走十几里路去西塘毗邻的京当镇上读书，早晨出门时布兜里装三两块干粮，就算是中午放学后的午餐。有吃不了苦的，小小年纪就失学了，像我们的父辈祖父辈们一样，成了“睁眼瞎”。

老校长是来我们西塘镇的第一位老师，当年我们的教室是镇上大队仓库改成的，三块土坯一横两竖，土坯面上抹上和着麦草的泥巴，就成了我们的课桌，全校五个年级五六十个娃儿挤在一间教室上课，老校长自然既是语文老师又是数学老师还是文体老师。那时学校里没有锅灶，老校长轮流在学生家吃派饭。每回轮到哪个学生请老校长去家里吃饭，就既骄傲又激动，蹦蹦跳跳跑在老校长前头，快乐得跟个树枝上叽叽喳喳的花喜鹊似的。

后来，老校长带领乡亲们手把手盖起了西塘镇小学，西塘镇小学分配来了教师，老校长成了名副其实的校长。再后来，西塘镇有了通往县城的乡村公路，有了初级中学，我们一个个从西塘镇走出，奔赴祖国的大江南北。老校长却老了，退休之后在我们西塘镇上安度晚年。

那本相册是什么时候出现的？我记得老校长第一次拿出它时的情景。那天，我们一进屋，寒暄后，老校长就喃喃说要我们看一样东西。当师母从书柜里取出相册时，我们个个睁圆了眼睛。相册崭新崭新的，鲜红色的压塑封面被老校长颤抖着手翻开，我们看见了两个同学的照片。一张是小学毕业时的黑白照，一张是从报纸上剪裁下的任职公示时英气勃发的免冠照，照片下还有我这两位同学的姓名、简介、履历之类的文字。我们立马明白了，我的这两位同学开始步入仕途，一个成了我们周原县新提拔的文教局局长，一个做了我们周边某个县的财政局局长。

后来，随着时间的推移，进入老校长相册上的我曾经的同学越来越多。谁能想到，当年荒僻偏远的西塘镇，能走出那么多的人物！局长、县长、副市长，甚至副省长。每回老校长一打开相册，我们就知道，我们的同学有人高升了，有人新晋进了省城，有人官拜厅级副省级。当然，我们在看老校长的相册的时候，肯定有人默默期盼过，在老校长的相册上看见自己。或者说，我们中的许多人之所以勤勤恳恳、兢兢业业工作着，只为着有朝一日自己能进入老校长的相册。

许多年来，进入老校长的相册，已成为我们人生的一种辉煌和荣耀！

当然，也有人看着相册自卑、羞愧的，比如我。同学们在仕途上平步青云飞黄腾达的时候，我却一直做着一所乡村小学的语文老师。

那天，在老校长家的客厅里，和老校长攀谈许久，我却总感觉少了些什么。老校长精神依然矍铄，师母依然像过去那样热情，但我能感觉到，少了些什么？后来，我想到了，相册！从前拜访，进门弗久老校长一准会拿出相册，用一种我习惯熟悉的激动口吻，如数家珍数说着相册上我的同学一切的一切。可是这次，相册却一直没有拿出来。

后来，去厨房帮师母做饭，我悄悄问起了相册。

听我说罢，师母叹口气，说："烧了。"

烧了？！我有些不相信自己的耳朵。

"是烧了，一个月前，你老师将相册塞进炮弹炉里，烧了。"师母又叹着气说。

我想起了，一个月前，我的同学中最大的官刘副省长贪污受贿案宣判了，因为受贿数额上千万，判了死缓，这在我们西塘镇，是妇孺皆知的新闻。我还知道，在此之前，我的同学中，一个副市长、两个县长、若干个处长局长早早落马了。他们的照片曾赫然夹在老校长的相册里，他们曾经是我和同学们的骄傲，可如今，他们像一根根利刺，刺痛了老校长的心。

那天，在饭桌上，许是喝了几杯我敬的酒，老校长忽然泣不成声说："也许老师以前错了，老师不希望你们做多大的官，干多大的事，老师只希望你们一辈子认认真真工作，清清白白做人！"

我的眼眶一下湿润了。但我更想将老校长的这句话，告诉我当年的同学们和周围更多更多的人！

陆简是谁

苒小雨

前世，她是一名诗人，读书，做梦，看风景。

二十岁，就读于某大学文学院，出众的才华以及出众的颜值，让她受尽优待。当然，所有幸福美好的根基，来源于她有一个温馨的家庭，来自父母对她无尽的宠爱。

那天是周五，下午只上半天课。她和母亲约了松鼠鳜鱼，又一周没有回家，早就馋妈妈厨房的味道了。和父亲母亲约了百老汇原版经典音乐剧《修女也疯狂》。她在网上订了票，计算着时间：下午下课后，去图书馆查个资料，快的话，一个小时就够了。然后回家吃饭，一家人一起去歌剧院。其实一切顺利的话，时间还有剩余，那样，她就可以与爸爸坐在剧场外的咖啡吧，下半个小时的围棋，这是多少年来，她与爸爸之间乐此不疲的游戏。这样想着的时候，她把放在宿舍书桌上的围棋放进了背包，尽管家里有围棋，但她怕一忙起来忘记带，那样就会少了一份乐趣。

一切按照她预设好的轨迹进行着。

六点半，她按响了家里的门铃，叮叮咚咚，明显带着撒娇的喜悦，可是却没有人开门。她皱皱鼻子，只好拿钥匙开门。

然后，她看到父母双双倒在客厅的地板上，那时候她脸上还带着笑，她不明白父母在搞什么名堂。一步步走近，却看到漫在木质地板上殷红的血。

苏醒时，夜已深，她倒在冰凉的父母身旁，倒在血泊里，意识完全清醒后的她嘶喊着，奔出家门，奔向深夜……

对，这正是易拉那部写了一半就被她遗弃的小说里的一段文字。而此时坐在她面前的，就是她小说里的男主陆简。

易拉为小说的女主莫子西写了一个如此触目惊心的家庭悲剧，作为负责此案的警察，陆简整整用了三年时间，不放过任何蛛丝马迹，却始终破不了案。究其原因，竟然是因为当时的易拉对写作很无知，她没有给每个场景安排一个合理的出现，女主父母的死亡无理无据，只是易拉认为的剧情的需要。

此时，陆简很痛苦，他不能找到凶手还莫子西的父母一个公道，也没有办法让自己深爱的莫子西从那份痛苦中解脱，他的人生从此暗淡，失败。

易拉有些愧疚。

易拉已经不记得她写了那样一部半成品的小说，更不记得她为什么要写这样一部作品。想弥补自己的过失，就得重读这些文字。

易拉读完一遍，更确定了自己之前的想法，于是看着陆简笑了，她说她已经想好怎么纠正自己的过失，她会把这个悲剧的现场写成莫子西那天午睡时做的一个噩梦，梦醒后，父母在，松鼠鳜鱼在，音乐剧以及围棋都在。

陆简看着易拉，微微叹了一口气，易拉一下子就觉察到他为什么叹气了，她说，放心吧，没有这个案子，我会给你和莫子西制造更合适的相遇机会，让你们依然彼此深爱。

陆简却握住了易拉的手："易拉，你真的，不知道我是谁吗？"

"陆简啊！"

"对，陆简，可陆简是谁？"

易拉笑了："我小说里的男主啊！"

陆简再次轻叹一口气，温和地笑了："好吧，你这样说也没错，你小说的男主的确写的是我，但我更是你生活里的大哥，我和我的弟兄们陪了你这么久，你难道还不想醒过来？"

当年，是陆简把易拉从深夜的大街上带回来的。案子也是陆简负责，一起小官巨贪案，当日落网的同僚，使当事人预知了自己的结局，崩溃中双双自杀在家中。从那天开始，这间病房就成了易拉的家，陆简与同事们成了易拉的家人。她仿佛什么都不记得了。开始，没日没夜地写小说，写了很久之后，突然有一天，却再也不动电脑了。陆简知道小说女主的原型就是易拉自己，他认为这没什么不好，人都要宣泄的，易拉选了与常人不同的方式。可易拉却半途而废了。易拉开始了另一种生活——时常沿着她小说里的路线出行，仿佛在寻找什么，又仿佛只是游山逛水。陆简便找了人远远跟着保护她的安全。

有人劝陆简，还是把她送到她该去的地方吧，这些年的工资都花在她身上了，这样一时清醒一时糊涂的病人得管到什么时候才是头。但陆简拒绝了，一个才华横溢的女孩，已经成了一场悲剧的牺牲品，他不能让悲剧继续，他要亲自看护她，给她一个家。

易拉有些惊讶地看着陆简，身体的某个部位有尖锐的刺疼，仿佛有什么随着刺疼灵光一现，但那种感觉很快就不见了。她便什么也不想说了，只想把面前的陆简扔回小说里，这样她就可以清净一时。

陆简从易拉的表情上看到了她的内心，他知道不应该再打扰她。医生特意嘱咐，最近她的情况越来越好，也许过不了多久，她就会完全恢复，但是在这关键的时刻，尤其不能操之过急。

陆简走出病房，小王迎上来："陆队，这就回去了？"

陆简抬头看了看天色，"去西郊，帮我母亲把房子整理一下，也许易拉很快就会搬过去"。

食　客

宋以柱

她的这个小店，是从她家里延伸出来的。她的家在一楼，她把车库改装一下，又在连接车库的那儿，搭了一个钢架棚，有十几平方米。一边摆了三张小桌子，每张桌子摆五六个小马扎。另一边，是几个从不熄火的煤球炉，上边搭了一个金属平面台，一溜儿摆着几个铝铁盆，依次盛着她早就炒好的豆芽、土豆丝、炸鱼、煎豆腐、炖排骨、炒辣肠，花样不少，样样冒着热气。

相中了哪一样，招呼一声，老板娘"好嘞"一声，利索地盛到方便袋里，往电子秤上一放，麻利地喊出价格，边把菜递到你手里。钱是顾客自己放到菜盘下边的一个盒子里的，零钱也是顾客自己找。有一两次，周末独自在家，无心去伺候饭菜，就散漫地下楼来，买一份豆芽、一份炸鱼，味道真不错，绝不是糊弄人的街头小炒。

最近几天，每天傍晚去买馒头的时候，发现总有一桌子食客。不像是本地人，说话快得听不清。都穿着迷彩服，衣服上满是石灰点子。看来是干完活，没有刷洗，就跑来喝酒了。我看到桌子上的菜很简单，一个大盆子，里面盛着一团青菜，不好说是啥菜，我猜测也许就是油菜或者菠菜。盆子周围，还有几个小盘子，有一两样菜，炒好的豆芽，或者是芹菜豆腐皮。好几次了，没有见到炸鱼或者炖肉。但他们吃得很高兴，个个脸上都很快乐，大声说着话，一块儿端酒杯，往前凑一凑，算是碰杯了，使劲抿一口，发出很满足的“啊”的一声，吃几口菜，放下筷子，互相递烟，长长地吐出一口，又开口大笑。这是一群快乐的人。

“不像是咱们这里的人啊！”我对老板娘说。

“四川的，说话都听不懂。”

“大冬天的，干啥活？”

“谁知道呢？在义乌商品城那边。不容易，一天来也就靠喝点辣酒暖和。”

义乌商品城，我知道，是县里的招标项目，地点在鲁山路的南边，占地几十亩，建了快十年了，总也完不成。前一阵子敲锣打鼓放鞭炮，往外租卖店铺，准备开业，后来却又没有动静了。这里面的故事，我们知道也可，不知道也无所谓。小城人的吃穿用离了它，也耽误不了。

这几个人吃喝得差不多了。有人回头喊了一句。是个扁长脸。老板娘掀开一个锅盖，端出一笸子馒头，冒着白乎乎的热气。给他们放下馒头，顺手把他们小桌上的菜盆端过来，从冒热气的盆子里，舀了两勺子炖肉倒进盆里，放到桌子上。几个人一起朝着老板娘喊了几句，大概是感谢她。那个扁长脸还举起手中的酒杯，朝老板娘点了一点，大概是敬酒的意思。

我说：“大妹子，你是个好人。”我看她年龄比我略大，我喊她大妹子。

她脸一红说：“他们也不容易，舍家撇业的，离家千里万里，泥一天土一天的，到晚上散了工，就盼着像在自己家一样，吃口热乎饭菜，还不舍得吃好的。”

她顿了一下，又说：“一开始，我也不愿招呼他们，五六个人，吃喝三四个小时，也不过才三十、五十块钱，不管多冷，我得站在冷风里等着。我的小女儿每晚都要等我收拾完了，才肯睡觉。”

她撩了一下右边的鬓角。我才发现，她右边的眼眶上贴了一块创可贴。我没有问，大概是给热油烫了。

“可是，有一次，他们中一个正吃着饭，忽然呜呜呜地哭了。他一哭，那几个人也哭。从那一次开始，我就觉得他们在我这里吃饭是对的。”她羞赧地一笑，“我也不过搭上点时间。”

这时，他们大概吃完了，稀里哗啦站起来。那个扁长脸，踉跄着步子走出来。他的脸有点红了。他个子略高，眼睛很小。看他的身架，就知道是受过累吃过苦的。脸上已经完全没有了农民的朴实，有点油滑，是满不在乎的油滑。他看见我在老板娘一边站着，也丝毫没有在意。伸出一只手，捏着一张五十元的纸币。那只手骨节粗大，手指粗长，有点弯曲变形。只有在酷暑严冬干苦力流过血受过伤的手，才会变成这样子。

老板娘从抽屉里找出一张十元的，一张五元的。扁长脸左手接钱，右手在老板娘递钱的手面上，撸了一下，动作很快，似乎很用力。老板娘脸红了一下。却面对他，靠上去，把右手臂搭上他的肩头，把他的身子往自己右边的身子拉了一下。拍拍他的肩膀说:“想家了，就回去吧，也快过年了。”

扁长脸脸红得要出血，但分明是他的眼角有了泪珠。我看老板娘的眼角也红了。

风还是很凉。我的腿脚有点麻了。老板娘的目光还追随着那几个人。我看到，那个扁长脸也回头看着我们，在昏黄的路灯下，他的两眼反射着光，像戴着两个眼镜片。

婚　姻　控

孙道荣

填表时，填到婚姻状况一栏，黄四顿住了，他犹豫着这次该填已婚还是填离异。每次填表格，这一栏都让他头疼不已。才四十几岁的黄四已经历了四次婚姻。

黄四的第一次婚姻，是 20 世纪 80 年代末。那时，黄四刚二十出头，正值青春年华。虽然长得不够帅气，家庭条件又不好，但丝毫也没减弱黄四渴望爱情之心。

那天，家里来了位乡下亲戚，还领着个陌生的姑娘。姑娘叫小翠，是亲戚同村的，长得倒也不算难看，只是皮肤黑了点，手脚大了点。黄四礼貌地打声招呼，就回自己房间了。过了一会儿，父母和亲戚走进黄四的房间，要和黄四单独谈谈。黄四明白了，原来他们要给自己介绍这个姑娘，未等他们开口，黄四就将头摇得跟个拨浪鼓似的。父亲说，不是给你介绍对象，而是让你跟她领结婚证。黄四瞪大了眼睛，领证结婚，开什么玩笑？亲戚说，小翠想进城，但她是农村户口。只有和城里人结婚了，才能将户口迁到城里来。让你和她结婚，就是领个结婚证，不是真的结婚。她父亲答应，只要你肯帮她这个忙，他们家愿意补偿你一万元。

黄四断然拒绝。亲戚走后，母亲苦口婆心地做他的工作，父亲身体不好，我又没工作，眼看你父亲看病的钱就没有了。这一万元，对我们家太重要了。再说，只是办个证，等她户口一迁进城，你们就离婚嘛！这样，你还是你，毫发未损。那时对一个普通家庭来说，一万元的确是个天文数字。在父母的轮番攻势下，黄四无奈地同意了。

就这样，没谈过一天恋爱的黄四，和只见过一面的农村姑娘小翠领了结婚证。半年后，小翠的户口迁进城里后，黄四的第一次婚姻戛然而止。黄四和小翠办了离婚证。恢复单身的黄四，继续寻找梦中情人。可他本来条件就不太好，又有过一次有名无实的婚姻，黄四根本找不着女朋友。

不久，黄四的单位分房，条件是必须已婚。黄四如火烧身，急着四处托人帮自己找对象。可别人听说黄四的情况后，都连连摇头。情急之下，黄四想到了小翠。将户口迁到城里后，小翠还没找到工作，待业在家，也没谈恋爱。黄四跟小翠说，上次我帮了你一个忙，通过假结婚，将你的户口迁进了城里，这次你也帮我一个忙，我们再假结婚一次，我到单位要套福利房。小翠答应了，条件是也付给她一万元精神损失费。

黄四和小翠，办了复婚手续。黄四如愿从单位分到了一套婚房。可黄四拿不出一万元补偿费，那笔钱，已让父亲看病花得差不多了。最后，黄四和小翠一商量，干脆将就着真结婚算了。

一晃，十几年过去了。黄四有孩子了，单位破产了，自己下岗了，黄四靠打零工，维持一家生计，生活艰难。忽然传来了消息，他们的旧房子要拆迁。黄四打听到，拆迁分房是根据户头来分的，也就是说，如果一套房子有两个户头，就能补偿两套房子。为了多弄个户头，很多人赶在拆迁前办了离婚分户手续。黄四赶紧回家和小翠合计，当天就再次办理了离婚手续，分立了户头。

拆迁时，分了户头的黄四和小翠，各自分到一套补偿房。拿到房子钥匙后，黄四和小翠，又第三次领了结婚证。他们将其中的一套房子转手卖掉，靠这笔钱开了家小公司，生意还不错。他们的日子慢慢地好起来了。

手头宽裕了，黄四想买套大一点的房子。一了解，买二套房，首付比例要达到六成，而且银行贷款利率还要上浮。开发商给黄四出了个主意，如果你不忌讳的话，可以先离婚，将房子过户到你妻子名下，这样你就可以以首套房名义购买了，首付只要三成，利率还有优惠。黄四一听，乐了，这有什么忌讳的，离呗。

拿着离婚证，将房子过户到小翠名下，黄四顺利地以自己的名字，购买了一套将近二百平方米的大房子。

买了大房子后，担心夜长梦多，小翠催着黄四又领了结婚证。最近，公司的流动资金有点紧，黄四想把以前那套旧房子卖掉，解燃眉之急。可去中介一打听，又有新政了，二手房交易税大幅度提高了。中介员神秘兮兮地对黄四说："要想避税，也不是没有对策，那就是你和妻子来个假离婚，这样，你们两个人名下，各自就都只有一套房子了。"

听了中介的话，黄四忽然仰天大笑。中介员尴尬地看着黄四说："对不起，我只是随便说说，很多人是不愿拿婚姻当儿戏的。"黄四拍拍中介员的肩膀，"小兄弟，我的婚姻糟透了，我已经结过四次婚，离过三次婚了，而且都是和一个人离婚，又和她再结婚的。你说，我们还怕再离一次吗？我只是有点想不明白，我的婚姻到底怎么了？它怎么一点也不神圣，一点也不圣洁了呢？到底是我控制了婚姻，还是婚姻控制了我，抑或是我和婚姻都被控制了呢？”

先　生

盐　夫

先生就是先生。

先生驻足河岸的那一刻，乡村宁静的夜空，突然回荡起鞭炮的炸响，红纸碎片儿，如雪花飘落在先生光亮的脑门儿上。先生是坐船来的。里下河地区水网纵横，河道密布。赶集出行、红白喜事或者迎来送往，常以船代步。先生来时的年月，船只依然盛行，村支书为先生安排的船，别具一格。四个弄船人，一个鼓手，一把唢呐，依照新嫁娘的规制，船头飘悬两盏红红的大灯笼，这是乡村最隆重的礼仪。先生必须享有这种礼遇。在先生之前，不曾有过先生，先生是最先的先生。以前没有，以后也不曾再有，先生是唯一的先生。先生以后，能被尊称为先生的都不流行称先生，他们不生活在乡村，他们在都市的繁华里。对先生，年轻人有一种陌生，在电影或者电视上，曾有过耳闻，他们不习惯，视之等同于古董与迂腐。敬仰先生的人，不以为然，轻蔑一笑，他们依然坚称先生为先生，从不曾有过改口。

有两种情况称作先生，一个教书先生，一个医生先生。从前乡村不重视教育，“臭老九”说的是教书先生。吃五谷杂粮，小病小灾是常有的事，乡村缺医少药，医生先生格外珍贵与重要。先生是正规的医生先生。先生学的不是全科，但先生做的是内科、外科、儿科、妇科、中西医全科的工作。先生不分白天黑夜，刮风下雨，路远地滑，弄船人常驾船来去接送先生，先生从不耽搁，背起药箱便走。先生曾经也很年轻、帅气，起初的先生，说话做事，有时会有孩子般的腼腆，先生把听诊器贴在女人软软的胸房上，会有与他职业不相称的颤抖。老支书觉得先生应该结婚成家，便在乡村物色适合先生的姑娘，姑娘们没有不愿意的，可先生每次都摇摇头。先生已有心爱的姑娘。4月里，她从城里来，打着油纸伞，从开满油菜花的田埂上款款走过。

先生很少为孕妇助产。生娃大多是接生婆的事情，接生婆束手无策，往往这个时刻，就去请先生，先生戴上手套，先生很有章法的手感，瞬间会让产妇们变得安静，她们知道这是草根与科班的差距。先生爱读著名作家汪曾祺的书。先生对名篇《陈小手》印象深刻，在新生儿落地的那一刻，先生有个潜意识的习惯，总会扭过头去看看身后。先生知道这家男人不是旧政府的团长，女人不是姨太太，不会有短枪或长枪，但先生担心会有木榔头在脑后晃动。先生没有遇到过类似的威胁，先生摸了、看了女人，她们的男人反而很感激先生，端上热腾腾的水，让先生的手洗了又洗，然后，送上扎有红线绳的新毛巾，这是感谢先生的，先生得笑纳，这是苏东地区庄户人家淳朴的习俗。

靠山吃山，靠水吃水。乡村里也有糊涂的庄稼人，却常以剧毒农药为自杀手段。遇见多了，先生有不同寻常的急救方法。洗胃、排毒、解毒这是通常的做法，这里面也有大学问。多了，会出现二次中毒。少了，达不到效果，误过最佳施救时间。多与少，分毫之间，不好言传，先生总是说，这需要用心去悟。全身换血方案是先生的独门绝技，但费用高，风险大，镇医院在先生去以前，从不曾用过，第一个引进这种医疗技术的是先生。不是重症患者，不是有些家底的，先生一般不用。右腕排血，左腕输血，看似简单。这里头有讲究，血型匹配、左输右排、输与排的平衡点，等等，这都是重点难点，先生总是能拿捏得很精准，从不曾有过失手。先生未结婚时，就有了三五个干儿女，被先生救过的人家，没有比结亲有再好的感恩方式。也有假意自杀的，先生出手便知，虽然很生气，却不会揭穿真相，而且医治的环节，先生一个也不会省略，不同的是，先生会用最苦的楝根汤灌胃，会用特号钢针扎人中穴位，从一声撕裂痛苦的尖叫里，先生必须让假意自杀者懂得先生所想表达的一切。

先生医术高超，说生便生，说死能死，先生从不轻易说“死”字。先生书房里挂满“华佗在世，妙手回春”之类的锦旗，先生从不悬挂张扬，却不胫而走，在里下河地区，是广为传诵的一方名医。从医是高收入职业，与先生一个时代的先生们，大多身价过数百万，先生依然过着清贫的生活，先生乐善好施，先生凭良心做事，不虚开药物，不拿药贩子的回扣，先生开药只用对的，不开贵的。先生离休后，有多家医院送来聘书，出价也高，先生从不抬眼看。先生只在上岗古镇医院坐诊。先生一直坐诊到七十有五，镇医院还执意留用，先生未允诺。每周，先生只坐诊三个上午班，先生坐诊的日子，门庭若市。

先生好个象棋。知道先生的人都愿意陪先生杀个三两局。陪先生下棋是假，借机询医问药是真。先生棋艺也好，对手注意力不集中，先生便能很轻松地取胜，先生赢棋时，有个习惯，会把棋子高过头顶，然后慢慢落棋，有时说话，有时不说话，说只说一句——您老死定了！

是不是一语双关，不知道。

真有这样的情形，话音刚落，坐先生对面的棋手，突然瘫倒在棋台上，口吐白沫，拼尽全力拖先生的手，从嘴角挤出半句话——先……先……生！

凌　乱

梁小萍

陶爸爸的怒吼，历来是有数的，一声吼，飞了二两酒、碎了琉璃杯。

陶伟泛白的军用胶鞋，绕过一地的凌乱，习惯性抖了下削肩，晃头歪脑离了家门。

这一年陶伟三十岁，三十而立的二小子陶伟在陶爸爸的眼里一事无成。陶伟自小就没让陶爸爸省心过，约莫小学三年级开始留级，熬得几届班主任操碎了心，他还在小学里站队。

上山下乡那几年也许是唯一能让陶爸爸眼不见心不烦的，自从陶伟回城后就耗在了家里，工作一直没有着落。好工作，知识有限干不了；孬工作，心高气傲瞧不上。好歹也是部队大院子弟，起码也要混个脸面吧。如此这般高不成低不就地懒散了三五年，眼瞅着三十岁越发吊儿郎当，尤其到了饭点还在赖床，每每听见陶妈妈此起彼伏的千呼万唤，陶爸爸瞅陶伟的眼神分分钟都能蹿出一溜儿火。

多日不见陶伟在大院闲逛，渐而引来四邻的猜忌，陶爸爸倒是敞亮无所顾忌，甚至一点不忌讳自己的一张老脸，磨着槽牙撂出一句狠话："人，也是有废品的。"

当人和废品直接画了等号，足见陶爸爸对儿子失望至极。亲爹的话真是够锋利，一刀削秃了旁人的闲言碎语。

也不知道是陶伟真的走投无路找不到工作，还是听闻父亲的绝情故意挑衅，孬小子不长本事长脾气，这回豁出了小脸，陶伟真的在外面收起了破烂，只不过陶伟收破烂的三轮车从来没有蹬进过小时候的部队大院。

兴许陶伟还是顾忌父亲的老脸的，毕竟父亲也曾是统领三军的人物，再或者陶伟是在意自己的小脸的，同是部队大院子弟，自己怎么就成了父亲眼中的废品了？老爷子这话说重了，陶伟思来想去越发恼怒，父子情仇有时就是这么决绝。

再次听说陶伟的消息，也是从陶爸爸的嘴里蹦出来的，貌似哪个无聊的邻居嘴碎打听二小子，陶妈妈讪讪不出声，只听陶爸爸恨恨地说："收破烂，收破烂车。"瞧这老爷子的倔性，人家陶伟混出了模样，收购的明明是二手汽车，老爷子偏偏说破烂车，就不能好好说个话。于是老伴恼了，冲着老头子嚷："敢情你的老嘴就是二小子的停车场。"

保捷行就是陶伟的修车铺，巴掌大的门面起了一个响亮的名号，先是洗车擦车，而后维修维护，再后来收购销售二手车，倒腾来倒腾去总是绕不开收破烂的圈子，也难怪陶爸爸心里窝火，只不过三五年过去，陶伟的保捷行变成了一溜儿敞亮的门面房。这个时候，陶爸爸话少了，偶尔听闻老伴主动和邻居说起那个陶家极品、变废为宝的二小子，还是忍不住重重地“哼”一声。事后，陶爸爸会絮叨老伴：“瞧你嘚瑟的，满嘴跑破车。”老伴听了，笑，不恼，她倒要看看老头子嘴里的破车还能跑几天。

果然，那一天没有任何征兆，陶爸爸的破车熄火了，一夜之间陶爸爸嘴㖞眼斜，亏得送医及时，陶爸爸的小中风并无大碍，小住几天院就回了家调养。接陶爸爸出院的是二小子陶伟的宝马，这匹马绝对不是二手马，马蹄嗒嗒，往事随尘散了。陶伟搀着老爷子，身后跟着媳妇，媳妇牵着闺女，老婆子撵着孙子，一大家子就这么簇拥着进了家门。邻居间闪闪烁烁瞧看的目光，换来的却是风平浪静的意犹未尽。倒是老伴瞧着老头子的㖞嘴，没忍住打击报复了一番，说要弄个牌子给陶爸爸挂上，停车场维修期间，禁止车辆出入。陶爸爸瞪着眼珠子撇着㖞嘴嘟囔了半天才蹦出了一句全乎话：“你才停车场。”

扯着闲话，倏忽二十年过去了，天亮天黑，月圆月半，有的有了，有的没了。陶伟的保捷行一如当年的规模，洗车擦车、维修维护、收购销售，一样不多一样没少。难说陶伟是不是不思进取，总之守业远比创业难。

陶伟有时候会思量，当年若不是老爷子的一句狠话，他或许不会走上这条路，这条路不在计划归于冲动。想来什么路不是路，一条路走远了，走着走着就半辈子了，回头望一望，谁的路上，没有凌乱的青春一隅。

墙里墙外

原上秋

一堵土垛墙，把大车和水花分为两家。大车在梦里头无数次翻过垛墙，走到了墙的那一边。甚至梦里头推倒垛墙，与水花成一家。但是醒来，垛墙依然横在他们中间。墙外是他或她，墙内是自己。

水花可不想这样。大车在她眼里是好邻居，是本家好大哥。水花和大车有许多相似之处，都是留守单身。水花的老公在内蒙古打井，一年中腊月二十八回来，初五又走了。大车媳妇跑得远了，跟舅妈一起去阿联酋洗盘子了，两年也不回来一次。他们都有一个小孩儿远在十多里外的镇上上初中，住校。两家还都养着一条狗，是看家的土狗。水花家的是公狗，大车家的是母狗。主人们各忙自己的事，有时交往也隔着垛墙，互不照面。两只狗就随意多了，它们天天厮守一起，公狗随时随地爬上母狗的身体，随心所欲。

垛墙的高度有一人高低，人走在墙外刚刚能看到头顶。大车在院里忙碌的时候，水花能看到一个光头的顶盖，像一只甲壳虫在飞。水花在院里走的时候，大车能看到一条马尾巴在跳舞。如果这情景出现了，大车会隔着垛墙喊："哎，留旺家的，用用你家斧头。"唤作留旺家的水花就会把斧头递过去，大车用完再递过来。水花遇到做了好吃的，也会喊大车哥，我做了这个你尝尝。水花立脚站在墙这边，用碗扣到墙外面伸过来的碗里。

立春刚过，水花家的花生地该翻了，大车开着他的拖拉机突突一晌，地暄腾了，畦也耧好了，只等春雨一来，马上点种。麦收和秋收，大车也是顾不得自家，先把水花家的抢回家。水花给大车钱，大车说啥也不要。水花也有的回报。她洗衣服的时候，会隔着墙头喊一声："大车哥，有衣服吧。"

村里有人说，水花是陵水镇最好看的女人。这个有点夸张。陵水镇五万多人，谁能把人认完。但是，说水花是三里五村最好看的媳妇，没谁打别。那腰身，那脸蛋，一说一笑间的妩媚劲儿，就是放到城里，也是烂漫的鲜花一朵。曾有不少男人夜间打水花的主意，都被大车撵跑。大车保护水花，要给水花看门。

既然谁见了都会动心，想想，这大车和水花墙里墙外，你来我往的，能没点心思？

一天深夜，大车喝了酒，心思膨胀了。大车在墙垛根下垫上几层墙砖，搭梯子翻过了墙。水花家的大狗叫了两声，一看是大车，不叫了，摇着尾巴把他带到水花歇息的房间。水花看见大车，马上明白了他的心思。大车试图拥抱水花。水花拒绝了。水花说："大哥，咱是好邻居，如果那样了，还是吗？"大车停住动作，一下子不好意思了。两人相顾无言。大车默坐了一会儿，原路翻回自家。

以后的日子里，好像什么也没有发生过，大车和水花该借的东西还借，该送吃的还送，该帮工的帮工，该洗衣的还洗衣。两只土狗依然嬉戏打闹，不弃不离。只是，大车家的母狗腰粗了，像怀上了。

又一年的腊月二十八，水花的老公留旺回来了。他们久别如新婚，诉说不尽的思念。水花躺在留旺怀里，说起了大车的好处。留旺听了，觉得应该感谢一下人家。

第二天天一亮，水花和留旺站在墙里，喊大车。垛墙那边的甲壳虫飞过来，伸出一双手，接过留旺给他的两瓶好酒。留旺说："大车哥，过年喝吧。"

街上传来一阵噼里啪啦的鞭炮声，两只土狗也跟着跳起舞来。

海 滩 边

赵悠燕

海滩边。男孩儿蹲在地上，用手使劲儿地把周围的沙子聚集起来，他的面前已经有了一个成形的沙堡，他想再建一座桥梁。

中午的阳光渐渐强烈起来，蔚蓝的海水和天空浑然一体，似乎把地平线吞噬掉了。男孩儿满意地看着自己的作品，他想找个人分享。

不远处，一个男人坐在遮阳伞底下。从早上起他就坐在那儿。男孩儿偷偷地观察过他一阵，他不是在看书就是坐着发呆。

现在，男孩儿走到他身边。他仰靠在椅子上，用书遮着脸。男孩儿看了他一会儿，确定他没有睡着。因为睡着的人呼吸是均匀的，而男人，他宽阔的胸膛起伏不定。

果然，男人掀开脸上的书，看着男孩儿："想跟我说什么吗？"

"大家都在游泳散步，你为什么一直坐在这儿？"

"我觉得这样更舒服，有什么不对吗？"

"可是，如果你到海边来不游泳不散步也不晒太阳，那在家里岂不更好，大海对你有什么意义呢？"

"大海对我有什么意义呢？"男人重复了一下男孩儿的话，似乎在思考。

"嗯，你说得挺有意思。你叫什么名字？"

"我爸妈叫我侃侃，老师叫我周瑞侃，同学都叫我侃子。随你怎么叫。"

男人笑了，"侃侃。哦，你果然很会说话。这名字好，我就叫你侃侃好了"。

"我已经告诉你了，现在该你告诉我了，你为什么不喜欢游泳？"

"我喜欢游泳，我也喜欢大海。我觉得在大海里比在陆地上有趣多了。"

"我知道大海里有很多鱼，我们吃的鱼爸爸告诉我都是从海里捕上来的。可我从来没有看见过一条真正在大海里游泳的鱼。"

"说说看，你知道多少种鱼？"

"带鱼、鲳鱼、鮸鱼、小黄鱼、鳗鱼、青占鱼，还有那个身子扁扁的叫什么来着？"

"你说的是舌鳎吧。"

"是啊，妈妈带我去菜场又认识了几种鱼。那个身子肥壮圆润里面有很多墨汁的叫乌贼，银白色滑溜溜像人的鼻涕的叫虾潺，黑色的长得很难看的叫花鱼。"

“不错，你知道的还挺多。”

“大海里是什么样的呢，是不是还有很多我叫不上名字的鱼？”

“当然，有海马、海牛、海豹、海葵、海星，还有鱿鱼、章鱼……”

“章鱼我知道，我从书里看到过。它的身体滑溜溜的，有很多触角，像鞭子一样，张牙舞爪，嗯，我不喜欢章鱼，它看起来像个小霸王。”

男人点点头，他似乎很赞许男孩儿的比喻，“说得很好，这个写到作文里，肯定会受到老师的表扬”。

男孩儿的脸皱了起来，“可是，我的作文从来没有得到过优。我不知道写什么，老师说起码要写满一页。可是，我写到半页就结束了”。

“这个，”男人说，“你刚才不是问我海是什么样子的吗？它很美很亮，沙质的海底布满了小块的礁石，它们不知道经过多少年的海水侵蚀，变得光秃秃的。在礁石的每一处褶缝里，或是在望不到尽头的水流间，突然会出现一条或好几条大鱼，它们在那儿自在地游来游去。”

“噢，我以为海底很黑很可怕呢。”

“你看，今天天气这么好，太阳的光芒会一直到达海底下，那儿有很多鱼群像队伍似的排着队笔直地疾行，然后又像约好似的一齐来个直角转弯。”

男孩儿贴着男人坐下来，双手托着下巴入神地听着，“那多壮观呢”。他的脸上显出神往。

“你怎么知道那么多呢，你在大海里捕过鱼吗？”

“当然。春天的时候，你会听到海洋里咕咕咕的叫声，那是大黄鱼在产卵；夏天是墨鱼汛，就是你说的乌贼。到了秋天有海蜇汛，不过，菊黄蟹肥，梭子蟹旺发，你看海边那些船上高高堆着的蟹笼吧，就是捕梭子蟹的。冬天是带鱼汛，我记得有首歌是这么唱的。……带鱼鲜，带鱼亮，条条带鱼锃骨亮。”

男孩儿“咯咯”地笑了起来，“什么叫锃骨亮啊？”

“就是带鱼很新鲜看起来很亮啊！”

“大海可怕吗？大人们说，大海里也会死人哦。”男孩儿有些担忧地看了看海面，那儿，有很多着五颜六色游泳衣的人浮在海面上。

“它像一个人，有时脾气好有时脾气坏。好的时候风平浪静，看起来温顺美丽极了。可是一旦发起脾气来，浪高潮涌，就会发生船毁人亡的事情。”

男人的话似乎触动了男孩儿，他们突然间都不说话了，久久地注视着远方的海岸。男人想起那个浪急风高的黑夜，他的十几个船员顷刻间全都消失在冰冷的大海里，只有他，艰难地活了下来。

“侃侃！侃侃！”

“哎！”男孩儿大声应了一下，转过头问男人，“我爸爸妈妈在叫我了，你不去看一下我堆的城堡吗？”

男人说：“我一直在注意你，你堆的城堡威风漂亮极了。”

男孩儿顺着他的视线望过去，“这么远，你怎么看得见？哦，你有望远镜。”

男孩儿恍然大悟地说了一声，跑远了。

男人看着男孩儿跟着他的父母渐渐走远，直到缩成一个点，然后，掀开盖在腿上的毯子，他的左脚膝盖下空荡荡的。他拿起椅子下的拐杖，一瘸一拐离开了海滩。

土地之窟

陈东亮

那个夏天的傍晚，父亲回来了，背着个方形旅行包。包似乎很重，他双手托着。父亲经常失踪，过一阵子再回来。这没什么稀奇。只是他这次失踪的时间，更长些。大概有一年的时间。

父亲立在院子里发呆。正在屋门口做针线的母亲，突然站起来，接着一屁股蹲下去。母亲已没了哭的气力，她或许习惯了父亲的这些把戏。当时，我正在喂猪，懒得搭理父亲。他在我心中，只是挂在墙上的照片。父亲失踪时，母亲每天擦拭那个镜框。这似乎是她每天最隆重的事，小心翼翼的。她把镜框里父亲的眼睛，擦得贼亮。

村里人说，父亲是个贼，和外地的流氓、惯偷有联系。他的“偷盗技术”在别人嘴巴里，被吹得神乎其神。人说，如果你裤裆里藏了宝贝，他在你身边走过，你没有任何感觉，他就能隔着裤子、内裤，偷走你的宝贝。当然，也有失手的时候。父亲失踪再回家的时候，常常挂彩，脸上、身上青一道紫一道的。有次，胳膊还吊在脖子上。

父亲最初被称为贼，和他的喜好有关系。父亲高中刚毕业时，对各种窟窿眼儿感兴趣，那次，他经过镇上的模具厂，发现墙上有个大窟窿，就趴在那里看。结果被人抓住，让他交代“同伙”。几天后，父亲被放回了家。当年的镇革委会头头，就是后来的姥爷，帮了父亲的忙。母亲那时已相中了他。可当时，父亲和下乡知青蔡小溪，正谈着恋爱……蔡小溪接着因为“侵占”公家财物，被捆绑游街。她始终不承认“罪行”，被打得死去活来……接着，父亲同意了和母亲的婚事。蔡小溪不知去向。有人说，她跳河死了。附近的赵王河边，漂起过一具被泡烂的尸体；或者，她逃跑了。

父亲结婚几年后，就开始失踪。父亲的偷盗名声，也随风刮遍十里八村。父亲却不为耻，竟钻研起偷盗这个行当来。他大摇大摆失踪，大摇大摆地回来——

那天傍晚，失踪一年后，终于出现的父亲，双手合十，在“天爷爷”那儿磕头。他没有搭理母亲，接着出门了。对父亲的进家又离家，母亲表现得很愤怒。父亲去了村东的牛肚坡，土坡十几米高、几亩地的样子，上面有个茅屋。坡北侧还有个荒废的鱼塘。坡上草很茂盛，父亲缩进坡上的茅屋里。接着，有村人告诉我们更细致的事——父亲那天进家前，本来是先到了东边村口，却绕远从西面进了村子。而且他进村子时候，高抬双腿，嘟嘟些声音，举着旅行包，胳膊往前伸直，颇有军乐队的仪式感。我们村子的风俗，迎娶新娘是“出东进西”，这有些奇怪。

第二天晚上，母亲开始惦念父亲了，让我去了牛肚坡，给他送些吃的。

月光有些淡，星光满天。父亲竟然在坡上高唱情歌，一首接着一首。都是多年前土掉渣的老歌。后来，父亲发现了坡下哭泣的我。父亲摸着我的头说：“孩儿啊，爹得了看不好的病，我不配当你的爹。爹不是个小偷。但是，这是爹经常消失最好的理由……”我不明白父亲说的什么，气呼呼地走了。几天后，父亲又失踪了。旅行包丢在坡上的茅屋里，里面什么都没有。

我和母亲又陷入绝望——

就这样过了十多年，父亲再没有回来。

直到去年牛肚坡开发，因为迁坟的事情，政府领导找到我。牛肚坡南侧，是我祖上的坟地。事情谈妥后，开发商开挖牛肚坡时，竟然在土壤里面，挖出具蜷缩着的尸体，已高度腐败，近乎骨骼，似乎抱着个骨灰盒。盒子封闭性很好，打开，里面竟然有骨灰和一摞照片。照片上全是父亲和那个知青蔡小溪的合影。照片上的蔡，坐在小吃店。照片背景出现了很多地方：济南，大连……

事情轰动了全县。有人说，他骗了所有的人。他出门回来身上的那些伤疤，肯定是蔡知青的男人打的；有人说，什么偷东西啊贼啊，掩盖偷人罢了。

可是，我想不太清楚。

这段日子，父亲常在我的梦里飞。他的“恋人”去世了，他弄来人家的骨灰，飞进了牛肚坡，飞进了土地里。他或许制造了塌方，把自己装进了土地的“窟窿”……

我常到父亲的坟上去，那里有块青砖，我会用粉笔在上面写字：父亲陈世界之墓。一直写，不停写，砖上白茫茫的一片，直到写出我满眼的泪水。

红　鸾

化　云

“唉！”一声长叹，红鸾把百种愁肠万种哀怨都绾了，拖着虚虚弱弱的身子进了梨香院。

冯妈妈把红鸾拉到灯下一照，虽然是破衣烂衫，脏兮兮的小脸儿，依然看得出大眼睛高鼻梁小嘴巴，是个美人坯子。冯妈妈伸手往那腰肢儿上一探——嗬，好一棵摇钱树。

“怎么到这步田地了？”“和爹爹走散了。”

“为什么进了这院子？”“想活！”

“是个敞亮人儿！”

红鸾又说：“求妈妈赏碗饭吃，愿意干烧茶扫院的粗活儿。”

“妈妈的心肝儿宝贝，妈妈怎么舍得？那样的活儿岂是你干的？”冯妈妈喊了一个叫俏儿的小丫头，吩咐扶了红鸾去沐浴更衣吃饭。

红鸾再回到冯妈妈面前，冯妈妈喜得眼睛都眯眯起来了。

锦衣玉食地养着。俏儿就每天伺候红鸾，俏儿是个俊俏机灵的小丫头，红鸾整天煮茶弹琵琶，铮铮纵纵，听得人也百无聊赖。红鸾闲了就问俏儿：“来几年了？”“三年。”

“怎么就来这儿了？”“和爹爹走散了。”

红鸾心猛地颤了一下，就不说话了，那琵琶声也铮铮纵纵没了曲调。

转眼三个月过了，红鸾的脸蛋儿更滋润，白里透红。

冯妈妈说：“城里有个惹不起的主儿，妈妈的宝贝儿啊，见了吧！”

红鸾什么也没说，低着的俊脸抬起来，就点了头。

俏儿说：“姑娘可真是顺妈妈的意，别的姑娘都要寻死觅活地闹腾。”

红鸾摆弄着一只精巧玲珑的小杯子，说：“寻死觅活又如何了？绝食上吊抹脖子，咱不是都见了？凡是进了这个院子的，哪个不是从了？何况我自己进的院子，何况我是想活呢？”

俏儿不说话了，眼泪吧嗒吧嗒掉下来。红鸾知道，俏儿在哭她自个儿，俏儿十三了，离见客的日子能有多远呢？

红鸾成了梨香院里头牌的姐儿。

红鸾长得招人疼，又放开了脸面，有时浓艳妖冶，有时淡雅端庄，有时歌舞助兴，有时琵琶解忧。红鸾会从男人们腰包里掏银子，有一个个挺胸叠肚的男人走进梨香院来，被红鸾伺候得妥帖，直到银子抖尽了，也有一个个垂头丧气地被扫地出门，红鸾倚着门边儿咯咯地笑，男人们威风扫地，看着红鸾那张妖冶的脸，却怎么也恨不起来。

冯妈妈说：“乖女儿，大客户来了！是一个姓聂的客人，是个绸缎商。”

红鸾说管他是哪个，但凡有银子的，就进屋吧。红鸾把一只白白的手转动着一只剔透的小杯子，客人进屋了。

聂客人一眼见了红鸾，眼泪竟哗哗地流。

冯妈妈一拍大腿，“完了，红鸾留不住了！”

红鸾垂着眼皮，咬着嘴唇，手里还在转动那个剔透的小杯子。

等那客人收了泪，红鸾说：“我活着，就等着问你这一句，强盗来了你就打晕我，是怕我拖累你跑不脱？”

那客人的眼泪又下来了，“打晕你，是舍了我的命想让你活。”

“我原地等了三天，饿得要死了，你哪儿去了？怎不见你寻我？”

“被强盗抓去窝子里，十几天才得逃脱。散了多少银子也找你不到啊！”

“哦！”红鸾的眼圈儿红了，咬了牙没有落泪，“原来，我恨错了。”

“回家去吧！”

“我还回得去吗？”

“咱有的是银子，爹赎你！”

红鸾手中的小杯子砰然落地，“赎了，除了辱没家门，还能有什么活头儿？”一手拉过俏儿，“磕头！叫爹爹！”俏儿傻傻地磕头。

“带她出去吧，趁着还是个干净的孩子，就当是我吧。替她寻个好人家，生个孩儿——别再丢了，丢了的就再也回不来了。”

红鸾硬生生地推两个人出门，那硬生生关上的房门说也叫不开，满院子的人都听见红鸾号啕地哭，撕心裂肺。

聂客人跺了跺脚，出了银子，拉着俏儿上了马车。

第二天的红鸾依旧是笑脸浓妆地去见客。

院里的姐儿们都点点戳戳——这个贱坯子，亲爹来赎了都不出去，怪不得当初自己进了这门子，也难怪不哭不闹就当了姐儿。

三五天的光景，红鸾竟死了。红鸾就在自己的香榻上美美地躺着，像是睡着了。

冯妈妈说：“怎的没病没灾地就死了呢？”一会儿又说，“连根都没了，许是不想活了。”冯妈妈自言自语着，“不想活了，就死了。”忽然一声长叹：唉！

一人二人

赵长春

梧桐树有两种，本地梧桐和法国梧桐。本地梧桐直，水青色，叶大，梗粗；法桐没有本地梧桐高，灰白色，枝茎多，叶儿也较小。古典“叶落知秋”，指的就是我们本地梧桐的落叶，一入秋经风，就落了。法桐不，叶子能经秋风能经霜，落得晚和迟延，有的叶子甚至到了来年春天，被新叶子顶落，才入了土。

王梧桐的名字是因着法梧桐。生他的时候难产，他爹妈包括他爷奶都急得要命。那时候条件差，整不好，娘奔死儿也奔死。就在这时候，秦普仁刚好来小村买东西。读过我的一些笔记的作者可能还有印象，我们小村叫呼滹，临着方清公路，有一个供销合作社，方圆十里八村的人来买小东西——巧，正在王梧桐的妈哭天抹泪的时候，小秦庄的秦普仁来买盐。他是个赤脚医生，就被正要往城里送老婆的王梧桐的爹拦住了，好歹先给看一下。

紧病慢先生。“先生”是我们袁店河上下对医生的敬称，得读成儿话音才有味道。秦普仁也这样，不着急，把脉，听音，就让王梧桐的爹去找片梧桐叶，大火熬水，喝了，试试看。那时候，梧桐树稀罕，有人就说，河湾里有一棵，可高了。秦普仁说，落到地下的叶子就中。王梧桐的爹就要往二里远的河滩跑，秦普仁说得法国梧桐。大家都愣住了。秦普仁说你往县里去，到城西关口就中，见梧桐树，捡一两片树叶儿回来。

那时候，法国梧桐还真是稀罕物。队长就推出了村上唯一的自行车，往返六十来里地，王梧桐的爹一身汗水，竟抱了一怀的梧桐叶。秦普仁就用了一两片，投进滚水头……王梧桐的妈喝了水，一两分钟吧，王梧桐就滑在了他奶的怀里！王梧桐一家谢秦普仁。秦普仁说，我也是一试。法桐叶耐枝，不好落；被风吹下来的含蓄着秋风的凉气，助产。

王梧桐的爹听不懂这些，不管，只是狠劲儿地在供销社灌了五斤红薯干儿酒、称了二斤大青盐，送给秦普仁。秦普仁坚决不要，只是喝了一碗桐叶水，“我这两天上火，便不通，也正想要这味药，嘿嘿……”王梧桐的爹将剩下的法桐叶用纸经子缠绕得紧紧的，放在屋梁上，说，神药！秦普仁的名儿在袁店河上下传开了。

秦普仁其实早有名气，不过不在医，在他的怪。他习武，天天早上到袁店河边走一趟八卦掌。他说，医武相通，习医之人当习武，疗效大不同。秦普仁习医是自学的，针灸，就是喜欢，也没有人教。他在红卫兵收缴起来第二天要烧的书中找寻出老医书，用两只老母鸡换了，包上《毛泽东选集》的封皮，放在床头的小柜子里，认真地看，然后在自己身上试针、拔罐、刮痧，摸索着学。还有一些草药，试着下量，先自己吃，有时候嘴㖞眼肿好几天。

秦普仁的怪成为人们的笑谈，特别有人当着他的面这样说时，他一笑。那笑，有些冷有些傲有些睥睨。“睥睨”一词是有着深厚私塾底子的王清波说的，等我读到了大三，才知道这个词语的些许意思，但总是读不准音。

后来，秦普仁就离了袁店河，到城里再到南阳再到郑州最终到了北京，一根银针打天下。很偶然，在一家很有分量的中医药杂志上，我看到了有关他的报道，特别是他的针灸“三通疗法”：微通、温通、强通。他有着八卦掌的底子，进针时跟了功，“心行意，意导气，气运针，针通经”，厉害得很！

秦普仁也回袁店河，总是悄悄的。有一回八月节前后，正在河边放羊的王梧桐见一长须老者，舒缓地打了一通拳，问了他几句话，并问了他一个名字，王梧桐想不起来。晚上，灯下，王梧桐给他爹一说，王梧桐的爹有些急，“那是你爷的大号啊！你就知道他叫王老七……”王梧桐的爹就问来人的相貌和后来的情形。王梧桐说没在意，反正会打拳，接着上了停在袁店河大桥上的一辆小轿车。王梧桐的爹拍大腿，“肯定是秦先生！修大桥时人家从北京送回来一麻袋钱！”瞅着梁头上那包法桐叶，王梧桐的爹感慨好大一会儿。

秦普仁和王清波相熟，因为呼滹小村像他们这样八十来岁的人不多了。去年春节，王清波叫我看一个拓片，是秦普仁的一方闲章，阴文，很古朴。王清波说是京城一个高级领导送秦普仁的，秦普仁用针治好了人家的老毛病。那领导用一块很好的玉料，请一刻印大师，治了这枚印：一人二人。

王清波说，秦老先生问我是啥意思，你说说？

一人二人，一人二人，我琢磨了一个晚上。第二天一早，我去找王清波，“老师，是‘大夫’的意思”。

我知道王清波在考我，他是我的启蒙老师，没少在我春节回老家时，给我出这样的题目。我觉得我找到了答案。

王清波坐在很古式的太师椅上，看了我好大一会儿，摇头晃脑，昏花的目光中略略有些赞许，“再给你一个晚上”。

可我实在没有想出，我再去王清波家时，他刚写了一个大斗方：大仁。敬送普仁兄。壬辰年冬月

大仁！

秦普仁准备在袁店河投资建一所针灸学校，免费传授他的“三通疗法”，当之

无愧!

王清波捋着胡子，说，一字一句。

树　神

戴智生

三爷爷受人尊崇，不完全因为年龄。当然，如果论年纪，他是后湾村最大的。后湾村长寿的老人不少，都彷徨在八十四岁的“坎”上；三爷爷九十有二，身体仍然硬朗。他除了缺几颗牙，面颊稍往里陷外，鹤发童颜，看上去真有点仙风道骨的样子。

他的辈分也是最高的。

但这都不是他受人敬重的全部理由。

三爷爷没学过医，也没访奇方异术，却能治多种疑难杂症。有人无名肿痛，三爷爷“神仙手”隔空抓几次就好了；小孩受到惊吓，三爷爷会“叫魂”。最奇婴儿半夜啼哭，家长请三爷爷抄写三张字条，“天惶惶 / 地惶惶 / 我家有个夜哭郎 / 过路君子念一遍 / 一觉睡到大天亮”。分别贴在村前村后，婴儿半夜就不哭了。

字条人人会写，但都没用，只有三爷爷一笔一画的欧体小楷，才灵验。

有人背地里说，那是迷信。

话传入三爷爷的耳朵，他不恼。他说，信则灵不信则不灵!

如果说三爷爷就这点本事，那一定小瞧了他。他年轻时确实有过奇遇，一位化斋的老和尚路过后湾，见他乐善好施，便带他回山庙传授了一个秘方，专治跌打损伤。

秘方其实不秘，大家都知道就一味草药，即寄生在樟树枝干上一种类似苔藓的植物，俗名“骨碎草”。但别人不清楚药引，更不懂推、拽、按、捺等手法。所以方圆几十里，有人伤筋动骨、脱臼骨折，多求于三爷爷。

三爷爷的正骨方法，比医院动手术、打石膏更省事、更实效。也可能因为，三爷爷接诊不收费，这是老和尚交代的，他从未违背。不过，有样东西三爷爷来者不拒，就是挂在堂前密密麻麻的各种锦旗。

也有人事后销声匿迹，三爷爷也不计较。

只要患者找上门，三爷爷总是仔细检查，一阵拨拉牵引，再用捣药罐捣烂新鲜的骨碎草，敷在疾处，喂下药引，轻伤者三天痊愈，重伤者十天半月也有明显好转。

诚然，骨碎草也是关键，它生长的地方不同，药效绝然不同。骨碎草只生长在樟树上，樟树大凡也会寄生骨碎草。后湾四周有成片成片的樟树，唯村口一棵大樟树上的骨碎草最神效。

这是一棵古樟，树龄逾千年，主干需四人合抱，虬枝曲而舒展，叶绿茂密，覆盖面积几近两亩，气势磅礴雄伟。正因为该树古老苍劲，村民历来都信奉它为神树。树底下原来还有一座土地庙，供奉“社公”的牌位。有人患重病，或家禽出现瘟疫，就去大树底下献贡品、挂彩幡、烧香放鞭炮，据说每次都会逢凶化吉。

三爷爷肯定相信法力无边，他也认为自己治病一定有神灵相助。

至于是树神显灵，还是社公保佑，就不得而知了。

谁又说得清楚呢?

何况，这里的一切发生了翻天覆地的变化。

城市建设日新月异，后湾村距新城区两里地，早列入统筹规划。村外成片的樟树被命名为森林公园，土地庙迁走了，古樟底下砌了一个偌大的花台，周围铺满了草坪，已然是一个特色景点。

后湾村热闹了，休闲的市民，慕名而来的游客，每天络绎不绝。这里零售业也应运而生，古樟旁边搭起了一排小屋，经营各种小吃和纪念品，生意火爆。

其中有家古玩店兼营骨碎草，二十元钱一小包，现采现卖，供不应求。店门口竖起一块醒目的招牌：灵丹妙药有备无患！

村里人告诉三爷爷。他一惊，小步跑过去，对着树上的人作揖，一边说，快下来快下来，不要糟蹋了这些东西。

商家并不理睬他。三爷爷也无法，那毕竟是人家的一条财路。

三爷爷到底年纪大了，很少离开家门。即有一日，老城区一位老太太在家摔裂了盆骨，动弹不得，因她患有高血压，医院不敢贸然动手术，子女就把她抬到了后湾。三爷爷诊视了一下老太太的伤情，觉得不难应付。他从里屋拿出蒙了一层灰尘的捣药罐，让人搬把梯子去村口的古樟底下。

架设梯子前，三爷爷习惯亲自焚香礼拜。仪式虽然简单，那是对树神的敬畏。

古樟依然巍峨，只是树干光滑如镜，看不见一棵骨碎草。三爷爷望树兴叹，无可奈何地掏出几粒丹丸，交到老太太的儿女手上，说：“回去用米酒熬水送服，赶紧送你们娘去大医院吧！”

贵客来临

高沧海

初二，媒人递信儿说，初六大李庄要来人。

我爹当然知道大李庄来人事关重大。

但我爹是个疲沓主儿，“初六，还早着哩！”

我爹手搭凉棚看天，这日头也是个贫命，你就是这天上的皇帝佬，何不坐床上，喝一碗玉米糊糊肉末粥，再喝一碗红糖水冲鸡蛋花，穿大袍子蹬皮鞋，不忘提瓶好酒，比如沂河白干，慢慢来上天，没人会嫌你懒，偏偏急三火四，让人一睁眼它就挂天上好几竿子高，容不得人好好喝一碗玉米糊糊粥。我娘催我爹：“日子定了，那就按媒人说的来，快去他姑家和他奶奶家拉几口缸顶数，问问肖大家里的，把她家的猪赶到咱圈里来，还有，豆地里的草该比豆还高了。”

我爹捧住脑袋，“你烦不，还让人好好吃饭不，糊糊粥，糊糊粥，啥时能见天喝上碗红糖水冲鸡蛋花”。

红糖水冲鸡蛋花是我们这里待客的最高规格，得是贵客上门。

即将来的大李庄女女家，就是贵客。

大李庄的女女家相中了我哥，我哥当兵去新疆了。女方家上门来访是我们这里的规矩，人家金疙瘩银疙瘩的女女将来要在这里生活一辈子，一个锅里摸勺子的是什么样的人，走什么样的街，住什么样的屋，父母兄长都要一一把脉。看中人在相亲的过程里只占了三分，看看家庭是否安康富足和睦，又占三分。有了这六分，女方家便可坦然喝下男方准备好的红糖水冲鸡蛋花，高声说笑，谈婚论嫁，皆大欢喜。否则，人家会抬头看天说，日头高咧，田里的草要锄咧，圈里的猪要喂咧，恁桌上的红糖水冲鸡蛋花怎样鲜艳夺目，香气扑鼻，人家眼皮也不抬，迈脚就告辞，不管媒人的一脸灰。亲事到这份儿上，十分里六分清零，基本就算黄了。

我娘对我爹说：“等事都办妥了，初六那天，有你喝的。”

我爹说：“到他姑家到他奶奶家，就这几脚路，缸盆那啥的，我一霎儿就办得，回头遇上肖大家的，我给她说说，我只给她一说借她家的猪使使，一说就中。”

我爹说：“才喝了一碗玉米糊糊粥，清肠寡肚的，好难受，我喝口酒，喝口酒耍耍它。”

爹喝了酒，一头栽倒在炕上，直睡到红日西沉。

初三，我爹把最后一口酒倒进肚里，用筷子从已空了的咸鸭蛋壳里掏了三掏，又舔了一嘴后，大门响了。

天哪，大李庄的贵客来了，大李庄的贵客，提前来了。

大李庄的贵客在堂屋里转了一圈，我娘挣扎着从黑乎乎的床上抬起身来，为首的贵客伸出双手握住我娘的手说："大嫂，你身体不好，莫起来。"

没有传说里的十口大缸，每口缸里都装着满当当的粮食，没有画着喜鹊登枝的红塑料壳绿塑料壳暖瓶，没有镶着红梅花的茶壶茶杯，更别提缝纫机收音机了，油渍麻花的小方桌上，只有倒着的一个破酒盅，一个掏空的鸭蛋壳。喝得歪歪扭扭的我爹扶着门框说："不对，日子不对咧！"

贵客们交换一下眼神，来到院子里，猪圈里没有传说中的肥猪，也没有成群的猪崽儿。

我奶奶听说贵客来了，举着包红糖风一样赶到我家。贵客站在猪圈边拱手说："老人家，日头高咧，田里的草要锄咧，圈里的猪要喂咧，告辞。"

白花花的太阳照着猪圈上的茅草，照着猪圈边上的一卷钱，是钱，真真切切的钱，我爹即便站在十步开外闭上眼都能嗅到钱的味道，他捡起来，一时通往村外那条路上风起土涌的都是我爹变了腔调的喊声："钱，大李庄的钱，大李庄的钱掉了！"

大李庄的贵客很镇定，为首的贵客淡淡地摆摆手，说他们谁也没掉钱。

我爹说："可是，可是……"

贵客说："回了。"

我爹蹲在猪圈边抱着头，二十块钱哪，小学校里的邱麻子邱校长一月才使多少钱！我爹仰起脸，他闭上眼睛，一手沂河老白干，一手红糖水冲鸡蛋花，神仙呀！

我爹笑了，攥着钱，又呜呜地哭了。

我爹用我奶奶拿来的那包红糖冲了三碗鸡蛋花，他一碗娘一碗我一碗。爹一气儿喝光了那碗鸡蛋花，一抹嘴，出去了。

爹用那二十块钱，买回来两头小猪崽儿。

两年后，正如媒人说的那样，我家每口缸里都装着满当当的粮食，有画着喜鹊登枝的红塑料壳绿塑料壳暖瓶，有镶着红梅花的茶壶茶杯，肥猪满圈也就罢了，更重要的是，还有一台让人看不够爱不够的电视机。

大李庄的女女嫁过来了。

我哥悄悄说，女女她爹一高兴没留住嘴，如果爹那天捡了钱，没有追出来，这亲事就算黄了；即便追出来，却又买了酒吃，这亲事也算黄。女婿家穷，倒不是最要紧，要紧的是人不能落了架。

画　　医

白　秋

北海市博物馆有三大镇馆之宝，其中一件就是郑板桥的《竹石图》。奇怪的是，这里有一模一样的两幅，品相毫厘不差，任谁也辨不出真假，成为当地一大奇闻。

所谓好奇害死猫。作为小城跑文化圈的“名记”，我想弄个端详，高人指点，这得找“画医”。没人知道，画医从何时起干这一行当，但就他能让霉烂蠹蚀的古旧书画“妙手回春”，被誉为远近闻名的画医，那肯定是有两把刷子的人，不含糊。

初见画医，就觉得他有故事。一袭泛白蓝布大褂从头罩到脚，花白头发像个鸟巢，杂乱无章堆在肩上，黝黑脸上只有一对黑多白少的眼珠活力四射。本身就像个文物，再加上老人双手捧着一张破旧不堪的年画，纸张已经泛黄，边角破碎凋零，顿觉时空倒退了四五个世纪。

这张年画是一张扑灰样稿，比我爷爷的年龄还要大，估计是清末民初的作品。要想它恢复原样，起码需要一个月的工夫。画医用手小心翼翼地指点着每一点酥脆的画芯，像触摸刚刚出生的婴儿般，满眼欢喜。

他先在桌面上喷上了一层水，接着将一层薄塑料抚平铺上，然后将破损的年画翻盖在上面，毛笔沾水抚平褶皱的地方。全身心地投入进去，浑然没有把我这个名记放到眼里，只管絮叨捯饬。

“老先生，我这次是为了博物馆那两幅一模一样《竹石图》来的，您能给我介绍一下它们的由来吗？”

看来我不点明话题，还不知道他啰唆到什么时候。

“哦，慢待客人了。对不起，对不起。”画医这才醒过神来。

“那两幅画都是真的。”

“怎么可能？凭我的经验，成名画家都有自己的独特个性，万分珍惜自己的名誉。郑板桥什么人物，他能跟现代某些画师一样，搞些大同小异的作品胡弄人。”

画医听说，半天不语。“信不信由你。”他眼睛白眼球渐渐泛多，嘴角一斜，抛出了一番话，让我大开眼界。

“那年，新博物馆长刚上任，从库房里发现了这宝贝，拿来让我看。我研究了半年，断定，这是一个年代的作品，是后来人进行揭裱的结果。

“揭裱，懂吗？就是把一幅老画重新装裱一下。运气好，可以把一个原件裱成两幅作品。以前，有一种“夹皮宣”，分为二层夹、三层夹，吸水性、平整性特别好。它能够分开，揭开后，每一层都能显现原作面貌，只是颜色略有区别，加笔一描就完全一样了。

“这两幅因为年代太久，一般人分辨不出前后，也无论真假了。不幸中万幸，两幅作品凑在一起了，若不然，还不知要制造出多少冤假错案。”

“真的，还真有这种情况？”

“真的假不了，假的真不了。前段时间，听说他们还进行了碳十四验证，也没有异议。”画医很得意，话语自然多了起来。

“我原先也不是靠修复字画混饭吃的。我们上去几代人，都是做扑灰年画生意，我一心将这门手艺传下去。只是看见那么多祖辈上传下来的好东西破损严重，毁了觉得可惜，这才试着修复。不知不觉，找到诀窍的。

“时代不同了，现在没有几个人喜欢扑灰年画，反而愿意收藏古董，修复旧画。真没想到，这买卖反而好起来了。这不，我儿子也跟着我学医画，当画医了。”老人愉悦心态一览无余。

“您天天鼓捣这个玩意儿，就没跟着前人学学，在揭裱上做文章。像那《竹石图》一样，给自己留下一点好东西？”我灵光一闪，没忍住，把自己的坏心眼给透了出来。

老人脸色陡变。“你这像话嘛！人，要讲良心。医画，先要医心。我看你也需要治一治了。大半辈子了，这种事我从来就没干过。你一个小青年，一霎工夫就想这么多。你走吧，我不欢迎你。”

“别别别，老人家，我也就是说说而已，您别上火。”我赶紧打哈哈，希望能把他的火气给压下去。

“要说一点没想，也是假的。”画医缓过神来，接着说。

“每天都有天南海北的业内人士找上门来，说一幅画修好了，价格百倍千倍增加，有的甚至能到上千万。我就想，怪了，它们哪个地方值了？你说，这好东西能是个人的？人撑死，能活三万来天，还能带进棺材里不成。

“我觉得，好玩意儿都是大家的，越多人看懂，越多人受益。憋在自家手里，迟早是个祸害，所以我从来不稀罕这些东西。”

“我再问您最后一个问题。博物馆里那两幅画，以您这造业，真看不出真假来？”

老人脸上突然露出一丝不易觉察的微笑。“你一定要分个是非的话，也行，区别就看郑板桥题写的那首诗。”

是那首：

咬定青山不放松，立根原在破岩中。
千磨万击还坚劲，任尔东西南北风?

对，那个根字出问题的，可以说是假的！

七　　日

孙艳梅

老林上了车，又跑下来问她："你自己在这个山旮旯行不行啊？"她烦躁地摆摆手："走吧走吧，我一个人静一静。"

奔驰把老林拉走了。她长舒了一口气，慢腾腾地回到那个红砖青瓦的院落。把一张竹椅子从屋里拖出来，像猫般蜷里面。

她一个月之前开始失眠。其实什么事情都没有，忽然就睡不着觉。躺床上，眼闭着，脑子醒着，早上起来糨糊般。没多久，光滑的脸上出现了黑眼圈和大眼袋，烦死了。

她这棵摇钱树失眠，老林也很着急，打听了一秘方，寻个山清水秀的地儿，待上一阵子，养养就好了。

初春的太阳照身上暖洋洋的，她想若能睡上一觉多好啊！她太迫切需要一个睡眠了，哪怕一个质量不高的睡眠。可眼闭着，脑袋还是醒着。

隔段时间，东墙头上就露出一个脑袋，她知道女房东正踩凳子上，踮着脚窥视她。那个细腰大腚的女人，老公和儿子都在外面打工，她窝在村里，对外来的一切人或事物都感到好奇。

直到院里暗下来，她也没睡着，起来，活动活动腰肢。东墙头上那个脑袋又露出来，这回露得光明正大。"哎，我看你一天没吃饭了，我做的渣豆腐，你来碗？"

她冲墙头点点头，一会儿墙头上出现一个碗。

次日，她顶着黑眼圈和大眼袋，在村里闲逛，村里静，只有老人和孩子，壮劳力都进城打工了。她有些烦躁，村口有一头老牛，如秋水的眸子盯着她，她也盯着牛。奇怪，一直到晚上，细腰大腚也没露面。

第三天一大早细腰大腚就来敲门，一扭，拐进院子。细腰大腚挎了个篮子说："咱们去挖荠菜吧，回来蒸包子吃。"她知道村口的大片麦地里，有着一棵棵肥美的荠菜，但她不太想和细腰大腚这种农村妇女一起挖。"关在家里，会憋出病的。”细腰大腚不由分说提了她包就走，“你喊我国他娘也行，喊我小名枣花也中。”

包在枣花手里，她没办法只好跟着。脚跟脚到了地头，枣花扔给她一把铲子。

太阳升到头顶的时候，她和枣花都累了。枣花一腚坐地头上，她起初蹲着，越蹲越累，便也像枣花一样一腚坐下来，舒坦极了。

歇够了，两人起来，腚后面都有一坨圆滚滚的泥土印子。

荠菜包子像一朵朵花儿盛开在蓖笼上，她一口气吃了四个。数年来为保持身材，她晚上除了吃点维生素药片，从来是不吃饭的。

撑到嗓子眼回去，躺床上，意识模糊起来。她暗自欣喜，睡意啊我等得你好苦。摊开身子，预备昏睡一场。这时候门被敲得山响，枣花又来了，这回她带来一台录音机，打开开关，一首“恰恰恰”的歌满屋回荡，声大如雷。枣花在“恰恰恰”里边乱扭边说，吃饱了就睡，会变成猪。她好不容易攒的睡意跑得无影无踪，有些不悦，便说，这样的日子简直是行尸走肉。

她以为枣花听不懂，谁知枣花不但听懂了行尸走肉，还反驳她说：“我才不是行尸走肉呢，我是我们村戏社的台柱子。”她好奇地问：“你会唱戏？”枣花骄傲地说：“昨天没见我吧？我去排戏了。”

第四天，她跟枣花去戏社。戏社在排练京剧《锁麟囊》，枣花扮薛湘灵，唱功还不错，就是光忘词。枣花告诉她，过几天他们要去养老院演出。枣花还给她申请了一个丫鬟的角色，丫鬟有对白无唱词。

第五天她们正排练的时候，来了一个肥男人。男人说他的厂开业，想让戏社去演出，价钱好商量。被枣花他们一口回绝，原因与养老院演出时间上有冲突。男人走后，她问：“你们不想挣钱吗？”枣花说：“谁跟钱有仇，但人两脚，钱四脚，人追钱跑，会累死的。”

第六天，她在戏社当小丫鬟。枣花说：“明天登台时，看到底下黑压压的人，别紧张，权当是一棵棵大白菜。”

第七天，去养老院演出。当她正在后台化妆时，老林来了，一把拽住她，让她赶紧换衣裳走人，说晚上有场演出，合同都签了。老林说，人家出了很高的价钱，就想听你唱《锁麟囊》。她看了老林一眼，什么也没说，袅袅婷婷走到前台去了。

演出中，枣花又忘词了，她站在身后小声提示，枣花很意外地悄声问她：“你也会唱？”她点点头。到下场时，枣花就和她换了衣裳，她站到台上对着那些孤寡老人水袖一舞，唱道：“怕流水年华春去渺，一样心情别样娇……”

台下的经纪人老林气急败坏地说：“疯了，一个省里有名的旦角，堕落至此。”

演出结束，她被老林一把塞进奔驰里。老林叮嘱司机开快些，时间来不及了。她坐在副驾驶想，无所谓，真的无所谓。困意像大雾一样弥漫全身。

好想有艳遇

徐永辉

德光和文竹的相识一点都不浪漫，还差一点擦肩而过。

那是一次驴友聚会，他们都是第一次参加。文竹个头不高，身材和脸蛋虽不难看，也不出彩，走在大街上就像一滴水游荡在河里。

宴会进行到一半的时候，德光起身去洗手间。由于走得急，进门的时候差一点和出来的人撞到一起。他定睛一看，原来是坐在斜对面的女人，赶紧赔着笑脸说："不好意思。"

女人扑哧笑了，"有啥不好意思的，再说，即使撞上也不能全怪你"。

德光忍不住，又笑了，想，这个女人怪有意思的，就留意她了。还真发现了新内容：她的眼睛、嘴巴、鼻子，单独看都没有新意，但组合在一起就巧妙了，像事先量好了尺寸一样。身材不胖也不算瘦，起伏有致，荡出一圈圈风韵。

女人的目光也不时抛洒过来，交会在一起的时候，德光就笑笑，她也笑笑。德光心里便一阵阵波澜起伏。虽然媳妇温柔，孩子可爱，家庭生活幸福美满，但是，德光心里仍然流动着淡淡的渴求——艳遇一位别致的女子。

女人活泼，风趣，不断提出一个个活跃气场的好点子。聚会高潮起伏，笑声牵牵连连。德光的心更荡漾不止，目光如蝴蝶采花一般围着她上下翻飞，两个人激情缠绵的画面同时在脑海里一次又一次上演。

后来聊天的时候文竹说："我一开始就留意你了。"德光有点意外。文竹笑了，说，"你喜欢笑，又不是那种假笑，特别耐看，我可喜欢了，来，笑一个。"

曲终人散的时候，大家互相留了联系方式。德光才知道女人叫文竹。"你一点都不'文'，倒像棵武竹。"熟悉了以后德光取笑她。

文竹笑了，也真是的，我从小就好动，上墙爬树，没有不敢的，人家都喊我假小子。

让德光更惊喜的是，两个人离得竟然不远，只隔着几条街区。除了在网上联系，德光还偶尔到文竹所在的小区附近转悠。真的遇到过几次。

文竹的名字就在德光心里越扎越深，几次想和她开几句不咸不淡的玩笑撩拨一下，都忍住了。

这天下午，德光说，听一位驴友说，温县的房山现在开发得不错，问文竹明天有没有时间过去转转。这是德光第一次单独约文竹，心扑腾扑腾乱跳。没想到，文竹答应得很利落。

半上午天就热了，德光和文竹都脱了外套。文竹的短袖是紧身低领的，胸前不仅更加突兀，还露出白花花的半球边缘。德光再也无法淡定了，尽量往她身边靠，目光顺着中间的缝隙往下钻。正浮想联翩，文竹突然推了一把他的脑袋，“小心绊倒了”。

德光一下子醒悟过来，脸腾地红了，站在那儿，上也不是下也不是。

走了几步，文竹又回过头来催他：“走呀，憨了？”

文竹还和原来一样说说笑笑，德光心里的包袱才渐渐放下来。突然，文竹冲他摆摆手，身子一矮，蹑手蹑脚往近前的一棵树凑过去。枝叶间，两只鸟正在热恋，一会儿脖子纠缠在一起，一会用嘴巴互相梳理着羽毛。

拿出相机的同时德光又一阵心旌飘荡，暗暗骂了自己一句，没志气，不能见好脸色，胳膊却不听话地往文竹腰里揽过去。德光的胳膊慢慢收紧了，转过脸，嘴巴正在犹疑的时候，文竹笑笑，一把推开了他。

终于到了山顶。

高昂的山头忽然被劈开了，峡谷宽阔，曲折幽深，望不到尽头。悬崖几乎是垂直的，乱石嶙峋，斜刺里生长着零星的小树。

德光被深深地震撼了，一阵窒息。他张开胳膊，昂起头大叫起来，啊——身子一摇晃，不由得往前跨了一步。脚踏空了，德光直坠下去。幸好下方不远处有一棵小树挡住了他，德光死死抱住了树身。

文竹脸色煞白，傻傻望着他。

德光大叫：“快，快想法把我拉上去。”

文竹一下子醒悟过来，在周围团团转着寻找东西。

连根藤条也没有。

德光的心凉了。

突然，文竹拉开背包取出衣服，又脱掉裤子连接起来。德光终于抓住一条裤腿。他一用力，文竹身子晃了几晃，差一点掉下去。德光急急地说：“快抱住你身边那棵树。衣服却不够长，文竹又利索地脱了短袖。”

多年后说起这件事，德光还一脸感激。有朋友笑着打趣他：“你这家伙因祸得福哈，快说说，还看到啥了？”

德光笑着说，你真是狗嘴里吐不出象牙，随后一脸凝重。

慢时光

张柏林

白奶奶又受委屈了。

自从过了这个年节，隔三岔五的，白奶奶就会萎坐在西井的青石板上啼哭。这个夏天，天气格外地溽热，白奶奶来井台上哭泣的频率也稠了起来。

村子里有两口井，东边一口，西边一口。没有多大区别，井口都是青条石围砌，条石都被绳子勒得沟沟壑壑，平滑乌亮。不同，也有。两口井拢共不过百十步的距离，东井打水须下井绳，而西井只用一根扁担勾着水桶垂下，左右一摆，桶就满了。重要的是西井的水，甜！夏天的时候，乡人爱喝凉水，村里的人家都会来吃西井的水。西井就热闹些。白奶奶委屈的时候，无处可诉，也会从村东来到西井。

白奶奶是天蒙蒙黑的时候出门的。街筒两边，是下地回来蹲靠在墙根儿吃饭、谈天的乡邻。白奶奶拄着拐杖，一双小脚支撑着她颤巍巍的身子移向村西。白奶奶移动得很慢，听不见脚步声，只有隔上一两秒那拐杖的捣地声：笃——笃——

白奶奶摸着凉沁沁的青石板盘腿坐下，老拐杖横在腿上，月影碎花样晃满白奶奶的身子，一声沙沙哑哑的“娘哎——”，白奶奶捂着脸就哭了起来。

夜里看不见白奶奶的眼泪，白奶奶拿着衣角拭泪的动作确是有的：“娘哎——我好命苦啊、啊、啊，你把我嫁到这么个人家，熬煎哎——”

紧邻西井的三婶提着个玉米秸编的蒲团从家里出来，将蒲团垫在白奶奶屁股下说：“白奶奶，您坐在这上边，有什么委屈的，别急，慢慢哭。”白奶奶似乎找到了坐在月影下蒲团上纺花的感觉，止住了哭泣，拉着三婶的衣襟问：“你是谁？是俺娘吗？”三婶说：“我是西头三孬家的。”白奶奶又继续哭：“娘哎，看人三孬家的多好啊，嫁得好，吃得也好，白胖白胖的。瞧我过得是这是啥日子唉，养只母鸡容易吗我，今儿个的蛋又被媳妇给偷到她娘家了呀，娘哎——”

三婶说：“白奶奶呀，你媳妇会偷你一个鸡蛋吗？是不是你的鸡今儿个就没下蛋呀，说不定攒着劲明儿个一齐下俩呢。”

白奶奶拽了拽三婶的衣襟，压着声说：“她三婶呀，你可不知，不光是鸡蛋呀，我出嫁时俺娘给我做的红夹袄都被偷到她娘家了呀。”三婶笑笑，回家拢鸡去了。白奶奶继续长一声短一声，对着井口一俯一仰地哭诉，像曲没有伴奏的越调。

白奶奶的儿子修德老汉吃完了两个窝头一碗玉米糁，抹抹嘴，把碗递给了媳妇，背着手和街上的爷们儿打着招呼来叫娘。

修德去娘的胳肢窝搀，娘打着坠儿，搀不动。

“娘，回吧，汤都凉了。”

“你是谁？”白奶奶止住了哭声，仰着脸问。

“我是谁，我是恁小儿，还会是谁？”

“我不回，我的东西都丢光了。啥都往她娘家偷，一个鸡蛋都惦记着。”

“娘哎，咱的鸡今儿个就没下蛋，有啥可偷啊？”

“我不信，你是娶了媳妇忘了娘！我一会儿就去找俺娘去，都多半年没去瞧俺娘了，俺娘不知该咋想我嘞。”白奶奶用拐杖敲着井沿说。井里的月儿被敲得乱晃。

“那中吧，我回去再找找，看是不是咱家的鸡把蛋下哪个草窠里了。”

修德老汉挖着烟袋往东来，转身踅摸进了有粮家。进门就喊：“有粮、有粮，尝尝我的烟叶，看比你的地道不。”

有粮接过烟袋挖了一锅，擦着火，使劲逮了两口，咂咂嘴说：“就那样，比红薯叶强不到哪儿去。”

说话间，有粮家的握着个鸡蛋从屋里出来，塞进修德的口袋，催促道：“赶紧去吧，天要泛潮了。”

“过两天，有了就还。”修德说。

“一个鸡蛋，啥还不还的，还真外气。”有粮家的纳着鞋底，头也没抬。

望着修德老汉的背影，儿媳妇问有粮家的：“娘，白奶奶为啥总好去井台去哭？”

“都九十多了，老糊涂了呗。”有粮家的说，“话说回来，糊涂了，倒也轻松。”

有粮张了张嘴，没言语，使劲儿在鞋底磕着烟袋，火星闪了几闪，不见了。

修德老汉攥着鸡蛋来到井台：“娘哎，找着了找着了，咱家的鸡越来越不着家了，下在了东头的土坑里了。”

一枚鸡蛋披着银光，在白奶奶眼前白晃晃的。白奶奶盯着看了看，接过来，双手捧着，在脸颊、眼窝滚动了几个来回，嘴里发出嗯嗯的呢喃声。摩挲够了，白奶奶才把鸡蛋用手绢裹了裹掖进怀里，一只手握了儿子的手，一只手拄着拐杖，站了起来。

“我说呢，往日里，见天一个鸡蛋，今儿咋就没了呢？”白奶奶嘟囔着，颤颤巍巍往家走。白奶奶移动得很慢，听不见脚步声，只有隔上一两秒那拐杖的捣地声：笃——笃——

怀 先 生

肖曙光

怀先生开仓借米了！这消息就像风一般传遍了萧家冲。一时间，村里人拿着袋子、箩筐，向粮仓走去。

粮仓的门口，堆放着一袋袋的米。案板上，摆放着一个斗。一个人静静地站在斗旁。这人长着一副马脸，一根干枯的辫子像根猪尾巴垂在脑后，嘴㖞斜着，一讲话，口水就会顺着嘴角流出来。这人是怀先生唯一的儿子——绍全。

开始！粮仓管事的老胡吆喝一声。村里人忙着排队。绍全往斗里装米。这斗，下宽上仄，斗口仄的地方只有碗口宽，一斗米有十升。绍全装满了一斗米，又捧了两三捧米放在斗口上，刚才平平的斗口，顿时堆成了尖。好了！绍全高兴地挥舞着双手喊道，老胡连忙把斗里的米倒进借米人的口袋或箩筐里。借到米的人，恭敬地冲绍全鞠一躬，"谢谢少爷！"

绍全只顾往斗里装米，根本不管这些。只有旁边一个脸色白净的人，摇着折子扇，捋着胡须，轻轻一笑。

这人就是怀先生。怀先生其实不是先生，但萧家冲的人却称他先生。萧家冲对尊敬的人都称先生。

怀先生是萧家冲首屈一指的富户，富到什么程度呢？这么说吧，萧家冲一年产的粮食，怀先生家里就占了一半多。

萧家冲一般人家的田，在半山腰、山脚下，靠天吃饭。怀先生的田，靠近霄水河，遇到天旱，就拦河水灌溉田地。

天旱时，周边的人或卖儿卖女，或举家逃荒，好不凄凉。但萧家冲的人不会这样，每当这时，怀先生就会打开仓门，借粮给村里人渡难关。

收米也是由绍全完成。收米时，斗口上堆着的米，会用手抹去，只留下平平一斗米，多出的米还给还米的人。

这个借米、收米的规矩，是怀先生定下来的。为了让绍全记住，怀先生像做游戏一样让绍全练习。刚开始，绍全记不住，或者忘记了加米，或者忘记了抹平。怀先生不厌其烦，一遍遍地教，绍全呢，一遍遍地练。

细心的人算过，借米的时候，斗口多出的米有三两，收米的时候，被抹去的那些米，也是三两，这样怀先生家少收了六两米。

老胡心痛了，六两米对怀先生来说不算什么，但经年累月，积少成多，损失可不是一个小数目啊！

有一次，老胡趁怀先生不在，借米的时候，把斗上满出的米用手抹去了，收米的时候，把斗口上的米又加满了。

怀先生知道了，指着老胡破口大骂：“你这是帮倒忙。”

怀先生冲他发火不是第一次了，他记得上一次怀先生也是这样骂他。

怀先生先前在都梁府当过师爷。帮人打官司，虽赢了不少官司，但也得罪了不少人。有几次，差点遭人暗算。衙门也难保全自己，怀先生就辞了职，举家搬到了萧家冲。

怀先生成了当地首富，但他并不开心，尤其看见绍全，常常暗暗叹息。

绍全原本健康活泼，但十岁那年，大病一场，请都梁城最好的郎中看病，又是扎针，又是灌药汤，命总算保住了，但落下了㖞嘴傻笑的毛病。

怀先生心痛不已。夫人看见儿子这个样子，不敢让他出去，怕遭人欺负，但绍全喊着哭着要出去玩。

怀先生心软了，牵着儿子的手，让老胡跟着，到村子里闲逛。

走着走着，怀先生的眉头拧紧了，他不时回头看，犹如芒刺在背。他问老胡：“哪里不对劲儿？”老胡转动脑袋，四周看看，没发现什么异常。“眼睛。”怀先生轻轻说了声。“眼睛？”老胡大吃一惊，四周搜寻，发现一些人看他们的眼神，或是嘲笑，或是敌意，或是怨愤。他袖子一撸，对怀先生说：“我带些家丁来修理他们。”怀先生眼一瞪，厉声道：“愚蠢，你是要毁我吗？”

这以后，怀先生就教绍全玩借米、收米的游戏。

怀先生老了。临终前，对绍全说：“儿啊，游戏不要停，也不能停。”老胡看着傻笑的绍全，一阵心酸。

说来也巧，怀先生死后不久，一群土匪来抢粮食。没想到，村里人把他们团团围住，指着绍全说：“一个傻子的东西也要抢，还是人吗？”土匪首领看见绍全的模样，顿时无语了，手一挥，扔下粮食就走了。

每朵花都有春天

王　溱

一觉醒来，她发现自己真的回到了二十岁。镜子里的女人，青丝及肩，笑靥如花，像一朵饱满的向日葵，给点阳光就能灿烂。

她以一种二十岁的女人该有的姿态哼着歌起身，打开衣柜，什么端正的黑裙，扔！什么镶金丝的外套，老气！好不容易翻出一条纯色的披肩，剪开两个洞，再把角打个结，套在身上，这倒是件像样的衣服。在镜子前单手叉腰，侧身，再转一圈，嗯，完美。

梳妆台上的化妆品屈指可数，居然还有雪花膏这种古董。不能委屈了这张年轻的脸啊！她赶紧给自己列了一个购物清单：眼线笔要褐色的，不会太做作，粉饼也别太白，自然阳光的那种，腮红嘛，淡淡的就好了，年轻的脸本来就红扑扑啊！

下楼时，她视线转向墙上挂着的一张全家福，刚考上大学的儿子笑得很灿烂，她也笑了，可不是，鸟儿终于能挣开束缚自己随便飞，搁她身上她也开心。

套上跟最高的鞋子，甩上门，光亮的门把上倒映出一张光芒四射的脸。

在商场里甩着手上的大包小包时，她满足的程度就像小时候抱着一整个脸盆大的葵花嗑着瓜子。那时候最大的愿望就是能上学，能走出那一片葵花地。是哦，二十岁，正是该读大学的年龄，可她想起来自己高中都是肄业呢，哪有上大学的份？

那，总得找份工作吧？

她去了人才市场。仗着青春无惧，她毫不隐晦地说自己打小儿就是个花痴——对花很痴迷的人。有多痴迷呢？这么说吧，她可以一眼就认出花的种类，熟悉各种花的习性，更厉害的，是可以把花修剪出它们最完美的姿态。

然而，人才市场对人才的定义中，可没有这一条，他们面无表情地问："你是什么学历？你英语几级？你有几年工作经验？"

严格算来，她还是有十几年小学代课老师的经验的，上课的时候，她把每个孩子都当成一朵朵的花儿，你看，这个像高傲的君子兰，批评时言语得多转几转，这个像仙人掌，得小心伺候；最喜欢的是那个像向日葵的孩子，笑容里藏着阳光。拍毕业照的时候，她感觉自己拥有一家花店，这错觉能让她兴奋上好久。

对，花店，她从小的愿望就是能开一家花店，可是谁二十岁就有能力自己开花店的呢？她灵机一动，还是仍旧从卖花开始吧。

她熟门熟路地去批发市场进了一批花，向日葵，雏菊，玫瑰，郁金香，经过她的妙手拾掇，每一朵都娇嫩得能滴下水来。

"卖花咧！卖花咧！最美的花，一定要在她最美的年纪送给她哦！"她走街串巷，卖力地吆喝着。

街边？戴鸭舌帽的中年男人听见了，朝她吹了一声口哨。她立刻脸就红了，却还是忍不住偷偷瞪了他一眼。哼，怪蜀黍，她在心里说。

卖猪肉的汉子听见了，停下正挥起的刀，哗啦啦倒了一整罐的水冲手，有点不好意思地说："来朵玫瑰，要红色的，今天俺婆娘生日。"

忽然，有个年轻小伙在她不远处站住了，她一眼就认出来，那是远房亲戚家的孩子。她拿起花的手稍微停顿了一下，又高高地扬起来。不用怕，有什么好怕的呢，我现在变回二十岁了啊！她想，应该不会被认出来的。她干脆雀跃着一蹦一跳地过去，对着他咧嘴一笑说，“帅哥欧巴，买朵花吧”。看着他一脸的惊诧和狐疑，她乐得咯咯直笑。

花太美，生意太好，不到半天就卖完了。

她算了一下，照这样的速度，估计不出一年，她就可以如愿凑够钱开一家花店了。二十岁少女的愿望，很美，很简单。

然而？数月后的某一天，又一觉醒来，她瞥了一眼日历，啊地轻呼一声，一骨碌从床上爬了起来。简单洗漱一下，随便套件衣服，连雪花膏都没搽，她匆匆忙忙拖起购物车就奔往菜市场。她趿拉着的拖鞋，吧嗒，吧嗒，吧嗒……那是一种秒针也追不上的频率。

中午时分，儿子拉着行李回来了。儿子一进门就大喊：“妈！妈！给我做什么好吃的了？学校饭堂就一个味，可馋死我了。”一扭头，儿子发现了墙角还没卖出去的一捆向日葵，奇怪地问：“怎么有捆花？继而眉头一皱，你该不会又偷偷去卖花了吧？”

“别动！”一个五十来岁的中年妇女从厨房匆匆出来，手拼命在围裙上搓着，说，“卖什么花，没有的事，买来给你炒瓜子吃的。”

儿子盯着向日葵看了又看，明明是很娇嫩的花，籽呢？

我的哥们儿曹操

陈小庆

我的哥们儿曹操，他其实是个文学青年，早熟，多愁善感。那年我们一起在东汉大学念书，睡在我上铺的就是他。

那时候天总是很蓝，地总是很黄，日子过得古色古香。要不是因为校花小乔的出现，曹操也许会安心做他的学问。可是，据孔夫子研究：恋爱是可以改变一个人的，尤其是单相思，最是打击年轻人，使之改变人生轨迹。

那天，我和曹操吃过饭去水房打开水。人很多，曹操排在了一女生的后面。轮到那女生打开水了，她忽然扭过头——多美的一张脸啊——对曹操说：“怎么办？我的青铜水杯打不开了？”多好听的声音啊！

曹操一听，机会来了，忙结结巴巴地说：“那——让我先打吧！”

没想到他竟不帮那女生拧杯子，我鼓了勇气，正要帮那女生，只听一个男中音响起，“小乔，来，我帮你——”原来是帅哥周瑜。

我和曹操端着开水，坐在路边石头上喝。我说：“孟德，你刚刚错过了一个机会，难道那个女生你没看上？”

“……”曹操喝了一口水，也许是呛着了，咳嗽了半天，什么也没说。

但我从此发现，曹操开始喜欢写诗了，过去他总爱写《黄金与黄铜的区别在哪里》这样的人生哲理性文章，无人赏识，可现在，他忽然写起了分行的长短句。

他在厕所的墙上，用刻刀刻下：

对酒当歌，
我看见你拧不开水杯；
人生几何，
当时我居然错过机会？
譬如朝露，
一瞬间让周瑜抢了先，
去日苦多，
如何打发想你的晨昏。

此诗在洛阳的期刊《纸贵》上发表后，引起一股“水杯”体的新诗风潮。我说：“孟德，借此机会，可向小乔表白，说你那天手疼，无法帮她。她看到诗后，一定会懂你的。”

谁知此人多疑，犹豫着，不去。我又说：“人生几何，表白要趁早，早表白早拒绝早安心。”其实是我最喜欢看表白了，表白什么的最感动了——不管成功不成功。当其时，小乔已与周瑜闪婚。

曹操心一横，说：“在我表白之前，先要灭了周瑜，让她死心跟我！”

我说：“周瑜有黑社会老大孙权撑腰，不大好惹！你还是直接表白为好。”其实我觉得三角恋最热闹了。曹操一笑，我看到他眼中充满了不可思议的勇气。

曹操纠集了八十多个无业青年，说好了每人一碗烩面。与周瑜约好在一个叫“赤壁”的澡堂子决一死战。为什么选在澡堂子？因为那里没有校领导，没有治安人员，是学生们寻衅闹事、打架斗殴的理想场所。

孙权给周瑜派来了二十多个打手，还叫妹夫刘备带着几个把兄弟过来，说好了挨过打之后每人十张洗澡票。刘备的手下诸葛亮还请了个叫东风的高手前来助阵。

照例打架之前先吵几句。

曹操："周瑜你有什么可牛的？"

周瑜："你有什么可牛的？"

曹操："你是研究生，我也是研究生。"

周瑜："我是帅哥！"

曹操："你哪里比我强？你是双眼皮，我也是双眼皮；你是高鼻梁，我也是高鼻梁？！"说着说着就恼了。

曹操仗着人多，蜂拥而上，可是，周瑜诡计多端，竟在澡堂子里燃放烟花爆竹，一时乱作一团。曹操纠集的八十多个青年本来就彼此不熟悉，最后竟敌我不分，互相对打，曹操也被周瑜及刘备揪掉几绺头发，狼狈逃走。

我当时装作搓澡的，才逃过一劫。

后来曹操就不上学了，画了无数张小乔拧水杯的印象派开山之作，在他家墙上贴得到处都是。一个巫师朋友看到后，说："孟德如此痴情，我想，我可以帮你。"

曹操给了巫师朋友一百块钱加糖葫芦两串。

可巫师朋友收了钱吃完糖葫芦竟不知所踪。

好在周瑜自己不注意养生，竟英年早逝。

曹操兴奋异常，忙跑去见小乔。他想，这下终于可以表白了。我慌忙跟去看。

他来到小乔家门口，苦苦等待。

那时候是冬天，有冷雪飘在脸上。小乔一身素服出现了，多美的一张脸啊！曹操忙走上前，一激动摔了狗啃泥。小乔低头一看——是他——忽然觉得自己前所未有的口渴，仿佛自从上次打水时没有拧开水杯，就没有再喝过水似的。她从袖子里掏出一个青铜水杯，递给曹操："怎么办，我的青铜水杯打不开了？"多好听的声音啊！可如今听来，这声音恍如隔世。

曹操忙颤抖着伸手接过，去拧，竟怎么也拧不开。

原来，那水杯只是个青铜模型，根本就打不开。他似乎明白了当年小乔的意思，但小乔惨淡地一笑，走了……

我是你的新娘

郭金勇

"阿玲，该去化妆了！"门外传来父母亲的催促声。

"哦！知道了！"阿玲坐在梳妆台前回答了一声，目光仍盯着镜子里自己的发型：刘海儿蓬松，长长的头发在头顶绾了个结，耳鬓一绺发丝卷曲下垂，整个发型充满朝气和青春活力。但这发型与她略显憔悴的面容不大相称。她试图让自己挤出一丝新婚的快乐笑容，却发现很不自然，比哭还难看。

阿玲从墙上取下一帧结婚照：自己正满脸幸福偎依在一个英俊的小伙子身边。

“三年了……三年没有笑过了，我都不会笑了。阿伟还记得吗？三年前的8月1日，是我和你的结婚日子，可是第三天早上，身为缉毒大队大队长的你接到紧急归队的命令。我说婚假还没结束呢！你说你是警察，必须服从命令！你紧紧抱着我，在我的耳边轻轻地说：‘老婆，你真美！你这发型真漂亮！’谁知道，这就是你留给我的最后一句话啊！

阿伟，你知道吗，就因为你这一句话，这三年我一直保持这一发型！别人怎么说怎么看都不要紧，要紧的是，这是你喜欢的发型！

这三年全亏有你亲如兄弟的建军陪着我，没有他，我不知道自己是否还能活到今天！……建军等了我三年了，他和你一样爱我……有时我觉得他就是你。你走了，可我还得继续生活下去，你会为我高兴吗？”

想着想着，阿玲眼眶又一阵发热。她静静地让自己的眼泪流个够！这或许是最后一次为阿伟流泪！如果阿伟地下有知，也绝不会看到她常常以泪洗面、日日郁郁寡欢的！

阿玲慢慢地将泪水擦干，转身打开一只皮箱，将这张结婚照深深地埋到箱底。她知道，今后也许再也不会打开这只箱子了！

阿玲被闺密簇拥着走进一家熟悉的发屋，老板娘立即笑着迎了上来。闺密叽叽喳喳地向老板娘说：“你可得仔细一点了，要把新娘打扮得最漂亮！”老板娘眉开眼笑地说：“姑娘们请稍休息，阿玲一直在我店里做发型，我心里有数。”边说边忙活起来。

这三年，阿玲每星期来做一次发型，三年都是同一个发型，做了无数次了，老板娘闭着眼睛也能做好！

阿玲木然地听由老板娘摆布，心里却想着自己的心事：一样的日子、一样的地点、一样的老板娘和自己，做着一样的发型……

一样的发型？阿玲心里突然一惊，发现老板娘差不多快要做好了。她急忙说：“换个发型吧！不要盘发了，给我烫直，再稍加点装饰……”

“啊？这个发型真的很好看的……”

“换了吧！”没有商量余地的口吻。

“好的好的！”老板娘马上改做发型。

阿玲的手机欢快地响了。她一看，是建军打来的。

“司仪在问婚戒在哪儿？”

“哦，在我这里，我正在化妆。”

“我知道你在哪儿，我过来拿。”

不久，建军推门而入。见老板娘将盘结在阿玲头顶的头发又退下，问阿玲也问老板娘道：“怎么又重做？这个发型不是很好吗？”

老板娘说：“阿玲说要换个发型……”

“不用不用，原来发型挺漂亮的！”建军说。

阿玲把建军叫到一边轻轻地说：“我再做这个发型，对你不公平，你懂的……”

建军微笑着说：“傻瓜！这是对英雄的崇敬和怀念啊，怎么不公平了？”

“可……”阿玲还想说什么，建军说：“时间来不及了，就照原来的发型做吧！”

“不行，换！”阿玲说。

“不用换！”建军说。

老板娘左右为难。

阿玲坐在转椅上默然无语，鼻子忍不住发酸。

“你不答应，我就在这里守着你做好为止！”建军一边说一边将又响起的手机看也不看就拒接了。

“好吧，我答应你！那边催你，你先过去，我化好妆马上过来！”阿玲退让说。

“这还差不多！”建军缓了口气说，“就这么定！我先过去了……”

十分钟过去了，阿玲还没到……

二十分钟过去了，阿玲还没到……

就在婚礼要正式开始前，阿玲给建军来电话说到了。建军长长嘘了口气。

当阿玲披着洁白的婚纱和父亲出现在礼道的那端，当司仪让新郎过去迎接新娘时，建军惊讶得嘴巴久久合不拢：只见新娘头戴皇冠水钻发饰，发饰下衬一圈小鲜花花环，一袭洁白薄纱披背而下，透过那薄纱，真真切切看到的是一头黑发笔直垂下，身穿粉红连衣裙，恰似一朵出水芙蓉，亭亭玉立，楚楚动人。娇羞的脸庞溢满微笑，清澈的双眸专注地看着自己。

建军抑制不住激动的心情，急步奔向阿玲。当阿玲的父亲将女儿的手郑重交到建军的手里时，建军忍不住一把拥住阿玲，在她耳边轻声说：“傻瓜呀，你何苦呢？”

阿玲也在建军的耳边轻轻地说：“因为，从现在开始，我是你的新娘了！”

阿玲挽着建军的手，在众亲友热烈的掌声中，相依相偎，慢慢向前走去……

飘儿的梦

薛培政

“拆！”“拆！”“拆！……”一连串用红漆喷成的硕大“拆”字出现在街道两旁墙壁上，房租婆喋喋不休地下达着最后通牒：限三日内腾房走人！

W市最后一个都市村庄要拆迁了。蜗居在此的“都市一漂”李子阳，便像春天筑巢的鸟儿，又开始寻找下一个权作“家”的小窝。

在W市读完大专后，不愿回乡的他，便当起了“漂泊一族”。

租房是“漂儿”的头等大事。在搬离都市村庄前那段日子，李子阳骑着淘来的二手自行车，又是跑中介，又是看街头小广告，人累瘦了几圈，才终于找到“做窝”的地方。

把“窝”安顿下后，又开始为生计奔波了。几年下来，他干过装修、送过快递、做过文秘，每天像狗追骨头一样，伸着脖子东奔西窜。尽管如此，囊中羞涩的他，对城市里雨后春笋般拔地而起的住宅楼，依然只有兴叹的份儿。他更清楚如此漂泊下去，在城市的屋檐下，不知猴年马月才能有安居的份儿。

在遍尝了背井离乡的滋味后，想家的念头不由得涌上心头。家乡虽地处偏僻，但山清水秀，盛产石榴、苹果和山楂等果品。每到春季，就成了花的海洋，秋季则变成果的世界。丰收时节，处处呈现红彤彤诱人的果实，在果林间忙碌的乡亲，荡漾在欢声笑语中……想起这熟悉的一切，他的眼眶禁不住湿润了。

不久，一个几番酝酿的计划在他心中涌动起来：自己上大专时读的是营销专业，具备专业知识；在外漂泊数年，积累不少经验；家乡盛名的石榴、苹果和山楂，市场优势凸显。若通过打造电商平台，把这些果品资源推介出去，既可解决销路不畅的问题，又可提高果品的附加值，何乐而不为呢？

“走——回乡当创客去！”他毅然辞掉了公司文秘的职位，拖起拉杆箱走在了回乡的路上。

旋即，设在村头的一家名为“香飘万里”的有机果品店，便在淘宝网上注册了。

然而，机遇之神像是有意考验他似的，开张伊始，就让这个信心百倍的新“创客”吃了闭门羹。

习惯于坐等商户上门采购的乡亲，听说足不出户在网上就能卖果品，一个个把头摇得像拨浪鼓：“这个不着调的愣头青，在外上大学上傻了吧？就靠握在手里那个叫鼠标的黑疙瘩，摇着电脑就能把山货卖出去，没见过！”就连亲爹也劝他：“儿啊，别再胡思乱想了，天上不会掉馅儿饼的，你这些年折腾得还不够吗？还是实实在在干点事，娶个媳妇过日子吧。”

“我非把网商做下去不可！”他那认准了的事，八头牛也拉不回的犟劲就上来了。

“张叔，您家去年的苹果获得丰收了不是，咋会堆在家里卖不出去？那是吃了信息闭塞的亏啊。”“李伯，您家的无籽石榴个大籽饱肉多，口感又好，怎没卖上好价钱？还不是因销路不畅给耽误了。”那些日子，他硬是厚着脸，挨家挨户宣传网商的优势。

为了赢得信任，他索性免费做起网上销售业务。尝到甜头的乡亲们，渐渐地认可了他的“果品飘香”网店，愿做代理的农户竟一时排成长队，订单也一沓接着一沓。

“咦，这回可把咱家这头‘犟驴’给拴住了——”父母正这样寻思呢，可从北上广深考察回来的他，又不安分了：“虽然咱这盛产石榴、苹果和山楂，可不能有皇帝闺女不愁嫁的思想，为啥在一线城市的超市和果品专卖店里，见不到咱们产的果品？那是缺少高端果品的领军品牌啊！”面对众乡亲那一双双信任期盼的目光，他提出了未来的规划和设想。

不久，他把省农大教授聘请到村传经送宝，引导果农推广使用新技术，并逐渐形成了农产品特有的绿色产业链。在把当地果品终于做成知名品牌，推向首都果品专卖店的那一刻，他由衷地笑了。

去秋果品飘香的时节，事业有成的他就像一块磁石，将一批大学同学吸引到村子里观摩。他们有的具备高端果蔬深加工技术，有的从事农副产品营销，有的曾负责企业管理，李子阳创业成功的案例，激活了其回乡创业的一池春水。

穿梭在一望无际的果林间，描绘着未来发展蓝图的李子阳，望着同学们赞许的脸庞，随即向其发起强攻：回来吧！为了把家乡的果品业做大做强，为了使父老乡亲生活更加富裕，我们携手开创一片新天地。

谈及今后的打算，李子阳透露了一个秘密，说那些大学同学很快就来与他会合。到那时，就办一家集研发、生产、销售为一体的高端果品深加工企业，把家乡的果品远销世界各地。

秋收过后，信心十足的李子阳，正在为果品线上线下销售而忙碌，看上去这个大男孩儿显得更加阳光，还时不时地哼唱着那首歌曲：……经过风雨就有阳光，梦想带我展翅飞翔，即使梦想无人欣赏，坚信胜利就在前方……

收录机

彭素虹

沐春，这个老乡有着云贵高原固有的黄褐皮肤，他不大爱说话，总是习惯摆弄一个小型的收录机。

可能是我们居住的这个地方，接收信号不太好的缘故，我经常见到他拿着收录机，拔出天线，在周围的宽敞地调频。那天在篮球场见到他，他的收录机不知什么原因卡壳了，正急得团团转。我有些好奇他的表现，就走过去跟他攀谈起来。

“我们老家很偏僻，母亲一人在家，又不识字，连个天气预报都看不到。”沐春说这话时，焦急的神情挂在脸上。

“母亲患有风湿性心脏病，每逢下雨天气，她的腿脚就会麻木，行走不便。我得每天收听好天气预报，提前告诉她注意天气变化。”见我一副疑惑不解的样子，沐春补充道。

“家里没有别的人了吗？母亲要是卧床不起，谁来照顾她呢？”看着眼前的收录机，我对沐春家的情况多了一份担心。

“你家王劳动会修理不？要不让他帮我看看？”沐春没有接话，只管自顾自地摆弄着手中的收录机。

不远处，王劳动正靠着篮球架在打电话。“你去帮沐春看看，别只顾着打电话。”我把王劳动拉了过去。

“沐春，你过来看看，别说我这个大哥说你，像你做事这么马虎大意，你在工厂怎么待得下去！”王劳动一副老大哥的模样。

沐春拿着收录机，哑然失笑了，他从王劳动的手中接过了用得软塌塌的电池，一阵抓耳挠腮，“原来问题出在这里呀，我怎么就忘了看看呢！这电池用了有一段时间了，是该换新的了”。

他一边说，一边飞也似的跑了出去，“我床头还放着不少备用电池呢，我去拿来换上”。

听老乡说起，在工厂里，沐春是一名仓库理货员。生产高峰来临时，沐春一边要把送进来的货卸到仓库，一边又要把库里的货装进集装箱运出去。他拿着装货单对箱号、点件数、核箱单、拍照片，再一一记在单子上。然后，他来到指定的装箱区域，按规定从下到上，四面环视，认认真真地检查过箱体，确认无异常情况后，才叫一旁的叉车师傅把装箱的铁板放上，开始装货……

工作中利索的沐春，不一会儿拿着电池回到了篮球场。他伸手抹了一把额头的汗水，歇了口气说道："我们家，就母亲一人在家，她还养着一只鸡，母亲管这只鸡叫小春。对了，小春是我的小名。"说着，他打开了收录机，里面传来一个老妇人的声音：

"小春，这屋里就我和你这只鸡，太安静了，你叫唤几声吧！我儿子小春过年要回来，但我跟他说，你不要回来，过年加班工资高，我们挣点钱不容易，你还没有娶上媳妇呢。小春，你这鸡毛的颜色很周正，我儿子小春小时候最喜欢踢鸡毛毽子了。

"小春，天要下雨了，你这鸡也蔫儿了。我儿子小春刚才打来了电话，他每天收听天气预报，就怕我遇上刮风下雨，这风湿老毛病又要犯。医生说了，要是坚持吃药，我的身体还能扛几年，可是，我们这山里人家也没有医保，这药我也吃不起呀。真是家有病人万事难，唉，都是我这身体把儿子拖垮了，他至今连媳妇也没娶上。我这半死不活的老太婆，真不如早死早省心啦！"

听到这里，我的眼前浮现出这样一幅画面：云贵高原，这片海拔上千米的红土地，峰峦叠嶂，一座座低矮的泥墙砌成的农屋，在山坳间仰卧着，远远看去，就像一个个驼背的衰弱老人。沐春家的老屋，也许就是这若干破旧农屋中的一座，那屋里，终年照不进阳光，昏暗潮湿，墙皮早已脱落，墙上凹凸不平。而用来遮风挡雨的门板也已烂掉了几块，泥墙上的两个小窗户，堵满了破席乱草。他的母亲，一个贫弱的老妇人，每天守着一只鸡，在等待与守候中过日子。

"等到攒够十万元，我就回去带母亲看病。然后，我将在我们老家村口开一个杂货铺，陪伴着母亲。我想过了，店里面可以卖一些村民们的日常用品，包括给孩子们淘一些书看。我们那里，除了一些现实的条件制约发展，比如交通不便等，我觉得特别重要的一个现象，是人们思想的滞后。所以，再穷不能穷教育，我们一定要多给孩子们提供读书学习的平台。"沐春像自言自语，也像说给我们听。

老家，一个多么熟悉而亲切的称谓。想起老家，就会想起那片贫瘠的土地和在那片土地上辛苦劳作的人们。像沐春这样走出大山的儿女，将来回去建设老家也将是对老家最好的回报吧。

最近一次见到沐春，是在我们的租住房里。他像变戏法似的，从随身携带的袋子里掏出了一只鸡，"这是我母亲让老乡带来的，就是收录机里念叨的那个小春。母亲怕我累坏了身体，一定要把鸡带来给我补补。这可是母亲的一个伴呀，我想放你们这里养两天，待有人回去时再带回去。"

沐春一边说一边打开了收录机，"小春"，一个熟悉的声音在耳畔回响。

选　择

贺向花

七夕这天，王三丰来看小曼。王三丰说："你喜欢看电影，吃过晚饭，我陪你看电影吧。"小曼说："好！"《盗梦空间》是小曼最喜欢的老电影，小曼曾说，虽然看过，仍想再看。

坐在电影院软乎乎的座椅上，看着银幕。只见，男主角在手腕上连好仪器，往角落里一躺，闭上眼睛，又到梦里与他深爱的女人幽会去了。王三丰看一眼身边的真人小曼，心里不可遏制地蹿起巨大的幸福感。

电影画面继续变幻，只见女主人坐在高楼高层的窗台上，双脚悬在窗外，说要跳下去，还要求男主角和她一起跳下去。王三丰扭脸一看，小曼哭了，王三丰用纸巾擦去小曼脸颊上的泪。

小曼想和王三丰说话，怕声音太大影响了别人，就将嘴唇附在王三丰耳边轻声说："三丰，我放了你了。"王三丰起初不明白是怎么回事，可是，当电影又演了一会儿的时候，他咂摸出小曼话里的滋味。他将唇附在小曼耳边轻声说："今天七夕，多好的日子，你说这话，多不吉利。"

小曼将唇附在王三丰耳边说："创业，在你心里是件大事，没什么能比得了，包括我。所以，我放了你了。从今往后，我不拖累你了。"小曼说着，用王三丰递给她的纸巾捂住鼻子。

这话小曼放在心上很久了，总是不能下定决心说出来，今天，在她喜爱的《盗梦空间》里，终于说出了口。小曼认为，这，也是水到渠成的事。

小曼和王三丰是大学同学，他们的家乡分别在A城和W城，他们一起在省城上学。大学毕业前，小曼向王三丰说，毕业了她要回家乡工作。问王三丰有什么打算？王三丰说，要和几个同学一起创个广告公司。小曼问，广告公司开在A城吧？王三丰说，那不行，要留在省城，因为省城有一名很成功的叔叔，对公司成长会有很大帮助。

王三丰要小曼跟他一起去省城，小曼叹了口气。小曼见王三丰对广告公司的事情那样上心，想劝他和她一起回A城的话就没有再说出口。

小曼毕业后回到A城，做了公司职员。除了做职员，小曼还在周末晚上去给一个中学生做家教。

小曼有个上初中二年级的弟弟，她妈去世早，爸爸起先在建筑队干活儿，小曼毕业前一年，爸爸从脚手架掉下来，不光摔瘸了，还摔坏了腰，不能再干建筑队的活。所以，当父亲问她毕业了想在哪儿找工作时，她对父亲说："在 A 城啊，她喜欢 A 城。"

这一年多来，家里弟弟上学，还有给父亲买药的钱，都是她一个人支撑的。

现在，小曼和王三丰异地恋一年多了，小曼认为让她丢下弟弟和父亲去省城，是不可能的事情，事实也证明，让王三丰放弃广告公司来 A 城，也是不可能的事，所以，分手也许是最恰当的选择了。

王三丰说："总会有办法的。你看这样行不行，等广告公司做成了，就把你弟弟和你父亲接来省城。"这些话，王三丰也在心里想了很久，今天终于说出来。

王三丰说着在黑暗中摸索小曼的手，他想握住她的手，好把自己心底的力量传递到她心里去。小曼轻轻推一下，把他的手推回去。王三丰感觉到从未有过的凉意。

王三丰没心情看电影了，他转过头，在影片光影的闪动中，看小曼被长发遮掩的脸庞。

小曼低头想一会儿，小声说："我爸不会同意的。"王三丰说："你又没有和他说，你怎么知道他不同意？"小曼说："我了解我爸。"王三丰说："他会同意的。我和你一起努力，说服他。"

他俩这样窃窃私语着，还是惹起后排座的一名女生强烈的不满，她不耐烦地对着她的男朋友大声说："是来看电影，还是来听你废话。"惹得四周的人都朝他们这边看过来。

小曼摇摇头，不说话了。她的眼睛重新回到屏幕上，可她已经看不到屏幕上在演什么。只是她不想离开，她想即使分手，也要和王三丰一起看完最后一场电影，过完最后一个七夕。

王三丰没有说服小曼的爸爸，他沮丧地回了省城。

一个月后，王三丰再次来到 A 城，他对小曼说："丢下你一个人，我总担心你害怕，总想替你分担。"

王三丰用轻快的调皮的语气问："我想在 A 城留下，你允许还是不允许？"

小曼捂住眼睛，泪水从指缝冲出来，顺着手背向下淌。她哭得站立不住，弯下腰，蹲地上。

王三丰拉她起来，缓缓将她拥入怀中。

家庭作业

陈 盛

夫人回国后，我想请个华人员工，经人介绍，我在微信上联系到李晨，沈阳人。

我问他懂英文、会开车吗？他说都不会。我便没了下文。他自圆其说，也是，带着孩子小蝌蚪，不方便。我说，那试试看吧。

几天后，我见到李晨，挺斯文的，他们在威灵顿小镇安顿了下来，小蝌蚪就近在一所小学上课。

一周后，麻烦来了。

学校的安吉拉老师向我告状，李晨没能按时接送小蝌蚪，还将小蝌蚪从野外捉来的青蛙扔掉——那是家庭作业，家庭作业！

紧接着，我发现李晨工作不在状态，有员工向我反应，李晨在华人企业之间辗转几次了，工作时间都不长，有一次喝高了，还说陈总如今是在吃鸡肋。

我吃了一惊，南非零售业市场竞争激烈，确实是哀鸿遍野，我的超市也是朝不保夕。怕影响到其他华人员工，我心里对李晨又多了几分不喜欢。

泥泞而识马，我打算解雇这个“杨修”。

一个晚上，我往员工宿舍楼走去。小蝌蚪盯着一个玻璃瓶发愣，看到我，他一下子把瓶子扑在怀里，我径直朝李晨的房间走去。

“年年今夜，月华如练，长是人千里……”

声音从李晨的房间传出来，他喝醉了。我停下了脚步，在门外足足站了有一盏茶的工夫。看来，李晨的生活不只是眼前的苟且，还有诗和远方……

我转身找了个凳子，在小蝌蚪跟前一屁股坐下。

“叔叔，你是不是在生我爸爸的气？”

我心头一震，小蝌蚪才七八岁啊，他懂什么？

“这是什么？”我岔开话题。

“这是安吉拉老师布置的家庭作业。”小蝌蚪显得惴惴不安，还不断地拿眼睛瞟李晨的房门。

我饶有兴趣地观赏着，桌面上，这些毛毛虫在一只毛毛虫带领下，一只跟着一只，像杂技演员一样不停地在玻璃瓶口上转圈……

“叔叔，请不要开除我的爸爸，”小蝌蚪不依不饶，快哭出来，“几个月后，我还要参加‘炫迪书店’的蝴蝶展览呢！”

我不想骗他，故意打岔：“爸爸会让你完成这个作业吗？他对安吉拉老师可是意见很大的。”

小蝌蚪的脸色暗了下来，过了一会儿，他幽幽地说：“我说服不了爸爸，妈妈也说服不了爸爸。”

“妈妈呢？”

“妈妈说爸爸思想放不开，来南非这么多年了，都不长进，妈妈一气之下，回国去——”

我倒吸了一口气。眼前的毛毛虫还在一只跟着一只转动，小蝌蚪的话也说到我心里的痛处了——每个华商虽都有一亩三分地，却一成不变地经营，不变成牛蹄之涔才怪呢！

“其实爸爸有很多优点，他可以照着菜谱，做几十个菜呢……”

小蝌蚪这么努力，李晨的事只能先搁着。我让小蝌蚪把玻璃瓶借给我，我保证改天原物奉还。

几天后的一个下午，超市外面下着大雨，我隔着办公室的玻璃门看到李晨，他只能干一些体力活，我有点惺惺惜惺惺。我向他招招手，他推门进来，看到我桌面的玻璃瓶，皱着眉头。

我笑了笑，解释道：“家庭作业，我儿子给我派发的任务，城市里找不到毛毛虫，找到海外了。”

“国内的老师，也给孩子布置这样的作业啊？”

“可不是，我们要是裹足不前，那可是要被淘汰了。”

李晨的表情很尴尬，可还是点了点头。

我说：“我打算在开普敦开一家中餐馆，华人那么多，让他们吃上家乡的菜，又可以让他们掏腰包，只是……”

李晨兴奋了起来，他嗫嚅了会儿，终于鼓足勇气说：“陈总，可不可让我试试，我闲暇就这个兴趣，照着书，煮点好吃的，‘马蹄肉片’可是我的一绝。”

这时小蝌蚪打着伞来了，眼睛盯着我跟前的玻璃瓶子。

“这事，我们进一步商量，下班了，小蝌蚪在门口等你，你先送他回去。”

李晨转身出门，我又把他叫住。

“我儿子派发的任务，能不能让小蝌蚪帮忙一下啊？他还等着化蛹成蝶呢！”

李晨二话不说，把桌面的玻璃瓶揣在兜里。

窗户哐当作响，风把叶子摔打到窗户上，雨水瞬间又将叶子冲走了……

李晨掀开宽大的雨衣，把小陶给卷了进去。这时，我看到小蝌蚪的小脑袋从雨衣里钻了出来，就像一只刚刚孵化出来的小鸡，他调皮地向我打着胜利的手势。

这次，小蝌蚪的家庭作业完成得特别出色，在“炫迪书店”，安吉尔老师亲切地抚摸着他的脑袋，当众赞许他的科研成果呢……

几个月后，第一家沈阳人开的中餐馆在开普敦市落座，那道“马蹄肉片”成了招牌菜。

等待一个爱情要多久

彩　红

我说：我相信，每个人都有一个关于爱情的故事，要是你的故事还没有发生，那么它迟早是要发生的。如果你愿意把你的故事告诉我，我可以把它写下来，为你冲洗一张文字的相片，以作纪念。

L女说：“我的故事很平常，没有白富美的女主角，也没有高富帅的男主角，没有爱得死去活来的情感纠葛，也没有曲里拐弯的故事情节。能写吗？”

我说：“能写！”

我便得到了L女的故事：

那一年我十六岁，初中毕业回村，在农机维修厂当学徒。每天，我和师姐跟着师傅到各生产队巡查保养维修农机。发现了故障，能修的小毛病就现场修，现场修不了的换下损坏的部件回厂里仓库取好的来换上。我最开始的工作就是把那些损坏的部件送回厂里，再拿上好的部件去给师傅安装。

我师傅的技术很好，他是城里来插队的知青，不多不少，整整比我大十岁。那时候知青已经开始返城了，师傅迟早也是要走的。村里希望我能学点技术，接上我师傅的班。

我的师姐不是知青，她原本是县农机厂的人。据说在一次青年技术标兵表彰大会上遇见了师傅，两人相爱，她便申请参加支援农村的队伍，跟到村里来了。师姐很美，是我见过的女人中最美丽的。我看得出，师傅很爱她。有几次我拎着备件回来，远远地看见他们二人紧挨着坐，师傅的胳膊搂着师姐的肩。我只好停下脚步。等他们分开了才走过去，假装刚刚赶到。

有一次，去河西边的生产队维修农机，我因为毛躁，撑小船过河的时候没站稳掉到河里去了。我是会水的，但头天下了场大雨，河水比较急，我一时竟然游不到岸上来。师傅先跳下河来救我，但他好像水性不太好，几番挣扎，最后两人抱着一起往河底下沉去。

等我醒来时，已在岸上了。是师姐把我们捞上来的，师姐原是浪里白条，游泳健将。打从那次后，我们三人的友谊有了微妙的变化，好像一下子亲密无间了许多。师傅和师姐互称对方“亲爱的”，三人出工，只要是没人见着，他俩会手牵着手，一点也不避忌我这个大灯泡的小师妹。师姐有时会这样喊我：“亲爱的，你把板子递给你师傅。”师傅有时也会这样喊我：“亲爱的，帮你师姐把轴承安上。”我们一起走在乡间的路上，闻着田野的气味，唱着禁止传唱的爱情歌曲。

不久，全国恢复了高考，师傅以全县最高分的成绩考取了大学。师姐也考取了中专，双双回城去了。送别的那一天，我哭了，师姐拥抱了我，师傅也拥抱了我。我拥抱了他们。

再见到师傅时是十多年之后。那时我进城跑业务，打听到了师傅。师傅大学毕业后在大学里教书。他找了几个有办法的学生，我很顺利地拿到了业务。我男人因为太不上进，已被我休了。而师傅的妻子是个才貌平凡的女子。我问师傅，师姐呢？你们不是在一起的吗？怎么会是这样？师傅摇摇头，笑了。我却哭了。师傅轻轻地拥抱了我，说亲爱的，别哭！这一次，我全身都酥了，这是我从未有过的体验。

我的业务一直进展得很好，但爱情从来没有降临于我。许多年以后我才明白，在我的心里，只有师傅和师姐那样的情形才叫爱情。我这辈子还没遇到过呢。如果一定要我谈曾经有过爱情，我想只有我的师傅。那些日子，我是多么快乐呀！就是抱着他一起沉向河底，也一点都不惧怕。

听完L女的故事，我问了一个问题：“如果你师傅现在出现在你面前，与你相亲相爱，你愿意吗？”

L女说：“人们都说，是知青把文明，把素质，把城里的世界带进了乡村。我想我向往这些，我爱我的师傅，爱我的师姐。我也知道师傅永远是爱着师姐的。我既然能把我的爱收藏在心底几十年，当然还可以继续收藏几十年。”

L女的故事讲完了，我用文字为她立此存照。

在这张照片的背后，我写了一行小字：等待一个爱情要多久？没人知道。

相忘于江湖

阿　社

我认识老蔡，是在夜总会的包厢里。那次，是一个当大老板的老乡做东。

大老板和老蔡不断在招呼陆续而来的客人，我就是在这个时候认识老蔡的。

老蔡也是老乡，是大老板的助理，刚开始大家比较客气、拘谨，免不了蔡总前蔡总后的，但是几杯酒下肚，老蔡就嘟嘟囔囔，别叫蔡总，叫老蔡。我想想也是，这董事长助理难免有点狐假虎威的感觉，特别是大家开始勾肩搭背时，叫老蔡多好啊，亲切，熟络。

其实，老蔡绝对属于闷骚型的。大老板等人早已进入状态了，老蔡还猫在角落偷玩手机，我一看，估计也是跟我一样五音不全躲着麦克风，于是，我端起酒杯向他走去，一是礼节性地回敬一杯，二是他那边确实适合躲，无论是躲酒还是躲K歌。

也许是终于有个人可以说说话喝喝酒，也许是在热闹躁动的包厢里可以不至于格格不入，老蔡像迎接远道而来的老朋友一样，提前起立，略为夸张地一口闷。紧接着老蔡又回敬了一杯。这酒一来二往的，老蔡就慢慢地打开了话匣子。老蔡说，他来这里打工之前，是在老家当老师的。

曾经在家乡当过老师？这多少让我有点意外，我毕恭毕敬地再满上一杯。老蔡一声叹息，然后一饮而尽。我还以为这里面会有什么故事，但没有，就像很多从农村走出来的老师一样俗套：高考落榜，然后在乡里当民办老师，再然后因各种原因转不成公办，最后就出来了。

老蔡说："本来再熬一熬还是有机会转正的，他娘的就那么丁点工资，还比不上一个小学生去晒麻黄草（注：麻黄草，是制造冰毒的原料，我国禁止自由买卖），这也没什么，但是上课的学生稀稀拉拉的，老子就不干了，行吗？！"

那时，家乡个别地方制毒猖獗，的确令人痛心。气氛突然有点凝重、酸楚，我往老蔡的杯里倒酒，老蔡却按住我，然后举起桌上的扎壶，像一头杀红了眼的狮子，说，用这个来！我也不甘示弱，一声低沉的怒吼，来！

老蔡步履蹒跚地挪过身体，抱住我的肩膀，而我有点翻江倒海的感觉，强忍住从胃里涌出来的酸水，顺势搭住老蔡的肩膀。老蔡说："俺的村可是古村落，去过吗？"

我说："初中的时候去过，当时，有好几个同学就是你们村的。"

老蔡说："里面有很多古迹，有很多故事，你有机会一定要再去走走，再不回去走走，真的以后就看不到了。"

我问："怎么这么说呢？"

老蔡又激动起来，"上次回去，原来在海边的那块石头竟然不见了，小时候还经常去爬的，上面刻有明朝张进士的题字呢，还有一个清朝时的院落也给推倒重建，他娘的，旁门左道有了钱就了不起啊！"

我也感到很痛心，我说："其实，整个县对这方面的保护是远远不够的，更不用说挖掘地方文化了。”

我们虽然不是老板，但我们可以力所能及地去做些事情，我打算成立一个文化研究会。老蔡说着，手往大老板方向一指，兴奋地说：“这小子愿意出钱！”

我也无比兴奋，“这好事啊！”

“上次，也是在这里，他当着陈科长面说的，他出十万块，陈科长陈向东，也是咱们老乡，你认识吧？”老蔡说。

“还有一次，还是在这里，他跟李主任说，他出二十万，李主任，就是老乡李念祖啊，你应该认识的。”老蔡接着说，“我认为，这个会长你来当，你有文化，你最合适。”

我说：“这万万不可，会长应该由大老板来当，要不就你来当，我可以出力，不遗余力地出力，我说老蔡啊，打铁可要趁热，民政局社会组织科的科长跟我是兄弟，明天，咱们就去交申请材料！”

伴随着清脆的碰杯声，我和老蔡异口同声吼道：“一言为定……”

第二天，我醒过来时，已是上午 10 点多了，发现自己睡在客厅的沙发上，头像要炸开一样难受。

昨晚是怎样回家的一点都想不起来，只是依依稀稀、断断续续记起认识了一个叫老蔡的老乡，跟他拼命干杯，还跟他谈到要成立文化研究会。一整天，我都在努力回忆昨晚的事情，还特地打电话问了几个在场的关系还不错的老乡，拐弯抹角地确认昨晚是喝高了但并没有失态，我忐忑的心才算是平静下来。但任凭我绞尽脑汁，昨晚的记忆到了“一言为定”就戛然而止了。

我第二次见到老蔡是在几个月后某个星期天的上午。我在麦地市场买菜，遇到一个人，面善，但就是记不起是谁，为免失礼，但我还是面带微笑轻轻点了点头，算是主动跟他打招呼。对方一脸茫然，在擦肩而过的一瞬间，我感觉到他蓦然回首，似乎应该想起了什么。

是的，擦肩而过，彼此之间都显得小心翼翼。当时我在思忖，这个人会是谁呢？在走出市场的时候，我豁然开朗，老蔡，对，他就是老蔡！

从此之后，我就再也没有见过老蔡了。这些年，不经意间，我会偶然想起老蔡，只是，老蔡的样貌却越来越模糊了。

虽然我现在已经完全记不起老蔡的模样，但我依然怀念老蔡。

寻找大麦地

秦兴江

男人发现了“大麦地”，就在这里住了下来。

男人从遥远的乡村来，正是初夏时节。那天黄昏，男人不知不觉走到了小店门口，看到门头牌匾上三个秀丽的大字：大麦地。男人的眼前猛地铺展出一望无际的麦野，一片郁郁葱葱，一片金黄灿烂……

可是那一片大麦地早已经不见了。男人仰脸愣神，不知什么时候，店里走出一个三十岁左右的女人，身着围裙，皮肤微白，脸上闪着红润的光泽，年轻，丰饶。整个人微胖一点，很圆润，就像一块玉款款来到男人面前。

男人略显尴尬地说，“没想到在城市里还能见到大麦地，我家里的大麦地都被建成高楼了！”

女人说：“是啊，我老家也是。”算是应和了男人那声轻轻的叹息。

男人第二次转悠到这里的时候，店门前除了那个美丽的女老板，还多了两个，一胖一瘦，都是有气质的女人。三个女人围着一张小圆桌，喝茶，聊天。

这时候正是下午四五点钟的光景，太阳收敛了一天的狂热，好像已经累到筋疲力尽，一副懒洋洋的感觉。三个女人也是如此，懒洋洋地缱绻在藤条椅上。

“快看，是不是神经哟！”

那个顶瘦俏的女人发现了男人，就像发现了外星人似的，小声提醒另外两个女人。

那个圆润的女店主扫了男人一眼，随后用眼角示意那个瘦俏的女同伴，不要瞎说。

“不是就好，眼睛直勾勾的，怪吓人呢。”瘦女人低声嘿嘿笑。

另外两个女人听见她的笑声好像被传染了，也一唱一和地笑出声。

男人的脸一下子红到耳根，走也不是，站也不是。

很快到了晚上，小街好像瞬间变成了一条河流，出来凉快的人成群结队，一拨过去一拨又过来。

这时候，大麦地店门前更多地坐满了姑娘小伙，每人面前放一杯茶饮小品，慢慢地吸上一口，在那里悠闲地聊天，玩手机。大麦地店里有免费 Wi-Fi，可口的甜品小饮，还有音量调至恰到好处的音乐。可以想象，店老板这时候最忙也最惬意。

昏暗的路灯底下，男人远远地看着女老板忙里忙出。

等男人第三次转悠到这里的时候，男人说：“我可以坐一下吗？”女老板指指身旁的藤椅，男人就很自然地加入了三个女人聊天的阵容。

“你们整天坐这儿，真悠闲，真好。”男人一副虔诚的样子。

“看你整天在大街上转悠，也挺好的。你是干什么的？”

那个像玉一样的店老板回了他一句，然后三个女人开始一起笑。好像她们三个人有一个是开关，只要那个一开口笑，另外两个也跟着笑。男人开了脸，东一句西一句跟女人们交谈，看她们的穿着打扮，就知道三个女人都是有钱人，老公在外忙事业，她们则在家闲养着自己。用那个瘦俏女人的话说，她们属于城市留守一族。

“我觉得日子就是要像你们这样过，清静，闲雅。”男人说，“哪像我，整天急躁得很。”

“你急啥呢？”三个女人齐声问，又开始笑，是那种意味深长的笑。

男人摊开双手摇了摇，虽然没说出话，不过经女人一问，好像瞬间把心里的重担放下了。

此后，附近的人们就经常看见一个外乡男人和三个女人围桌而坐，每个女人面前还像以前那样静静地放一杯茶饮。而男人面前常常是空的，有时候会放一本书。

“你好像是一位作家？”那个玉一样的女人看着男人。

男人不置可否，“我好羡慕你们的悠闲自在呢，在这儿我好像真的又找到了以前的大麦地”。

三个女人就很满足地笑。

可是，突然有一天，大麦地门锁紧闭，那个像玉一样的店老板不见了。

直到夏天快过去了，那个玉一样的女人也没有回来。

男人每天下午仍然会来小店门前静静地坐一会儿，那两个一胖一瘦的女人每天也会来。不同的是，现在两个女人一个男人有时候会默默地坐上大半个下午也不说话。

“听说她老公在另一个城市养了小三，她不管不顾地扑过去了。”一胖一瘦两个女人每次一开口就替那个美丽的店老板打抱不平，好像受伤害的就是她们。

“说实话，自从她出了事，我就感觉这日子再也不会像从前那样平静了。”那个瘦俏的女人说。

以后的日子到底会怎么样呢？这天黄昏，两个女人你问我我问你，但相互又回答不出来。

“你说——咱们还能像以前那样一起喝茶聊天吗？她啥时能回来呢？”

两个女人转身去问男人，发现男人正抬头凝视着店门上面那三个秀丽的大字：大麦地。不对，男人的目光直直的，分明已经越过大麦地，看向很遥远很遥远的地方。

“要不咱们去找她吧！”

过了片刻，男人突然说。

你不知道的故事

高淑霞

她那么苍老，午后的阳光那么好，真是一个聊天的好光景。我喜欢和老人聊天，像偎在老电影的胶片里，可以讲许多过去的不为人知的往事。

我望着远处缓缓开口：

五十年前我和白婶住邻居。白婶有三个女儿一个儿子，老三招娣是我的同学，招娣的弟弟叫天赐。天赐是白婶的心肝，脑后留一撮胎毛，用红绳编成小辫；六岁时小辫还留着，还时不时扎到白婶怀里叼奶头。我不喜欢白婶，我觉得她太偏心，招娣比天赐才大两岁，天赐吃冰棍，招娣看着；天赐吃馒头夹肉松，招娣吃窝头啃咸菜。

怎么会哪？不会的！老人举着手掌对着阳光晃动，声音穿过指缝飘荡在光线里。

我知道老人在听我讲述。我继续说，那年夏天的一个上午，我去找招娣玩，招娣正在厨房烙饼，白婶在大屋踩缝纫机。厨房和大屋连着，中间有一个门，门半掩着，我倚在门旁和招娣聊天。我看着招娣把擀好的饼坯放到饼铛里，馋得冒口水，就说你家中午吃烙饼啊！招娣撇撇嘴说饼是给天赐吃的，我们吃窝头。我往前凑凑，低声说：“你妈真偏心！我家细粮留给我爸吃，我爸上班累。”正当我们聊得欢时，白婶突然冲出来，喊着：“饼煳了！”冲向灶台。她掀开锅盖，一股浓烟腾空而起。瞬间，烟和焦煳味弥漫了整个房间。“死丫头！”白婶转身给了招娣一巴掌，骂道：“该死的，让你看着锅，看着锅，你干吗呢？这么好的白面让你给糟蹋了！’白婶越骂越气，揪过招娣就往屋外推：玩，玩去呀，别吃饭了！我趁势贴着门边，随招娣挤到屋外。白婶‘咣当’一脚把门撞上。”

“怎么会呢？”老人不再看暖阳，转头看着我。

我说：“后来我理解了白婶。那时候难啊，买什么都要票，每月只给那么点细粮，一张烙饼金贵啊！”

老人没接话。我接着讲：“那天我回家吃的中饭，吃完饭揣块玉米饼找招娣去运河游泳。运河离我家不远，河宽五十多米，岸边种着柳树。我俩把鞋和外衣扔在柳树下，就往河里跳。狗刨，扎猛子，玩得很开心。后来我俩比赛扎猛子，我一猛子扎下去，再从水里钻出来，游到对岸，突然发现招娣没出来。我慌了，跺脚，哭着向旁边的人呼救……哭喊着往家跑。”

“死了？那孩子淹死了？”老人瞪着混沌的眼睛问我。

“是啊，傍晚，招娣才被打捞上来。尸体就停放在河岸的柳树下，用一张草席盖着。我赶去时，围观的人已经散尽。昏暗中，河水缓缓地流淌，柳树下的草席显得那么破旧凄凉。那一刻我恨白婶，恨得浑身哆嗦。”

“唉！可怜，命啊！”哀痛笼罩了老人。

招娣死后的一个星期，我被白婶截在路上，她问：“招娣怎么死的？”我没吱声。她又问：“招娣怨我？”我没吱声。她拉了我一下说：“你说啊，她是不是特委屈，不想活了？”我盯着她说：“招娣恨你，她觉得你不是亲妈！”

“你不该那么说，当妈的，怎么受得了。”老人埋怨起我。

“是啊，白婶眼里滚出泪来，嘟囔着我害了她，她死了，临死都没吃饭，死了，还是个饿死鬼……往远处走去。那一刻我知道我错了，但我仍旧站着，看着白婶走远。后来白婶疯了，白家很快搬走了。接着我又听说招娣走的那天晚上，白婶哭晕过去好几次，一家人光顾抢救白婶了，都没顾得上停在河边的尸体。我后悔死了，甚至有一种罪恶感，那种罪恶感越来越重，像山一样压在我心头。最近白婶那悔恨凄苦的面容时常闯进我的梦里，把我惊醒。”

“劫数，都是劫数。”老人的声音变大，手在颤抖。

“后来我找到了白婶，她的病好了，但失去了记忆。她就像一个全新的人，过往的一切都和她再无关系，她不记得曾经发生过什么，也不记得曾经认识的人。其实这样也挺好，对于她来说忘记了过去就意味着隔离了悲伤，这样她才能平静地活下去。”

“招……娣，”老人眼里涌出泪水，念叨，“招娣……死……了，死了，饿死鬼！”

我扑通跪到老人面前，摇着她的手说：“招娣吃饭了，吃了我给她的贴饼子。”

老人脸上浮现光亮，“吃饭了？吃饭了！”

我有些恍惚了，难道老人想起了她就是白婶？那刻骨的痛是她深深地藏在心底的唯一记忆？

其实文中的女人是不是我，我身边的这位老人是不是白婶，都不重要。我不想说了，事情已经结束，也该结束了。

葬　礼

顾长虹

爷爷气势汹汹地抱着一个大家伙，走在前面。

我蔫头耷脑地跟在后头。

那年我十五岁。

“爷爷，我不去，害怕。”

“怕个球，做的时候咋不知道怕。”

那天，大兴安岭的风，裹挟着树枝子上一条子一条子的雪，呼呼地往下落，像黑白无常从阴曹地府刚出来，瘆人。根根脸盆粗的大树，直挺挺地插向云霄，沧桑而悲壮。

爷爷带着我来到一块开阔地，把那个大家伙放在石头上。

爷爷顺兜里掏出一个二碗，二碗被小米子塞成个小山包似的。

爷爷说这样插的香结实，阎王爷会提前闻到香雾缭绕的味道。

爷爷又在地上画个圈，放纸，点着。

我拿棍子想按着点那堆烧纸，爷爷圆目一瞪，“臭小子，这辈子你都给我记住，这比你爷爷的葬礼都重要”。

爷爷抢过我手里的棍子，又瞪我一眼，“老伙计，都是我的错，要不是什么狗屁环保会议，你哪能成了屈死鬼。”

我知道爷爷又要讲那个故事了。

故事发生在夏末秋初的时候，爷爷发现挨着悬崖边的树洞前，总有一双大脚印出现。

爷爷断定，这次一定能逮个大家伙。

果不其然，第二天，爷爷远远地看到一个大家伙弓着背，头和前脚都在树洞里。

爷爷悄悄挨近了树洞，刚要掏出弓箭，却见它忽地回过头，脚却卡在树洞里。

爷爷乐了，拉开弓摆开箭，“扑棱”，大家伙的肚皮底下探出一个小脑袋，一蹿就奔爷爷撞过来，把爷爷的满弓撞个东倒西歪。

爷爷说，每一个猎人放下猎枪，都是因为遇到了一双能制服他的眼睛。

那一次，那双小眼睛制服了爷爷。

爷爷放下猎枪，连比画带央求：“别误会啊，老伙计，我帮你把腿拿出来。”

那个大家伙竟很配合爷爷，还将两条后腿往前凑凑。

爷爷蹲下肩膀，扛起卡在里面的那条大粗腿，一抬，一端，它又小步挪挪后腿，使劲一蹬，整个身子一躬，终于落到了地面，却把爷爷撞了个趔趄，奔了悬崖边。

幸亏有棵小树栽歪地向悬崖伸着，爷爷一把搂住，整个人秃噜到悬崖边。

千钧一发之际，那个大家伙竟然忽地伏下身子，把爷爷抬下来的那条前腿伸过来，一拉，一拽，爷爷得救了。

自那以后，爷爷总能遇到三头犴围着他转悠，那双小眼睛，还跟他撒欢儿扭屁股。

就在爷爷被招去开会的时候，爷爷的朋友葛根在撮罗子里哈酒，我们几个娃子啃着锅里的兔子肉。

忽然，葛根爷爷大呼："抄家伙！"

撮罗子里的勇士们，翻身上马。老北风呜呜地怪叫着，白桦林上的积雪被勇士们扬起的套马杆，搅得漫天飞舞，一团团砸在飞奔着的肩膀上。一时马蹄飞扬，套马杆虎虎生风。

我夹紧脚镫，跟着队伍转过山头，果然看见一头硕壮无比的大犴。

葛根爷爷示意我们挡住它找到犴道，我立刻明白，喊着大家在犴道前来回跑，断其后路。

猎狗阿黄怒吼着蹿上去，却被那犴一脚踩得眼珠子冒了一地。

阿黄可是葛根爷爷的命根子，这下可惹怒了葛根爷爷，他一声令下："撒刀！"

十几把猎刀横七竖八地插进大犴的腿上、背上、肚子上。

犴被激怒了，后腿直立，全身崛起，像一座推土机，怒吼着腾挪过来，每走一步，每一把刀口的血就汩出一绺子。

马吓呆了，人吓傻了。

我们扬起的套马杆像一圈圈可怜的黑项链，有气无力地旋舞着。

那犴一步踩住一匹马，再一步就要踩在葛根爷爷的脖子上。

忽然，那犴竟轰然倒下，眼里带着绝望的哀伤。

我们这才回过神，原来是爷爷甩了一根鹿筋，套住了大犴的脖子。那犴顺从地倒下了。

疯狂的爷爷，折断了套马杆，拔出了猎刀，扬进大河。

"必须把犴头给我留下！"半个小时后，大犴被装进五个柳条筐抬回了家。

葬礼是在葛根爷爷他们到家之后，爷爷带着我悄悄举行的。

百米白绫，爷爷缠了九十九道，他抱着它到了山里。

百米白绫，爷爷拆了九十九道，露出犴鼻子。

爬上脸盆粗的大树，扬绳，缝桦树皮棺，拴绳，爷爷就是不把犴头塞进棺材里。

忽然，一大一小两头犴疯了一样跳到跟前，它们用舌头舔着犴的眼睛、鼻子，还顶它高高的犄角，不到一分钟，它们又疯狂地朝森林深处跑去。

爷爷拍拍犴头，“老伙计，这回你该闭眼了吧！”爷爷说完，就把那个大家伙塞进桦木棺。爷爷让我跟他喊一二,一二……桦树皮棺材升到了树顶。

风葬完成了。

爷爷又瞪了我一眼，说:“听说还是你让马来回跑，才挡住它找到回去的犴道？”

我无言以对，那次葬礼后，我再没拿过猎枪，再没见过那对父子。

据说犴这种动物，只要看到同伴的尸首，方圆五百里之内绝不再来。

红 脸 王

左军明

娃爱唱戏，在村里瞎唱。媒婆凑过来问，干唱也不能当饭吃，想女人吗？娃低下头脸红了。媒婆撮合娃和邻村一个姑娘见了面，定了终身。女人长得不丑也不靓，性格不温也不火，是一个一心一意过日子的人。

一年后，女人生了个娃，是个男孩，长得虎头虎脑。等女人生过孩子，再经风刮雨淋日晒烟熏，模样大不如从前。女人爱笑，一笑，露出满嘴很不整洁的牙齿。

日子就这样一天一天地过。娃高兴起来就唱戏，是豫剧，标准的大本腔豫东调，有板有眼字正腔圆，颇有豫东红脸王刘忠河的气韵。娃下地唱，收工也唱，唱腔传遍四面八方，连地里的庄稼树上的鸟院里的家禽，都侧着耳偷听娃唱戏。娃没事的时候爱喝两口，有时夜深了，娃借着酒劲翻上女人的身子，把女人耕耘得风生水起。

城里一个女人中了邪一样，不远百里踏着娃的唱腔而来，七曲八拐找到庄稼地，非要娃跟她到城里去唱戏。娃看着城里的女人皮肤很白，白得像一尊菩萨。

女人说:“跟我走吧，保证能让你在城里唱红。”

娃羞涩地又看了女人一眼。女人的面目很慈善，说出的话很入耳。女人说:“在村里唱是瞎唱，到城里唱是让人欣赏。”

娃也想让人欣赏，特别是城里人欣赏的眼光，能彻底改变他的人生轨迹。娃又看了女人一眼，女人宛如一片白云，烘托着娃浮躁不安的心。娃心动了，不知不觉，跟着城里女人进了城。

戏班是片树林子，有各种各样的“鸟”。城里女人是班主，娃被安排跟翟三当徒弟。翟三爱捉弄娃，娃再被捉弄也没有脾气。翟三说:“娃，你横三竖四没怨言，不管咋的也不能这么没骨气。”娃说:“俺就一心一意想学戏。”翟三摸着娃的头，说:“认我当干爹吧，我把什么都教给你。”娃第一次没有搭理他，独自一人去练功了。

翟三比娃大一岁，说这话也不怕闪了舌根子。

城里女人常来看娃。城里女人离异了，据说，和翟三有一腿。看娃的时候，翟三就在一旁讥讽城里女人醉翁之意不在酒。城里女人回敬翟三，放你妈的大狗屁。

夜深人静，娃有时也会想他的女人和他的娃。可娃不想离开城里，他终归有一天要出人头地。

一次，城里女人和翟三闹僵了。翟三是班里的台柱子，正要翟三上场，翟三一下撂挑子。救场如救火，迫不得已，娃披挂上阵。娃那走势，那做派颇具功底，抬手顿足也很入戏。娃一亮相，二目炯炯，神采飞扬，唱腔绕梁盘旋，直霄云天。听众听呆了，直呼红脸王。

散场了，娃还在迷离的慌乱中不能自拔。城里女人走过来，拉着娃到她屋里，高兴地对他说:“你成功了！”娃还没有享受到成功是啥滋味，屋里的灯一下就灭了。

翟三望着女人屋里漆黑一团，不动声色地苦笑了一下，一转身，灰溜溜地走了。

从此之后，娃没有再回过家。娃借势发力，摸爬滚打，成了这一带真正的红脸王。

多少年之后，翟三组织了一个戏班卷土重来，要与娃比高下。为首的红脸是个毛头小伙，也被称作“红脸王”。

这一天，他们两个戏班在同一个地方相遇，两个舞台对峙着，一决雌雄的时刻到了。城里女人给娃助威打气，说:“别怕，凭你多少年的唱功，绝不会输与他。”

女人说这话时，早已依附在娃的臂弯，和娃不明不白过上了。

对垒开始，两家都唱的同一出戏《打金枝》，火药味浓烈得快要爆炸了。刚开始，娃沉着稳健胜券在握。娃一高傲，就不经意地扫了对面台上的后生一眼，越看后生越像当年的他。娃一下乱了方寸，唱腔也开始荒凉走板。娃用余光看了对面台上的一个角落，翟三正嬉戏身边的一个女人，女人一笑，露出参差不齐的牙。娃脖子上青筋突现，面目窘得通红。一个高调又被他提高了八度，就像他的唱腔要上天，去对接阴暗的乌云，一不小心，触了雷电了。

他的嗓音立时给唱裂了。

1992年的细雨蒙蒙

陈树茂

那天细雨蒙蒙……大哥开始讲时，我还以为是一段凄美的爱情故事。

我一直喜欢雨天，我以为大哥是故意用这样的开头来吸引我。那天细雨蒙蒙……大哥喝了一大口啤酒开始讲故事了。

那晚，我喝多了，我记得细雨蒙蒙。还有一点，我记得很清楚，我是被感动得喝醉的。

第二天，大哥问我，还记得昨晚讲的事吗？

我点点头，又摇摇头，当时赶着坐火车去外地上大学，没有时间再细细交流。

大哥若有所思地说，以后再说吧。

我也是无意中和大姐聊天才知道这件事。大姐刚说起开头，就掉泪了，她边抽泣边说，你知道吗，那年我到广州打工，就是想多赚点钱帮家里还债。

我记得，是我高二那年，应该是1992年，家里因修建祖屋，欠了一屁股债。大姐就是这样早早辍学的。

“你不知道当时的工作环境，一间小房间住了十几个人，每天要干活十几个小时。”

“那也太坑人了吧。”

“有什么办法，大家为了帮家里赚点钱，都只能忍气吞声干活。”

“你们不投诉老板？”

“当时有活干就不错了，谁还敢投诉，而且那时哪懂得维权这些东西。”

“那你当时怎么又回来了？”

“大哥没告诉你吗？”

“好像有一晚说了，我当时喝多了，不记得了，只记得大哥说那天细雨蒙蒙。”

“那天何止细雨蒙蒙，简直是狂风暴雨啊！”

“那怎么跟大哥说的不一样啊？”

“或许那天是细雨蒙蒙吧，我记得是雨天，大哥转了几次车，又搭了摩托车才找到我。”

“那是什么地方啊？”

“我记得好像是石井吧，好多年没来广州了，也不记得哪个地方了，当时交通不便，大哥找我时，我也很惊讶，不像现在会找个地方喝茶聊聊天，当时下暴雨，我们站在路边，大哥不停地劝我回去。我忘了那天大哥怎么讲的，好像他还流泪了。我当时不知道是雨水，还是泪水，反正大哥说完那番话之后，我就回老家了，直到现在我都没离开过家乡。”

我知道大姐说的是实话，那年之后，她真的再没离开过家乡一步，这需要多大的毅力啊！

我终于一点一点记起那晚大哥说的话了。但是那天大哥跟大姐说了什么，大姐也没说，她说忘记了，让我去问问大哥。

在一次非常恰当的机会，我小心翼翼地问了大哥。大哥摇摇头说：“你去上大学的前晚跟你说了，你还感动得哭得稀里哗啦的，那晚你还喝多了，是我扛你回去的。”

我那时酒量差，啤酒三杯就倒了。

“那天细雨蒙蒙，我几经周折才找到大姐，发现她们在一个很黑很脏的房间缝纫衣服，周边都是出租屋，鱼龙混杂，我拼命劝说她回去，不要在那里干了。”

“大姐好像说不是这么简单哦！”

“那晚我已经跟你说了，你自己不记得而已，你以后一定要好好感谢大姐，是她牺牲了自己在外发展的机会，才有你的今天。”

我猛的一下，好像记起喝醉那晚的事情。那晚大哥说，他花了好多时间才找到大姐，但大姐想在外打工为家里赚钱。大哥说，你如果在外面打工，家里的弟弟妹妹就废了，没人照顾，怎么考大学？弟弟现在正是考大学的关键时刻，你就牺牲两年回去照顾他吧。我记得那晚，听完就哭了，还喝了好多酒，说了好多亏欠大姐的话语，还发誓以后一定好好报答她，当然包括大哥。

我唯一疑惑的是，为什么大哥说那天是细雨蒙蒙，大姐却说是暴雨呢？

大姐笑着，其实那天是出大太阳，就像今天一样。

我望了望客厅，太阳照耀在我们那张金灿灿的全家福上，显得格外柔和。

后来，我终于明白了，雨天特别容易感人，所有的故事都是这样开始的。

岁月印痕

崔永照

我家居穷乡僻壤，爸妈长年累月在那片黄土地上打拼。

那年秋天，爸爸上山采摘野生猕猴桃，趁集日拿到街上让姐姐叫卖，他再赶回去上山采摘。

一次，我也撵着他们要上街，爸爸居然答应了。那天的猕猴桃卖得很慢，急得姐姐不停地捋头发，傍晚时分，总算卖完了，我的肚子也饿得咕噜噜直叫，眼巴巴地看着那一家家饭店香气四溢的羊杂汤、牛肉汤、油条、烧饼，我直咽口水。

我饿，我饿。姐姐看着叫嚷的我，摸摸口袋里那些皱巴巴的钱，抿着嘴唇，下了很大的决心，给我买了一个烧饼，我迫不及待地啃了一口，霎时唇齿留香。我让姐姐也吃，她摇摇头，轻声说，我不饿。

回到家，妈妈还没把饭做熟，姐姐就拿碗捞了几块半生不熟的土豆块，急急地吃，烧得只咧嘴。

啪，爸爸一巴掌扇在姐姐脸上，“你这个丫头片子是饿死鬼托生的，我不是叫你在街上买东西吃了，咋还恁馋嘴，不叫人省心”。

姐姐眼里噙着泪水，又吃了一口土豆。

“爸，别打姐姐，姐姐给我买了烧饼，我一人吃了，她啥也没舍得买。”

“你咋不早说”，爸爸轻轻地拍了姐姐一下，垂下了头。

那年我七岁，姐姐九岁。

我恨自己的贪婪和自私，时光飞逝，姐姐饿着肚子，让我一人吃烧饼的一幕，我刻骨铭心，时常愧疚。

我考上初中那年，姐姐升初三。

开学前，我需要置办一套新被褥，还要缴一笔学费、生活费。父母那段时间沉默寡言，愁眉不展。

一天夜里，爸妈在小声商量着。

爸爸说：“这两孩子都是上学的好料子。”

妈妈弱弱地说：“是啊，可是一下子负担这么重，钱是硬头货，咋办呢？”

爸爸说：“孩子上不好学就可惜了，再卖些粮食？”

妈妈慌了：“才卖了二百斤，不敢了，要不一家人喝西北风？”

那我明儿再出去借借看，爸爸沉重的叹息，震落了夜晚的露珠。

我不知能否踏进中学的大门，黯然神伤。

第二天，姐姐起得很早，做了一家人的早饭，还打扫了屋子和院子。爸妈上地了，姐姐叫我坐在她面前，一脸凝重，“弟呀，你可得好好念书，要不一辈子没出息”。

我点点头，“可是咱家穷啊，我怕这学上不成了”。

“有姐姐呢。”姐姐的眼圈红了，“我打工供你上学。”

“不，你成绩那么好，又快考高中了，学快上成了，不能半途而废。要不我出去打工，供你上学。”

“胡闹！你要听姐姐的话，要好好上学。”姐姐抹了一把眼泪，带着几件衣服和早上吃剩的两个馒头走了。

爸妈从几亩薄地上抠钱，姐姐打工赚钱，把我送进了大学的校门。

树叶黄了，落了，大雪就铺天盖地肆虐而来。那个傍晚，我穿着单薄的衣衫在学生公寓瑟瑟发抖，同学喊我：“小崔，有人找你。”

我走出去，看见姐姐穿着餐馆工作服在公寓门口等我，她的身上落有雪花，脸冻得发红。我快步迎上去，看到姐姐十指冻得小萝卜似的红肿，还裂开了一道道血口子，往外渗血。“姐，你要穿厚点。”我又心疼地捧起了姐姐的手，“姐，你的手？”

姐姐故作轻松的样子，“我不冷，每天在餐厅端盘子，还要洗洗涮涮的，费手。”

“姐，你受苦了，得多保重自己啊！”我的泪滚落下来。

她笑了，“我知道。”

姐姐把两个袋子递给我，“我给你新买了羽绒服、保暖裤，俺弟是大学生了，穿的可不能比别人差。快回去穿上，别冻着。”一股暖流漾满全身，我再也忍不住了，抱着姐姐失声大哭。

我第一次带大学的几个同学到家里玩，家里干净整洁，连那昔日漆黑的墙壁都被粉刷一新。

我感谢妈妈操劳，让家变了个样。

她头摇得像拨浪鼓，这是你姐赶在你之前回来拾掇的，她可累得不轻。

我来到姐姐的卧室，看到她憔悴的脸庞，我心里很疼。她笑了笑说：“你的同学来咱家，不能让他们觉得咱家寒酸。”

我的眼眶湿润了。

姐姐二十七岁那年结婚，男友是我的大学同学张钊。他给我说：“从到你家的第一次起，我就喜欢上她了，如此纯朴善良、勤劳能干的女子，打着灯笼满地球都难找的，跟她过日子，一辈子都踏实。”

在婚礼上，主持人问，你最感恩的人是谁，她说是爸妈；主持人又问，你最感激的人是谁，她回答说是我弟。

姐姐讲了一件我没有一点印象的事情：

姐姐上小学五年级的一天，放学路上被三个坏同学推倒在地上撕打，在这危难时刻，我赶了过来，又是打，又是踢，又是咬的，把他们打跑了，我脸上挖伤多处，被打得顺鼻子淌血。姐姐都不敢相信弱小的我，哪来的那么大的力气保护姐姐。“从那天起，我就发誓今生要好好呵护这么亲的弟弟。”

现场掌声雷动，宾朋们都向我投来赞许的目光。

我说，我今生今世最感激的人是姐姐，她为了我牺牲自己，放弃学业，用一个女子柔软的肩膀，扛起了我求学路上的半边天……

在这喜庆而又欢乐的时刻，我哽咽了，禁不住泪如雨下。

暗　　度

付桂秋

去年夏天，我调来二分局工作。当天去收发室取快递时，守门的老李去卫生间，让我帮照看下。可他刚走，外面就传来颤巍巍的叫声：“大刚啊……大刚啊……”

我望向窗外，见一拄拐杖的老人站在台阶上。他头发花白，动作迟缓，嘴里大刚大刚叫个不停。

我把门开个缝，见地上有个塑料方便袋，装着一把菠菜，还有几个茄子。我第一反应是迷路的老人，买完菜找不到家了，就站在门里问：“老爷子，找谁呀？”

话音未落，就听身后传来咚咚咚的脚步声，有人急急忙忙地说：“找我的找我的……”

我回头一看，见王刚王科长从二楼跑下来，一脸的歉意。我让开身，王科长闪出门，搀扶老头儿往一边走。

这时，老李回来了，趴窗户向外看，绘声绘色地叫：“大刚啊……大刚啊……”然后哈哈大笑，说：“这老头儿没治了！总来。”

见我疑惑，他解释道：“你刚来不知道，那是王科长老爹，整楼人都认识他。这老头儿哇，也不管你是不是办公呢，离老远就大刚啊大刚啊地喊。王科长是复员军人，酒量又大，大家就给他起外号‘大缸’了。去年老头儿还挺有底气呢，扯开嗓子全楼人都能听见。今年开春得场病，本以为这回不会再忙叨人了，可没出俩月，又哩溜歪斜往这儿跑。岁数大就老小孩儿。哎呀，这真是豆腐掉到灰堆里——吹也吹不得，打也打不得呀！”

我也笑了，蔬菜稀烂贱，用得着挪挪蹭蹭送来吗？这老头儿就是闲的。

这以后，隔三岔五就听到那颤巍巍的叫声。偶尔，也会听到王科长的埋怨声。

到了秋天，老爷子再来送菜，就把方便袋放台阶上，含含糊糊叨念什么已经听不清了，嘴角还挂着口水。身体大不如前了。

王科长就苦笑说：“实在没辙了，也不跟你打招呼，就这么偷摸地送。”他告诉老李，看见老爷子来就喊他一声，不忙他就直接送回去；忙就搬把椅子，让他在阴凉处坐一会儿。

张姐笑说："看人家王科长，不光工作出色，还那么有魅力，总有人暗送秋波。"

我发现，老人送的菜确实总有一把菠菜。那菠菜棵小，顶红，叶绿，一看就是旱地种的。老李说这菠菜品种好，叫红嘴绿莺歌儿，朱元璋做珍珠翡翠白玉汤的材料。

一个周五的下午，阳光明媚，见王科长端着脸盆毛巾下来，在树荫下给老头儿擦完脸，又把双手泡水里，坐那和他唠嗑儿。过会儿，就蹲地上给他剪指甲。他说老头儿指甲特厚，得泡软了剪。剪完，还拿小锉刀磨。

张姐看见了，感慨道："想不到我们五大三粗的大刚同志竟还这么细心呢。"

王科长说："张姐呀，你兄弟当兵二十五年，十字绣我都敢摆弄，你信不？"

刚入冬，王科长就见了报，说他两年来，一直义务照顾一位患阿尔茨海默病（俗称老年痴呆）的老人。老人女儿介绍说，她弟弟和王科长同名，也叫王刚，他小时候嘴角总发炎，医生让多吃菠菜，她爸就一年四季在院子里种。后来住楼房，不能种就买。四年前，老人得了阿尔茨海默病，次年，他儿子车祸去世，家里一直瞒着他。可他怎么糊涂也惦记儿子，总找大刚。一次从分局门前路过，见有人喊王刚，就把王科长当儿子了。王科长把老人送到家，了解内情后就顺水推舟，答应了。从此就经常来照顾老人。

这回真相大白了，原来那不是王科长亲爹，他是做好事呢！

去年年底，王科长被评为"十佳好市民"。

今年春，王科长又获得省"五一劳动奖章"。

没几天，王科长就成了王副局长。

老头儿再来时，同事们就有了意味深长的笑容。丁科长喝了点儿酒，用手点着张姐说：头发长见识短！还什么暗送秋波，人家这叫暗度陈仓！

…………

不记得从什么时候起，再也见不到老头儿的身影了。我只记得8月末的一天，早上刚到单位，就听说王局干爹去世了，明早5点出殡。还有人暗地说，这干爹真没白认，名利双收！

次日送行，整个分局的人都到场了。王副局长惊讶地说："这……咋都知道了呀？"

他急忙拉着丁科长的手说："既然都来了，那就麻烦哥哥帮我招呼大家，人到就好，任何表示都不必！还有哇，哥你不知道，你兄弟我独苗啊，十八岁时爹张罗给我娶媳妇，我就跑出来当兵了。他呢，就怄气不和我说话了。直到八年前，他病危了才说想我。可等我到家，爹已经走了……哥你不知道哇，兄弟多想听爹喊我大刚啊……”

话至此，王副局长已泪流满面。

最后一个军礼

胡亚林

明天早上，年届六十的保安队长——彪叔就要告职返乡了。

晚上，公司专门设宴欢送他这个“功臣”，以表达敬佩之意。而平常酒量“斤八不违”的他，喝了不到三两就醉成烂泥，早早由人扶回宿舍休息。

有人说，“毕竟在公司干了二十年，感情深，要离开了，心情决定酒量，可以理解！”

还有人说：“这个工作中不讲情面的老家伙，经常怪怪的，走了好！”

而我说：“与彪叔这个军人出身的长辈共事，经常让我这个军人出身的后辈发怵，如履薄冰。他真要离开了，心里还确实有太多感慨！”

记得五年前，我退伍从内地来到南方这个城市，到这个小区当保安。刚开始，人地生疏，进入角色慢。彪叔总是看我不顺眼，隔三岔五找事，不是骂我敬礼不标准，就是指责我行、站、坐不规范，没有达到行如风、站如松、坐如钟那种境界。

更令我不好接受的是，他还拿军人的那一套要求我，什么“军人的精神状态就是合格保安的名片”，“军装换成保安服仍然是个兵”，“从部队到地方只是转换阵地，训练不息，战斗不止”……面对他这个“假正经”“神经病”，有时真想顶撞他一下，但一想到初来乍到影响不好，还是忍了。

没想到，彪叔得寸进尺，要我在短时间内做到完全不可能做的事。

一天上午，彪叔趁我休息时拉我先去了车库，他指着进出车辆，如数家珍：“我们这个小区目前为止共有七百一十二辆十九个型号小车。尽快熟记每辆车的车牌号，是我们争取主动、做好安全保障工作的基本要求。”

然后，彪叔又带我绕小区六栋住宅楼转了一圈，“这个小区在全市属中等，有六百二十六户业主，共二千零一十五人。业主来自二十一个省市，大部分在本市从事不同行业。南腔北调，成分复杂。因此，要熟记户主和熟悉家庭成员。咱们当过兵的，可要迎难而上，勇往直前啊！”

晕死了！我吓得真想辞工回家。

“没出息的家伙！你还是当过兵的吗？是兵就不要装狗熊、当孬种！”此时的彪叔像部队训练场上严酷的连长，咄咄逼人的目光直杵我的自尊心。

没有过不去的火焰山。憋足了一股劲，顺着彪叔指引的思路，我开动大脑机器，启动智慧阀门，真别说，两月之内，我在小区与业主不但混得人熟脸熟、车熟户熟，还带班迎接市、区有关部门进行的规范检查。大家另眼看待我这个曾经的军人，彪叔还建议公司让我组织对新进的保安员分两批进行了成功军训。

这么一来，小区管理处年轻的物管员姑娘眼神里就多了一些内容，从此，我和她的关系迈进了实质性的一步……

初冬的南方，早晚温差大。深夜时分，冷风习习，寒意阵阵。

此时值班的我，心想彪叔今晚乘着醉意一定会睡得又香又甜。

突然，彪叔背着背包出人意料地出现在岗亭门口。惊奇之时，我正要问明情况，他倒笑着先开腔了:“虽然不是公司的员工了，但这内心里的最后一班岗还想站到底！”

“听说今晚你喝醉了？”我急着问彪叔。

“那是我故意装醉，想提前打个盹儿，好在深夜来岗上陪陪你，顺便再交给你一个笔记本，是我这些年小区物业疑难问题的处理方法和有关工作措施，供你今后参考。”彪叔的言行充满温暖。

“谢谢前辈！要分手了，真是恋恋不舍呀！”我由衷地表达心意。

“天下没有不散的宴席。只要我们始终保持军人优良的本色，积极向上，不管在哪儿，干好工作都靠谱！”彪叔口气非常坚定。

不知不觉，天边露了鱼肚白。彪叔连忙背起打好的背包，说去赶第一班车。

望着转身离去的白发老兵，我默然立正，向他敬了最后一个军礼。

鞋 匠 阿 三

林庭光

阿三是个修鞋匠。

在一个繁华地段的拐角处，阿三在那里摆了个地摊，每天天不亮，就推着摊子出来了。阿三的腿不好使，有人说阿三是当兵时参加战斗负的伤。也确实有那么回事，因为有人看到过阿三的胸前曾经戴过英雄勋章。阿三依旧是阿三，是一个补鞋匠，每天天不亮就出摊，围着他的是身边堆积的很多需要修理的旧鞋。阿三呢？也总是埋头修理着。

半晌的时候，秀姑会坐在阿三身边。秀姑是负责这个地段的清洁工，她长得并不像她的名字那样秀，身体肥胖，皮肤很黑，且是个寡妇，听说她男人是个清洁工，出车祸死了。男人死了，秀姑顶替男人继续扫大街。

阿三认识秀姑的男人，也认识秀姑。秀姑的废话很多，多数是道听途说来的。秀姑会指着城管队员说东道西，阿三只顾听，继续修鞋，从不搭腔。秀姑坐着，唠叨着，说累了，就会站起来，到大街上拾垃圾。每当这时候，阿三就从后头看着秀姑扭动的大屁股，吧唧一下嘴："丧门星，克死男人的女人。"自然，他是不敢大声的，秀姑听不见。

阿三继续修自己的鞋，很少离开自己的座位，来修鞋的很多都是漂亮的女人。女人们坐在阿三身边，就和阿三聊天，他也会说起自己的故事。阿三总是眉飞色舞地讲自己当年战场上的往事："那些女特务都是光着屁股，奶奶的，要是有邪念，枪子是没长眼睛的。"女人们捂着嘴笑："阿三，你难道一点也不动心？"阿三会盯着问他话的女人："那些都是玩命的女人。"

阿三的手工活非常好，女人们刚买的鞋需要加固的，也会来找阿三。阿三总是一边钉鞋，一边和她们说一些往事。慢慢地大家都晓得了，从阿三口里知道他复员后，就已经是一级伤残军人了。阿三的抚恤金不少，但阿三在家里待了几个月，觉得实在没意思，就向街道申请了这个位置，开始给大家补鞋。

那些女人走后，秀姑就转回来了，会靠过来，坐阿三身边，露出讨厌的神色说："都是些不要脸的东西，穿的都是什么呀，大腿露着，脸盖着，胸半裸着。"

阿三看一眼秀姑，就朝地上吐了口唾沫。秀姑不高兴："阿三，你吐谁？"阿三指了指地上说："吐沫。"

秀姑愤然离开。

有好事人看到秀姑总爱坐在阿三身边，就开始劝阿三娶了秀姑。阿三的头摇得跟拨浪鼓似的："万万使不得的，那女的，妨男人的，一脸克夫相。"接着，阿三会说出很多理由来。

等到这些规劝的人离开后，秀姑会转回来，再坐在阿三身边。秀姑会夺过阿三手中的鞋，扔在地上，"阿三，你不带这么造谣呀，你这么说，俺以后还咋找男人？"阿三盯秀姑一眼，再不紧不慢地拾起地上的鞋，拿起来继续补，"怎么，你还想找对象呀？"

秀姑生气了，"咋能不找呀，俺四十岁不到"。阿三听了，不说话，只朝地上吐口沫。秀姑生气，朝阿三吐一口，"阿三，你别以为自己是战斗英雄就了不起，告诉你，追我的男人多的是，看见那个老王吗？昨天还敲我的门呢，我是那么随便的人吗？"

阿三继续吐。

秀姑站起来，红了脖子大声嚷起来：“你个瘸阿三，死阿三！”

立即围上来很多人，秀姑愤愤不平继续又说又骂，阿三不搭理，继续修手中的鞋。秀姑就哭着离开阿三的摊位。大家也都摇着头散了。

和往常一样，阿三到了路灯发亮的时候，开始收拾自己的鞋摊。当他把修鞋机子搬到三轮车上的时候，秀姑站到了阿三身边，“阿三，你就给我一个痛快话，你愿不愿意？”阿三不说话，继续搬自己的家什。秀姑摁住阿三的手，“你给我一个痛快话呀！”

阿三把秀姑的手拿开，看着秀姑，“什么痛快话？我和你家里的是战友兄弟，我答应过他照应你，缺什么，我这里有，你可以拿走”。秀姑看着阿三，“你说我缺什么？我啥都不缺，就缺个男人”。阿三慌张地看着秀姑，眼里流动着复杂的神情：“你说的啥呀？我还得回家加班修鞋，明天等着拿呢。”

后来，阿三继续在那个地方修鞋，秀姑则继续在那扫大街，但再也没在阿三的摊位旁坐过。

再后来的一天，秀姑衣着光鲜地走到阿三摊位旁，说，“过几天是我与老王凑合到一起的日子，去热闹下，好吗？”阿三一听，忽地站起来，盯着秀姑吼：“我不同意！”

阴谋与爱情

廖敬涛

傻子也能看出来，女孩和父母对我都不满意。

周六上午，我被同事王姐拉着去相亲。王姐说女孩儿长相好工作好家境好是眼下紧俏的三好女，如果我这个无车无房无存款的三无男能娶了她可是祖上积了八辈子德。

见面地方是女孩儿家。

一进门，女孩看了我一眼就躲进屋里没再出来；女孩儿妈和我聊了几句也去了厨房没再露面；只有女孩儿爸哈欠连天东拉西扯地和我聊着。

我刚想站起来告辞，摆脱这尴尬的场面。从另一个屋里出来一个十六七岁的男孩儿打断了我的行为。

“滚回屋学习去！”女孩儿爸朝男孩吼道。

“我有道数学题不会，想出去问同学。”男孩儿怯怯地说。

“哦，什么数学题，我看看。”我忽然来了精神，自告奋勇去了男孩儿屋。

男孩儿很聪明，我稍微一点拨就懂，我又让他做了几道类似的题，他也很快就做对了。男孩儿爸不知道啥时候也来到我身边的，手里拿着中华烟和烟灰缸；男孩儿妈洗了满满一盘水果笑眯眯地送了过来；女孩儿也端着一杯热茶放到书桌上。

给男孩儿讲题的时候，我发现他心不在焉，好像有心事。我问他。他见四处没人，焦急地说：“一会儿美职篮洛杉矶湖人和快船德比大战就要开始了，我非常想看球。”我说你如果真想看球，就听我的。我让他收拾好书包。

“叔叔，我高中课本知识忘记得差不多了，但我在宿舍保留有高中学习笔记。”我对女孩儿爸说，“我带他回宿舍边看笔记边辅导他，保证完成学习任务并安全送他回来。”

“爸，我不想闷在家里学。”男孩儿也央求爸爸。

女孩儿爸将信将疑地同意了我俩的请求。

回到宿舍，我们马上打开电视，正好比赛刚开始。看完球赛已经是中午，我又带他去饭店吃饭，下午一起学习。傍晚又带着他和我的哥们儿进行了一场篮球赛，男孩儿球技不错，但和我们这些老球皮子比还嫩点。

经过大半天的交往，回到家门口的男孩儿对我流露出崇拜的眼神。

第二天晚上，女孩儿爸主动给我打电话，恳请我去他家辅导他儿子。我欣然前往，进门后和女孩儿爸妈打声招呼后就去了男孩儿房间。其实也看到了女孩儿，但我假装没看到。

接下来，我每天晚上都去女孩儿家辅导她弟弟学习，学累了我俩就聊篮球，玩游戏，有时候也出去散步或在灯光篮球场一对一单挑。女孩儿上网，看电视，出去应酬，我们仿佛毫不相干。

一天晚上，我辅导完男孩儿学习后正要回去，女孩儿妈拦住我，嗔怪地说：“你咋不和俺女儿约会呢？”

“阿姨，咱们得认清当前形势。”我一脸严肃地说，“我和您女儿来日方长，以后约会的机会很多，现在您儿子的学习是重中之重！您也知道，他如果现在不强化学习，能考上重点大学吗？”女孩儿妈听后笑得眼睛眯成一条缝。

打那之后，我每天下班就去女孩儿家，先吃饭，后辅导男孩儿学习。女孩儿也拿本书在我们学习的房间看，并伺候我俩吃喝，我俩学累了，她和我们一起玩。

男孩儿如愿地考入名牌大学。

“你俩的事儿是不是该定下来了？”一天在女孩家吃完晚饭后，女孩妈问我。

我低着头半天不语。

“怎么，我女儿配不上你？”女孩儿爸问。

“不是她配不上我，是我配不上她！我做梦都想娶她。”我说，“可，我家的条件您也知道，我，我打算奋斗几年有一定经济基础再娶她……”

“等你奋斗几年我女儿成老太太了。”女孩儿妈说，“钱财身外之物，人好比啥都强。和你父母说尽快把婚事定了。”女孩儿爸说：“结婚的一切费用我家出。”

我笑了。

失落的风筝

王东梅

老田头儿最喜欢去村西的小树林放风筝，儿子问树趟子里咋放风筝？老田没搭理他抓起风筝，倒背着手，走了。

小树林那一片早先是各家的鸡刨地，村里人嫌这地块零散，种庄稼麻烦，就在地里栽上了一排排的白杨树。说起来，小树林倒是个乘凉的好地方。下更天，树叶长起来遮天蔽日，在树下一坐，头顶晒不着脚下凉风走，别提多惬意。可是，老田不光夏天来，秋天也来，冬天也来，一年四季，除去刮风下雨，他天天都要来。

来的次数多了，树趟子里就被老田踩出一条光溜的小路。小路曲曲弯弯，通向林子深处。林深处，有老田用石头摆出来的石桌和石凳。

每回老田头儿来小树林，都是先把风筝拴在树上，再摸个石凳坐下，抻着脖子向树林对面的庄稼地里望。

对面的庄稼地像一道连绵起伏的山岭。一忽儿，麦苗顶着露水才拱出头。一忽儿，已是麦浪翻卷此起彼伏。一忽儿，又是玉米秸子摩肩接踵。一忽儿，一场大雪已经掩埋了田野里的沟沟壑壑。老田头儿坐在小树林里看对面的庄稼地，高了又矮了，矮了又高了。看地里那几个土丘，升起，又落下。

有时候，老李头儿和老孙头儿也会来。

老李会问：“在老二家还是老三家？”老田有时回答老二家，有时回答老三家。

老李又问：“没去老大哪儿？”老田就说：“大孙子要高考了，儿媳妇说，家里人多了，吵。”

坐在一边的老孙就抢过话头，说了一句：“屁！城里人就是事多。”

俩人都不理会老孙，继续聊。

老李问：“闺女呢，好些日子没见了。”老田说：“脚崴了出不来。”老李问：“你咋不过去住几天？”老田说：“孩子病着，不想她劳心。”

老李“哦”一声，仨人就都没了话。

忽然，脚下的风紧了一阵。原本拴在树上的屁帘风筝在地上就扑碌碌地打起了滚。风再紧些，一扬身，纸风筝贴着地皮就蹿了起来。可只蹿了一人多高，就被树上系着的绳子扽了回来，啪叽一下掉在地上。屁股后面的长尾巴不甘心，拼命扑腾了两下，也没动静了。

仨老头儿看着风筝自个儿折腾，仍旧谁也不说话。

对面地里的庄稼已经收得差不多了，光秃秃的大田里，只剩下那几个高高低低的土丘。

老田就在心里想，现而今的孩子真的是懒啊！什么省心种什么，一年到头地里除了麦子就是玉米，要不干脆就荒着。哪像他年轻那会儿，地里什么都有，芝麻棉花谷子大豆油葵花生。那会儿，他老田领着老婆孩子整天在地里忙活。那会儿，孩子们都听他老田的吆喝。可现在，儿子说，没本事的人才在土里刨食。

眼见着日头向西打歪了，老孙说：“走了，接孙子。”说着，推起三轮车，一瘸一拐地走了。

看着老孙走远了，老李说：“你算熬出来，孙子们都大了。”说完，抬头却见老田满脸苦笑。老李自觉失言：“接孩子好歹是个活，是个奔头。”

俩人又沉默了一会子。

秋深了，老田觉着屁股底下的石凳一天比着一天凉了。

老李说：“天快冷了！”老田就“嗯”一声。老李又说：“天冷了，就别来了。”老田就又笑了，苦笑：“不来，去哪儿？”孩子们都一家一屋过得好好的，去了谁家都多余。老李就也“嗯”了一声。

日头沉到树后头去了，老李抬起身，说声：“走了。”该给老婆子翻翻身了。说着，倒剪着手出了林子。老田在后头问了一句：“不见好吗？”老李没回头，丢下一句：“熬日子的人了，好啥好？”远远地，老田发现老李的腰更弯了。

林子里越来越暗了，风在脚下簌簌地也更密了，屁帘风筝迎着风，在地上滚来滚去。老田头儿捡起地上的风筝，看一眼天边正落下的日头，对着路边的一个土丘说：孩他娘，明儿再来陪你。

身后，屁帘风筝的长尾巴拍打着老田头儿的屁股噗噜噜地响个不停。

出了树林，向北，围了一圈子的人，老田好奇也凑了过去。原来是大队部以前堆杂物的仓房不知道啥时候被粉刷一新，还在门口戳了一块牌牌，写着“老年活动中心”。这是个啥是由？老田把风筝挂在窗子上，一头就扎了进去。

女 老 师

黄红卫

女老师叫晶晶，才二十出一点头，上海人，经媒婆介绍，嫁到了一江之隔的苏北。当时是这样传说晶晶的：晶晶去黑龙江插队，待不惯，哭着跑回了上海。人跑回来了，户口跑不回来，咋办？晶晶爸妈急煞，七拐八弯托付，只要离上海近一点，只要人老老实实。晶晶长相嘛，白得像糯米圆子，保证标致！

白啥用，会穿针走线吗？会烧茶煮饭吗？标致啥用，顶劳力吗？顶口粮吗？苏北自有苏北人的择媳标准。

哎，村东头曹老汉家老二。不知谁想到了这一说。

曹老二五官算均匀，个头矮，老实，太老实，三扁担打不出响屁。加之家底子薄，三十好几仍单身。

据说，新婚之夜，曹老二半宿无语，后半夜忽然哼哼唧唧笑了起来，似在讨好晶晶，晶晶无回应。第二天，一句歇后语在村里传开了：曹家老二——一夜无话。

晶晶做老师之前，先在宣传队待了一段时间。

曹家人发现，晶晶果然不善家事、农事，只高兴靠在床头看小说。另外，晶晶有一台砖头块大小收音机，专门播苏北人听不懂的越剧。曹家有一老亲在乡里跑跑弄弄，于是让老亲想法子，弄进了宣传队。

我欣赏过晶晶的舞姿。那回在学校操场，晶晶似很害羞，眉眼只顾自己鞋尖，跳着跳着撞着了舞伴“卷毛”，手中的“红宝书”“扑嗒”掉地上。大家哄笑起来，晶晶的脸像块大红布。

“卷毛”替晶晶捡起了“红宝书”。“卷毛”是直接插队过来的上海知青，爱拿烧得通红的火钳子卷刘海儿。“卷毛”还有一个拿手戏——拉二胡，“卷毛”拉二胡时，配了毡帽、墨镜、长袍等行头，“卷毛”拉的曲子伤感苍凉，一旁的晶晶一副悲悲切切的样子。

晶晶做我老师时，我上小学四年级，语文老师生病了，临时请来晶晶。

讲台上的晶晶老师，眼睛总像两颗葡萄，分明哭过的。

外界传说“卷毛”让曹老二戴了“绿帽子”。听起来好像不是好话。我替晶晶老师担忧，是真担忧，晶晶老师经常表扬我，夸我学习好。

还真出事了。

一晚，学校操场放映《地道战》，未等落幕，一众顽皮争先恐后扑向学校背后的水泥桥，抢占桥洞，模拟战争，谁料与一对狼狈不堪的男女撞了正着，月光下，人们看清了，是晶晶与“卷毛”。

曹老二也在涌来的人群中。

曹老二正纳闷着，电影放一半时，晶晶说解手去，解手解手就没影了。

上一次放《地雷战》，晶晶也这样，也说解手，解手解手就没影儿了。等曹老二扛了凳子回屋，晶晶却在床上看书，晶晶说书比电影好看。

那夜，曹家通宵灯火通明，却没听见晶晶哼一声喊一声。

顽皮们觉得惹了事，对不住晶晶老师，第二天没敢来上学。晶晶一瘸一拐来了，眼睛不像葡萄了，像两口枯井。

晶晶是来请假的，而后回上海待了数月。其间，有消息称知青政策开始松动，可就近安排工作，路子广的，暗暗做好了返城的准备。

“卷毛”第一个离开苏北，离开时，把二胡摔了个粉碎。

曹家派了几个能说会道的去上海，请回了晶晶。

晶晶被安排在镇上造纸厂，每天早出晚归。我仍然喊她晶晶老师。晶晶从自行车上跨下来，问现在学习可好？

我说好。

晶晶说好好念好好写，你的作文是最棒的。那时，我已经念中学。

中学没念完，晶晶落实政策回上海，曹老二想送送晶晶，晶晶不让送。桥洞事件后，晶晶拒绝与曹老二同房，晶晶说你曹老二太阴损，把我踢废了，你曹家的种子不会在我身上开花结果了。

晶晶考上复旦大学中文系那会儿，曹老二特地送过去一笔钱，说是给晶晶做生活费。晶晶会要吗？晶晶才不要呢。但是，晶晶带曹老二下了馆子，是城隍庙附近的高级馆子，敬了曹老二几杯酒，完了，把曹老二送进了旅馆。

想来，这是曹老二与晶晶的最后一聚。

没多时，曹老二去世，肝病，肝腹水。晶晶没去送。不过，从那往后，晶晶每年汇一笔钱去苏北，直至曹家二老相继离世。

忘了说，晶晶那年回上海，把一提包书留给了我，这些书，大部分是经典名著。若干年前，我发表的第一篇小说就是晶晶给编辑的。晶晶在某杂志社工作，后任丈夫是大学教授，他们收养了一个来自汶川地震灾区的女儿。

说来也是件怪事，这女儿像极了晶晶，越看越像。

科班与玩票的

周东明

朱韵是票友下海，但是他京胡拉得好，团里每次来流动演员巡回演出，头三天打炮，都是他拉弦伴奏。演出后，每个角儿都会赞叹不已地说，朱韵老师这弦儿拉得好，唱起来舒服。

朱韵小时候读过几天私塾，会识乐谱，去年团里自编了一出戏《草原烽火》，朱韵设计了全剧的音乐唱腔，参加全国会演时，获了奖。

在团长的眼里，朱韵是全团挑大梁的人。

眼下，团里来了一个涨工资指标，团长要给朱韵，可是书记反对。

这不，两个人为这事吵起来了。

团长脸红脖子粗地坚持要给朱韵涨工资。

可书记要把这个指标给团里另一个拉京胡的许连德。

因为许连德是科班出身，书记说："这不单单是给他许连德一个人涨工资的事，而是落实党的政策大事。"

书记的话也不是没有道理，但是团长仍然坚持要给朱韵涨工资，书记见状，最后只好说："要不这样吧，你找朱韵谈一谈，征求一下他的意见，看看他是什么态度，行吗？"

"好吧。"团长答应时心想，他朱韵也是人，也离不开柴米油盐。

还没等团长找朱韵呢，朱韵就来找团长了。朱韵把一沓纸递给团长说："这是中国戏曲杂志编辑部，让我写的咱们《草原烽火》那个戏的创作体会，您看看行吗？"

团长把那沓子放在一旁说："这个先不急，我先跟你说个别的事。"

于是，团长就把涨工资的事情说给了朱韵，最后重重地说："现在就听你一句话，给谁涨了。"

朱韵一听，淡淡地说："还是给许老师涨吧，许老师从北京大老远来到咱们这个地方，生活不习惯，花费大，用钱的地方多。"

"你？"团长一听朱韵的话，急眼了，可还没等团长再往下说，朱韵把那沓稿子又递给团长，说："您还是先看看这个吧。"

团长无奈地摇摇头，那级工资涨给了许连德。

一天早上，朱韵去练功时，看到一个学员也练功呢，琴声的节奏有些慢。

他走上去对那个学员说："你的节奏有点慢，我们拉琴伴奏，要给演员托住腔儿，从节奏上就要领着演员唱。"

那个学员说："这是许老师教我的。"

"许老师教的……"还没等朱韵说完，许连德走了过来说，

"哟，朱老师您坐过几年科啊？还来教训我的学生。"

"许老师您……"

"我咋啦？还是您能哦，您能，咋没把那级工资给您呢？"

没等朱韵说完，许连德抢白道。

"你？"

"我怎么了，不服吗？"许连德笑道。

朱韵要退休那年，正赶上职称评定。

团里召开完职称评定的大会，要进会议室时，许连德故意和朱韵走在一起，说："朱老师您听说了吗，我们科班出身算大专学历呢，还听说，没有学历不能评高级职称，再有本事也只能评三级职称，不服不行啊，您说是不？"

在职工大会上，办公室主任对职称评定中的各项政策，做了详尽的解释，当说到科班算学历时，许连德又瞅着朱韵龇龇牙，笑了。

办公室主任说完后，团长走了上来，笑着说："今天我的心情很高兴，为什么呢？我要说一个人，这个人就是我们的朱韵，朱老师。"

"大家都知道，朱老师这个月就要退休了，我们要给朱老师送一份厚礼，送什么呢？昨天省厅领导打来电话，指示我们这次职称评定，要给朱老师评为一级作曲，因为朱老师为京剧事业做出了重大贡献，我们就要给朱老师的艺术人生画上一个圆满的句号。"

朱韵哭了。

一条狗的梦想

朱 羊

狼群从村子席卷而过，奔奔也成了狼族的一员。

通体黑亮的皮毛，锋利的牙齿，苍凉嘶哑的嗥叫，这让奔奔看上去很像一只狼，甚至在很多时候，奔奔觉得自己就是一只狼了。

"奔奔，你不过是一条狗。"小灰总是这样提醒它。

奔奔心底里恼怒异常，恨得牙根儿发痒，它瞄着眼前瘦弱的小灰，脖颈上的

毛像针一样竖起来，龇出一嘴钢牙，只消须臾之间，就能将面前这个讨厌的家伙撕成碎片。但奔奔心知肚明，绝对不能这样做，小灰是狼王的儿子，地位尊贵且崇高，它当然更加知道，得罪了小主人，自己必将死无葬身之地。

奔奔于是换上一副笑脸，紧紧夹着尾巴，低眉顺眼地匍匐于地，小灰根本不屑看它，喷薄出一缕白色的弧线，将气味留在草丛中。奔奔颠颠地跑过去，左右嗅嗅，然后，摆出一脸的媚笑，“小主，虽不能选择出身，但我愿意一生追随您，努力变成一匹出色的狼！”

小灰哼一声，“狗就是狗，为什么非要变成狼呢？”

奔奔扑簌簌挤出两行热泪来，“叱咤草原是我最大的梦想，而要实现这个梦，唯一的希望就是进入狼族”。

小灰将双耳挺了挺，两眼凝视着远处，“或许有一天，你会后悔的。”

奔奔摇着尾巴，信誓旦旦：“我一定会成为一匹出色的狼！”

奔奔果真没有食言，之后随狼族南征北战，它都是冲在最前面，骁勇异常，战功赫赫。尤其是有一回围猎驯鹿，使奔奔在狼族中声名鹊起，风头甚至盖过未来的接班人小灰。

围捕是在小灰的直接指挥下进行的，狼群成功地围住了一对驯鹿，那头健壮的公驯鹿为了保护母驯鹿，与狼群拼死对决，用鹿角连续挑翻了好几只凶猛的公狼，双方一度陷入僵持的局面。在远处观战的狼王，气得嗥嗥直吼，正待亲自上阵，只见奔奔从斜刺里蹿出，径直扑向了怀孕的母驯鹿，一口咬在母驯鹿凸起的腹部上，顿时鲜血淋漓。这样一来，公驯鹿首尾难顾，疲态立显。狼群重新占据了优势，最终，那对驯鹿成了狼群丰盛的午餐。狼王还特意将一只滴血的鹿腿奖赏给奔奔……

狼王给予奔奔的特殊待遇，引起了小灰的不满，小灰召集几个身强力壮的公狼，趁着夜色，将奔奔咬得遍体鳞伤，奄奄一息。狼王闻讯，勃然大怒，将小灰足足饿了七天，方才说出奔奔的身世，原来，狼王在一次进村偷羊时，与猎人的一条正在发情的狗做了一回露水夫妻。上次进村子，父子得以相认，这才将奔奔带回狼群。小灰听后虽是半信半疑，但也不敢有悖狼王的意志，只能是暗中多加戒备，时时提防。

由于有狼王的庇护，奔奔在狼族中的地位也是水涨船高，后来，居然发展到敢和小灰起一些争执的地步，若论单打独斗，小灰也难讨得半点便宜。渐渐地，在狼群之中，逐渐起了一些分化，奔奔和小灰，各自笼络人马，双方势均力敌，不分上下。

平衡终于被打破了，有一天，狼王掉进了猎人布下的陷阱，它咬断自己的一只前爪，死里逃生，命虽然保住了，但是王位却要另觅他人了。

结果出乎群狼的预料，奔奔由于老狼王的极力推荐，终于当上了新的狼王。小灰心中不服，却也是无可奈何。

奔奔的梦想终于实现了。

狼王奔奔带领群狼，潜回到它出生的村子，它想接回母亲，与自己一起生活。如今的奔奔，不仅仅是一匹出色的狼，而且，成了一统草原的新霸主，它还有什么做不到呢?

狼群包围了猎人的家，而那只黑色的猎狗，也就是奔奔的母亲，拼死保卫着自己的主人。

“奔奔，你不过是一条狗。”母猎狗冲着自己的儿子咆哮起来，“怎么会心甘情愿为咱们的敌人卖命呢？”

“我怎么会是狗呢？我是狼王！”奔奔叫嚣着。

这时候，瘸腿老狼王走了出来，它将小灰叫到一边，凶狠的目光盯着大门口的黑猎狗，低沉着声音说:“当年，你的母亲就是被它咬死的，为了报仇，我才掳了奔奔，让这条笨狗当狼王，也是咱们商量好的一条计策，因为它熟悉村里的情况，跟着它，才不会遇到陷阱……”

小灰一声长啸，群狼随之呼合。此时，跟在奔奔身后的几匹公狼，已然露出了刀尖一般的牙齿……

奇　石

三　石

前段时间，我带了人调查了马跃。

马跃是个局长，平时反映还好，但反映好并不代表没人举报，也不代表一定没有问题。

套用一句电视选秀节目的广告词——调查我们是认真的！但折腾了半个多月，虽不敢保证马跃没有问题，但至少没有证据。我向分管副书记张平汇报了调查情况，张平说，既然这样，那就上会，做好反馈准备吧。

张平带着我去反馈。小范围，就局党组班子成员，当然包括马跃。

反馈过程是严肃的，但马跃的表情很轻松，随后的表态条理清晰头头是道。不过是些场面上的话，倒也没什么新鲜的。不过，马跃谈到他们局党组如何抓廉政教育时，说到局里设立了一个廉政奇石展厅时，引起了张平的注意，很感兴趣地多问了几句。

我跟张平共事多年，知道张平的业余爱好。早些年，张平喜欢收藏奇石，经常跑到山沟河汊淘一些石头。我曾到过张平家，阳台、书架到处都摆着奇形怪状的石头。我便对马跃说，马局长，我们张书记当年对奇石也很有研究的，你也不带我们见识一下？

马跃自然是求之不得，高兴地带着我们去他们局的廉政奇石展厅。

说是展厅，其实就是副楼的会议室，进门一块大石头，上书清正廉洁四个大字，倒也苍劲有力。展厅摆着许多木架子，每个架子上都摆放着石头，各式各样的。

我是不懂的，只觉得这些形状各异的石头看着好玩而已，也就是凑个热闹。而张平则不同，他不让马跃介绍，还跟马跃开玩笑："让我自己感觉，你千万别说话，我可不想被你牵着鼻子。"马跃便笑了，说："张书记就是行家。"

张平每一块石头都看得很仔细，从他不时的微笑和频频的点头我能够感受到，这些石头还是不错的。尤其在一块名为《岁寒三友》的石头跟前，张平欣赏了很久，一会儿近观，一会儿远瞧，不停地啧啧称奇。见张平如此，我也好奇地凑了上去，粗看不过一块普通的石头，但稍远些细细端详，便能感觉到石头表面的纹理，似松、似竹、似梅，依稀一幅《岁寒三友》水墨画。

马跃得意地介绍说："要不说张书记就是有眼光，这块《岁寒三友》曾经在我们部里组织的全系统廉政奇石展览中，荣获了一等奖。"

张平点着头说："嗯，不错不错，有这块《岁寒三友》，你这个展厅可就上了一个档次。"

马跃笑得很开心。

张平突然想起什么，问马跃："马局长，这么多宝贝石头都是你们局里的？"

马跃说："那倒不是，都是局里干部无偿贡献出来布展的，所有权不变，其中大部分是我的，占七八成吧。"

张平又说："玩石头可费钱，你这得花不少钱吧？"

马跃笑着说："我哪有钱买石头。其实我很早就喜欢收藏石头了，经常到外面去捡，这些都是这么些年捡的或者跟人换的。早年玩石头的人不多，很容易捡到好石头，但这几年不行了。马跃还说，这块《岁寒三友》，也是好多年前在黄冈山脚下无意中捡到的，当时也只觉得好看，后来一个画家朋友看了，便给取了这个名。"

我注意看了下，在石头下方的小牌子上，注明持有人为"马跃"。

张平嗯了一声说："你马局长运气倒是不错。"

马跃说："那是，勤快的鸟儿有食吃。"

经常跟张平在一起，我感觉他像是有什么话要说，而且还很重要。果然，张平又仔细看了看《岁寒三友》，突然盯着马跃，表情严肃起来，"马局长，我怎么老是觉得这块石头很眼熟，似曾相识啊！"

马跃先是瞪大了眼睛，一会儿脸上才挤出一丝笑容来，"这也是有可能的，大自然鬼斧神工，创造出两块《岁寒三友》也未可知。"

张平平静地说："三年前，曾有人给我送过一块奇石，我没有收。虽然没收，但我还是认真观察欣赏了，甚至还拍了照。那块石头确实很精妙，名字还是我给取的，就叫《岁寒三友》。送石头的人叫什么名字我记不到了，好像是外地一个老板，姓费吧，对，就是姓费。"

我发现，马跃的脸色变了，不但脸色变了，额头还沁出了汗珠。

看来，刚反馈完，我这调查工作又得重启了。

规　矩

尹京娈

根旺坐在沙发上狠命抽着烟。

贵臣坐在床沿上狠命抽着烟。

烟浪一股接一股，冒了好大一会儿。

"爹，你就别为难蹦墩了，他刚十岁，还是个孩子，可着村子家家户户磕头找人，那不是要他命吗？"贵臣狠劲儿拧灭烟头说道。

根旺也狠狠拧灭烟头，脖子一梗，硬硬地甩出俩字——"不行。""在这个家族里，你爹我说了算。"

贵臣一听急了，啪！把手里的打火机使劲摔地上。"你的心铁打铜铸的啊？连十岁的娃子你都不放过？"贵臣瞪着一双血红大眼。

"老子归天，儿子找人撺掇后事，给人家磕头行礼那是规矩，谁都不能破。"根旺站起来，一只手拽起贵臣的衣领，一只手指着贵臣的鼻尖，卖力喊着。

根旺用力推了一把贵臣自己却蹲坐在沙发上。想起蹦墩根旺鼻子一酸想起了那年，自己给老爹办丧事。

那年他也是不满十岁，父亲病故。本来就妒忌父亲买卖做得好，家产殷实的大伯和三叔，看母亲年轻，怕父亲去世后卷走财产改嫁，故意给她们母子弄难看。

当母亲提出要根旺出去找人撺掇时，大伯和三叔就哄着母亲说，"孩子小，你又是女流之辈，找人搠掇的事你们就别管了，我们弟兄俩帮你们找吧”。母亲信以为真，千恩万谢俩兄弟。

谁知两天了，没有一个人上门搠掇。母亲就问俩兄弟怎么回事。俩家伙露出了真面目，“要想帮你找人可以，村南的十亩水浇地归老大，后院的三间大北屋归老三。答应了，立马找人，后天下葬，如若不然死人臭在家里”。

母亲一听急了，“你们这是趁火打劫啊？你们的兄弟尸骨未寒，你们的侄儿还未成人啊！你们这么折腾，不是要俺娘儿俩的命吗？”俩东西咬牙切齿，放出话：“不答应我们的条件，自己把死人背坟头上。”

母亲牙齿咬得嘎吱响，一气之下拽上根旺，披上大孝，挨门挨户磕头行大礼找人搠掇。可人们把头摇得拨浪鼓似的。原来村里有个规矩，人一倒头，孝子就得挨门挨户磕头行礼找人搠掇帮忙，晚了，那是瞧不起人，给人弄难看，谁要再去，人们就小瞧谁。

母亲无奈抱着根旺一顿痛哭后跑回娘家，叫来自己几个兄弟帮忙，总算把人埋了。

从此，给大伯三叔两家生死不相往来。

蹦墩的爹——满意过得也不错，可他几个兄弟也是如狼似虎之辈，根旺是心疼蹦墩孤儿寡母，不愿让他们走自己的路啊！

根旺只想给贵臣两巴掌，这件事给他讲多少回了，没记性的兔崽子。

贵臣的电话响了。是蹦墩妈彩凤的电话。说满意闯不过今天晚上，问要不要把蹦墩接回来。

贵臣瞪了根旺一眼，没有回彩凤话就出了门。

第二天早上，把满意从医院拉回家时，蹦墩跪在堂屋门口。

一切安排就绪后，根旺扯了丈五孝布，叠了三折披在蹦墩身上。拽起地上跪着的蹦墩就要出门。他要领着蹦墩去挨门挨户磕头行礼，尽管能帮忙的壮劳力都出去打工了，那就给在家里他们的老子行礼吧，让他们给儿子打电话。他早想好了，他不会为难蹦墩，必要时自己得说话，该免磕头的就免了。看在这么小的孩子分上，人到理不亏，不磕头他们也不会怪罪的。

根旺拉着蹦墩转身出门，忽然看见满意家门口，黑压压来了一片人。

满意那几个虎狼兄弟来了；自己的仇人大伯和叔叔家的孙子们也来了。根旺纳闷了，蹦墩还没去给他们磕头行礼呢，怎么都来了？

不对啊，这些人可都在外打工呢，就是蹦墩给他们的老爹娘磕完头，老爹老娘给他们打电话，能明天赶回来也就不错了，这……

这时贵臣说话了：“感谢弟兄们如期赶到。彩凤给满意看病花了不少钱，蹦墩还小，满意的丧事，咱们就按咱们群里说的办，只帮忙，不动筷子。”

好久不回家了，干完活中午饭各自回家找老婆吃吧。

原来贵臣建了个“漂泊者”QQ群，把村里所有在外打工的人都拉了进去，一是有闲暇时间，在群里吐嘈几句解解闷儿；二是谁家有困难了在群里说道说道，大家出出主意，三个臭皮匠顶个诸葛亮；三是谁家有啥大事，贵臣可在群里招呼一声，大家一起帮忙。昨天他把满意的事在群里一说，大家一呼百应，就连在海南打工的小林子，坐飞机也赶回来了。

贵臣看了一眼根旺说道：“以后吧，老规矩得破了，不再磕头行礼了。”他把手机举得高高地说：“谁家有事要大家帮忙，QQ群里招呼大家，或者电话联系。”

根旺一听，使劲抿了抿那张早已咧开的嘴，指着贵臣骂道：“你个小兔崽子今天成祖宗了。”

根旺说完一脸轻松。

我的大学

尹延哲

院子里的青蒿、灰灰菜一人多高，还在疯长。尽管房屋有些破，可这毕竟是家。院里的两棵枣树、一棵石榴树和一棵苹果树，枝叶都蔫蔫的，恍若人间弃儿。

阳光透过树叶的缝隙洒在地上，斑斑点点，努力拼凑出对于往事的记忆。

那一年，娘狠心撇下俺爷儿仨，一个人静静地躺在村南的山坡上。为了过日子，爹不得不南下打工。那年，姐姐十二岁，我才六岁。

家里面，只剩下两个瘦小的身影孑然矗立，失去娘亲的悲痛，还不足以让当时的姐姐与我真正理解到此后生活的艰难。

缓步院深处，被惊飞的不知名的雀儿，犹如孩子欢快的脚步声从时间的不知名处传来，伴随着的是怎么也抑制不住的欢笑。

姐，我又考了个100分。姐，100分！这声音似乎来得过于遥远。遥远到屋里墙上那原本贴满喜庆的鲜红色奖状，褪色成几近残缺的白纸。

但是，总还有一些物品留下来。比如那个作为奖品的保温杯。后来就被外出打工的父亲带着走遍了山南海北。据说父亲经常向工友们炫耀，说这是我家娃子获奖的奖品。那保温杯应该还保留着。就如同父亲的心头宝贝，总被小心地珍藏在行李之中。

苹果树虽然枝叶有些萎靡，可也有两人多高了，当初，它是由一根苹果枝嫁接的。记得有一年，爹回家收秋。我对姐姐说：“姐姐，这次爹回来，肯定能在家待七天，因为苹果树结了七个果子，去年结了三个——爹在家待了三天。这次，爹准有时间带咱俩去镇上玩了。”奶奶眼里含着笑，摩挲着我的头。姐姐也笑了，眼睛里闪烁着晶莹的光。

在爹打工的那几年里，爹回信总是说他很好。因为爹总是在不同的地方打工，他信件上的邮票是五彩缤纷，有历史人物、自然风光、花鸟虫兽、文化艺术等，邮戳上的地名也是天南海北。

爹就行走在花花绿绿的邮票上。

我考上高中时，姐姐考上了公费留学研究生。上高中后，我每年寒暑假都会去打工。高中班主任郝老师听说了我的情况，安排我中午帮助学校食堂打饭，可以免费吃顿午饭。可大多数情况是饭还没有吃饱，预备铃就“丁零零”地响起，我得赶紧往教室跑。衣服上的葱花油烟味，没少挨同学的埋怨。

我就读高三那年，奶奶去世了。办完奶奶的丧事，爹又走了。高三上学期，我参加了全国中学生作文大赛决赛，我写的作文题目叫作《我的一家》。在作文里，我写我拥有一个圆满和睦幸福的家庭，没想到这篇作文竟然获得了全国一等奖。

从北京领奖回来后，班主任郝老师在全班读《我的一家》。读着读着，郝老师哽咽得读不下去了。

半年的时光似乎是一段神秘的距离，迈过去进入的是一个稍微有些不同于记忆的世界。因为，这房屋有一两处房顶露了天，大的窟窿像脸盆，小得像碗，正午时分，阳光充足的时候，光线从窟窿斜照进来，刺得我有些眩晕。墙壁角落里的蜘蛛网纵横交织。地上还有好几个老鼠洞，蚂蚁、地鳖虫、蟋蟀、蝼蛄也在地上肆无忌惮地爬来爬去。

高中毕业，我终于踏进了日思夜想的大学的门槛。大学四年之后，我也和姐姐一样，考上了研究生。

再后来，我开办了自己的文化传媒公司，在母校高中举办三十年校庆时，我给学校捐建了一座图书馆，倒忘了修缮我家的老屋……

我蹲在老屋灶台的角落里，还好，煤油灯里还有少半瓶油，我用火柴把煤油灯点燃，又从奶奶的线筐里找到一根生锈的针，拨了拨灯捻。灯光亮了许多，我看到了灶台上面神龛里灶王爷那张和善的脸庞。

门“吱呀”一声开了。

一个熟悉的身影走了进来，原来是郝老师，后面还跟着六七位同学。堂屋门外，站着两个三十五六岁的中年人，手里拿着铁锨、瓦刀和水泥托板……

感　受

蒋玉巧

胡老汉最盼望也感觉最幸福的一天，就是每年的正月初二。

初二那天，全家相聚一团，聊不完的家长里短，聊到兴奋处，笑声便在小小的斗室里打转。此时此刻，胡老汉饱经风霜的脸叠成一朵花，曾经所受的苦和累也成了甜蜜的回忆。网络盛行，微信介入生活后，快乐的时光只能在回忆里寻找。

胡老汉不甘心啊，幸福的日子怎么说没就没了呢？转眼又到了初二，胡老汉早早地起床，糖果、瓜子和水果把小小的茶几挤得满满的。儿子、儿媳带着孙子来了，女儿、女婿也带着外孙来了，互道新年快乐后，茶还没来得及喝上一口，儿子、儿媳、女儿和女婿相继拿出手机，手指在屏幕上划来划出，沉浸在抢红包之中，只是偶尔抬起头，有一搭没一搭聊着家常，间或有人一脸惊喜，大叫“哇，运气真好，又是最佳手气”，其余的人伸过头，接着起哄：“分享，分享，快！”

胡老汉坐在沙发的一侧，看着这个，瞧瞧那个，然后把目光投向电视，耳朵却寄在儿女的身上，生怕漏掉一个字。

儿子打小嘴馋，哪里有好的餐馆，哪个餐馆里的哪道菜好吃，没有他不知道的。聊着聊着，话题很自然转到吃上，儿子从手机上抬起头，笑着说：“姐，听说离我们不远的福获村，里面的餐馆菜很有特色，且都是绿色食物……”

儿子话还没说完，一直沉默不语的胡老汉突然开了口，嘴里反复地叫着“福获”，然后把目光移到儿子的脸上，“儿子，你说‘福获’到底是哪两个字？”

“‘幸福’的‘福’，‘获得’的‘获’。”儿子头也不抬，随口答道。

“不对！应该是‘佛祖’的‘佛’，保护的‘护’。”

儿子抬起头，用奇怪的眼神看了父亲几眼，纠正道：“爸，就是‘幸福’的‘福’，‘获得’的‘获’。”

胡老汉性子犟，爱认死理，且小时候读过私塾，曾经是大队的通信员，最喜欢咬文嚼字，更何况“福获”和“佛护”用方言说，读音几乎没区别。他摇摇头，“‘佛护’是佛祖保佑，可‘福获’……”

偏偏儿子也继承了他的犟脾气，特爱认死理。他皱皱眉：“爸，你别咬文嚼字了，不就是一个村名嘛，干吗非得有什么含义呢。”

“儿子，你这就不懂了，生意人就讲究这些呢。”

“跟你真是讲不清！”

父子俩互不相让，吵得不可开交。胡老汉的女儿用手碰碰弟，轻声说："你还不知道爸的脾气呀，大过年的，别吵了，依了爸吧。"

"爸，懒得跟你争了！"

"什么懒得跟我争呀，本来我就是对的。"

儿子一听又不爽了，于是你一句我一句又吵了起来，谁也不服谁，最后决定去村子瞧个明白。

儿子走到外面，被风一吹，浮躁的心渐渐冷却下来，他回过头，看着满头白发的父亲，心想，自己真不懂事，又不是原则性的问题，跟父亲较什么真呢？儿子这么一想，放慢脚步，笑着跟父亲说："爸，估计是我记错了，还是不去了吧。"

父亲不同意，坚决要去，儿子没辙，只好陪着。

儿子心结一开，心情大好，亲热地跟父亲肩并肩，天南海北聊开了。胡老汉时不时侧身望一眼儿子，眼睛笑成一条线，满是皱纹的脸折叠成朵朵鲜花，引得路人抻长脖子张望，脸上生出万般艳羡。

父子俩正聊得开心，父亲突然"哎哟"一声，蹲在地上动不了了。

儿子一脸焦虑，"爸，怎么了？"

只顾着高兴，不小心被石头绊了一下，脚崴了！

"爸，我看看，脚都肿起来了。来，我扶你去医院。"

"大过年的去什么医院，你爸没那么娇气，没事，回家擦点药就好了。"

胡老汉在儿子的搀扶下，一瘸一拐回了家。老伴很是心疼，一边帮他擦药一边问他疼不？他呵呵地笑，"不疼，不疼，一点也不疼"。那神情不亚于捡了金元宝。

傍晚时分，儿女们各自回家。儿子走到车库时，才发现匆忙间把车钥匙落在沙发上了。

儿子走到门口，正准备敲门，突然听见屋里传出父母的声音，母亲心疼地说："老头子，不是我说你呀，这么大年纪了跟儿子较什么真！这下好了，脚崴了吧？"

胡老汉哈哈大笑，"老太婆，你懂什么？我如果不跟儿子争，儿女们只顾着玩手机，抢红包，谁会陪我说那么多话呢。喂，老太婆，今天儿子扶着我时，你知道那是什么感受吗？"

"什么感受？"

"幸福！幸福你懂吗？"

都市角落里

李竟宇

我不知走了多久，放眼望去，城市的高楼大厦和水泥道路仍看不到尽头。我早已身心疲惫，也就寻了一处阴凉的台阶坐下休息。

我习惯性地掏出香烟，正要点燃，旁边有什么声音吸引了我。抬头一看，是不远处的石阶下摆了一个挺大的儿童玩具，玩具上的人偶，正发出有节奏的“叽叽”声。

城市的车来车往，人来人往，这一成不变的风景，我已经厌倦。倒是眼前的玩具，让我感到了新鲜。细看之下，是几个小小人偶滑过一段盘旋曲折的索道，最后遇到一段陡峭的台阶，人偶们稍作停顿，好似在积攒力量，然后竟依次蹦跳着拾级而上，到整个玩具的最高处，再顺着索道滑下，如此无限循环。玩具旁边放着一个黑色的大塑料袋，里面装有几盒新玩具。后面的石阶上坐着一个二十多岁的女孩，干净但略显破旧的衣衫，黝黑的脸上爬满汗水，却还带着笑。

不知不觉过去了近二十分钟，没人理会这个玩具摊子。我心里有明显的担忧，我却弄不清，这担忧是为了女孩，还是为我自己。

“这个怎么卖？”我正浮想联翩时，一个女子问旁边的女孩儿。

“三十五。”女孩的声音是清脆的，洋溢着笑意。

那女子并不答话，只毫不停留地走远去了。

我心里有一丝失落，正是为这女孩。待细看，她正满脸笑意地看着过往的行人，偶尔用手摆弄一下玩具，没有一点不高兴的样子。

又一支烟吸完了，扔掉烟蒂的同时，我掏出下一支。点燃香烟的那一刻，我感觉到女孩的目光从我身上迅疾地划过。我想，莫非她讨厌吸烟的人？继而我又苦笑，也就最后这盒了，我几乎连一盒烟都买不起了。

透过街头的喧嚣，人偶们的“叽叽”声执拗地敲击着我的耳膜，那奋力地拾级而上，让我若有所思。

“这玩具怎么卖？”是一个骑自行车的男子停下问着女孩。

“三十五。”

“我出来没带这么多钱，兜里好像只有二十一。”

“也成，拿去，我挣你一块钱。”

男子在衣兜里掏了好一会儿，最后数数那一把零钱，十九元。

“我不挣你钱也行，但总不能赔钱是吧。”

看着男子离去的背影，我的眼睛不由得流露出了无奈。我同样弄不清，这无奈是为别人还是为自己，再找不到工作，我真的快要过不下去了。我心绪黯然的一瞬，感到女孩的目光又迅疾地从我脸上划过。

最后一支烟被我点燃的时候，一个领小孩的女人走了过来。小孩扭头看着玩具，慢腾腾地不走，显然被吸引了的样子。女人也停下来，一边询问着玩具的价钱，一边毫不犹豫地拿出钱包。

我正为女孩感到高兴，终于遇到了一个好顾客。突然，女孩迅速把玩具装进旁边的塑料袋，毫不理会眼前的母子俩，竟拎起袋子迅速跑进了不远处的胡同。

相信那母子俩和我一样满头雾水，待他们的身影消失在不远处的拐角，女孩竟然又回来了。

“吓死我了，真像呀！”她自语般说着，一边扭头往远处看着。

顺着她的目光，我看到几个穿制服的男子，看样子是保安。我恍然大悟，她大多以为是城管来了，可惜那母子俩早已消失不见。

随即，我替她感到深深的惋惜，她惊魂未定的眼睛也渐渐露出了同样的惋惜。有那么一瞬，她不再灵活的眼睛看向我这里，恰好我也在看她。她近乎本能地笑了一下，笑里是深沉的辛酸与无奈，我从中越发清晰地看到了自己的影子。

待她重新摆好玩具，我扔掉烟蒂起身走了过去。

“我想要这玩具，三十元。”我拿出兜里仅有的三十元。

不料，她看了我一会儿，问道：“你买它做什么？”

我一时竟无话可说。

她的目光清亮而犀利，似乎看透了我的脑中所想，“你是想帮我吗？”

我急忙回答：“不是，我真的喜欢这玩具。”随即我又说了那些人偶的可爱与坚强。

她的目光渐渐柔和下来，里面却泛出了泪花，“你竟然也这样想！”她顿了顿，又说：“你需要振作，别再吸那么多烟！”

真是奇怪，一个素昧平生的人竟能如此轻易就击中我心的柔软处。

我回过神来时，我的手里仍抓着那三十元钱，眼前的女孩却已不见，黑色的大塑料袋也已不见。石阶下放着那个熟悉的玩具，上面的人偶正“叽叽”叫着，奋力蹦上一级级台阶。

孔　雀　眼

佟惠军

1944年8月的一天傍晚，上海卢湾区“蔓楼兰”旗袍店。斜阳给满屋锦缎丝绸笼上一层淡淡的光晕，裁缝师傅正给一位官家太太量她已现臃肿的腰身，突然他的手停了下来。官家太太刚想张嘴责骂裁缝想揩她的油，发现对面帮其他客人试旗袍的小伙计也停了下来，就连那个女客也睁大了眼睛。官家太太好奇地转过身去，看到门口进来一个女人。

真让人忌妒啊！怎么会有如此曼妙的女人！长长的波浪鬈发，斜披于一侧肩头，一身素紫色香云纱旗袍，将天赐的胴体勾勒成一道风景，既不能多一分，又不能减一分。脖颈、胸乳、腰身、翘臀，无一不恰到好处。更让人惊奇的是，这样的女人是应该让同类暗暗嫉恨的，可是一旦看到她那毫无一点修饰的面容，那眸子里盛满的忧伤，那挂在嘴边淡淡的而又涩涩的微笑，就无端地激起女人们的母性，不由得产生一种叫怜爱的情绪。

“赵小姐，您来了？每次您来，我们小店顿感蓬荜生辉，小猛，”裁缝师傅大声喊着伙计，“快给赵小姐泡一壶铁观音，赵小姐您坐会儿，我这儿还有个客人。”

小猛脚步不稳地泡茶去了。赵韵凝依旧从前的样子，微笑着和店里所有的人点头示意，然后走到角落的茶台，静静地坐下，目光在窗外的人流中游移着。小猛泡好茶，眼睛一刻不舍地偷瞄着她。她没一丝嗔怒，依旧淡淡地对小猛笑笑，用她纤细柔长的左手，跷起兰花指端起尚热的茶水，轻啜一口，继续看窗外去了。

裁缝师傅明显放慢了测量官太身材的速度，有一搭无一搭和官太聊起闲话，而眼睛则时不时飘向赵韵凝。聊到官太那个在军需处供职的处长丈夫这几天外出未回，赵韵凝的眼神不被人察觉地凝聚了下，瞬间又恢复了忧伤的样子。

送走官太，裁缝师傅问：“赵小姐，您这次又做哪款旗袍，您看看我们店里的丝料和款式，一定会让您满意的。”

赵韵凝笑笑，“王师傅，这次我带了料子来，并且自己设计了款式。不着急让您做，只要能按我的设计把旗袍做出来，韵凝一定重谢”。说罢取出一块深紫色重磅真丝面料，一颗深蓝色宝石。那颗宝石在夕阳的余晖下，毫不刺目，却给人质朴神秘之感。随即又拿出一张设计图纸，王师傅被赵韵凝的设计惊得睁大了双眼。只见图上的旗袍图案是一只将头埋在右肩的孔雀，孔雀眼的部位，正是右心房的位置。孔雀漂亮的翎羽栩栩如生，似可呼之而出。尾部甩在旗袍的后身尾端，这样促使旗袍的后翘就比前身稍长，有礼服的风韵。王师傅惊叹于赵韵凝独具匠心的设计，暗暗下决心，一定要把这款旗袍做好，这已经不是一款简单的旗袍，而是真正的艺术品。王师傅郑重地对赵韵凝承诺，一定给赵韵凝一个惊喜。赵韵凝拿出五十块大洋，轻启朱唇："这件旗袍我不会着急来取，或许很久都未必来取，这五十块大洋既是订金也是保管费用，如果我不来，有人拿着我手上这枚祖母绿戒指来取，您也可以给他，拜托王师傅了。"

赵韵凝走出旗袍店，外面等在那里的两个壮汉恭谨地打开车门。

小猛从赵韵凝走出的一刻，眼神黯淡了。王师傅用皮尺笑着抽小猛的脑袋，说："别妄想了，她可是百乐门最红的歌女，你知道包养她的是什么人？那可是法租界总巡捕，并且听说她把日本那个什么司令也迷得神魂颠倒呢，人家伸个小手指，就能让你魂飞魄散。"

小猛不服气，眼神里充满向往，"师傅，赵小姐可不是坏人，您看她从来都是客客气气的，我就是愿意看她，跟仙女一样"。

王师傅用了两个月的时间，将孔雀旗袍绣了出来，可赵韵凝一直没有来取。这件精美绝伦的旗袍成了"蔓楼兰"的压店之作，无数名媛要王师傅照样做一件，都被王师傅谢绝。王师傅一直觉得这件旗袍像附了赵韵凝的灵魂，那颗蓝宝石的孔雀眼总是充满着哀伤的光晕。不久，王师傅听说赵韵凝不在百乐门了，不知去了哪里。

1945 年 8 月 15 日，所有的中国人差不多都来到街上，融入欢乐的庆祝胜利大潮。王师傅怕有客人取衣服，自己留在店里。习惯性地看那件孔雀旗袍，发现那颗孔雀眼比以往明亮。王师傅不禁慨叹，这件精美的艺术品难道真通了灵不成。没过几天，赵韵凝突然来到店里，神情依旧那样忧伤，她穿上那件自己精心设计的孔雀旗袍，孔雀眼在她的心跳起伏下，有了生命的灵动。旗袍美则美哉，可惜竟然肥了一圈。赵韵凝只好嘱托王师傅稍稍收点腰，并说过几天来取。

结果这一放又是四年。

在上海解放前夕，一个帅气的小伙子拿着赵韵凝那枚祖母绿戒指，取走了孔雀旗袍。王师傅的眼泪滴在那颗孔雀眼上，那颗宝石竟闪烁出前所未有的温润光泽。

在市政府正式成立那天，王师傅看见赵韵凝端坐在主席台的一侧。宣布市政府成员时，王师傅听到了她的职务，上海市卢湾区副区长。

王师傅恍然，可心里却有些惋惜，自己再也见不到那件孔雀旗袍了。

1966 年寒冬的某个深夜，王师傅家来了一个不速之客。将那件他魂牵梦萦的孔雀旗袍交与他手上，含着热泪说这是一个女人托付他送来的，然后转身离去。

这件曾经迷倒无数名媛淑女的孔雀旗袍早已不是当年的样子，孔雀眼已经不在，孔雀的羽毛似被无数只脚踩过，脏乱不堪……

下　鱼

王苏华

如今的北京是个冬天找不到残雪，夏天憋死知了猴的干松地儿，真不知道北京曾经是海的传说是否真实。

但是您别说，在我几岁的时候，北京还真有过天上下鱼、地面成河的日子。

小时候对某些事情的记忆有时是混乱的，经常感觉是神话里的情节。我只记得那年的夏天老热了，知了在树上岔了声地扯着，让人起急。

那时候小学生放学是可以自己撒着欢儿往家颠儿的。我家和学校之间隔着一片农田，学校在西边，我家所在的大院在东边。每天放学我和哥哥都喜欢踩着田间小路，前后相跟着往家颠儿。天地间不时会响起我这个小老爷们儿般嗓音的嗔怪声：“臭哥哥，等等我嘛！”哥哥反而会故意加快脚步，在我刚要尖叫的瞬间停住脚，冲我做着鬼脸儿（他最怕我那种不分男女的狼嚎了。哈哈，这是我的撒手锏）。

那一天我们在回家的路上又一次嬉闹时，哥哥的鬼脸突然僵住了。他一下冲到我的身边，一把拉住我的手玩命地往家跑了起来。

我被哥哥突如其来的变化吓了一跳，不知所措地被哥哥拖着往家跑着。在奔跑的过程中，我只觉得眼前越来越黑，身边仿佛有人在用力挤压着空气，一股尖啸随即刺痛着耳膜，一股强大的冲击力，把我和哥哥一下拍到了田里，豆大的雨点砸得我全身疼。哥哥顾不得哄一下号啕大哭的我，一把拉起我继续往家跑。好在剩下的路途不远了，我们终于跑到了大院的门房前。

看门的靳爷爷冲出屋门，一下把我和哥哥拽进屋子，门随后“嘭”的一声被狂风暴雨关上了。哥哥喘了一口气，看了一眼还在抽泣的我，又看了一眼慈祥的靳爷爷，突然放声大哭起来，把靳爷爷吓了一大跳。他用蒲扇般的大手照着我们的头顶一人一下吼道：“哭什么哭，没死人呀，不就是刮风下雨吗，没见过？”说完，他拿了一条毛巾给我们擦干淋湿的头发。屋子里原本暗暗的，忽然亮了起来。靳爷爷停住手望向窗外，扑哧一声笑了，“看看，把神仙都惊动了，搭桥来接你们了。”

我和哥哥止住哭声，含泪望向窗外。天呀，只见田野的上空横架起一座七彩的云桥，因为田里都灌满了水，所以田里面也有云桥的倒影，像是一个七彩的圆。几朵白云游荡在桥的周围。门房前的马路上也是水流成河，不时有什么东西蹦了起来，溅起漂亮的水花。

忽然，哥哥一下子推开了门，跳到马路上，声儿都岔了：“靳爷爷、妹妹你们快看，鱼呀，好多的鱼！”靳爷爷拉住我也跑到门外。我透过泪水定睛一看，只见柏油马路上，很多寸把长的鱼在蹦着。靳爷爷赶紧进屋拿了个脸盆出来，我和哥哥欢呼着往脸盆里面捡，不一会儿就捡了半脸盆。

那时候虽然几毛钱就可以买到鱼，但是人们如果不是过年是不会花这个钱买来吃的。我们贪婪地看着盆里欢蹦乱跳的鱼，两对小眼睛又齐刷刷地望向靳爷爷。靳爷爷轻轻地笑了一下，“馋猫们别急，一会儿爷爷就把鱼炖了给你们送去。现在赶紧回家，把湿衣服换了，伏天的雨也会让人受寒的”。

我和哥哥回到家里迅速写完作业，就坐在房间里安静地等着。下班回来的父母诧异地看着一对异样的“魔怔”儿女，又相对望了一眼，非常纳闷儿。晚饭时间到了，父亲习惯地打开“话匣子”听新闻。母亲正在摆着饭桌，忽然响起了敲门声。我和哥哥蹦了起来，嘴里欢呼着：“有鱼吃了！有鱼吃喽！”全然不顾父母惊愕的眼神和噼里啪啦被碰倒的凳子。哥哥抢先了，一把打开屋门，门外站着笑眯眯的靳爷爷，手里端着一个大把儿缸子，里面飞出来的鱼香，让我和哥哥垂涎欲滴。

身后“话匣子”里传出播音员甜美的声音：“今天傍晚，北京市部分地区下了大暴雨，瞬间还有龙卷风出现，但是没有造成重大的财产损失。”

那一年，我六岁多，我哥哥不到八岁。

夕阳下的风铃

王继颖

夕阳又在院里的苹果树头顶画了个红圆圈，一寸一寸地往枝叶间落。一阵凉风从敞开的院门外跑进来，老丁停止摇动手中的蒲扇，定定地望向院门，歪着脑袋听外面的动静。他的心思在院门口停了好大一会儿，才轻轻叹了口气，从凉椅上吃力地站起来，迈着迟缓的步子去关院门。他眯着眼看苹果树，夕阳的脸被绿叶遮住一半，成了半个大红苹果。

“爷爷，我想吃苹果！”十八年前的春天，这个院子里添了刚落生的孙女，老丁就种下这棵苹果树。孙女会跑向他怀里撒娇那年，苹果树上结了果儿。苹果红透了，老丁就喜滋滋地摘给孙女吃。苹果青了红，红了青，孙女在这院子里吵着叫着，转眼就上了小学。

如今，枝叶间的苹果又青了，老丁真想像过去一样天天听到孙女的声音。唉！他下意识地看看自己卧室的窗子。窗子开着，风从窗纱里飘进去，轻轻摇晃着窗前那几串纸鹤。

孙女小学毕业那年夏天，每天写完作业，小姑娘就翻出家里的旧画旧挂历，裁成一个个小方片儿，左折右折就成了一只只张着翅膀的纸鹤。孙女儿聪明，老丁怕她耽误学习，总唠叨："有这工夫儿，念好多字儿了。叠这玩意儿能当饭吃？"孙女听了抿嘴儿一笑，笑得有点神秘，"爷爷，我得叠够七十二只。"那年，老丁刚好七十二岁，听声音还算真切。

夕阳又在苹果树顶画了红圆圈，孙女背着书包跑进屋里，从她自己的小柜子里翻出一嘟噜纸鹤，纸鹤用线串成了长短不一的六串，挂在被剪成圆形的硬纸片上，硬纸片中间被一根线绳串着。孙女把纸鹤递到老丁手里："今天您七十二岁生日，我用七十二只纸鹤做成这个风铃做礼物，爷爷喜欢不？"那天，老丁自己都不知道要过生日，儿子媳妇为了挣钱在城里打工，忙忙碌碌地不会记起，这小孙女的细心让他心里热了又热。

老丁把纸鹤串成的风铃挂在窗前，窗子开着，风钻进窗纱，风铃沙沙地响个不停。老丁站在窗前靠近了听，觉得这沙沙声比他爱听的河北梆子还悦耳。老伴去世早，儿子一成家就带媳妇进城打工，留下老丁孤身一人在这个郊区的小院子里。直到孙女出生前儿子媳妇才回来，小院子里才有了生气。可团圆的日子才过了一年，孙女一断奶，儿子媳妇就又燕子似的飞进城了，只留下孙女让老丁带。虽说只有祖孙俩，可小孙女乖巧伶俐，老丁掌上明珠似的侍候着孙女，日子倒也充实快乐。孙女也知道疼老丁，才六年级就记得住他的生日。

孙女的学习成绩出奇地好。转眼升初中了，郊区的学校离老丁的小院子远，教学质量也不高。儿子媳妇培养孩子的心气儿高，老丁也盼着孙女能成个凤凰。儿子媳妇奔回家一商量，把孩子带进城里，花高价让孩子上了重点学校的寄宿班。院子里又剩了光杆老丁。

每天夕阳成了树上的大红苹果时，老丁都会重复着这串动作，看敞开的院门，听门外的动静，关院门，望纸鹤。孙女在城里学习竞争厉害，每天紧张得喘不过气，只有节假日才回来几天。旧画旧挂历做的纸鹤风铃褪了色，老丁却舍不得从窗前摘下来。风进入窗子里，风铃还会摇晃，可那沙沙的声音，老丁听起来越来越轻了，仿佛那声音越来越遥远了。

老丁用枯皱的大手使劲儿晃晃风铃，侧侧耳朵，那沙沙声还是若有若无。他凑近了床前的挂历眯眼看看，今天居然是他的生日。他再望望那纸鹤，窗外进来的风大了点儿，纸鹤晃得厉害，沙沙声也一定清楚了些吧。可隔着床，那声音老丁听不见。老丁愣愣地想，这风铃的沙沙声，城里读书的孙女，打工的儿子媳妇，能不能听见呢？

炊烟大赛

朱红娜

凌思源酒足饭饱之后，便有一种强烈的冲动。他掏出手机，照例拨了一个电话。

当原配将小三捉奸在床的时候，凌思源用“我犯了所有男人都会犯的错”敷衍原配。原配说：“好，既然知道犯了错，你马上改。”

小三不干了，指着原配咄咄逼人，“社会的车轮永远是向前的，优胜劣汰是生存法则”。

只一句，凌思源刚刚怯懦的胆“嘭”地充血了。

原配说：“我们可是青梅竹马一路打拼过来的啊！”

可青梅竹马不敌青春靓丽。凌思源财大气粗，理直气壮，两条路，要么和睦相处各不干涉，要么离婚。

原配毫不犹豫选择后者，留下一句“你等着瞧吧”，头也不回地走了。

凌思源梅开二度春风得意。可不久他就患了一种怪病——每天肚子胀胀的，吃饭胀，不吃饭也胀。凌思源就纳闷儿了，老牛吃嫩草怎么会消化不良呢？医生从外到内检查个遍，只差把肠胃翻出来看了，也没查出个子丑寅卯，最后开了一大堆健脾开胃的中西药，可这病非但不见好，且越发严重。

“你啊，这是富贵病。”凌思源回到村里，老茂叔对他说，“不信你在我家吃顿饭试试？”

老茂叔开始起火烧饭，炊烟透过老屋瓦顶袅袅升起，凌思源看着越升越高的炊烟，突然听到肚子咕噜咕噜响了起来，这肚子有多久没咕噜过了，凌思源也记不起来了，他突然感觉很饿，很想吃饭。凌思源高兴极了，原来他没病，他还会饿。

顺着袅袅炊烟，凌思源的思绪回到了童年。那时很穷，经常吃不饱，经常肚子咕噜咕噜叫，而每次回到家里看到炊烟升起，咕噜咕噜叫的肚子就像被人安抚了，肚子就乖顺了，不叫了。

是人奇怪呢还是炊烟奇怪？小时候肚子饿咕噜咕噜叫看到炊烟就不叫了，现在厌食肚子胀看到炊烟就咕噜咕噜叫了。

炊烟真好。这一顿，凌思源津津有味吃了两大碗，像童年一样拍着舒服的肚子嘿嘿地笑着。

一回到城里，凌思源又不想吃饭了。他想了一个办法，在城里自己的别墅，按照村里的模式，依样画葫芦做了一个炉灶，买了木柴，做起了饭菜。可是，凌思源的肚子不但没有咕噜咕噜叫，还依然饱胀饱胀的，一点食欲也没有。凌思源看到别墅外面管道上冒出来的是一股浓烟，直直往上冒。他不明白，城里的柴火怎么就冒不出村里一样的炊烟呢？

“神经病！”已经转正的小三对着凌思源的背影骂道。

凌思源只好隔三岔五地大老远回到村里，看村里炊烟袅袅，他的胃口就好了，就又想吃饭了。

可是，村里的人都往城里跑了，炊烟越来越少了。这一天，凌思源又回到村里，竟然没有看到一处炊烟，老茂叔儿女也在城里打工了，儿子专门为他买了煤气灶、热水器，老茂叔用煤气灶为凌老板做饭，凌老板感觉他又没胃口了。

老茂叔，您能不能再用柴火为我做顿饭？凌思源拿出一沓钱，恳求老人，老人无奈地叹气，很久没用柴火烧饭，木柴都没有了。

凌思源怏怏地离开村子。从村里回来的凌思源失眠了，眼前总是幻化出一缕缕炊烟。

从此，凌思源不但没有了食欲，睡眠也随之凌乱，原来体胖腰粗的身体渐渐瘦弱下去，像冬天的树木了无生机。凌思源是真正体会到了“有钱可以买到食物，但买不到食欲；金钱可以买到金榻，但买不到睡眠”的切肤之痛。

突然一天，老茂叔打电话给凌思源。再次回到村里，远远地，他看到一缕一缕的炊烟从村民老旧的房顶上飘出，这不过年不过节的，怎么会有那么多炊烟呢？他使劲地揉揉眼，确定这不是幻觉，“咕噜噜，咕噜噜”，他兴奋得孩童般跳了起来，大声喊，“我的肚子又叫了”。

老茂叔告诉他，村里搞了个炊烟大赛，每年炊烟次数最多的家庭为冠军，奖励五万元，凡是家里有炊烟的都奖励一万元。

村里沸腾了，外面打工的人纷纷回来了，每到做饭的时刻，家家户户的瓦顶上都飘起了炊烟。

“有这事？谁搞的？”

“玉英，她不让我告诉你，她接下来要在村里办个竹制品厂。”

凌思源惊呆了，自己怎么从来没想到这事呢！他马上做了一个决定，向村尾走去，那里，是玉英的娘家，玉英，是凌思源的原配，他要把他的决定尽快告诉玉英。

五块钱及其后果

青　平

要说这五块钱呢，必须先说姑姑。

啊！姑姑！我那气压花木兰，比肩穆桂英的姑姑！作为一个家境不错的农村姑娘，当年她新婚时的20世纪80年代，新媳妇在日常生活中要遵守的，也无非是懂事点，不惹人笑话而已。可姑姑在很短时间里，便以一种不声不响的方式，迅速获得全村长辈的赞许。并且随着日子渐长，这种赞许渐渐沉淀为尊重，而这种尊重无形中赋予了姑姑一种女元帅的风范。那就是，家中一切大小事务，春天先浇哪块地，秋季晚收哪块田，自然都由她说了算。木匠手艺精湛脾气又出了名好的姑夫，因为常不在家，心悦诚服地成了姑姑的“下属”。细想想，谁会对一个动辄就在离家稍远的农田里，干上一整天活中午却只啃两块馒头的妻子不心存敬意呢?

在这种家庭环境中长大的表妹，性情上乖乖地随了姑夫。哦，女主角隆重登场，这五块钱是关于她的逸事。

话说表妹工作后不久，在同事的介绍下相了一次亲。小伙子厚道寡言，人品端方。表妹汇报情况时，连轻度近视，肤色稍黑这样的细节也不敢漏掉。姑姑听完很快作了指示:“近视眼不行！长得黑了下一辈子的小孩子也白不了！再说他家那么远，将来结了婚回趟娘家都不容易……”表妹沉默地放下了电话。

周末早晨的宿舍里，表妹正洗脸，有人敲门。顶着一脸水珠打开房门，是小伙子那张没有笑容的脸。

“是你家人不愿意，还是你不愿意？”

表妹沉默了一会儿，说你走吧，不愿意就是不愿意。

半个小时过去了，小伙子还在教学楼旁边的海棠树下站着，并遥遥地望过来。隔着玻璃窗，表妹开始心烦意乱。

隔壁开始有同事进出，他还是不走。

穿好鞋子，带上钥匙，以最快速度离开。这一下，他该知趣了吧?

街道上人潮汹涌，各种车辆杂乱无比。原来是每年春天的庙会日。远近来上香的人们摩肩接踵。表妹漫无目的地随着人群从一条街道流进另一条街道，从春阳初照走到日近正午。偶尔回头，发现那张戴眼镜的脸，正在不远处张望。正是暮春时分，正午的阳光晒得人红头涨脸，路边有商店，口干舌燥的表妹摸了口袋，居然没带钱包。小伙子赶紧走过来问:“想喝什么?”表妹看了他一眼,继续往前走。

终于走到心烦,路边树荫下有干净桌椅,看四下无人,表妹颓然坐下了。小伙子一言不发地放下一瓶水,表妹转过脸不看。

从路边门面房里走出一少妇,问表妹想吃点啥呀?表妹诧异,“这里是饭店?”少妇笑了,“不卖饭会放桌椅?你俩都坐了半天了,还没想好吃啥?”

接下来小伙子反复游说表妹在此吃饭的必要性。

表妹看看偏向西边的太阳,沉默了一会儿,赌气似的说:“就一碗面!啥菜也不要!”

这件事我是从姐姐那里听说的,接下来发生的事却让人恨不得撞墙。那就是姑姑打电话询问表妹是否干脆回绝了人家,表妹弱弱答道,说是说了,可他……等听完了这碗面发生的经过,姑姑勃然大怒,“为啥花五块钱?既然你不愿意为啥要花人家五块钱?女人最不能做的事,就是无缘无故花别人的钱!”

这次脾气大概发了好久,直到表妹在电话里泣不成声,姑姑才余怒未消地挂了电话。为这五块钱,表妹痛哭了一个晚上!

第二天傍晚,小伙子送来了电影票,并且说:“你要是不想和我去看,就自己去吧,总比一个人闷着烦心强。”

表妹想了一会儿,最后心一横,去就去!反正也花了五块钱了!反正也被骂过了!

这件事的结局是:如今姑姑拥有一个令大家无比羡慕的好女婿。表妹一家是我们这一辈人当中幸福指数最高的一对!白皙圆润的表妹和黑瘦干练的妹夫,一个小学语文教师和中学语文教师,永远都有说不完的话题。他们的宝贝女儿,黑亮俊俏,可爱异常。

有时候大家聊天,还会有人开玩笑说:“多亏花了那五块钱哪!”

容　颜

庞　滟

这个夏天绵长的雨,像设计师卓天心中的爱情苦水,在满地的酒瓶间流个不停。他怎么也想不通,恋爱八年的女友去美国深造一年,就和老外结婚了。

“你懂什么?她是我打造出来的极品,我怎么可能再爱上其他女人?”卓天面对劝他的助理尹诺,痛彻心扉地嚷着。

“怡冰属于别人了,你放手吧。我死心塌地爱你十年了,你试试接受我的爱吧！”尹诺鼓足勇气，终于倒出藏匿多年的心里话。

“你……爱我？要是你变成怡冰，我会爱上你……”卓天话没说完，一头醉进沙发里。

雨过天晴。卓天的老板把他从酒瓶里揪出来，没钱的他不能继续买醉，他得工作。

办公桌上，卓天发现一封署名尹诺的信，应该说是一份简单的情书。她在信中说：“卓天，谢谢你让我说出暗藏十年的爱，终于给了我忠贞不渝的奉献机会，我去养育我们的爱情，半年后见！”

卓天摇着头笑道：“尹诺啊，神经大条！又搞什么鬼名堂？”笑过之后，他的心突然酸楚起来，这个平时称兄道弟，无微不至去关心他的邻家女孩一直暗恋他，竟然一丁点也不知道。她去养育什么？不记得有肌肤之亲，难道那天晚上……

日子如落花，一天天飘走。谜一样的尹诺像一只花蝴蝶，经常飞进他的梦里，萦绕他所有的时间里，对她的思念已经慢慢填平怡冰留下的伤口。他打不通电话，就把半年后的那页日历纸折成一个硬角，开始期待那一天。

一个阳光明媚的冬日。卓天看着那页被折成翅膀的日历，激动的心舞个不停。他不知道将要发生什么，总之是个不平凡的日子。他特意打理得英俊潇洒，甚至想过，尹诺那丫头向他求婚，他会答应的。

9点一刻，办公室的门徐徐推开。长发飘飘的怡冰羞答答走到他面前。卓天展开的笑脸僵住了。怡冰一步步走进他的怀里，紧紧拥抱一言不发。他挺直的身体不知所措，仓皇的心要蹿到天上去。那双柔软的手在他的身体上游走，被牵进了温柔乡。

“你不是怡冰！你是谁？”

“我是尹诺。”女子全身发抖，不敢再抬头。

“你是人，还是鬼？你杀了她，换了她的头？”卓天推开女子，惊恐地问。

“我没杀她，我只是整容成她的样子。你说过，我变成她，你才会爱上我。你不会反悔吧？”尹诺泪眼婆娑。

“你疯了吗？半年来，我日夜思念的人都是你。现在，又把她的样子做回来，让我如何接受？”卓天愤怒地拍着桌子。

“有你这份爱，我死也心甘情愿。你一定要等着我，等我做回我自己。”尹诺说完，擦干泪水跑了出去。

等卓天追出去，尹诺已消失得无影无踪，拨了无数遍电话都是关机。

一天下午。卓天办公室的门自动开了，一个熟悉的面孔又出现在他眼前。他长舒了一口气，用平和的语气说：“回来就好，不管你是不是怡冰的样子，我都接受你了。”

“亲爱的，就知道你会原谅我，特意从美国赶回来告诉你，等拿到绿卡，加入美国国籍，我马上和现在的老公离婚。到那时，我接你过去，一起建我们美好的家园。”女子高兴地说。

“等等，你到底是谁？”卓天指着眼前长发飘飘的女子，吃惊地问。

“我是如假包换的怡冰啊，你怎么了？”女子满脸疑惑地走过来，伸手去摸他的脸。

卓天躲开女子的手，她的声音，她的眼神，她的举手投足都在告诉他——的确是怡冰。他整理着碎成玻璃屑的心，郑重其事地说：“就算你是真怡冰，我们也该结束，不可能在一起了。”

“求求你，不要这样，什么也不能抵消我们八年的感情啊！”女子含着眼泪说。

“八年怎么了？你说走就走啦！另一个爱我的女孩，默默守候了十年，甚至不惜弄成了你的模样。我不应该珍惜她吗？”卓天心痛地说完，背转身，望着纯净碧蓝的天空，热泪盈眶。他听到门啪地被关上，一串沉重的脚步声渐行渐远。

遭遇沙漠狼

陆　梦

王飞是在沙尘暴停了之后发现那群狼的。

沙尘暴来势汹汹，探险队的车才排到一起，就被沙子一点点掩埋了。一切都安静下来后，大家互相解救，下车清理沙子。在车子底下，趴着很多沙漠狼。它们茫然地看着队员们，然后钻出车底，抖索身上的沙子。有人吓得尖叫起来，也不管沙子还掩埋着车，就往车上爬。大家都惊慌失措，不知该如何逃命。王飞觉得遭遇狼群比沙尘暴还可怕，因为十年前，他第一次带领探险队穿越古尔班通沙漠，一点经验也没有，仅凭着年轻气盛。在沙漠里，他们和沙漠狼遭遇了，队员们纷纷从车里拽出器械，和狼们大战一场。王飞把头狼的尖嘴挑豁，才逃脱狼群的包围。王飞现在已经具备了在沙漠里生存的经验，面对突发事件，总能冷静处理。这次看到这么多狼，他也蒙了。幸亏，那些狼抖落掉沙子，离开了车队。

行程到第三日时，他们又遭遇了那群沙漠狼。看到还是那群狼，讲解员百灵鸟特别兴奋，她竟然说，这群狼和队员们是患难之交，可能是想和大家伙交朋友。团里的人听了很开心地拍照片，有的甚至想等沙漠狼走近些，好抓拍狼的表情。

队友们吃喝的时候，那些狼就散坐在不远的地方。有几只狼不停地咽口水。

百灵鸟扔了一块压缩饼干，一头狼把饼干叼走，放在地上嗅了几嗅，就不再看一眼。百灵鸟不死心，又把牛肉罐头扔了过去，群狼竟然无动于衷。

当王飞看到一头豁着嘴唇，零星的黄牙裸露在外，凌厉的眼神射向企图窥探它的狼时，心一下抽动起来，这就是十年前他挑豁嘴的那头狼。他不相信，世上哪有那么巧的事，古尔班通沙漠这么大，怎么可能会有二次相遇。再说，这几年旅行者很少能看到沙漠狼了，听说快要绝迹了，就是遇到，人和狼都能相安无事地擦肩而过。这头豁嘴狼，说不定带着它的后代寻仇来了。王飞把自己的担忧对大家讲了，希望大家提高警惕，随时防备群狼的进攻。

王飞的话音刚落，大伙像电打一样爬上车，蜷缩在车里等待着天明。夜深人静时，啊呜……啊……呜呜……的声音此起彼伏。

天露出一丝光亮，地平线开始出现移动的小黑点，一个，两个，三个……沙漠狼开始激动起来，躁动不安地抛撒沙子。王飞一看远处还有更多的黑点朝这聚集，惊慌地命令大家赶快前进。让人想不到的是，狼群好像得到了指令，竟然排成队，拦在了车头。远处的黑点越聚越多。

王飞的车已经被群狼包围得水泄不通。豁嘴狼蹲坐在远处的沙包上，用藐视的眼神看着惊慌的车队，不时发出几声低嚎，群狼会随着豁嘴狼的叫声变换位置。

车队和狼群僵持着，太阳越升越高。灼烫的沙浪开始翻滚。如果再这样僵持下去，大家都会变成干尸。

队员们焦急万分，想不出更好的对策。有一辆越野车冲撞狼群，试图杀开一条血路。哪知道，更多的沙漠狼堵在了车的前面，越野车寸步难行。沙包上的豁嘴狼一声长嚎，越野车跟前的狼开始进攻，啃车轮的，用头撞车玻璃的，咔嚓、咔嚓声，剧烈的撞击声，还有队员惊慌的喊叫声，女人绝望的哭声，在沙漠的热浪里让人窒息。

正在这混乱的时候，王飞的车门忽然打开，一个人跳了下去，车门随即关上，扩音器里传出百灵鸟的声音：大家做好准备，王队已经下去，大家开足马力冲出去！

王飞被群狼包围了。

车队掀起滚烫的沙子，脱离了群狼的包围圈。

行驶一百公里后，车队不约而同地停下。王飞为了救大家跳下车，一定被狼吃得只剩下衣服了，连骨头也不会剩下。大家的心情很沉重。那辆越野车掉转了车头，顺着原路返回。其他的车子也掉转了车头，紧紧跟在后面，只有百灵鸟紧紧地抓住扩音器，一动不动。

狼群驻足的地方已经不见一头狼，它们就像团里的人做了一场梦，消失得连痕迹也没留下。一个人静静地躺在沙地上，没有了知觉。

回城后，王飞对百灵鸟说："我不怨你，你推我出去时，我也正想跳下去，你也是为了救大家，我理解。当群狼看到你们绝尘而去，留下我一人，它们围着我哀号了很久，也迅速撤离了。狼，有时比人更让人猜不透。"

郝　三

薛国英

郝三来到南社村时，天正晌午。郝三走得又累又渴。

这一年，郝三也就十八九岁光景。个头约莫一米七五，身子骨有点瘦弱，眼睛却炯炯有神。

他是想找人家干活，混口饭吃。天不亮，就到处寻找，只是找不到需要帮工的人家，到现在了，一口馍都不曾吃，中间只喝了几瓢凉井水。

正在他四顾茫然之际，被一孔刚箍好的新窑洞吸引。窑里面，一个中年男人正在清理窑洞里的砖头瓦块，旁边站着一位和郝三年纪相仿的大姑娘。

那姑娘模样端庄，身后垂着一条齐腰的长辫子，一双会说话的眼睛把郝三勾进了窑洞。

"大叔，你家需要帮工吗？"

中年男人抬头打量郝三好半天，说："这都是重活，你怕干不了。喀喀……"

"大叔，你是见我长得瘦弱，怕没力气吧！哈哈，这点你放心，我十三岁就出外给人打工，没有我干不了的体力活。"

"那好吧！"

姑娘不言不语，只是用她好看的眼睛看着郝三，不时抿嘴一笑。

中午吃饭，郝三一连吃了五个玉米面馍馍，喝了三海碗米汤。郝三大食量，让中年男人父女俩目瞪口呆。

闲谈中，郝三知道了那姑娘芳名叫阿芳，爹有哮喘病，不能干重体力活，娘的腿一长一短，走路摇摇晃晃的。家里就阿芳一个，没兄没弟。

吃饱饭食，郝三恢复力气。

阿芳爹说："院子里需要打一个水窖，得四米深。郝三，你一个人可行？让阿芳帮你吧！"

"行，叔！阿芳，女娃，就不要干这活了，我一个人干得了！"

郝三在院子里选好打水窖地址，便用三齿镢开挖。

“郝三，让我帮你干点啥？”阿芳问。

“啥也不需要，你女孩子家干不了这活。你只管把喝的水烧好就行。陪我唠唠嗑。”郝三快活地回答。

天没黑之前，已经挖了有一米深。郝三的汗衫早已湿透，阿芳不时把凉毛巾递给郝三，让他擦擦脸上的汗。

“郝三，你老家是哪里人？听口音，你不是我们这儿的啊！”

“我家在河南济源，前几年，我们那儿招灾了，爸妈带着我和哥姐几个跑出来，四处要饭。大哥在逃荒路上饿死了，二哥被抓去当兵了，大姐出嫁了，还有一个兄弟一个妹子，还小，跟着爸妈转村子要饭为生。我从十三岁起，就开始四处给人打工，混个肚子圆，饿不着就是了。”

以后的几天，郝三在下边挖土、装土，然后顺着井绳爬上去，用辘轳把下边的土绞上来倒掉，忙得不亦乐乎。郝三丝毫不觉累。

郝三又从崖边用小平车拉来黄黏土，开始用棒槌钉窖。

过了约莫五六天，一眼深四米的水窖就打成了。

水窖挖成那天，阿芳爹灌了一斤散酒，又买了一点猪头肉，阿芳亲手下厨做了几个菜。

郝三与阿芳爹开怀畅饮。酒酣耳热，俩人的称呼就乱叫起来，你叫一声“老哥”，他叫一句“老弟”，一会儿双手握到一起，一会儿两人搂抱一起，笑着哭着。

阿芳在旁边，喊喊爹，叫叫郝三。

此后的两个月，郝三又独自一人把南面和西边两堵墙筑起来。

阿芳每天快快乐乐地送水送饭，快快乐乐地陪着郝三说说笑笑，郝三有着阿芳在，也开开心心精精神神地干着活。

每天，郝三用石夯在土墙上砸夯，一边口里喊叫着：各位兄弟哟，嗨呀——呼嗨……一边有节奏地夯着土墙。

阿芳爹不在跟前时，郝三也故意喊些：郝三和阿芳成一家人哟，嗨呀——呼嗨……

羞得阿芳脸红红的，嘴里笑着骂：“郝三，你个坏家伙，找不下媳妇，没羞！”

郝三说：“你给我做媳妇，我不就有媳妇了！”

“谁给你做媳妇，看把你想得美！”

说着，阿芳弯腰拾起地上的小土块砸向墙上的郝三，郝三故意不躲避，虽然土块砸在身上不疼，但郝三还是故意夸张地哎哟，你砸疼我的头了！……

“呵呵”“哈哈”……

土墙围起来，阿芳的新家建成了。

郝三却有点伤感，阿芳家的活干完了，他也该走了。

散席饭桌上，阿芳娘说："三，你在俺家干了几个月的活，只干活不要工钱。你干活实在，人实诚。俺家只有阿芳一个闺女，我和她爹也都不中用，家里没个男劳力咋行！你要不嫌弃，留在家里，给……做个……儿子吧！"

"娘，我不要他当哥哥。"阿芳娇声说。

"死女子，你不让三当你哥哥，让他当你什么呢？"阿芳娘心知肚明，几个月来，郝三和阿芳说说笑笑的亲密接触，阿芳娘看在眼里喜在心上，早就有意招郝三为上门女婿，故而探探阿芳口风。

"反正不能是哥哥嘛！"

"呵呵！""哈哈！"……

"叔。"

"叫爹。"

"爹。"

"哎。"

"婶。"

"傻孩子，叫娘。"

"娘。"

"哎。"

一屋子的欢笑声，让挤进屋里的黑狗也欢快地叫了起来：汪，汪，汪汪……

你是人间四月天

天　晴

不知何时起，卧室的老墙上悬了只神秘的耳朵，看不见摸不到，偏偏一到晚上就兴奋地播放隔壁家的小夜曲。

这不，我眼皮打架的工夫，耳朵嘎嘎响了。

"我念诗给你听！"女人说。

"好。"男人答。

"我说你是人间的四月天。"

"啥四月天？是春宵……"

女人的莺声燕语便像串串音符荡漾开去。

天亮，便有几个早起的鸟们聚一堆儿朝女人家戳戳点点：这小媳妇，这小媳妇！

不大一会儿，小媳妇家的门“吱扭”一声，女的，男的，跳跃着下楼，气氛立马欢腾起来。

“柱子，睡得好觉？”胖大妈挤着眼问。

“啊，好好。”柱子埋头擦他的自行车。

“柱子，谁是四月天？”李二嫂问。

柱子不答话，埋头抹大梁，擦后座。

小媳妇倚着门框，羞红了脸，睨着单眼皮朝柱子哧哧地笑，脑门儿被晨光映得亮亮的。

“好咧！”柱子把车一正，小媳妇就贴上他冒着热气的后背，丁零零飞出院子。

大家爱打趣儿，只喊小媳妇“四月天”。“四月天”没找工作，在家爱写写诗歌，柱子说就喜欢她这样的文化人儿。柱子在一家修理厂当修理工。

在我的印象中，俩人总是黏黏糊糊、日子和和美美的。但很多天后的一个晚上，小夜曲竟变成女人的哭声。

“荞麦花！你有完没完？”

“没完！”女人声音高八度，“怎么着也得省出奶粉钱！你天天要炖肉，那么点工资够花吗？”

“你说，锅里没肉香，那叫日子？”男人用手指敲着床头，“你的诗歌能当肉吃？”

“哼，我早知道你烦我了。”

“你呢？眼睛被孩子黏上了，就一个时候抬下眼皮，给，洗尿布去！”

婴儿的哭声，女人的数落声，男人的叹气声，锅碗瓢盆的叮当声……声声入耳。

倒是偶尔听过一回女人拿腔作调的朗诵，是朗诵给一只猫听的——你是人间的四月天……扑通一声，猫咪似乎遭到一个扫堂腿，“喵”地坠地远逃。

我几乎被小夜曲折磨得失眠了，便倒了杯红酒，好让自己晕乎乎地睡着。恍惚间卧室的墙变成一张薄纸——会呼吸的纸，我顺着它的毛孔飘过去。

隔壁家的客厅里。女人坐在圆凳上，盯着一口不大不小的鱼缸，几条狮子头金鱼缓缓地游动。女人往鱼缸里扔一把鱼食，瞟一眼男人，诡异地笑一下，再扔一把。男人躺沙发上，把猫挤在大腿和沙发之间，拧一把猫的屁股。猫疼得叫了，却逃不出。他望见女人在瞧他，便拧得起劲儿，而女人抛鱼食也越多。鱼儿，猫咪，猫咪，鱼儿，在我的眼前晃来荡去……

这个傍晚做饭的点，女人从阳台朝我喊：“大姐快来帮我看孩子，我有急事！”

等我把睡熟的孩子放小床上，抹汗的工夫女人回来了，吃力地拉进来一个醉鬼。我被酒气熏得反胃，耐着性子帮她拖上床。醉鬼胡乱骂了几句，便睡沉了。女人非叫我吃碗她做的面汤再走。

香味一旦钻进鼻孔，肚子便识趣地咕噜一声，我拉她一起吃。

姐先吃姐先吃！

我起身给她找碗筷。她有点囧，说摔没了。

我迅速把面汤灌进肚里，碗递给她。她吃得很猛，打了个嗝，眼泪顺着脸颊流下来。

若不是又一晚在小区门口女人失魂落魄地撞了我满怀，我还不知道她们的内战到了白热化，她决意回娘家，再也不见那挨千刀的。我硬是拉她来我家，准备好了一大堆话要劝她。她眼睛肿得像俩桃，汪着满满的水。我给她擦了脸，叫她躺下，她细嫩的肩膀露出来一片瘀青。我问他打的？女人掩了掩，说不是，猫抓的。

谁知墙上的耳朵嘎嘎响了：婴儿的哭声！女人瞪大了眼睛。接着男人的声音："荞麦花，你去哪儿找诗歌和远方了？你快回来呀，我整不了啦！"

女人猛地扭头问我：这墙不隔音？

那以后，墙上安静了许多，只有孩子的哭笑和男人的呼噜声。

荞麦花常常梳个马尾辫，扎进妇女堆里织一件件的毛衣，麻利地套上柱子和小宝贝的身子，鬓角的一丝银发跟着笑容摇荡。有一回，二姐问："早不写诗了，是吗？"

嗯，荞麦花低下头，眼睫毛缝里垂下一颗泪珠。

一阵铃声响起来，柱子手里摇着本杂志，喊："荞麦花，你的诗发表了！"

荞麦花不知道柱子把她的诗歌投稿了。

有一种爱情

金　狐

父亲临死之前绝对有预感，一定有某个神秘的信号直接传输到了他的大脑，才会使他那样局促地对我们喊出一声："快点，我要走了。"之后，目光散淡，瞳孔放大。

就在前三天，母亲看他气息奄奄的样子，就把那一捆精心缝制的长袍马褂，晾晒、叠好放在他脚下。他用极其哀怨的目光看着母亲准备着这一切。

那时候，我奶奶还在，她用枯槁的手反复按摩着父亲冰凉的，不断长出紫色斑块的腿脚。父亲已经指挥不了他的四肢，只能眼睁睁看着我奶奶被悲伤扭曲的脸。

父亲嘱咐我妈说："我对不起你，劳驾你为我母亲养老送终，两个孩子交给你了。我在另一个世界里会保佑你们。"

母亲后来跟我说："你爸最会骗人，今生今世他都没有一心一意地陪我走过，到了另一个世界还指望他保佑我？"

母亲说这个话是有依据的。父亲是个医生，他曾经经历过一个特别离奇的事，有一天他在办公室，看见一个女病人走进来，向他面露感激之情，随即消逝。父亲飞奔到病房，那个女病人刚刚离世。女病人曾是我父亲的前女友。

火化炉门完全关闭的刹那间，我最后看了一眼父亲留在尘世的脚，穿着母亲亲手做的黑松紧口布鞋，四十二码。我母亲天生一双巧手，总能把父亲打扮得体体面面地出门，这次也不例外。可是巧手也没拉住父亲的心，她这一辈子就是替父亲还债的。

这时候我感到父亲抖落了岁月的尘埃，身体轻盈地飘上高高的云端，神态柔和而庄严。我手指着给母亲看。她的视线被泪水糊住了，说看不清。

姑妈对我母亲的表现非常不满，她屡次对我说，你妈妈命硬，心也硬。你爸从生病到去世，你妈顶多就淌几滴眼泪。

我赞同姑妈的话，母亲的确看起来没有那么悲伤。

不久，我梦里看到父亲挽着一个美丽的女子对我说，让你妈妈放心，我现在很幸福，身上所有的疼痛都消失了。阴阳两隔，以后我不能再来看你们了。这之后，我真的再没有做过关于父亲的梦。

母亲问我："那女人长得什么样子？"我说影影绰绰的看不真切。她叹息说，你爸从来对我不守信用，活着如此，死了还这样。

我生气地打断她，"我爸怎么不守信用了？你干吗老是埋怨来埋怨去的？我爸爸就是被你气死的"。母亲对我的态度很是吃惊，但她似乎也找不出话来反驳我，只得默默走开了。

父亲去世一周年，大晚上的，母亲依然像往常一样又插空溜出去。我们左等右等不来，姑妈烦躁地在亲戚们中间来回走动，不停地嘀咕，太不像话了。

我奶奶倒是竭力维护着母亲，说："家里十几亩地呢，圈里又有几头猪，她成天忙得屁股不着板凳……"正说着，母亲回来了，"砰"地一声从肩上卸下个大蛇皮袋，足有半人高，里面全是新鲜的西瓜皮。扔下火钳，除掉草帽，露出黑黢黢的脸。她戴草帽捡瓜皮，怕碰着熟人。

"猪断顿了。"她解释道。

今天是什么日子啊？姑妈的眼睛里冒出火焰。我则对着父亲的遗像号啕大哭。

母亲忽然就倒下了。现场顿时一片大乱，他们围住母亲掐人中、薅头发、捏手丫、按胸脯，好一阵急救。

奶奶搂住我母亲的头哭着说："好媳妇，你千万不能有事，你是我们家的顶梁柱哇，孩子们小，不懂事，你不要跟他们一般见识，我们这个家离不开你呀……"

奶奶的话引得周围一片唏嘘，也如一声炸雷惊醒了我蒙昧的心。自从父亲去世，我和弟弟上学，穿衣吃饭，家里的花销不是母亲从泥里抠出来的？秋收大忙，十几亩稻子，她一个人弯腰弓背，一垄一垄地收割、捆扎，搬着、扛着、用杈子挑，把板车装得像座小山，又冒充汉子，赖下屁股，蹬着腿，挺着胸，一趟趟拖运到工场。她丢下镰刀拿摊耙，丢下摊耙拿扫帚，走路赛小跑，恨不得打着飞儿……

姑妈还想发表点什么演说，被我奶奶厉声制止了："你走开，我们家的事情以后不许你插嘴。"

我和弟弟被亲戚拉到母亲身边，跪下。一旦眼前的迷雾被拂去，母亲的形象变得生动而具体，仿佛第一次这么近距离地瞧着母亲，瞧着她瘦削的腮帮，深陷的眼窝里滚出无穷无尽的泪水。

她忽然支撑起身子，四肢着地，一路爬向父亲的灵位，大放悲声："你好狠的心啊，为什么要一个人先走，把担子撂给我一个人？"

我和弟弟不由自主地扑进母亲的怀里，大声喊着："妈妈，妈妈。"

母亲那天哭得声嘶力竭，直到嗓子不能发声，终于把心里的各种苦水全部倒了出来。

母亲是守信的，她最终把奶奶养老送终，把我嫁出了门，为弟弟娶了媳妇。她每完成一件事情都会跟我父亲报告，说："你总这么年轻，等我去见你的时候怕是不待见了吧。"

逢着我爸的忌日，我妈只烧香，不烧纸。我不满地问："干吗不给我爸烧钱花？"

她说，钱多了他又去找女人。

手机里的母爱

魏益君

那天我因结石住院，临床是一位年逾八旬的老太太，见我脸色蜡黄地走进病房，关切地对我问长问短。等我疼痛减轻了，开始跟老人聊天。我问陪床的女同志是她的女儿吗，老人说是请的护工，儿女们都忙，不得闲。

老人没事时，就摆弄一部老年手机，还说，自己年龄大了，看不清字码，就把儿女们按大小输入了代号，打进打出电话一看就知道是谁的。老人说完，还自嘲地笑了。老人是胆结石住院，不仅如此，还患有严重的冠心病。

第二天，我肚子就不再疼痛了。打完点滴，我就向护士请假，外出活动，以便尽快将结石排出。由于我家离医院不远，晚上也就不再回医院住了。

早晨早早我就赶到医院。老人已经吃过早饭，依然在摆弄那部老年手机。我跟老人打过招呼，老人见我没有了刚到医院时的痛苦状，就夸我到底年轻，恢复得快，然后就笑呵呵地和我拉呱儿。我问老人，儿女们都孝顺吗？老人说，昨天他们都打来电话，问我需要什么，儿媳妇还说要做点好吃的送来，这里的伙食挺好，我没让他们来。接着老人就开始一个一个地计数着夸赞她的孩子，说："老大开了个公司，有出息；老二在外面的城市教书，很上进；就老三没出息，但在村里种了一大片桃园，这时正收摘桃子呢。"

老人陶醉地说着，听得我爱人跟着连声夸赞。我说："儿女们再忙也应该来看看您啊！"老人说："他们每天都打电话，说要来陪我，我拒绝了，我还能下地走动，我的护工跟女儿似的，很细心也很上心，挺好，就让孩子们多忙点自己的事吧！"

我和老人就这样不紧不慢聊着，很投机。等我打完点滴，便到外面活动去了。

几天后的一个早晨，我刚走进病房，就见医生护士围在老人的病床前忙碌着，我一打听，原来老人的心脏病加重。医生交代护工，赶紧给老人的三儿子打电话，让家属来医院。接着，老人被推出病房。护工就从床头柜里翻出一个字条，看着号码拨起来。

两个小时后，病房的门被推开了，跟着进来一男一女。人还没有进来，女人的大嗓门儿就传进来："我们也出了钱的，要来都来啊，凭什么老是我们来，要么就轮流来医院。"

我问："你们是老人的家属？"男人闷声点头，女人紧接着开了腔："老太太也是，为什么净可着我们一家折腾！"

我说："老人天天夸你们孝顺、懂事，还说你们天天给她打电话呢。"女人嘟囔道："打什么电话，她的电话能通？"

我不想再和他们说什么，就说："老人去急救了，你们快去看看吧。"女人张嘴又想说什么，被男人拉着走了。

我转头看到了老人放在床头柜上的手机，拿过来。啊，原来是一部坏了的手机。

望着这部手机，我突然若有所思，感慨万千。或许这部手机里真的存着老人的几个孩子的电话号码，才使得老人对这部手机那么地依恋和陶醉。尽管儿女们对老人有太多的不敬，但纵然有千般不是，母亲也会用一万个理由去为他们开脱。我想，这，就是一个母性心底那份特有的柔软吧。

画　　眉

吴　苹

老赵决定去花鸟市场买一只鸟儿，老赵买鸟儿缘于老李的劝说。

那天老赵赶集时碰到了老李，老李正跟一帮老头儿炫耀他的鹦鹉，老李的鹦鹉把那帮老头儿逗得哈哈直笑。见老赵挤进去，鹦鹉频频向老赵点头，不住地说："老头儿，你好！"一下把老赵逗乐了。

老李把老赵拉到一边说："老哥呀，脸色咋这么灰暗呢？"老赵叹了口气说："唉，老婆子走了，一个人没啥意思。"老李说："你看我，一个人的日子不照样过得挺滋润？"在老李的再三怂恿下，老赵动了买鸟儿的心。

花鸟市场上，老赵看上了一只漂亮的画眉。那只画眉毛色光滑润泽，眼睛乌黑锃亮，叫声婉转清越，老赵一看便喜欢上了。

到家后，老赵找了一块干净的蓝布遮在鸟笼上。太阳温和时，定时掀开布让鸟儿晒太阳，正午时将鸟儿放在树荫下。下地干活时，将鸟笼挂在田间的树上。老赵走到哪里将画眉带到哪里，就连去几百里外的老朋友家，也将它悄悄带上了大巴车。

有了这只画眉，老赵的日子重新有了亮色。

吃饭时，老赵把鸟笼放在身边的椅子上，老赵吃一口喂它一口。老赵说："老伴啊，来一口小米粥，很养胃。"晚上睡觉时，老赵打开鸟笼，把画眉托在手里说："老伴啊，要睡觉觉了，晚安。"老赵亲了画眉的嘴巴一下，画眉也用尖尖的喙在老赵脸上轻啄了两下。赶集时，老赵一边骑车一边和画眉唠："老伴啊，咱们赶集，给你买好吃的。"

无人时，老赵便叫这只画眉"老伴"，这只画眉也争气，在鸟堆里，数它的叫声最清亮，把那帮老头儿的鸟全比下去了。每次都喜得老赵合不拢嘴。

有时，画眉也会使点小性子。那次，老李和一个老头儿来家看鸟，听说画眉每天晚上和老赵吻别，那老头儿非让画眉在他脸上啄一下。老赵拂不过，就让画眉照做了。当晚老赵喂它时，画眉拒绝进食，老赵忙向画眉道歉说："老伴啊，我错了，以后再不这样了。”画眉才好起来。

早晨去林子里遛鸟时，老赵的画眉一叫，四周树上的鸟竞相呼应，阳光温暖，鸟鸣声声，好不热闹。

“有了鸟叫，生活多有味道！”老赵想。老赵想到此处时，就看到了一个老太太，正一边放羊一边抹眼泪，走近一看是邻村的马老太太。一问才知道，老太太的儿媳妇不孝常惹她生气，老太太的老伴走几年了，有了伤心事无人说，只能一个人抹眼泪。

老赵一阵好言相劝，老太太才止住了泪。

后来，老赵赶集经过马老太太门口时，常下了车去看上一眼。临走时，老太太总让老赵捎上几个刚出锅的热包子，老赵也顺手放下几个新鲜的水果。

一来二去的，老赵和老太太便好上了。好在老赵的儿女也通情达理，老赵和他们商量好后，决定国庆节和老太太旅行结婚。趁着两个人腿脚还灵便，出去好好玩上一圈。

老赵买了新衣服和各种吃食，一切收拾停当后，才想起了画眉。老赵想了想，决定把画眉先寄存在大儿子家。

老赵打通了大儿子的电话，刚说了此事，大儿子就一口应下了说，行啊，爸。话筒那边大儿子又停顿了一下说：“爸啊，只是家里那只老猫，凶得很，邻居的小鸡跑过来都给咬死了几只，树上的麻雀刚落下来，它都能一爪子给摁住，恐怕你那个画眉……”

老赵听到此处说：“那算了，我给你二弟打电话吧。”

老赵接着又给二儿子打电话。刚说了这事二儿子就一口应下了说：“行啊，爸。”老赵却听到二儿媳在旁边小声说：“你忘了，咱家小宝正是乱抓东西的时候，家里的金鱼全让他给抓死了。两岁的熊孩子不懂事，那么贵的鸟抓坏可咋办？”

老赵听到此处，忙说：“那算了……”

老赵关了手机，在原地转了一圈，想着是否把画眉送到三儿子家。三儿子刚结婚，媳妇是个护士，爱穿条白裙子，即便是吃一枚樱桃，完事后也得把手洗上十遍八遍的。老赵想了想，只得作罢。

老赵叹了口气，对画眉说：“老伴啊，要不明天把你送到老李家。”刚说完，老赵猛然醒悟般给了自己一个嘴巴，说：“还真不能叫你老伴呢，明天我就有真正的老伴了，她听见还不得生气，我以后还是叫你画眉吧。画眉，明天就得把你送走啦，因为我要结婚喽！”

老赵说完，美美地去睡了。

第二天早饭后，老赵准备把画眉给老李送过去，掀开蒙笼子的蓝布，老赵吃了一惊：画眉一动不动地躺着，眼睛紧闭。

老赵用手一摸，画眉的身体不知何时已没了温度。

奇　　恋

谢松良

麦穗庄少主程枫风流倜傥玉树临风，说媒的媒婆都快把门槛踏破了。可对那些如花似玉的大家闺秀，他竟视而不见，毫不动心。因为，他总觉得她们身上好像缺少点什么，具体是什么，他自己也搞不明白。

次年正月初五，新上任的县太爷携夫人曾氏、衙役、丫鬟一行十余人特意前来拜会程老爷。

县太爷夫人曾氏自称为爱画之人，程老爷的夫人蓝氏高兴地说，若枫儿画艺上能得夫人这样的高人指点一二，荣幸至极。

于是，县太爷一行人分成了两批，县太爷及衙役随程老爷去会客厅喝茶闲聊，曾氏和丫鬟随蓝氏朝少爷的书房走去。

程枫生性好静，所以早些年，程老爷在庄外一处偏静竹林给他搭建了间不大但却很雅致的书房。蓝氏领着曾氏及丫鬟一踏进竹林，只听一阵幽幽的古筝声传来，弹的是宝庆洲大才子无歌的《无花果》。丫鬟调皮地对曾氏说："夫人精通绘画却不通晓音韵，而我恰好相反，等下我也要露一手，免得人家小瞧了我这个丫鬟。"

她们三个说着进入书房，蓝氏唤程枫过来向曾氏行礼问好。曾氏仔细打量了程枫一番，说："久闻公子仪表堂堂，才华横溢，今日得见果然名不虚传。"程枫谦虚地回应："小侄不才，夫人抬爱了。"

丫鬟听了不客气地说："哟哟，有人嘴上这么说，怕是心里美滋滋的吧？人瘦得像麻秆，古筝弹得像怨妇，我看长相和才华都不怎的。你别不服气，本小姐，不，本姑娘就露一手给你听听。"说完，丫鬟毫不客气地一屁股坐到古筝前，边弹边唱起来……一曲终了，余音绕梁，简直是天籁之声。县太爷家的一个丫鬟都如此了得，不光是程枫，就连蓝氏也惊呆了。

程枫竟一时不知说什么好，这时，精灵古怪的丫鬟看透他心思似的说："我才只是个丫鬟，我家小姐的琴艺更是了得，你若是有心想拜我家小姐为师学古筝，我可以帮帮你，不过你得准备一幅画，委托夫人带给小姐作为拜师之礼。"程枫看了看娘，犹豫了一下，选了一幅麦穗庄写意风景图收好，交给曾氏。

用完餐，县太爷向程老爷一家辞行，说公务繁忙要赶着回去处理。临走时，丫鬟趁人不注意，悄悄地把一块手绢塞到程枫手里，说是她家小姐用过的东西。

那块手绢上面绣了一幅少女采莲图，图的下方，还绣了几行字：春情萌生的日子，荷叶已燃绿荷池，渴望与期待相约而至，莲的芳香潮水般夜夜漫来，你在何方看我，温柔看我烂漫盛开。

县太爷一行人走后，程枫常常看着手绢发愣，在心里勾画出丫鬟家小姐温柔而靓丽的样子，为伊消得人憔悴。

知子莫若母，蓝氏和程老爷商量后，备了厚礼派媒婆和家丁去县太爷府上提亲。可县衙的护卫告知媒婆，听说县太爷半年前在前来上任的途中突遇洪灾，一家三口及随从早已遇难，他们至今连县太爷的影子都未曾见着。

媒婆和家丁大惊，连爬带滚回来禀报。有这等蹊跷事，程老爷夫妇也吃惊不小，把真相告诉了程枫，程枫大笑，说："原来这家人来历不明，怪不得。"从此，程枫断了这个念想。

两年后，天下大乱，一群叛军攻入麦穗庄……危急时刻，只见一张麦穗庄的风景画从天边铺天盖地而来，瞬间将程枫一家卷走了。

程枫一觉醒来，发现自己和家人已身在离家万里的西子山一座茅草堂里，站在自己面前的竟是那个有过一面之缘的县太爷家的丫鬟。

"我怎么会在这里，我家的家人都还安好吗？"程枫着急地问她。

"他们都安全，你放心。"丫鬟答道。

程枫又问，"你家小姐呢？我想去拜会她？"

"她一直就在你身边陪着你呢！"丫鬟红着脸柔声继续说，"你爹曾搭救过我爹，我爹现在修炼成仙了。两年前，他领着我一家去拜访过你们，他当时的想法是把我许配给你，可我连你长什么样都不知道，便恳求爹爹准许我以丫鬟的身份与你会面……公子你品貌出众，我顿生爱慕。因此，这次你家有难，我就自告奋勇赶去把你们接了过来。"

原来丫鬟就是小姐，而且是个奇女子，程枫心花怒放。

拳 击 包

徐 军

冷娃的父亲买了一个专业拳击包，吊在家里楼顶的钢梁上，把八岁的冷娃欢喜坏了，平时他就爱好舞枪弄棒，特别是看了电视剧《亮剑》后，没事就模仿魏大勇和尚的动作亮几下。

冷娃的妈妈看着冷娃成天不是练拳击就是打游戏，却不爱读书，学习成绩总是排名全年级倒数，经常气郁，一不高兴就抄起鞭子棍棒朝冷娃挥打发泄，“你怎么这么不听话呀，啊！你能不能给我争口气，让我在别人面前有点面子！以后不准你玩游戏，少打点拳击，好好给我读书，给我拿到全年级总成绩前几名！”

冷娃经常被打得哇哇乱叫，心里极度地不平衡，“你自己都没什么文化，凭什么要教训我，凭什么为你读书？”越打冷娃越不服气。

冷娃的父亲看着娃他妈这样折腾孩子，他没有当面制止，等娃他妈发泄完后，他搂着冷娃上楼顶到拳击包前，“冷娃，别怪你妈，她也是希望你好，你学习好了她就有面子。你心里憋屈难受，就狠狠打拳吧，把心里的郁闷全部发泄在拳击包上。来，爸爸陪着你练！”

慢慢地，冷娃养成了习惯，被父母教训后，或者被学校老师批评了心里委屈，就上楼练拳，对着拳击包狠狠发泄，左直拳、右直拳、左勾拳、右勾拳、组合拳、头闪避、身腾挪、脚滑步、前腿踢、后腿扫、旋腿劈……冷娃打得拳击包左摆右晃，随着拳击包的不规则进退不断地迎击。

冷娃的父亲知道孩子是个游戏迷，一天不打游戏周身痒痒，有时候瘾来了还经常彻夜不归。冷父劝娃他妈不要再干涉冷娃，由自己来慢慢引导。他给冷娃定了个成长计划，在家时每学习一个小时，就锻炼二十分钟，其中打拳击包十分钟，再玩一个小时游戏，交叉进行，劳逸结合。随着身体和心智的强大，逐渐增加学习和打拳时间，减少游戏时间。

初三第一学期结束前，班主任规劝冷娃：“冷娃，你的成绩这么差，估计你下学期很难考上重点高中。你回家跟你父母商量一下，下个学期你可以不用来上课了，减少学校一个考试指标，以免影响了学校的升学率。当然，半年后你一样能参加初中毕业典礼，拿到初中毕业证。”

冷娃心里发苦，“我这么被学校和老师看不起吗？连中考的资格都没有？”回家的路上冷娃低着头推着单车，感觉自己是这个世界上最没用的人。

“站住！把单车留下，赶紧滚蛋，否则狠狠揍你！”车前冒出来三个人拦住了冷娃的前路。冷娃抬头一看，认出是高中部的三个学长，这三人平时就爱欺负初中生，逼他们上缴钱物等。

冷娃气得热血冲头，“王八蛋，老子都这样了，还要被你们欺负。来呀，看今天谁揍谁！”边骂边甩开单车挥舞拳脚狂打起来。

冷娃就像一头被激怒后怒吼的雄狮，迸发出全身能量，嘴里还不时发出劈打声：“嘿！哈！喳！打！”他恍惚觉得，这三个学长就像他家楼上的拳击包，他击打起来是那么得心应手。

三个学长从没遇见过敢抵抗他们的初中生，还这么能打。没几个回合，三个学长被打蒙了，而冷娃越打越猛，打得三个学长落荒而逃。

冷娃扶起单车，擦了擦嘴角的血，摸了摸额头上的包，嘴边露出了淡淡而坚毅的冷笑。

冷娃好像一下子懂事了，开始认真听课、阅读和思考，还拿到过全校计算机操作比赛冠军。回到家里，冷娃就按照父亲的成长计划，劳逸结合，学习成绩越来越好。

冷娃十八岁高中毕业了。一天，父亲递给冷娃一张彩红纸，冷娃仔细一看，是他梦寐以求的外语大学录取通知书，他双手颤抖，眼睛直直地说不出话来。突然，冷娃转过身直奔楼顶。

父亲赶紧跟着跑向楼顶，只见冷娃搏命似的猛打拳击包，发出了“嘣！嘣！嘣！”的重响，嘴里还不时怒吼：“左勾拳、右直拳、组合拳……”越打越兴奋，酣畅淋漓。

砰的一声，拳击包被打断了，摔惨在楼顶上。冷娃叉着腰，冷冷地看着地上被他打了十年的拳击包慢慢舒着气，而后亲切地望着父亲。似乎心有灵犀：“哈！哈！哈！哈！……”父子俩同时爆发出豪放的欢笑声。

杜老汉的新工作

谢桃花

杜老汉急匆匆地推车出门。

“老头子，你老说胃疼，饭吃得这么快，胃哪里受得了？退休了也不肯消停。”老伴看着桌上没动几筷子的菜，动也没动的一小盅酒，朝杜老汉埋怨道。

“老太婆，明天晚饭我们早点吃，今天晚了点，你就一个人慢慢吃吧。”他的话，老伴只听到一半，另一半被电梯卷走了。

杜老汉快速推着车，来到离家不远的湖滨公园。他推的车，与其叫车不如叫装了轮子的箱子，是老汉自己设计，找人用方管和不锈钢板焊接的。箱子上套了一个很结实的大垃圾袋，外侧有几个挂钩，挂了两件特制的工具。

疾步赶到公园后，他放慢了脚步。这时，有几个人主动跑上前喊他杜师傅，然后取下挂着的工具，将草坪上刚拉的狗屎夹起来，放进大垃圾袋里。

杜老汉自诩这是他的新工作。他对自己的这个创意很满意，一想起半个月前的那场争执，他就觉得像喝过三两一样的爽快。

那天傍晚，湖滨公园和往常一样热闹，有许多宠物狗在草坪上嬉戏。他一双鹰一般的眼睛，盯着狗狗们的屁股。这时，一只像熊一样的长毛大家伙在草坪上后肢半蹲，正在排便，一对年轻人远远地边玩手机边等着。

狗拉完，绕着狗屎堆转了一圈后跑到年轻人面前撒欢儿，随后他们准备离开。

“慢着，”杜老汉推着车抢了过来，说，“年轻人，你们得把狗便清理掉。”

年轻人回头和他对峙。

“我给你们准备了工具。”杜老汉补充道。

“这个老头儿真是多管闲事，别理他。”年轻女孩儿嘟囔了一句，要拉男子走。

杜老汉猛跨几大步拦住了他们。

“你是公园管理员？”

“不是。”

“你是环保局的？”

“不是。”

“那你凭什么管狗拉屎？相不相信我揍你。”男子向他挥动着拳头说。

“就凭几天前我的小孙女在公园里踩到了一堆狗屎。”杜老汉毫不示弱。

他们的争吵声引来了一群人围观，大家七嘴八舌。

男子看围上来好多人，就掏出一张百元大钞，扔向杜老汉，说，“你不就是想哗众取宠诈点钱吗？这一百元作为狗屎清理费够了吧”。说完，要拉女孩儿离开。

“你给我站住，谁要你的钱。我只给你提供工具，狗屎必须你自己清理，那是你的责任，谁都一样。”

“对！要他自己清理。”有好多人大声附和。

僵持了一段时间后，年轻人终于自己动手清理了狗屎。

这件事，大大地鼓舞了杜老汉。当他推着车在公园里来回巡视的时候，有好多人主动跟他打招呼，让他心里热乎乎的。

又一天傍晚，一对中年夫妻带着他们的狗儿子出来溜达，狗儿子又习惯性地在老地方排便。拉完后，他们就等在那里，搜寻杜老汉的身影，可是，等了好一会儿也没听到熟悉的轮子声音，正当他们有些失望准备离去的时候，远远地看见一位老妇人推着他们熟悉的车过来了。

“您是？杜师傅呢？”

“我是他老伴，他崴了脚，叫我替他几天。”

十七岁那年的单车

夏一刀

十七岁那年，刘伟看到村子里的人骑着单车跑来跑去，羡慕得要死。他自己买不起，要母亲给买一辆，父亲横着眼说：“你做梦！有本事自己去买！”

刘伟和父亲的关系，用母亲的话说，就像一对仇人，前世结了孽。

刘伟发了一个月脾气，家里的猪呀鸡呀桌子板凳呀都跟着遭了一个月殃。母亲怕儿子又心痛儿子，就将刘伟小舅舅的一辆旧喜鹊牌单车便宜买了。

刘伟高兴得不得了，骑着单车就跑了。他在集场上杀来杀去，看见漂亮的妹子，车龙头一拐，哧一声横在人家面前，嬉皮笑脸地看。“神经！”人家妹子白着眼珠子骂一句。刘伟快活得吹一声口哨，引得满场的人都望他。他要不就在集场上逛，要不就窝在狐朋狗友家里看录像、学喝酒、学抽烟。

只有在天晚下来，外面没有饭混的时候，他才会溜回家。迎接他的就是父亲铜铃一样的眼珠子。照例就会骂一句：“你怎么就不死在外头！你还有脸回家吃饭！”刘伟把他爹当成空气，看都不看他一眼，吃完饭洗澡，洗完澡腿一抬，跨上单车又风一样飘走了。

有一天刘伟没有骑单车出门。父亲看着那辆单车，越看越气。他一边骂，一边抄起一把锄头，拼起力气砸了下去。刘伟从外面回来，看到散了架的单车，抄起一根扁担就向父亲冲了过去。刘伟牙齿咬得咯咯作响，凶在父亲面前。父亲破口大骂：“你个龟儿子！敢打老子，翻天了！”父子俩一个扯扁担这头，一个扯扁担那头，像拔河一样从屋里拔到屋外。父亲本来有病，不几下就气喘吁吁了。嘴里还不停地骂。刘伟气得鼻子里呼呼直响，像一只斗红了眼的牛犊子。母亲看到那架势，赶紧跑过去夺下了扁担。

父亲又气又恨，病情加重，躺在床上了。母亲一天到晚忙了田里忙家里，像一只停不下来的陀螺。

好在左邻右舍过来帮忙，刘伟也破天荒下田干了三天活。稻子总算是收回家了。

水稻收完，一年最辛苦的农活就完了，要等到秋天来时种油菜。农人们有一大段消停的时间赋闲。

尽管父亲在病床上咳嗽不停，刘伟就是不理他。

有一天，刘伟从外面提回来了两个做砖坯的梨木盒子。

母亲问他:“你要干什么?你会做砖坯吗?”

“你别管。”刘伟不耐烦地嚷了一句,清理好两件换洗的衣服就走了。

“死在外头,别回来了!”父亲追过去骂了一句。

母亲每天晚上都会把刘伟的饭留在锅里。到半夜,父亲到水缸里舀水喝,忍不住就会揭开锅盖看一下,看到锅里的饭没动,就要大骂几声,狗杂种!有本事一辈子莫回来!

刘伟真的有半个月没回家了。母亲急,找男人吵。父亲就一边咳嗽,一边四处打听刘伟的去向:“知不知道我家刘伟的下落?”“不知道。”大家说。

父亲蔫蔫地回到家,回到家就不声不响躺在床上了。

母亲每天都坚持给刘伟留饭。父亲每天晚上都揭开锅盖看一眼,开始是骂,后来就默默地看一会儿。

快两个月后的一天中午。母亲在打盹儿,听到堂屋里有响声,睁开眼就看见了儿子刘伟。

母亲万分高兴,跑到灶房给刘伟烧火做饭。

堂屋里架了一辆崭新的凤凰牌单车,刘伟打着赤膊,一门心思地擦着单车的轮子。父亲斜着眼看他,他装着不知道,不理不睬。

母亲打了一大碗糖心鸡蛋。刘伟吃着鸡蛋,母亲在一边小心翼翼地说:“你爸爸又病了三个月了,一直都不得好转,你今天把他驮到镇上医院看一下啊!”

刘伟不作声。

母亲就将单车推到屋外,立在那里。

刘伟就站在单车旁,低头摸着单车的龙头。

母亲又进房和父亲叽里咕噜,听得父亲大声说:“不去!死都不去!”母亲嚷:“不去也得去!”把父亲推到单车边,硬架了上去。

刘伟在前面使劲地蹬车,屁股不点在坐包上。父亲把屁股坐在行李架的最后面,两只手紧紧地拽着单车坐包的立杆。两父子你不理我,我不理你。一路别别扭扭。

走了一程,父亲手一松,屁股一退,就从单车上掉下去了。

刘伟把两只长腿支停了车,回头不耐烦地说:“又怎么了!”

“我不走了。”父亲说。

“为什么不走了?”

“你这辆车是哪里弄来的?借的?偷的?抢的?你给我说清楚!”

“你管那些干吗?关你什么事?你是你我是我!”

“不关我事关谁的事?老子是你爹!老子不死就一辈子要管你!”

“起来！”

“不起来！”

“不起来拉倒！”刘伟按了一把车铃铛，丁零零，一溜烟儿就跑了！后面留下父亲心灰意懒的骂声：“你这个不孝的杂种！滚滚滚！就当我没生你这个货！”

父亲摸着摔痛了的屁股爬起来，看见刘伟又把单车骑回来了。

“我说单车是给人家做砖坯挣钱买的，你信不信？”刘伟的口气轻了一些。

父亲看了看儿子，看见儿子的一张白脸晒得像包黑子，两只胳膊像煤炭。“这还差不多。”他嘟囔了一句，就往儿子的单车上爬。儿子伸手扯了他一下。

儿子又按了一把车铃，说：“你往前坐一点，省力些，我要冲了，你抓紧。”

父亲犹豫了一下，就把两只手伸过去环住了儿子的腰。

刘伟身体一震，顿了一下，脚下一用力，单车就飞跑起来了。

月亮村的月亮

吴小军

月亮三年没回他那粤北深山里的家了，他已经在邻近深圳的一个小县城安了家，实现了进城的梦想。前几天突然接到村小组长从家乡的县城打来电话，说他爸有些不得劲了。月亮和兄弟们商量了，趁着中秋，由他请假回一趟，把母亲去世后一直不肯离开村子的老父亲接过去住。要不，还真拿不准啥时才回家。

一跨上山坳，他就真切地想起了老人讲的月亮村的名是怎么来的了。真是好大个月亮！就这样银光光、亮爽爽、突兀兀地从两座大山坳处撞入他的眼帘，撞入他的心房。

我回来了！坐了几个钟头的火车，坐了一个多钟头的汽车，坐了近一个钟头的小四轮，又走了一个钟头山路的月亮，忘了所有的疲惫，心里豁然亮堂起来。

转过这个坳，是一起做泥水工的广财的家，墙头有的塌了，瓦破了，屋顶上露着的椽子，黑了。他呀，孩子在城里上民办学校，一家人可能有四五年没回村了。前些年他爸殁了，房门上还挂着几片纸，残的，月光虽然很亮，却看不出红白了。

月亮沿着那条走了三十多年眼下却觉有些陌生的小路下坳。陌生？是呀，怎么就陌生了呢？是三年没走了？哦，是杂草太盛了，反射着月光，银灿灿的一片，草间这条由乱石铺成的小路，显得瘦了。

下了坳，有一片稍缓的坡地，坐落着几座屋子，分别是广发、兴利、黑牛、中坤等人的家，除了兴利是木工，其他几个原先也和月亮一起做泥水工、杂工，后来各自分开，也不知散落到哪处去了。一路上，经过了广财、秋英、亚菊的家，屋子的窗都黑着，想是也没人在屋。这些年，村里的人像蒲公英的种子一样，陆陆续续飘进城里去了，有大城市，也有县城，最差的也到镇上去了。去了，也慢慢扎下了脚跟。都不愿意回来，后一代身上寄托着村里人的梦想哩。

又转过一个山包，是一大片连着的庄稼地，现在全荒了。转过得水家，月亮看见祠堂了。月亮村全村一个姓，祠堂也是全村供的，很有年份了，老人说是明朝还是清朝建的了。马头墙、碉楼、风水塘。两侧各有一棵大榕树，盘根错节，枝叶婆娑，千丝万缕的气根垂下来，更见沧桑。每棵树下还存着香案，是拜树伯公的。守祠堂的孤老头儿七叔公会点香火。都是岁月，都是故事。前些年，祠堂香火很盛，除了年节，醮会，村里红事、白事都在那里上香鸣炮，禀告先人。祠堂，是一个村的中枢，是圣地哩。月亮想起了官厅前面两块石碑上刻着的字：月出满地水，云来一天山。今天是十四，往年这时候，祠堂已经开始祭祀的一些仪式了，而眼下，祠堂一片虚空，分明是一个孤独的老人，正在月光下品着这无边的寂寞呢！

还真有个孤独的人影。一身黑，佝偻着腰，像村民常用的钩刀。一钩一钩的，这个黑影，正从这一汪亮光里走到另一汪亮光里。

“爸！”月亮吃了一惊，“爸，你在这干啥哩？”

黑影稍稍抬起了头，还是钩刀一般站着。又低下了头，将手里一个东西放在祠堂与风水塘前面那块大坪的一汪亮光里。

顺着父亲的手，月亮发现，这一片亮汪汪的，全是碗、盘、碟、缸之类的容器，全都装着水，从风水塘的塘陂头一直排到大坪，整整齐齐地，足有几千个。天，这是将村里每家吃饭的家伙都收来了呀！

显然，父亲在用这些东西到塘里盛了水，又摆到了这地上。

“爸，你这是干啥呀？”

“月亮，那么多月亮。”父亲指着那些碗盘碟缸。是啊，每个碗盘碟缸里都有一个月亮！“月亮圆了，我儿子该回来了，全部人都该回来了……”父亲喃喃地说。

月亮一把抱住父亲，一阵心酸，“爸，我回来了！”

祠堂的侧门“吱呀”一声开了，出来一个黑影，像月亮父亲一样的钩刀般的身子，是村里的五保户七叔公，他就住在祠堂的侧房。他吃力地张了张嘴：“呀，是月亮回来了。”

七叔公说：“村里就剩我们俩了。”他望着天上的大月亮，“你带他走吧，就剩我和它了……”

银子似的月华笼罩着村庄，梦一般美丽。

月亮不由得泪流满面。

灵香草女人

唐丽妮

中午，赵小曼一个人，在城市的雾霾中游荡。

没胃口，连公司饭堂的门都没进，她却装得像刚吃饱的样子，跟随饭后鱼贯入电梯的同事，也进入电梯。

“赵姐，你脸好苍白！”人缝中，忽响起一声惊叫。

赵小曼不禁一把捂了脸，冰冰的。没想到，晨起精心抹的腮红，竟熬不到半天光阴，就碎到茫茫雾霾中去了。

心惊，肉跳。这一张比纸白的瘦脸，骤然，曝晒在众目下。

赵小曼很不自在，想避开。她习惯了一个人，习惯了被遗忘。

赵小曼常年独自待在办公大楼第十二层，顶楼。

顶楼有三大间，北边是公司的大会议室。南边，西大间，是由旧电话机房转换而来的杂物房；东大间，公司档案室——赵小曼的地盘，分四间，一间办公室三间档案库，一溜儿的门串成一串，军绿色的档案柜也是一溜溜一串串的，进去，就像进了迷宫。

迷宫，赵小曼是不怕的，只是长年累月一个人在这里，难免寂寞。

以前，常有同事来借档案，查资料，抽空说笑一阵，日子就过得快。近年，国有大工厂变成了大公司，样样现代化管理了，赵小曼的纸档案也转换为电子档案，查阅档案在网上进行，人面见不着了，只见用户ID。

每年三四月，是移交档案资料的时间，各部门的资料员就一个一个抱着上一年的资料进来了，这是档案室的热闹期，青春期，人来人往的，有点办证大厅的味道。赵小曼忙忙碌碌地清点，接收。脸上，就常常氲上激动的小红晕，甚至，倒春寒的天气里鼻尖上也冒出几点细汗。

这股热潮一过去，一下子，就又沉寂了。大楼里，最接近天空的地方，跟天空一样，是寂静的。

此时，电梯狭小，人言唧唧，赵小曼鼻尖又要冒细汗了。她忙忙地从包里摸出一块糖塞进嘴里说，没事，没事！只是有点低血糖。

电梯升一层停一阵，升一层停一阵，同事们三个出去了，两个出去了。

赵小曼一个人，上十二层，顶楼。

门一开，防虫药灵香草的香气就扑过来，像被关了一宿的孩童。

赵小曼早已喜欢了这气味。香，古旧，仿佛钗裙沉静的古女子。二十年了，赵小曼就这么静静地坐在这里，浸满了灵香草的气息，仿佛已经变成了一株灵香草，防虫、百毒不侵的样子。

赵小曼最喜欢档案里的手写字，在灵香草的氤氲气息里，不论美丑，在清一色的打印体中贸然出现，那些手写字都别有风致，抚过去，仿佛还残留着水性笔笔尖划过的热度。

雾霾漫在窗外，人的动静偶尔从楼下传来。十二层，寂寂无声。顶楼的光阴，似乎总比下面的慢，慢到常常被遗忘，被抛弃。

赵小曼停下手上的活儿，发愣。听一听，西头杂物房，有老鼠吱儿吱儿叫唤，似是小两口吵架，又似是商量吃喝大事。大会议室开会了，扩音器放出的回响，穿过厚墙壁，嗡嗡地进入赵小曼的耳道，听不清说的是什么。

不知怎的，赵小曼忽然感觉到无限悲凉。她趴在十二楼的窗口，透过灰茫茫的霾，看自己生存的这个城市，看远近的银行大楼、邮政大楼、快捷酒店、华联超市，看路上车来车往，而当她低头，看自己的同事着西服抱文件夹在楼下来去匆匆，看下早班的着蓝黑工装服的工人拖着疲惫的脚步慢慢走出公司大门——他们，都比平时缩小了无数倍，仿佛还在不断变小——她内心就空荡荡的，竟然有一头扎下去的冲动。

但是，她可不能死，这么多年赵小曼是为儿子活着的。二十年前，她还没有工作，丈夫在车间的一次事故中死去了。公司问她有什么要求，她只说我要把他三岁的儿子养大。于是，她就进了已故丈夫工作过的公司，走上十二楼，走进灵香草的气味里。如今儿子大了，似乎并没那么需要她。复员后，在另一个城市打拼，极少回家。

二十年，七千三百个白与黑，一个女子最好的年华，消逝于无形。心底的荒凉，正如一座高速发展的城市，雾霾如影随形。

赵小曼穿过一溜儿的门，绕过一溜儿的档案柜，走到库房的深处，抽出一盒旧档案，瞧瞧有没有虫蛀，有没有发霉变脆。

忽然，她一阵眩晕，倚着档案柜软软地滑溜下去。

不远处，是火车站，一列高速动车正轰隆隆驶出城外，像是这个城市不断向外延伸的长臂。楼下，十几个部门几十台计算机飞速运转，销售的网点布到了西半球。没有人知道，在顶楼，一个迷宫般的大房子里，一个瘦弱的女人枯萎在地上，像一株远离深山的灵香草。

也不知过了多久，赵小曼悠悠地又兀自醒转过来，感觉像是睡了一觉。

窗外，日已西斜，下班的潮流早已过去，公司大门外，最后几个寥寥的背影在夕阳里，也缓缓消失了。赵小曼按按心口，定定神，依旧按习惯把档案摆整齐。柜里一盒防虫药也拿出来，闻闻，打开，看看。

绿纸盒里，褐色的灵香草蜷缩，枯，瘦，脆了，淡了，仿佛随着香气的消散，这皮与骨也要化成灰了似的。

赵小曼全身毛孔唰地全立起来，一个寒战打出。

这晚上，赵小曼没能睡好。

第二个晚上，依然没能睡好。

第三个晚上，赵小曼终于睡着了，还做了梦。梦里，一粒种子在她心里冒了芽，优哉游哉，长成了一株鲜活的灵香草。

最美的化妆

闫　岩

我是一名化妆师，在我们这个五百多平方公里的小城内还算知名。

我开着一个化妆店，不大，二十平方米的小屋，雇用了两名女员工。两名女员工一个是我的亲侄女，一个是亲侄女的好朋友，她们俩都是我手把手教出来的，功夫也相当了得。所以，没有特殊的情况我一般不进店。

这天，亲侄女给我打电话，说有一位女顾客非要给我通个电话，接下来的声音便换成了那个女顾客的声音，说话像机关枪一样："姐，我是下县的，我打车三十公里到城里来就是奔着你来的。我要参加一个话剧的初赛，对我前途非常非常重要的一个初赛，我演一个主角，主角是一个女鬼，我不相信任何人，我就相信你，我的好多同学都找你化过妆。姐，我求你了，多少钱都行，我就要你亲自给我化……"

顾客对我如此信任与迫切，而且是关系到前途命运的大事，在没重要事的情况下我没有理由不成人之美。放下电话我赶到了店里。女顾客岁数不大，像是个刚毕业的大学生。看到我，她非常激动，挽住我的胳膊讨好地说："姐，你是我的亲姐姐，你是我的大恩人。"

"来，坐下。"我笑着对她说，"你要演一个什么样的女鬼？"

她学着恶鬼的样子两只手往前方抓挠着说："恶女鬼，喝人血的恶女鬼，越狰狞越好。"

侄女和她的朋友听了她的话都“嘎嘎嘎”地笑着。

化女鬼我还是有经验的，我早年在北京给别人打工时我的师傅也毫无保留地把绝招传授给了我。我一边为她化妆一边与她聊天。她说她叫赵小萌，毕业于一所传媒大学的表演系，因为路子窄没机会上戏，毕业后找了一份与表演完全不沾边的工作干着，那些无聊的工作让她觉得生活没有一点色彩，有时候她真想死了算了。这次，她终于有了一个可以翻身的机会，一个话剧团来县里招演员，她和几个同学编排了一场话剧，她是主角，演一个恶鬼，如果这次她成功进入复赛，那么她就有机会入话剧团，要是能进入话剧团，那她的人生将完全和现在不一样了。

赵小萌说得眉飞色舞，肢体不停地扭动，唾沫星子都喷出来了，致使我不得不提醒她不能乱动，否则影响效果。

化妆是件工夫活，必须得有足够的耐心才行，经过三个小时的打磨，一张女恶鬼的脸终于活灵活现了。赵小萌在镜子面前照了又照，满意得都要哭的样子。我告诉她可不能太激动，太激动了会影响到效果。

赵小萌打车走了，走之前她对我说：“姐，我要过了初赛，复赛的时候还要你给我化妆啊！你千万不能推托。”我承诺她，一定不推托。

傍晚时分，下县交通局的一位好朋友给我打来电话，她说她县出了一个车祸，一个小姑娘当场死亡，面目狰狞，怕她父母看到后会接受不了，麻烦我去给那个小姑娘化个妆，她只相信我的技术。

即使是累得一动都不想动，我也没有理由去拒绝朋友这样一个善意的请求。我立刻开车赶了过去，却意外发现出车祸的小姑娘原来就是演恶鬼的赵小萌。那张恶鬼脸已经面目皆非，血肉模糊，似乎更像个鬼了。我不禁心头一颤，问朋友：“她怎么回事？”

朋友答：“听她的朋友说，她去演出了，演得很成功所以特别激动，没有卸妆就骑着电动车往家跑，在十字路口就出了车祸。花一样的年纪，前途似锦，就这么走了，父母该多么痛心啊！”

作为也是母亲的我，心情和朋友是一样的沉重。朋友接着说：“化吧，把她的脸化得越鲜活越好，让父母见到孩子时心里多少安慰一些。”

我打开化妆包，先给赵小萌洗了脸，然后一笔一画地为她化了起来。两个小时后，一张鲜活如活人一般的脸便呈现在了我们的面前。

天蓝蓝，海蓝蓝

叶征球

房间里布置得井井有条，所有的家具沙发都擦拭过了，锃亮的，一尘不染。紧凑的两居室，此时在她的眼中，却显得无比空旷。

结婚一年多了，跟丈夫一直聚少离多，几乎每一次休假，都是她独自过的。爱人是一名海军中尉，其余的关于部队番号和具体任务之类，她一概不知。

恋爱时，她也曾娇声问过这些。但他屈起食指，轻轻地刮她秀气的鼻梁，微笑说："小傻瓜，你只要知道你先生是一名优秀的海军，就行了！"

她懂得了，这是机密也是纪律。丈夫爱她，更爱祖国！她喜欢这个有原则的忠诚男人。

她嘟起小嘴，拿腔捏调地说："好吧，以后喊你水手先生，总可以吧？"

"可以的，可以的！"他哈哈大笑说，双手把她的长发揉得凌乱。

她顺势依偎在水手先生的怀里，瞬间就融化了。

其实，她自己也是极有原则的。在国际航班当空姐队长，飞机上的所有工作，事无巨细，她都一丝不苟。有时，碰上难缠的乘客，她都是亲自出马。以最大的耐心和最真诚的态度，从容面对一切。

她常常对手下的几个小姐妹说："服务就是以心换心，只有真正地把乘客当作亲人了，我们的微笑才是发自内心，而不是职业的。"

闲下来，她就搜索一切关于军事方面的资讯来看，什么南海问题、什么中俄海上军演等，她如数家珍。同事们都笑她，可以直接去当军事顾问了。

她便扮一个鬼脸，甜甜地笑。

飞行途中时，她常常从狭小的舷窗俯瞰下去，那烟波浩渺的蔚蓝大海，与飘絮一般的白云缠绵着，变幻莫测。她默默地念叨："水手先生，你知道吗？我正在你的头顶飞过呢！"于是，心里就淌着浓浓的蜜意，仿佛离爱人很近了，近得可以听见对方的呼吸。

不执行任务的时候，爱人就给他留言。她全部储存着，舍不得删除。夜深人静的时候，就翻出来，一句句地反复听。很多次，都是在爱人浑厚的声音中入眠的。

以前她念书时，喜欢郑智化的《水手》，总感觉歌词里有海水的腥咸味，激荡着一种浪迹天涯的洒脱。

如今，她更痴迷于那首老歌《军港之夜》：

军港的夜，静悄悄
海浪把战舰，轻轻地摇
年轻的水兵，头枕着波涛
睡梦中露出，甜美的微笑……

她多么希望，世间永远没有战争！希望爱人就驻扎在歌词中那个安宁的军港里，岁月静好，现世安稳。

客厅墙上挂着爱人的巨幅照片，穿短袖海魂衫，蓝白相间的条纹，干净醒目。他斜倚着舰艇的栏杆，身后是飘扬的国旗，以及浩瀚的海洋，蓝得极深邃，隐约可以看见几点海鸥。

他黝黑俊朗地笑着，如同那满甲板灿烂的阳光。

“你这个臭水手先生！”她微抿一口咖啡，对着爱人的照片，娇嗔道，“你肯定又远航了吧？你还记得今天是什么日子吗？”

这时，手机不断冒出提示音，同事们像约好了似的，祝福微信一条条挤进来：“祝你生日快乐！”“假期愉快！”“生日快乐，永远年轻！”……

一时间满屏春风和煦。她微笑着逐一回复，但内心最柔软的地方，还是有一丝空落落。

“丁零零，丁零零”通话铃声急促地响了，她眼睛一亮，“喂——，水手先生！”

“小傻瓜，祝你生日快乐！给你寄的礼物，收到了吗？”爱人磁性的声音，挠得她耳朵和心里都有点痒。

“你还记得我生日啊？你好吗？又出海了吧？”她连珠炮似的应声，“礼物？什么礼物？没收到啊！”

“哦，我是订那种航空快递，限时到达的，怎么还没到？应该快了吧。”

“没——”她转过话锋，接着说，“哦，现在有人敲门，可能是快递来了，我去开门。好的，电话不挂，不挂，你身体好吗？”

她拧开房门。

丈夫就站在门外，调皮地说：“这位美丽空姐，您的快递到了，请签收……”

后面的话语，就被她“哇——”的一声扑吻过来的嘴唇堵住了。

救 火

郑自松

连队接到上级扑救山火的命令后，迅速开赴着火点。一到目的地，电台兵宋玉喜立即将电台开机，调到营部统一的频道上。

大火是从山脚开始烧起的，现在已经燃到了半山腰。宋玉喜站在队伍中间，一边听连长明确任务，一边向山上观望。只见一片烈焰腾空燃烧，仿佛一面时而展开、时而收拢的红旗，亮红了半边天空。突然猛的一声呼啸，大火便席卷数十米。火焰所到之处，楠竹发出噼里啪啦的爆裂声，如放鞭炮般在山谷中回荡。

宋玉喜觉得一股特别的焦香味从山上飘来，间杂有松脂的清香、野兽的焦煳和呛人的烟味，让他想起了老家熏得红亮的腊肉。宋玉喜的老家在雪峰山深处，村子后面原生态的大山上活跃着很多野生动物。爷爷是远近闻名的猎手，时不时从山上套回一头野猪，奶奶会将吃不完的肉熏制成腊肉保存起来。村里的后生常常跟在爷爷屁股后面絮叨，劝他打一些稀罕的猎物回来尝尝鲜。爷爷一脸严肃地说:“你们想打斑羚、香獐的主意？这可是国家保护动物，伤不得，捕杀这些濒危的生灵伤天害理，要坐牢的哩。”时间长了，宋玉喜对野生动物增加了几分亲近感。今天这场山火，肯定会葬送很多野生动物的，宋玉喜痛心地想。

连队受命从右侧上山，担任开辟第一条防火道的任务。这里地形陡峭，藤蔓交错，杂草茂密，行动极为不便，全连官兵在高大浓密的树林里摸索前进，手脚并用攀爬上山。半小时后，爬到与山火高度相当的位置，连长停下来大声命令:“全连人员注意，我们就在这里扫开一条防火道，防止火势向西边蔓延。”

指导员适时做起了思想动员:“同志们，这片原始森林中不但遍布名贵植物，还生活着很多珍稀动物，我们必须尽快扑灭山火，尽最大的努力保护国家宝贵财产。”全连官兵立马行动，砍树、割草、劈藤蔓，手忙脚乱。大家心里清楚，除了扫开一片空阔地，自己没有其他退路。

火势时大时小，山上忽明忽暗，大火向西边移动的速度时快时慢。当山火遇到一块陡峭石壁时，烈焰被分割成了两股，一股往山上攀爬，一股向山脚流窜。

官兵们丝毫没有察觉火情的变化，全都挥汗如雨埋头苦干。

宋玉喜背着沉重的电台，动作笨拙地跟着战友们一起清理草木。树林里炽热沉闷的空气，加上连续紧张的劳作，让人觉得口干舌燥，喉咙里直冒烟。宋玉喜端起水壶仰头咕噜咕噜畅饮起来。“宋玉喜，你干什么！这水不是用来喝的！”连长严厉地呵斥。“不让喝干吗要装着啊？”宋玉喜小声嘀咕，极不情愿地把剩下的半壶水盖上。

突然，连长感觉情况不对：他听到四周响起了楠竹燃烧的噼啪声。一定是山顶和山脚的大火连接起来了！急忙从宋玉喜手里抓起电台疾呼：“营部营部，听到请回答，我连已被大火包围！”

接到营部“其他连队已在你连西侧成功开辟了一条防火道，你连立马转移到安全地带”的指令后，连长下令冲出着火圈。他带着队伍来到一处地势平缓树木较稀少的地方，对指导员说：“这里火势较小，你带队冲在前面，我负责断后。出去后迅速清点人员。”

钻火圈是部队一项心理战训练科目，战士们无论心理素质还是行动技能，都已非常过硬。大家用水壶中的水打湿毛巾，然后将湿毛巾捂住口鼻，以敏捷的战术动作，顶着烈焰鱼贯冲出。

连长最后一个冲出火海。看着面前黑如碳棒的战士们，他长长地舒了一口气，转身呼叫：“宋玉喜，赶紧向营部报告。”大家四处寻找，就是找不见宋玉喜的身影。连长心里一惊，心想大事不好，会不会宋玉喜水壶里没水了不敢冲出来？转身对指导员说：“你组织好部队，我去找宋玉喜。”话音刚落，又重新冲进着火圈。

被风吹过来的灰烬充斥着整个树林，连长在烟雾弥漫的暗黑树林里睁不开双眼，他跌跌撞撞，边走边喊：“宋玉喜，你在哪里？”

“连长——”声音是从一块巨石下面传来的。连长迅速跑过去，只见宋玉喜双手紧抱，缩蹲在石头下躲避大火的炙烤。

连长又喜又气，喜的是宋玉喜还好好地活着，气的是他不懂得随机应变。虽然部队常常教育官兵爱护武器要像爱护自己生命一样，可现在毕竟不是战场，不能为了保护一部电台丢弃生命啊！

连长大喝一声：“宋玉喜你在这里等死啊，快跟我冲出去！”说完一把拽起宋玉喜，拉着他便往火圈外跑。

两人冲出火海，焦急等待的全连官兵欢呼雀跃。指导员急忙对宋玉喜说：“赶快向营部报告，我连人员都已转移到安全地带。”

“指导员，我……”宋玉喜吞吞吐吐。

“把电台给我吧。”连长看着惊魂未定的宋玉喜，准备亲自向营部汇报。当他拉开宋玉喜的手，昏暗的山火照耀下，只见宋玉喜怀里抱着一只奄奄一息的濒危珍稀保护动物——金丝猴。

父　亲

陈建美

记忆里，在我们国家大力建设河堤大坝时期，父亲白天劳作，夜间常唤我起来，去院子里看看三星的位置。他是为家乡的苍源河筑堤，去北仓山运送石料的。

父亲不识字，在他的地排车上，总是放着一根蒜臼粗的长木棍。那时我不明白，一根木棍，怎么能把上千斤重的大青石，撬到地排车上去？后来方知那是父亲利用了杠杆的缘故。

那时我已上初中，本应珍惜来之不易的读书机会。可我太聪明，连作业都懒得动手。既没社会知识又不肯学习的我，根本弄不清三星、北斗之类。但在忠厚老实的父亲眼里，我是七个孩子中唯一有知识的孩子。

所以当父亲问我三星的位置时，我只有装腔作势。但我有个原则，就是能早不能晚，晚了，父亲当天就回不来了。

“三星到你说的位置了。”说完我忙钻进被窝里。

父亲是个老实人，他并没有多想，收拾好喂牲口的草料和两个黑不溜秋的瓜干煎饼，披星戴月赶着驴车出门了。

我惴惴不安，看来挨一顿骂是在所难免了。

果不其然，父亲下午一进家门就破口大骂。说他到了山上天还没亮，可怜他蹲在山中，寒风刺骨，伸手不见五指，只听见自己牙齿打架的声音。

对给父亲造成的伤害，我不但没有愧疚，却反而心生怨恨：是你傻，就不能抬头看看再出门啊？！——当然这并非最后一次。因为我那憨厚的父亲，总以为我看错了。

为温饱奋斗的年代，在我看来是种悲哀，而父亲却不以为然。他不知是哪儿来的动力，不辞劳苦又不知疲倦。更让我难以理解的是，父亲人高马大，却受限于我的母亲。我常见他收工回来，急忙钻进里屋，拿出他那瓶永远也喝不完的“二锅头”，打开瓶盖，脖子一仰，啧！呷一口，捏个盐粒远远地扔进嘴里，吧唧吧唧嘴，“啊”一声，跑到门口，看我母亲没来，又跑回去呷一口，然后麻利地捂住嘴，不让酒味跑了。

父亲见我诧异，腼腆地笑了。之后有很多次，我成了他的同党，站在门口为他把风。

其实即便母亲不来，父亲也至多喝上三口酒，然后拧好瓶盖又放回原处。如今想想，那时的条件能喝个痛快吗？只不过是解解馋而已。父亲懂的。

那是一顿令人心花怒放的午饭。八个孩子围坐在八十厘米长宽的矮桌上，母亲坐在孩子们的后面，父亲干脆端着碗打外围。

桌子中央放了一碗白菜炒猪肉。激动人心的时刻，大家不露声色，却跃跃欲试。我好不容易发现了一块肉，迅速出击，可还是晚了一步。我眼睁睁看着那块流着油的肥猪肉落到了母亲的碗里。

我气得摔了筷子，大声嚷嚷："就你疼她！"我想让父亲在大家面前出丑。谁知父亲不以为然地笑着说："唉！儿多老母苦，我不疼她谁疼她。"我又歇斯底里地喊："谁叫你们生的，受罪自己找的。"因为没有吃到手指肚大的一块肉，我恼羞成怒。

我目睹父母之间的不平等，更不明白身强力壮的父亲为什么对母亲言听计从。现在想来，那或许是感谢母亲为他辛苦生了一群孩子的缘故。在父亲，那是满满的幸福。

为了十口之家的生计，父亲像上足了发条的闹钟——令人遗憾的是，在他苦尽甘来，快要看见曙光时，无情的上帝夺去了他的生命。

"我一辈子没吃过药，壮得像头公牛，医生是想挣咱的钱。"他那时说。

"等病好了，谁也不管了，自己去菜园搭间小屋，喂几只草鸡，单过。"父亲又说。

他累了，终于愿意为自己活一回了。不过，他说了不算，他被无情的死神带走了……

岁月沧桑，我还没来得及报答父亲，他已离我而去，留在心底的，是我对父亲绵绵的思念与深深的歉意。

看大门的老张

葛丽红

老张刚从老家来城里给某家属楼看大门的时候，谁都说是一个老实人，肯干能吃苦。每天早早就起来打扫院子，收拾垃圾，把个车棚、花坛、犄角旮旯都归置得整齐有序，院子都好像变大了。特别是夏天，为压尘土，他还会用大桶打水用手满院子扬洒一番。就这个小举动得到了全楼住户的一致好评，都说这老张别看是农村来的，还真是挺心细，比以前那些看大门的强多了，那些人就知道满院子攘土，过来过去把新穿的衣服都弄脏了，平时连窗户都不敢开。当然老张更是时时不忘自己的主要职责，看大门精心得很。凡是来楼里的陌生人都会问个清楚仔细，查看身份证，不是本地的还要进行登记。遇到这么一个负责的人，楼里的住户感觉安全感提高了，心里都跟着舒坦。

老张来了有一段日子了，有细心的人就发现他好像仅有两套换洗衣服，不是穿这套就是穿那套。天气热的时候脱掉外套，里面的背心残破不堪，前胸后背上有几个很大的窟窿，露出黝黑的皮肤。自己起火做饭做菜，菜里也很少荤腥。便猜测他家经济情况该不是很好，否则也不会年近五十了还出来打工，挣那点微薄的工资。于是楼里的一些人便很同情他，把以前卖给收破烂的那些书刊报纸、瓶瓶罐罐的都不卖了，攒起来拎下楼给他去卖。老张总是很感激，揉搓着衣角，微微涨红着脸说声谢谢。后来，很多人家都觉得那废品本身也卖不了几个钱，还堆堆拉拉占地方，倒不如送给老张攒着，卖钱还能贴补点家用，于是很多人家也都直接把废品拎下楼放在他门口，再图省事的人家，干脆就把废品堆在自家门口叫老张自己去收拾。老张感念楼里的人对自己的好，看大门更精心，干活更卖力气了。

一天，天很热，热得人几乎喘不过气来。突然楼下传来尖厉的吵骂声，很多人就纷纷跑下楼去看。原来是楼里那个外号叫“常有理”的卖鞋妇人正在骂老张。老张穿着他那件破背心站在院子里，低着头两手不知道往哪儿放似的，揉搓着背心，嘴里嗫嚅着，脸憋得通红。“常有理”见来了那么多人，骂得更欢实了。她一手叉腰，另一手用食指点着老张，手指几乎戳到了老张的鼻子尖，“你以为什么东西都没主，都能当破烂卖呢？真是瞎了你的狗眼，那可是我装鞋的纸箱子，专门留的。你给我卖了，我拿什么装剩货？乡下来的土包子，我看你是穷疯了，你还学会叨啥敛楼啥啊？”原来“常有理”把她装货的那些纸箱子打捆，正准备往库房里放，却突然有事要出去，便随手就放到了老张门口，而老张当是别人给的废品，收拾收拾给卖了……

老张从裤兜里掏出了那卖纸箱子的钱抖抖索索地递给“常有理”，常有理竟然一巴掌给打飞了，“就那点小钱老娘还真不放在眼里，留着给你个穷鬼买棺材吧。以后这院子里的东西你他妈少给我瞎敛楼。”老张气得嘴唇发青，身子都直颤，几次想说点什么，但嘴张了又张终于什么也没说。很多人就劝“常有理”说老张也不是故意的，也就是点小事，说过也就算了。“常有理”这才作罢，扭着水蛇腰走了。人群散去，老张在那呆呆地站了很久。

自从那次事以后，老张好像明显地变老了，人也木讷，懒散了，好像干什么都提不起精神。很多天也不打扫一下院子，院子里到处都是垃圾，垃圾道因为好几天没人清理，不时地发出一阵阵难闻的臭味。过来过去的人不得不捂紧鼻子。谁家放在他门口和楼道里的废品他也不主动去收拾了。有人问老张怎么不去收拾了，老张只是极冷淡地摇摇头算作回答，然后眼睛很快就转向了别处，愣愣地好一会儿，也不知道是在想什么。时间一长，很多人就不满意老张的工作了，开始私下里议论老张的失职。很多人家又开始自己积攒废品卖给那些收破烂的了，觉得钱虽然不多，但好歹还能赚几块豆腐吃，心里暗暗埋怨老张的不知好歹。

又过了些时日，有人突然发现老张变得神秘了，早出晚归的。白天院子里很少见他的人影，陌生人倒是出出进进的多了。更可恶的是院子里经常停进来很多外边的车辆，把楼里人的车都挤得没处停。但明显地老张手头好像一下子变阔绰了，有了新衣，饭菜也讲究了很多，有肉有酒，自斟自饮，喝到高兴处，两眼放光，时不时嘴里还会哼出一段小曲。楼里人对老张的变化都看在眼里，猜测种种。直到有一天有人发现了他的一些秘密，原来老张白天去外边到处捡破烂卖钱去了，至于院子里停的那些外边车嘛，都是老张收了停车费被允许的。这下楼里人生气了，明明是雇的看大门的，这怎么倒学会靠着便利，光顾着自己挣钱去了？！这老张真是不像话，有合适的人一定得给他换掉。时隔不久，楼里接二连三地丢了东西，这下楼里人群情激愤，简直是愤怒到了极点，聚在一起研究决定换人。

老张终于要走了，楼里的人这才松了口气。

老张走的那天天有些阴，像要下雨。

战　　神

叶瑞芬

残阳如溅在天边散开的一滴血珠。沉默死寂的战场上，只有袅袅缭绕的硝烟，像倒在地上横七竖八的将士的冤魂。

听说陈连升已经死了，伯麦不放心，亲自带着残兵剩卒前去勘查。他吃惊地发现，一个须发皆白的老人，面色蜡黄颧骨高突，浑身弹孔和刀痕，身上破旧的战袍难以掩盖瘦骨嶙峋，明显已经饿了不知多久，一双眼睛却仍炯炯有神地怒视着他，仿佛依然活着。就是这个人，差点毁了英军的进攻计划，害他耗费两百多艘舰船，两千多名军人，千余发炮弹，还折损了一百多条英军性命。伯麦怒从心上起，抽出刺刀，刺向早已体无完肤的陈连升。

一声响鼻突然响起，像平地惊雷，把伯麦猛吓了一大跳。只见陈连升的尸体旁边，突然站起了一头庞然大物，居然是一匹马。这匹同样瘦骨嶙峋的战马，仰天长啸，挥蹄扑向伯麦，一下子就把他的刺刀撞出老远。伯麦大惊失色，质问手下：你们不是说岛上经过轰炸早已寸草无存了吗？怎么还会有一匹活马？英兵们在一旁也早已目瞪口呆，回过神来纷纷抽出刺刀和长鞭。哪知道无论他们如何攻击，这匹马就是不肯离开陈连升，在硝烟未尽的战场上就像傲然屹立的一尊雕像。

这匹马肯定就是这个老顽固陈连升的坐骑，伯麦心想。对陈连升，伯麦是心怀深仇大恨的。他清楚地记得，前年的11月，整整十天，陈连升连续六次打退了他带领的英军的进攻。好不容易盼到去年6月，清朝撤掉原来的钦差大臣林则徐，换上对大英帝国贡献极大的琦善，差点就设计斩掉了陈连升这个老头子，虽然最后让他留了一条老命，但撤掉了他精心布局的海防和所有援军，也断了粮食弹药等所有补给。没想到半年多来他居然还能撑住，被设备精良、人多势众的英军偷袭，却居然还能从清晨激战到黄昏。“好啊，既然你的人死了，那么就让你的马代替你当我的战俘，从此为我所用，被我奴役吧！”伯麦打定主意，就要去骑黄骝马。

黄骝马打着响鼻，鬃毛倒竖，摇头摆尾，四蹄腾空，狂奔猛突，扬起遍地硝烟。吃了一脸尘土的伯麦被甩了个仰面八叉，只好狠狠地指挥手下驱赶这匹马跟随大队。一鞭子下来，已经伤痕累累的马立即皮开肉绽，被英兵硬扯着拖离陈连升。马一步一回头，哀哀长鸣。又一鞭子下来，马又离开一步，那长长的路洒满了马流下来的热血。

到了香港，英国人刚刚占领的土地上，伯麦驾驭这匹马的自信心更加被一点一点瓦解了。只见英兵一靠近，马就飞脚踢去；英兵想强行骑上马背，马就腾空而起把人抛落地下；英兵给它喂草，马抬起头看都不看一眼。而中国人喂它，必须双手捧给它才吃，但也只是稍微吃一点，如若放在地上，它必定昂然而去，并且日日如此。

军营里有个曾经在虎门之战中帮英军带路的中国汉奸叫老简，认出了这匹战马，看着马如此坚强不屈，不禁羞愧莫名。他来到马跟前，劝马节哀，不要再为陈将军难过，泪水竟然从马的眼睛里滚滚而下。老简许诺说要带马回虎门，马信以为真，竟然摇尾相随，完全听懂人话。

伯麦不由得勃然大怒，命令手下用刺刀砍马，用鞭子抽马，马却不闪不躲，任其折磨。伯麦抽出手抢，想杀掉黄骝马。老简扑通一声跪倒，哀求着说：“这哪里是一匹马，它是陈将军的化身，它是战神啊！”

伯麦更加生气，砰一声枪杀了老简，周围的英兵都停下了手里的鞭子和刺刀。为免影响军心，伯麦心生一计，下令把马放归山中，他心中暗想：战神？满山青草、绿水环绕，等你吃得肚满肠肥，我看你还神不神？

然而令他意外的是，马依然不吃不喝，即使忍受着巨大的饥饿和伤痛，仍旧整日向着虎门的方向悲鸣嘶叫。一个月后，马头朝北，终于气绝身亡。

此后，伯麦夜夜噩梦，梦里都是黄骝马奔腾的嗒嗒之声，由远及近，迅猛出击，马蹄扬起，直踢他的面门，一下一下又一下，一直把他踢出了神州大地。

彼岸花

张俏明

高三那年，米朵参加了校外补习班，是因为木木，那个让她的小心脏如鹿乱踹的邻班男生。一起考上厦门大学是他们之间的约定。

可是不到一个月，木木居然和小薰在一起，小薰可是她最要好的闺密！

往后的日子，米朵翘课、泡吧、K歌、酗酒。直到高考前一个月，一年见不到几次面的母亲幽灵般出现在她面前冷冷地说，米朵我警告过你，天下男子皆薄情，我就是你的前车之鉴！

米朵狠狠地把燃着的烟头死摁在左手背上，生生烙出一朵花蕾。之后发了疯似的，恶补了落下的功课。一个月后，以不俗的成绩考上了一所二本学院。

花样的年华，内心却荒草葳蕤。大学的室友六六说，米朵你不能再这样子下去了。

认识子昊，是在一个画展上。

夏日的一个黄昏，逼仄的楼道，嚷嚷的人群，空气中充斥着刺鼻的烟草味。穿过楼道，走过一小段走廊，眼前的大厅豁然开朗。说是画展，倒是叫艺术派对更为恰当。还没装裱的画作随意摆放，散落在地上、桌椅上。原来，画展是一个星期后的事。

六六拉着米朵，举着酒杯，在人群中游弋，如一尾快活的鱼。在靠墙的一幅油画旁，一位身材瘦削的年轻男子和一名胡子拉碴的中年男人聊得正欢。

六六把米朵拉到年轻男子跟前："周子昊，今晚的男主角，我小舅舅，还是单身贵族哦。"

"米朵。你好！"米朵稍稍举起酒杯示意。

"什么？美女你这名字真逗，哈哈哈。"中年男人一举把酒倒进嘴里，发出怪怪的咕嘟声，转身离去。

"叫我子昊吧，孩子的子，日天昊。"子昊伸出右手。

"啊？"米朵忍俊不禁，三人不约而同相视大笑。

子昊给人的第一印象：干净，孤傲。他把垂在额前的头发往后轻轻一拨，他的手指好白好细好长。

“改天给你画幅肖像吧？”子昊注视着米朵说，眼泛醉意。

画展过后，子昊为自己争取到半个月的假期。他告诉米朵，等签证下来就到三藩市作巡回展览。

那个周末，在子昊位于郊区的画室里，米朵按照他的要求，摆出一个蒙娜丽莎的架势。

眼神，不能忧郁，得有神得纯净！子昊用他细长的手指在她眼睛上嘴唇上纠正着，米朵闻到一股清爽的薄荷味，只一瞬间，已觉着自己无药可救了。

两天后，米朵式的蒙娜丽莎肖像横空面世了。

还可以更好一些，子昊说。

再次见到子昊，大概是在半年后的一个中午，六六通知米朵前去接机，还特意交代：“子昊刚完成了一个手术。”

子昊看上去疲惫不堪，回到画室，随行人员就各自散去。

“你怎么了？”六六语气间透露出一丝关切。子昊收起专注米朵的眼神，扬起眉毛说：“没怎么样啦，一个小小的手术而已。”

原来，上帝在大度地赐予子昊所有美好的同时，吝啬地把一颗缺乏动力的心脏给了他。

米朵突然忧心忡忡。

一个月后，子昊已然痊愈。他说：“米朵我们一起去厦门听海，去跳石吧。”

在厦大的图书馆，子昊要了一整套英国女作家玛姬的小说集子。米朵很是诧异：“你怎么知道我喜欢她的小说？”子昊说，以前身边总是围绕着好多女孩子，但从不会在这方面浪费时间，现在不一样了。他还说以前只喝温开水，如今却钟情于咖啡，喜欢上猫屎咖啡那淡淡的薄荷清凉，像是一夜之间就懂得许多这方面的知识。好奇怪，像是换了个人似的，可能是跟心脏原先的主人有关吧。

站在鼓浪屿那间古老的钻石楼前，子昊紧紧抓住米朵的手说：“米朵你知道吗？绕过美学的角度，一座独特存世的建筑物就是一种永恒，对于你，我希望也是。”透过子昊火辣的眼眸，米朵似乎看到了几年前在同一个地方，木木也说过类似的话。

米朵突然明白，自己担忧什么了。

大学毕业的那个初冬，米朵回到了东北老家，在雪乡开了一间家庭旅馆。入冬后第一场雪的那个夜晚，米朵接待了我，一个来自南方的单身女子。在那小小的房间里，我们生起了炉火。两个陌生女子各自讲述着自己的别人的爱情故事，然后心照不宣，相视而笑。

我说：“米朵你可能患上一种现代流行的病，叫爱情恐惧症。你得勇敢去面对而不是选择逃离，现如今，一份专属的情感弥足珍贵，无论如何要有勇气去接纳的呀。你要相信我，米朵，我是过来人。”

米朵静默了一会儿如释重负地说：“我想我知道该如何面对了，我要把这个文成一朵白色的彼岸花。她举起左手在我眼前晃着，那朵烟蒂烙成的花蕾格外刺眼！”

“知道彼岸花吗？”米朵问。

我的心口莫名地疼了一下。在我左心房靠近心脏处，有一朵白色的彼岸花和一个男子的名字，一个满世界游走，然后每到一个新地方都会给我寄上一张充满当地风土人情的名信片的有妇之夫。

续上第三轮明前茶后，我把这些年来所有的名信片撕成条，再一条一条抛进炉火中，看着它们慢慢燃成灰烬。

往后，我还要把那朵白色的小花儿文成红色。

彼岸花，传说中长在冥界。白色花叫曼陀罗华，代表专情，红的是曼珠沙华，意为悲伤的回忆。

山叔的山

林秋萍

天刚蒙蒙亮，山娘就赶着她的牛群出发了。要走很远才能找到草源，早出发就能让牛早吃上草了。“还是先吃个早饭才出门吧！”老伴山叔看着消瘦的山娘有些担心。

“都几点了，把瓶子装满水就可以了！”

在南方，季节的转换比较慢，9月的山乡，还和夏天一样。山娘走着，嗅着田埂里的稻香，不由得想起他们一家人过去在田间嬉闹的模样。十多年了，孩子们都大了，一个个鸟儿一样飞走了。山娘想起这些不免一番唏嘘。

天刚擦黑，山娘就赶着牛群往回走，可在半路上，那只不到周岁的小牛调皮，左等右等也不见跟着来。山娘急也没用，只能等。好在小家伙也认路，不多久就哞哞叫着追来了。山娘摸着小牛的头：怎么不跟着呢？小牛也回应着山娘，似乎在说：我迷路了！山娘不敢再耽误，加快脚步往家赶。

回到在县城边缘的那个家，天已漆黑。山叔正焦急地等在家门口，“怎么这么晚呢！出了意外怎么办！”山娘一脸歉意，“牛儿没吃饱呢！”山叔知道说什么也没用，只得赶紧卸下山娘身上的物什。

“我说山娘你这是为啥呢？儿女都大了，又都孝顺，山叔不是还领着退休金嘛！”邻居凤姑摇着蒲扇走过来发出一声轻叹。

“孝顺？”山娘无语凝噎，那些“孝顺”都是她编出来的，什么定期拿钱回，什么工作忙，什么经常打电话来，这些都是山娘唱的独角戏。可是她能说嘛！她只能带着调侃的口吻对凤姑说：“山叔的那点退休金还不够买他的旱烟和小酒呢！”

夜里，山叔对山娘说：“你这样下去真不是办法。我今天到屋后那个山考察了下，我想把它承包下来，种上草，专门给你放牛！”

“老头子，你傻了吧？那山那么瘦，不会长草的！”

“我一定会让它长出草来！”

第二天，山叔就到镇上找领导办理承包山头事宜。镇领导正求之不得呢，立刻一口答应下来，还承诺会适当给他补贴。双方签了合同。山叔没想到事情进展得如此顺利，高兴得又买酒又买肉，恨不能马上告诉山娘。

中午回到家，山娘还没回。于是，山叔就拿着锄头镰刀上山去了。光秃秃的山，一眼望不到边，寂静荒凉，可是山叔却看到了希望，看着都特别来劲，锄头镰刀双管齐下，一个下午，一大片泥土被翻过来。

夜幕降临，山叔吹着口哨回家，感觉一下年轻了十岁。“老头子，你干啥去了？”“哇，好香啊！老婆子你把肉煮了！嗯，今晚要开一瓶庆祝！”“你叫我早回，自己却晚回了！”山娘还蒙在鼓里。“对了，跟你说一个天大的好消息，我把那座山承包下来了，明天就去种上草，以后你就不用到处去找草源啦，就把牛放山上，赶紧上酒来！”

“哎呀！太好了呀！老头子，今晚老娘陪你喝！”二老喝完就像新婚一样度过了一个春宵。

第二天，山娘继续赶着牛群找草源，山叔扛着锄头上了山。

一个多月下来，天公作美，居然淅淅沥沥下了几场雨，山上已见一片青绿，好看极了。“你尽管放牛过来吧！”山叔激动地对山娘说，一副大功告成的样子。

冬去春来，时光荏苒，迫于生计，山娘的牛，时不时会少一只。人家问牛去了哪里，山娘失魂落魄，说卖到乡下了，到了另一头人家，就像嫁了女儿一样。人家不信，说谁不知你山娘爱牛如命，儿女都会寄钱回，怎么会卖牛！山娘听了心里不是滋味。

牛是少了，可山娘更忙了。她在山上养起了鸡，一群会飞的走地鸡。山叔也种了一些果木和山茶，远远望去，是一处美丽的风景线，才不到两年时间，山上已是天翻地覆的变化了。两老也在一年前搬到山上来住啦，水电全部接上，山叔还在山上搭了一个凉亭，节假日会邀一些街坊邻居上来，择菜、喝茶、拉家常。特别是凤姑，上来了就不肯下去，说菜好吃啊鸡好吃啊，我也搬上来吧！惹得山叔山娘哈哈大笑。

一晃又三年过去。

有一天山叔看电视新闻：为了打造绿色文明县城，某某山被列入“县城十大民心工程之一”。山叔一时蒙了，这某某山怎么那么熟悉，就问山娘：“这山是哪个山啊？”“就是咱们这个山啊，咋了？”如晴天霹雳，山叔跌坐在凳子上。

没过几天有镇领导到山上来，“山叔，我必须很遗憾告诉你，县里要收回这座山，但一定会给你们适当的补偿！这些年，你们为这个小城增添了一抹绿意，是大功臣！我知道合同还没满期，你有什么要求，只管提出来……”山叔听到这些，心一下被掏空了，幽幽地说了一句：“我们只想守着这座山！”领导匆匆离开了。

接着县领导来了，开口就说：“政府在山下给你们配置了一套二居室的楼房，另加五百万现金补偿。山叔山娘还能说什么呢！”

消息也不知怎么传到那一双“有孝”儿女那里，几年少见人影，突然就回来了。他们一个劲催爸爸妈妈快点答应下来，快点把五百万拿到手。山叔山娘突然觉得他们很可怕，就像狼一样回来抢劫。

两老彻夜难眠。第二天一早，山叔山娘好像脱胎换骨一般，一起来到镇长办公室，他们说：“请把那笔钱捐给老人院吧，我们只要那套房子就够了。”

回家后，家里刮了一场风暴，子女们一个个愤然离去。

山叔曾当了几年山大王的山，名叫“飞鹅岭”。而今这里树木葱郁，亭台花榭，美不胜收，成为市民健身休闲的好去处。每当清晨和傍晚，人流络绎不绝。在人群中，你会发现两个熟悉的身影，那就是幸福的山叔和山娘。

期待的背影

柴亚娟

小青特别喜欢春天，因为她的爱情就是在春天发芽的。

说起这事，还得从晨练谈起。这不，一大早，小青又呼吸着清新的空气，穿梭在梨花雪染的广场上了。

小青家离广场不算远，走出小区，路过两个街口，往右一拐就到了。这个广场，不小，有半个乡村小学大。附近的居民，都爱来这儿锻炼。

小青绕着广场，随着晨练的人流，走了一圈又一圈。

不一会儿，人多了起来。小青跟熟人打了打招呼，继续晨练。小青时而走，时而跑，还时不时地瞅瞅手表，就在走到第十圈的当口，也就是快要到上班的时候，心里还不断地想：他，为啥还没来晨练啊，是不是病了呀？这种抓耳挠腮的感觉与时俱增。

小青，多想变成天空里的一朵小雪花呀！那样，就可以，无拘无束地，飞到他的屋檐上了。哪怕是，落在门缝旁，或窗台边，停留一会儿，就一会儿，也让他知道，自个儿的担心和相思啊！

就这样，小青一边想着，一边走着，禁不住回忆起往事来了——

那是个初春的清晨，小青出来溜达，路过这个广场，看到许多人晨练，就跑了过去。跑着，跑着，忽然脚下，哧溜一滑，身体失去了重心，向后仰去，眼看就要"咕咚"一声，重重地摔倒在地。就在这千钧一发之际，突然有一个人影，飞速赶到，立马托住了自己。小青惊魂未定，喘了一大口气，感激地望了他一眼，轻轻地说："谢谢！"他微微一笑，说："广场上冰多，你要加小心呀！"

小青点了点头，仔细看了他一眼，才发现他好帅！他向小青摆了摆手，说："回见。"然后，便慢慢地向前走去。

从那刻开始，小青就莫名地喜欢上他了！因为就在那一瞬间，她似乎找到了渴望已久，又是那么神秘、亲切的感觉。这种吸引，像磁铁一样，让自己浑身都感到兴奋和美妙！

于是，自己每天都来这个广场了，他也来。见了，打打招呼，或问问好，都感到分外地温馨和美好。

小青想着想着，心里美美的，又好像苦苦的，禁不住眼泪在眼眶里晃。

小青明白，自己打小儿就和妈妈相依为命，她心疼妈妈，知道妈妈抚养她不容易。自从幼师毕业至今，妈妈就给她张罗相对象，并扬言男方家境不好免谈。她按照妈妈的安排，相了一个，又一个，这一年下来，总共相了二十多个，小青没看上一个。她心里很矛盾，可又不能不听妈的安排。

小青自打遇见了他，常常暗自思忖：婚姻大事，不能全听别人摆布了，只想自己寻找，不再做"乖乖女"了。时间飞逝，小青收回思绪，又看了看表，该回家了。

就在小青转身的那一瞬，她突然惊呆了——那个期盼的身影，终于出现了！

小青抑制住内心的激动，慢慢地迎上前，望着他，深情地说："你来了！"他点点头，微笑着说："我来了。"小青故作淡定地问："你咋了，为啥才来？"

他抬头，看了看娇羞的小青，微笑道："我去上海了，换我的假肢——"

小青惊异地叫道："啥？你说啥？你去上海换假肢了？"他"嗯嗯"点了点头，随后，弯下腰，轻轻地撸起裤腿……

移不走的树

陈海红

石屋村倚山，山坡上有一棵老榆树，还有几处石屋。屋里住着几位老人。石屋的墙上爬满了青苔、绿藤，还有一些不知名的小花。年轻人陆陆续续搬走了，在山脚下建起了新房子。山脚下有一条明亮的水泥路，绕着村子，一直延伸到了城里，像从城里吐出来的长舌，把村子里稍微有些出息的年轻人，都卷进了城。

大庆是村里最有出息的，带着司机回来接太叔公进城。大庆是太叔公收养的孤儿，大庆喊太叔公爷爷。太叔公不肯进城。大庆找到村长，跟村长说，爷爷年纪大了，留在村里，他不放心。

村长二话不说，爬上山坡，劝太叔公进城。

太叔公一瘸一拐地走到老榆树下，完全没把村长的话当回事。

村长紧跟太叔公身后，说："大庆在城里买了一块墓地。"

太叔公的脸倏地青了。

村长心一横，说："村里人都知道，这块山坡的风水好。人走了，都想埋在这里。可是，山坡就这么大，不用多久，挤都挤不下了。现在鼓励火葬，你德高望重，带个头吧。更何况，有人看中这块宝地，要挖平山坡建商品房，还要在山顶建别墅。埋在这里也是白搭，迁坟还有迁屋，都是迟早的事。就连坡上的老榆树，也是要迁走的。"

太叔公大吼一声，叫来大庆，破口大骂，让他赶紧把墓地退了。

大庆灰溜溜地回了城。

太叔公走到老榆树下，双手放在凹凸不平的树身上，轻轻抚摸，禁不住泪眼婆娑。在他眼里，它不仅仅是一棵树，还是一位孕育生命的亲人。他忘不了全村人靠榆树皮、榆树叶充饥的苦难岁月。那段日子，他只做一件事，就是保护老榆树。他每天爬到树顶，摘树叶和割树皮，分给村里人。他在树下搭了个草棚，日夜守护，防止有人把整一圈的树皮都割走。他要让老榆树活下来，因为这棵树承载着全村人活下去的希望。那个时候，希望比黄金还宝贵。也是那个时候，他在树下捡到大庆，一个瘦黑小子。

他每天都在老榆树下静坐，仰望挺拔云天的虬枝，如同敬畏一位呼风唤雨的英雄。每年 8 月 15 日，村里人都会聚在树下，听他讲述这棵树的故事。鬼子进村那天，他掩护乡亲进山，赶着牛羊躲进山洞。那天，大雨滂沱。鬼子一路追到老榆树下。老榆树招来雷电，把骑马领头的鬼子，连人带马劈成黑炭。几头受惊的大水牛，还有十多条家犬，冲出山洞，扑向鬼子。全村人热血沸腾，男女老少，挥舞着刀叉、铁耙，蜂拥而至。风声雨声雷电声，叫声喊声鸡鸭声，连绵不绝。鬼子尿了，如鸟兽溃逃。战斗中，他双腿受伤，因此脱离了队伍。这场战斗是他打得最畅快，也是战果最佳的一次。

可惜的是，听故事的年轻人一年比一年少。这两年，只剩下坡上的几位老人，还有三五个好奇的小孩。他感到了迷茫，还有心力不足。正如大庆说的，他老了，接下来的日子不多了，大庆要接他到城里享福。他担心被大庆送去火化，装进铁匣子，放在陌生的墓地，连个听故事的人都没有。

他在树下徘徊，缕缕阳光被茂密的枝叶剪碎，落入眼眶中，温暖了满脸的纹皱。轻风吹起"沙沙沙"的树叶声，像音乐的旋律，娓娓动听。

刹那间，他铁定了心思，作出了决定。

太叔公把一份遗书交给村长，叮嘱村长，按他的意思操办后事。太叔公生前没有进城，死后却走了一遭，成为第一个在城里火化的石屋村人。

太叔公出葬那天，大庆捧着太叔公的遗照，村长带着七个壮年小伙，用龙杠抬着太叔公的蜡像，还有骨灰，像土葬那般，绕着村子走了一圈，最后停在山脚下。"太叔公，回家喽！"村长一声长啸，颤音洒满山坡。八名抬杠人一鼓作气，冲上了山坡。坡上的老人，含着眼泪，弓着腰，拄着拐杖，三三两两，走出石屋，来到大树下，齐刷刷地跪了下来。

大庆在树根处扒开一个坑，放下太叔公的骨灰坛，掊上细土。

大庆趴在新垒的土堆上，整张脸埋进土里，痛不欲生。村长走过来，扶起大庆，说："你爷爷怕你打山坡的主意，决意埋在这里。他说你要是敢动山坡的老榆树，就是掘自家的祖坟。"

大庆抬起头，望着苍凉的大树，树干虬曲盘旋，树皮皲裂，沟壑纵横，像爷爷的双手。大庆默然伫立，目光深陷沟壑之中，树身上呈现出无数张爷爷的尊容。裸露的树根，密密麻麻，如同爷爷铮铮的须眉，插进土壤，四处扩散。他抱住老榆树，歇斯底里大叫一声："爷爷。"

话音刚落，三名唢呐手铆劲齐奏，鼓声和锣声响彻山坡。

数年后，老榆树下立起了一块石碑，上面刻着，抗战老兵侯华生之墓。树枝上，常年挂满了祈福的红布条，石屋村也成为红色文化宣教基地。数十年后，一位老人在树下的石碑前长跪不起，他跟身边的青年说："儿子，我不走了。我要留下，陪着这棵树。"

魔法之秋

冷清秋

像有人喜欢旧书那样，她喜欢旗袍。

不是那种改良的新款旗袍，她喜欢款式老旧一点的那种。

喜欢了，自然是想尽一切方法搜寻旗袍，因此她柜子里的旗袍越来越多。

没错，我说的是柜子里，不是她身上。这真是一件奇怪的事。她喜欢旗袍，但并不穿旗袍。不，不是的，也不是不穿，其实她经常穿，几乎是每天都穿，只是没有被其他人看到罢了。嗯，如你所料，她每天都穿旗袍，但都是在她自己房间里的衣橱前。当然，那里站着一面穿衣镜。

有时候在穿衣镜前待得久了，她也会走出卧室，坐在客厅的沙发上，或者抱着双臂斜靠在厨房的橱柜处。甚至有次，不知她怎么想的，竟然为搭配身上那件蓝丝绒旗袍而点燃了一支纤细的薄荷烟。烟从哪里来的并不重要，关键是她偷偷抽烟了。她慢慢抽出一支来便燃上吸上，袅娜的香味随着淡淡的薄荷凉意弥散开来，她原本半睁的眼睛便轻轻闭上了。闭上的她微微笑着，就像是另一个人到了另一个世界的另一个地方，遇到了令人惊奇的事情或者人。至于她闭上眼以后是不是想起了以前的什么事情谁又能知道呢?

但我猜测她一定是想起了什么。譬如有关薄荷烟的故事或者是有关蓝丝绒旗袍的故事，虽然她从来没有说出来过，但是谁又会没有一点秘密呢！而且，这么漂亮的旗袍，必须该有个旖旎的故事搭配才是。没准她的每一件旗袍都会有个美丽的不为人知的小故事吧。譬如她从青州古镇带回来的那件方格子旗袍，她放在柜子里珍藏了好多天好多天，每次都是拿出来放在膝上轻轻地抚摸，静静地注视，然后再放回去。只是她为什么不穿？那么漂亮的旗袍她究竟是怎么找到的，店主是很帅气还是很迂腐老旧？或者和她很搭很合拍？她是不是和店主谈了很久，最后俩人一起出去喝了咖啡，或者还做了别的什么？这一切都是个谜。

但旗袍放在这里，旗袍没有脚，不会自己跑过来，所以买旗袍之前一定有许多故事发生是不争的事实。

其实说到这里，似乎也该拐回来说说现实中的她。

不然就像把她整个人装进了密封的瓶子里，与世隔绝了。

可是现实中的她似乎真的没有什么可以述说之处。

走在大街上的她，微弓着腰，蹙着眉头，脸上带着那种被生活打磨有点不屈又有许多屈从而展现出的不友好，拎着带子的肩头明显沉了下去。她正从超市里出来，刚才排队买鸡蛋时，因为有人加塞儿，她和人干了一架，现在的她带着旁若无人的怒气，将身子团成团儿去给破旧不堪的电动车开锁，放锁，然后舒展自己……终于，她骑着电动车远去了。就像她从来没有来过那样，平常得如一粒尘埃，和大街上见到的许许多多拎着菜兜子骑着电动车的尘埃一模一样，实在是没有什么特别可以描绘之处。

至于我为什么没有说她那日渐衰老的面容，花白干枯的头发，以及她脸上被皱纹叠纵的老年斑，应该是因为那些东西和大家惯常见到的都一个模样，实在不必要再多此一举。如果，我是说如果，如果她脸上的老年斑能开成一朵花的模样，倒是可以考虑做重点描述。

不过这样的情况也不是没有，譬如到了晚上。

那时，略显笨拙的她刚洗完澡正从卫生间出来，赤身裸体的身上的赘肉都显现了出来，但她毫无顾忌和羞耻感地拿着大毛巾使劲揉搓着湿漉漉的滴着水的头发，然后再翻找出一把老式的吹风机开始把头发吹得半干。接下来，就到了最关键的时刻。没错，就像是经历一场怪异的仪式。

现在，站在衣橱前的她已经开始融化了。

虽然她依旧静默着，好久好久了，她还是静默着，但那融化正在一点点不为人知地将她吞噬。你可以眼瞅着她整个人正从僵硬化为柔软，再柔软，然后开始流淌。这情况甚至会让人忍不住生出许多担心来，但她才不管你担心与否。又过了好久，她已经完全融化了，就连伸出的手也软软的像一条流淌的小溪流，那柔软的水流进了衣橱，慢慢带出一件旗袍来，旗袍也颤颤巍巍地随着水流的流动而流动，后来，不知怎的就上了身。

奇迹发生了，这真的是令人吃惊的事，先前的她不见了！

现在，出现在镜子里的是另外一个女人。

这个女人注视着镜子外的她浅浅地笑着，她也随着女人的笑而笑。

那些笑软软的、甜甜的、糯糯的，像含着糖分的水蜜桃，像快要化掉的弯月亮，她们就这样笑着笑着，像是达成了某种共识，镜子里的女人悄悄从镜子里迈了出来，而她迎着镜子走了进去，怕反悔似的，她们都没有回头。

镜子里的女人拉开门站到阳光下的时候，她已经躲进了镜子深处。

老 街 坊

衣 袂

老乓并不老，也就三十出头。他头大颈脖细，满脸沧桑，身高和四肢却停滞在孩童时候，这就使得他，只有偏着头走路，才能保持身体平衡。他爹活着的时候，走哪儿都爱带着他。他爹说："别看咱娃长得像个乒乓球拍，其实能着哩，啥熊球都能打！"老街人也就顺水推舟地把他喊成了"老乓"。

老乓家是菜农。他爹死后，家里赖以为生的菜园也被政府征用。他娘拿出补偿款，让他哥翻建楼房，然后再帮他找个媳妇。他哥却拿这钱给老婆孩娃在城里买了套房子居住。亲戚自家把这事看在眼底，都懒得主持公道，倒是老街坊江老先仗义执言，跑到他哥家臭骂一通，迫使他哥收拾好快要倒塌的老屋，让他母子有个容身之处。老屋破旧，却接地气，没有经济来源的老乓就赊了几只小鸡小鸭，让娘待在家里养，自己则到处捡破烂卖。就这样鸡一茬鸭一茬的，养了卖，卖了养，再加上卖破烂的钱，娘儿俩的日子倒也能将就。

那天早上，老乓看到好多人围在一起，就好奇地凑上前，见地上的竹筐里装着一个豁嘴婴儿，心知是别人扔下的，转身就走。谁知婴儿却放声啼哭。他立马站住，婴儿也就顿了哭。

有人开玩笑说："老乓，这孩子跟你有缘，肯定是你的私生女，你还不赶紧抱回去？"

有人随即附和："这小筐起初就扔在垃圾箱旁——绝对是相好故意送还女儿给老乓的。"

老乓听了，咧嘴一笑，抱起小筐就走。

江老先却一把拽住他说："大家伙发发善心，收留这女娃——老乓那家境，大家都是知道的，这女娃到他家，都遭罪哇——"

有人嘀咕："你自己咋不发善心呢？"

当即有人反驳："你们也不睁眼看看江老先都多大岁数？他老伴那风湿腿，走路都离不开拐，哪里还有精力抚养小孩子？"

"就让我养吧……"老乓哀求着。

江老先训斥道："你这个傻子，你知道你捡到的是啥？先不说孩子的手术费，每天的奶粉钱，就得扒掉你一身老皮。"

老乓结结巴巴地说："好歹她……她也……是一条命。"

人群四散而去

江老先长叹一声，只得松手。

见老乓真抱走了孩子，江老先提醒道：“你回去后，你娘指定骂你，到时你就说这孩子是我让你抱养的。”过了一会儿，又不放心地交代：“你让你娘把孩子洗干净后抱到我的药店来，让我的老伴给她做个全身检查，再打点疫苗。你跟你娘说，这孩子以后来我的店里打针吃药，都不用掏钱，让她放心。”

幸亏有江老先的话撑腰，娘才允许老乓收养女儿。老乓很爱自己的女儿，把她叫作高兴，夜里抱在怀里舍不得撒手，捡垃圾的时候，也把她兜在胸前，得空就从怀里摸出温热的奶瓶塞到她嘴里，别人给的糖果饼干啥的，小心翼翼地尝尝后，才肯嚼碎了喂她。

女人们就眼热地骂：“这死老乓，比五尺汉子还会疼娃呢……”

小高兴风吹着长，却也难免头疼脑热的常去麻烦江老先。江老先见老乓每次拿药，都盯着说明书看，就训斥道：“你个傻子能看懂啥？支起耳朵听我说就行了。”老乓只是咧嘴傻笑。有次，江老先给小高兴输过液，回头发现老乓在聚精会神地翻看《药典》，愣了一下，破天荒地没有再训斥他，就随口提问些药理，没想到他还记得挺清楚。聊起日常知识，他也讲得头头是道。得知老乓捡到报纸杂志都先读一遍再卖掉时，江老先很是诧异，有事没事的就爱找他唠嗑。越唠越投机后，索性招他来店里帮忙，工资跟医院的正式职工一般高。老乓就这样拥有了自己人生中的第一份工作。

江老先原是大医院的医生，因为嘴直脾气硬，不受领导待见，索性停薪留职，回自家药店坐诊。江老先医术高明，门徒众多，子女也颇有出息，唯一遗憾的是，都不在身边。老两口都有退休工资，他在海峡那边的大伯，临死前又给他留下了一大笔遗产。他在城里买了栋别墅，逢年过节才肯回家跟子女团聚，平常就跟老伴守在老药店打发时间。有病人上门，他就给病人瞧瞧病，打打针，抓抓药；没事的时候，他就养养花，喂喂鱼，逗逗鸟。他那一走一瘸的老伴，负责给他烧锅做饭，老乓的工作，则是跟在江老先身边，寸步不离。

就有人说江老先是钱多了烧的。

江老先掏钱给小高兴治好了豁嘴，又有人造谣说高兴其实是江老先的私生女，为了遮人耳目，才让老乓抱回家养。

高兴五岁时，江老先过八十大寿。须发斑白的江老先，大摆筵席，公开收老乓为徒，声明店里的生意，以后将交给老乓打理。

直到这时，有些人方才知道：“老乓原来也姓高。”